R&B

E. F. Benson

Lucia in London

Aus dem Englischen von
Hans M. Herzog

Rogner & Bernhard
bei Zweitausendeins

1. Auflage, Februar 1990.

Titel der Originalausgabe: LUCIA IN LONDON.

Erstmals erschienen bei Hutchinson & Co. 1927.

ISBN 3-8077-0242-3

Umschlaggestaltung: Walter Landmann.
Herstellung: Dieter Kohler & Bernd Leberfinger, Nördlingen.
Satz und Druck: Wagner GmbH, Nördlingen.
Einband: G. Lachenmaier, Reutlingen.
Printed in Germany.

Dieses Buch gibt es nur bei Zweitausendeins
im Versand (Postfach 610 637, D-6000 Frankfurt am Main 61) oder
in den Zweitausendeins-Läden in Berlin, Essen, Frankfurt, Freiburg,
Hamburg, Köln, München, Saarbrücken.

In der Schweiz über buch 2000,
Postfach 89, CH-8910 Affoltern a. A.
In Österreich über den VKA-Buchladen und Versand,
Stiegengasse 20, Postfach 76, A-1060 Wien.

1

Eingedenk der Tatsache, daß die Anfang April verstorbene Tante von Philip Lucas immerhin dreiundachtzig Jahre alt geworden war und die letzten sieben davon bettlägerig in einem privaten Sanatorium zugebracht hatte, hatten seine Freunde und die seiner Frau allgemein und wohl auch verständlicherweise gehofft, dieser Verlust werde keinen der beiden übermäßig schwer treffen. Und Mrs. Quantock, die Mrs. Lucas, wie alle anderen in Riseholme, ein freundliches kleines Beileidsschreiben zukommen ließ, hatte den Ausdruck »eine Erlösung« zwar nicht benutzt, aber mit Sicherheit genau das oder doch etwas sehr Ähnliches gemeint.

Sie hoffte auch auf ein Antwortschreiben, denn obzwar sie in ihrem Briefchen betonte, die liebe Lucia solle ihr um Himmels willen keine Antwort schicken, so handelte es sich dabei lediglich um eine Floskel, und ihr Hausmädchen, die das Schreiben gleich nach dem Essen nach »The Hurst« hinüberbrachte, hatte Anweisung zu sagen, sie wisse nicht, ob eine Antwort angebracht sei und werde auf alle Fälle ein Weilchen warten, denn Mrs. Lucas könnte womöglich eine klitzekleine Andeutung hinsichtlich der zu erwartenden Erbschaft fallenlassen; schließlich brannte jeder darauf, Näheres zu erfahren . . .

Während der Wartezeit machte sich Daisy Quantock, wie an diesem herrlichen Frühlingsnachmittag jeder im Dorf, in ihrem Garten zu schaffen, wo sie mit einer kleinen, aber effektiven Hacke ihre Blumenbeete malträtierte. Als Gärtnerin gehörte sie zu der rücksichtslosen Sorte, das heißt, sie machte jedem Grünzeug, das unvorsichtigerweise eine schüchterne Spitze aus dem Boden ragen ließ, den Garaus, da sie es für Unkraut hielt. Mit dem Berufsgärtner, der bisher an drei Nachmittagen in der Woche für sie gearbeitet hatte, war es zu einer leichten Unstimmigkeit gekommen, woraufhin sie ihm erklärt hatte, seine Dienste seien nicht länger gefragt. In der Absicht, dieses Jahr die Gartenarbeiten selbst in die Hand zu nehmen, ging sie selbstbewußt davon aus, dem Boden eine Unzahl herrlicher Blumen sowie eine Unmenge wohlschmekkenden Gemüses zu entlocken. Am Ende ihres Gartenweges stand ein Schubkarren mit schwerem Dung, den sie nach beendetem Niedermetzeln der Unschuldigen in die entvölkerten Beete schichten wollte. Auf der anderen Seite ihres Lattenzauns walzte ihr Nachbar Georgie Pillson sein Rasenstück, auf dem er im Sommer gerne im kleinen Kreis Krocket zu spielen pflegte. Gelegentlich riefen sie einander Bemerkungen zu, doch je mehr sie durch ihre Aktivitäten außer Atem gerieten, desto seltener wurden die Rufe. Mrs. Quantocks letzte Frage hatte gelautet: »Was macht man mit Nacktschnecken, Georgie?«, worauf Georgie geantwortet hatte: »Man tut, als sähe man sie nicht.«

Mrs. Quantock war in letzter Zeit wegen einer auf Sauermilch basierenden Diät, die ohne viel Zucker ungenießbar war, etwas aus dem Leim gegangen; doch hatten Sauermilch und bergeweise rohes Gemüse immerhin sämtliche nach der Lektüre eines kleinen, aber reißerisch aufgemachten medizinischen Handbuchs aufgetretenen Schwindsucht-Symptome verschwinden lassen. Heute hatte sie eine reichhaltige, aber normale Mahlzeit zu sich genommen, um die Qualitäten ihres neuen Kochs zu testen, der zweifellos sein Handwerk verstand, da ihr Gatte sein Essen gierig verschlungen hatte, anstatt es pausenlos mit der Gabel hin- und herzuschieben, als stochere er in einem Heuhaufen. Aufgrund ihrer Fülligkeit, der Völlerei und der hockenden Haltung war ihr einigermaßen schwindlig zumute, so daß sie aufstand, um sich zu erholen, und sich gerade fragte, ob das Schwindelgefühl auf irgend etwas Gefährliches hindeutete, als de Vere – so lautete nämlich der unglaubliche Name ihres Hausmädchens – mit einem Brieflein in der Hand die Stufen vom Eßzimmer herunterkam. Mrs. Quantock entledigte sich also in aller Eile ihrer Gartenhandschuhe aus festem Leder und öffnete den Umschlag.

Er enthielt einen förmlichen Satz des Dankes für ihr Mitgefühl, das Mrs. Lucas sehr zu schätzen wußte, gefolgt von den lachhaften Worten:

> Für Peppino und meine Wenigkeit war es ein furchtbarer Schlag. Wir hatten gehofft, Tantchen Amy werde uns noch einige Jahre erhalten bleiben.
> Ich verbleibe, liebe Daisy, Ihre trauernde
>
> LUCIA

Und nicht ein Wort über die Erbschaft! . . . Lucias liebe Daisy zerknüllte den absurden Zettel und sagte so laut »Blödsinn«, daß Georgie Pillson im Garten nebenan dachte, er wäre gemeint.

»Wie meinen?« sagte er.

»Georgie, kommen Sie doch mal eben zum Zaun«, sagte Mrs. Quantock. »Ich möchte mit Ihnen reden.«

Georgie, den nach ein wenig Klatsch dürstete, ließ den Griff seiner Walze los, der die plötzliche Freigabe mit einem lauten Quietschen quittierte und ihm gegen den Ellenbogen schnellte.

»Gräßliches Ding!« sagte Georgie.

Er begab sich zum Zaun, über den er als hochgewachsener Mann hinwegsehen konnte. Auf der anderen Seite stieß Mrs. Quantock wutentbrannt Lucias Brief in das Blumenbeet, das sie eben noch gejätet hatte.

»Was gibt es?« wollte Georgie wissen. »Wird es mir zusagen?«

Sein von der Anstrengung gerötetes, feuchtes Gesicht glich, wie es so über den Zaun ragte, der Sonne, wenn sie am flachen grauen Horizont des Ozeans untergeht.

»Keine Ahnung, ob es Ihnen zusagen wird«, sagte Daisy, »aber es kommt von Ihrer Lucia. Ich habe ihr wegen der Tante ein kleines Beileidsschreiben zukommen lassen, und sie behauptet, für Peppino und sie sei es ein furchtbarer Schlag gewesen. Sie hätten gehofft, die alte Dame werde ihnen noch einige Jahre erhalten bleiben.«

»Nein!« rief Georgie und wischte sich mit dem Rükken eines seiner eleganten perlgrauen Handschuhe den Schweiß von der Stirn.

»Aber ja«, entgegnete die erzürnte Daisy, »und zwar in genau den Worten. Ich könnte sie Ihnen zeigen, wenn ich sie nicht vergraben hätte. Was für ein Haufen Quatsch! Ich hoffe nur, daß mich irgendwer mit einem Schnürsenkel oder was sonst gerade zur Hand ist erdrosselt, bevor ich sieben lange Jahre ans Bett gefesselt werde. Weshalb tut Lucia so, als trauere sie? Was soll das alles bedeuten?«

Georgie war seit geraumer Zeit ein treuer Anhänger Lucias (also von Mrs. Lucas, des Philip Lucas Frau, daher der Name Lucia), die er zwar in Gedanken kritisieren mochte, wenn er in seinem Bett oder Badezimmer allein war, doch stets verteidigte, wenn sie von dritter Seite kritisiert wurde. Daisy hingegen zog über alle und jeden her...

»Vielleicht bedeutet es, was dort steht«, schlug er mit jenem verhaltenen Sarkasmus vor, der bei seiner Nachbarin nie auch nur die geringste Wirkung zeitigte.

»Das ist vollkommen ausgeschlossen«, sagte Mrs. Quantock. »Seit Jahren hat Lucia genausowenig wie Peppino seine Tante gesehen, geschweige denn mit ihr gesprochen. Als Peppino sie das letzte Mal besuchte, hat sie ihn gebissen. Anschließend trug er den Arm eine Woche lang in einer Schlinge, wissen Sie noch, und hatte schreckliche Angst vor einer Blutvergiftung. Wie kann ihr Tod ein Schlag sein, und was das Erhaltenbleiben anbelangt...«

Mrs. Quantock brach unvermittelt ab, als ihr einfiel, daß de Vere immer noch dastand und jedes Wort aufsog.

»Das wäre dann alles, de Vere«, sagte sie.

»Danke sehr, Ma'am«, sagte de Vere und stakste zurück ins Haus. Sie trug hochhackige Schuhe, und jedesmal, wenn sie einen Fuß hob, flutschte der von ihrem Gewicht in den weichen Rasen gepreßte Absatz mit dem Geräusch eines aus der Flasche knallenden Korkens aus dem Boden. Nun trat Daisy noch näher an den

Zaun, während das in Riseholme so beliebte induktive Denken ihre Augen aufleuchten ließ und die darin schlummernde Wut verschleierte.

»Georgie, ich hab's«, sagte sie. »Ich habe herausgefunden, was es bedeutet.«

Nun war Georgie seiner Lucia zwar sehr ergeben, doch dem induktiven Denken war er mindestens ebenso ergeben, und bei Daisy Quantock handelte es sich um die – von seiner Person ausgenommen – fähigste Logikerin vor Ort.

»Und was, wenn ich fragen darf?« fragte er.

»Wie dumm von mir, daß ich nicht gleich drauf gekommen bin«, sagte Daisy. »Na, fällt Ihnen nichts auf? Da sie unverheiratet und er ihr einziger Neffe war, ist Peppino Tantchens Erbe, und sie hat ihm wahrscheinlich Unsummen hinterlassen. Also behaupten sie natürlich, daß es ein furchtbarer Schlag war. Gehört sich nicht, laut zu frohlocken. Sie müssen es als schweren Verlust hinstellen, damit klar wird, daß es ihnen nicht ums Geld geht. Je mehr sie kriegen, desto trauriger ist es. Liegt doch auf der Hand. Ganz allein meine Schuld, daß ich nicht gleich darauf gekommen bin. Haben Sie sie in letzter Zeit gesehen?«

»Nicht unter vier Augen«, antwortete Georgie. »Peppino war dabei, und ein Mann, offenbar Peppinos Anwalt. Er war ungeheuer respektvoll.«

»Da haben wir's«, sagte Daisy. »Wurde denn gar nichts erwähnt?«

Vor lauter Anstrengung, sich zu erinnern, legte Georgie die Stirn in Falten. »Doch, da war irgend etwas, aber ich unterhielt mich mit Lucia, und die anderen sprachen ziemlich leise. Ich konnte nur hören, wie der Anwalt zu Peppino etwas von Perlen sagte. An das Wort ›Perlen‹ erinnere ich mich genau. Vielleicht drehte es sich um die Perlen der alten Dame.«

Mrs. Quantock lachte kurz auf. »Die von Peppino können es nicht gewesen sein«, sagte sie. »Er hat eine in einer Krawattennadel. Pfirsichförmig schimpft sich das, aber von Form kann eigentlich keine Rede sein. Wann eröffnet man Testamente?«

»So was dauert ewig«, sagte Georgie. »Monate. Außerdem ist da noch ein Haus in London, das weiß ich bestimmt.«

»Wo genau?« fragte Daisy begierig.

Georgies Miene verzog sich in angestrengter Konzentration.

»Genau weiß ich es nicht«, bekannte er, »aber ich weiß, daß Peppino vor nicht allzu langer Zeit in die Stadt fuhr, um im Haus seiner Tante einige Reparaturen zu veranlassen, und zwar am Dach, wenn ich mich recht entsinne.«

»Wo es repariert werden mußte, ist unwichtig«, sagte Daisy ungeduldig. »Ich will wissen, wo das Haus liegt.«

»Sie haben mich unterbrochen«, sagte Georgie. »Dazu wollte ich gerade kommen. Ich weiß noch, daß er anschließend zu Fuß bei Harrods war, weil Lucia und er mit mir zu Abend aßen, und dabei erwähnte er es. Das Haus muß also in der Nähe von Harrods liegen, und zwar ganz in der Nähe, es regnete nämlich, und bei jeder größeren Entfernung hätte er ein Taxi genommen. Es könnte daher in Knightsbridge liegen.«

Mrs. Quantock zog ihre Gartenhandschuhe wieder an.

»Wie schrecklich geheimnisvoll sich manche Leute geben«, sagte sie. »Wenn man sich vorstellt, daß er Ihnen nie gesagt hat, wo das Haus seiner Tante liegt.«

»Aber von der war doch nie die Rede«, sagte Georgie. »Schließlich lebte sie seit vielen Jahren im Pflegeheim.«

»Nennen Sie es meinetwegen Pflegeheim«, bemerkte Mrs. Quantock, »meinetwegen dürfen Sie es auch Postamt nennen. In Wirklichkeit war es eindeutig ein Irrenhaus. Und genauso geheimnistuerisch sind sie, was das Erbe betrifft.«

»Aber man redet doch nicht vor dem Begräbnis über das Erbe«, gab Georgie zu bedenken. »Es findet wohl morgen statt.«

Mrs. Quantock schnaubte vernehmlich. »Wäre nichts zu erben gewesen, hätten sie drüber geredet«, sagte sie.

»Sie sind unmöglich«, sagte Georgie. »Wie ...«

Wiederholtes lautes Niesen verhinderte sein Weiterreden. Wie schön die Manschettenknöpfe auch sein mochten, es war unklug, auf den Mantel zu verzichten, wenn man so ins Schwitzen gekommen war wie er vorhin.

»Wie was?« fragte Mrs. Quantock, als das Niesen aufhörte.

»Jetzt hab' ich es vergessen. Dann werde ich mal weiterrollen. Ist ein wenig kühl. Die Hälfte habe ich geschafft.«

Bereits seit einigen Sekunden ertönte Telephonklingeln, das von Mrs. Quantock in seinem, nicht in ihrem Haus lokalisiert wurde. Georgie war leicht schwerhörig, auch wenn er das keineswegs wahrhaben wollte.

»Ihr Telephon klingelt, Georgie«, sagte sie.

»Habe ich doch richtig gehört«, sagte Georgie, der absolut nichts gehört hatte.

»Und kommen Sie anschließend gleich auf eine Tasse Tee herüber«, rief Mrs. Quantock.

»Liebend gerne, nur muß ich zuerst ein Bad nehmen.«

Georgie eilte ins Haus, da ein Telephonat gewöhnlich ein Schwätzchen mit einem befreundeten Menschen bedeutete. Eine sehr geläufige, wenn auch leicht belegte und gedämpfte Stimme fragte, ob er es sei.

»Ja, Lucia, ich bin es«, antwortete er in leisem, mitfühlenden Tonfall. »Wie geht es Ihnen?«

Lucia seufzte. Es war ein langes, sehr vernehmliches, mit Bedacht gewähltes Seufzen. Georgie sah sie vor sich, wie sie den Mund ganz nah an den Hörer hielt, damit es ihm auf keinen Fall entging.

»Den Umständen entsprechend«, sagte sie. »Das gleiche gilt für meinen Peppino, dem Himmel sei Dank. Er hält sich hervorragend. Soeben ist er abgereist.«

Fast hätte Georgie gefragt, wohin, doch er erriet es gerade noch rechtzeitig.

»Verstehe«, sagte er. »Und Sie sind nicht mitgefahren. Das freut mich sehr. Ein weiser Entschluß.«

»Ich konnte nicht, das spürte ich«, sagte sie, »und er hat mich nicht gedrängt. Sie findet morgen statt. Er übernachtet in London . . .«

(Diesmal hätte Georgie liebend gern »wo« gesagt, denn die Vermutung drängte sich förmlich auf, daß er womöglich in dem in der Nähe von Harrods befindlichen Haus, genaue Lage unbekannt, übernachten würde.)

»Und er kommt morgen abend zurück«, fuhr Lucia ohne Unterbrechung fort. »Ich wüßte gern, ob Sie sich wohl meiner erbarmen und zum Essen vorbeikommen könnten. Nur eine Kleinigkeit, Sie verstehen schon; das Haus ist schwer erschüttert. Ziehen Sie sich nicht um.«

»Mit Vergnügen«, sagte Georgie, obwohl er Austern bestellt hatte. Doch die konnten für morgen überbakken werden . . . »Ich nehme gerne an.«

»Sagen wir um acht? Natürlich sind wir unter uns. Wenn Sie das Mozart-Duett mitbringen möchten . . .«

»Durchaus«, sagte Georgie. »Das bringt Sie auf andere Gedanken, Lucia. Wir werden ordentlich in die Tasten greifen.«

»Guter Georgie«, hauchte Lucia. Er hörte sie noch einmal, diesmal nicht ganz so erfolgreich, seufzen und die Ohrmuschel mit einem Klicken einhängen.

Georgie verließ das Telephon, von einem ungeheuren Tatendrang übermannt: Es gab so viel zu überlegen und zu tun. Als erstes mußte er die Sache mit den Austern regeln, und da das Dienstmädchen Ausgang hatte, lief er die Küchentreppe hinunter. Foljambes Abwesenheit hatte zur Folge, daß er sein Bad eigenhändig vorbereiten mußte, und so drehte er den Heißwasserhahn halb auf, damit er noch einmal nach unten und in den Garten laufen konnte (da ihm keine Zeit blieb, den Rasen fertig zu walzen, wenn er noch vor dem Tee ein Bad nehmen und sich umziehen wollte), um die Walze in den Schuppen zu bringen. Anschließend mußte er seine Garderobe durchsehen und etwas suchen, das er sowohl zum Tee als auch zum Abendessen tragen konnte, schließlich hatte Lucia betont, er solle sich nicht umziehen. Da hing ein neuer Anzug, den er noch nicht getragen hatte, ziemlich gewagt, da die in dunklem Rehbraun gehaltene Hose einen unverkennbaren Oxford-Schnitt aufwies; als er sie betrachtete, kam er sich recht jungenhaft vor. Er hatte sie in einem Moment erstanden, als ihn ein leichtsinniger Anfall von Vorliebe für extravagante Kleidung übermannte, und ein ruhiger Tee mit Daisy Quantock, gefolgt von einem ruhigen Dinner mit Lucia, waren genau das richtige, um sie einzuweihen, viel besser, als sie zum ersten Mal am Sonntag in der Kirche zu tragen, wenn ganz Riseholme sie gleichzeitig zu sehen bekäme. Jacke und Weste waren von einem tiefen Dunkelblau; beim Tee würden sie blau und beim Essen schwarz aussehen. Außerdem trug er graue, silbrig wirkende Seidenstrümpfe und eine dazu passende Krawatte. Dies alles zusammenzustellen dauerte seine Zeit, und die Suche wurde durch aus dem Badezimmer in sein Schlafzimmer ziehende Dampfschwaden unterbrochen; als er ins Bad lief, war die Wanne fast randvoll kochendheißen Wassers. Am Vortag war es kaum mehr als lauwarm gewesen, doch offenbar hatte sich der Koch seine nach dem heutigen Frühstück geäußerten, übertrieben scharfen Worte zu Herzen genommen. Nun mußte er also den Stöpsel aus der Wanne ziehen, damit der kochende Inhalt ablaufen und er kaltes Wasser nachfüllen konnte.

Er begab sich wieder in sein Schlafzimmer und begann, sich auszuziehen. Die vielen Neuigkeiten über Lucia und Peppino samt Daisy Quantocks scharfsinniger Kommentare waren überaus aufschlußreich. Die alte Mrs. Lucas war jahrelang in dieser Altenpflegestätte oder privaten Nervenklinik gewesen; Georgie nahm nicht an, daß die Pauschalpflegesätze niedriger als fünfzehn Pfund pro Woche gelegen hatten, und fünfzehn mal zweiundfünfzig ergab eine beträchtliche Summe. Das waren auch Einkünfte, und wenn man eine Verzinsung von fünf Prozent annahm, kam man auf eine noch höhere Summe. Dann war da noch das Haus in London. Stand es leer, bedeutete dies noch mehr Kapital; falls es vermietet war, noch mehr Einkünfte. Hinzu kamen dann noch Steuern und Abgaben, der Lohn für einen Hausmeister sowie bestimmt noch einiges auf der hohen Kante. Nicht zu vergessen die Perlen.

Georgie nahm einen Schmierzettel aus der Schublade, wo er die Schmierzettel und gebrauchten Bindfäden aufbewahrte, und addierte. Das war zwangsläufig mit Mutmaßungen verbunden, und die Perlen mußten gänzlich unberücksichtigt bleiben, schließlich konnte niemand wissen, was »Perlen« wert waren, ohne deren Quantität und Qualität zu kennen. Doch selbst ohne sie, und obwohl er einen niedrigen Betrag für die eventuelle Miete des Hauses in der Nähe von Harrods einsetzte, war er angesichts des Kapitals verblüfft, auf das diese jährlichen Ausgaben hinzudeuten schienen.

»Ich veranschlage es auf keinen Penny weniger als fünfzigtausend Pfund«, sagte er im stillen, »und die jährlichen Einkünfte auf zweitausendsechshundert.«

Wie er so dasaß und rechnete, wurde ihm ein wenig kühl, so daß er voller Vorfreude auf ein herrliches heißes Bad aufsprang und ins Badezimmer eilte. Alles heiße Wasser war ausgelaufen.

»Wie gräßlich! Verflixt!« rief Georgie, steckte den Stöpsel wieder in die Wanne und drehte beide Hähne gleichzeitig auf.

Natürlich waren seine Berechnungen nur Gedankenspielereien, und während er sich ankleidete, ließ er seiner Phantasie freien Lauf, unterbrochen von prüfenden Blicken auf seine Hose, wie sie sich in dem im Fenster stehenden Ganzkörperspiegel abzeichnete. Was würden Lucia und Peppino mit diesem gewaltigen Vermögenszuwachs anfangen? Lucia besaß in Riseholme bereits das größte Haus mit der elisabethanischsten Ausstattung, ein Automobil und so viele neue Kleider, wie sie nur wollte. Dafür gab sie nicht viel aus, da ihr überlegener Geist Kleider verachtete, doch Georgie gestattete sich die zynische Vorstellung, daß die Perlen ihre Neigung zu eleganterer Garderobe intensivieren könnten. Außerdem gab sie bereits so viele Gesellschaften, wie sie mochte; mehr Geld würde sie schwerlich veranlassen, mehr Dinners zu veranstalten. Auch fuhr sie immer nach London, wenn in den Bereichen Film, Bühne oder Musik irgend etwas geboten wurde, das nach ihrem Gefühl von kulturellem Belang war. Die (sogenannte) Gesellschaft verachtete sie ebenso abgrundtief wie Kleider und behauptete immer, sie kehre intellektuell ausgehungert nach Riseholme zurück. Vielleicht würde sie einen ständigen Fonds zur Abhaltung des Maifestes auf dem Dorfanger stiften, schließlich hatte Lucia erklärt, sie habe vor, alljährlich ein Maifest zu feiern. Letztes Jahr war es ein großer, wenn auch strapaziöser Erfolg gewesen, da alle mittelalterliche Kostüme getragen und Moriskentänze getanzt hatten, bis barmherzigerweise die Sonne aufgegangen und jeder halbtot nach Hause gehinkt war. Das Ganze war entzückend elisabethanisch gewesen, und Georgies Lederwams hatte ihn arg gedrückt.

Lucia war ein wundervoller Mensch, dachte Georgie, und ihr würde bestimmt etwas einfallen, um zusätzliche zwei- oder dreitausend im Jahr auf erbauliche und kultivierte Art und Weise auszugeben. (Sollte eine Oxfordhose etwa unten umgeschlagen werden? Wohl kaum; doch wie klein die voluminösen Falten die Füße erscheinen ließen.) Georgie wußte, was er mit zusätzlichen zwei- oder dreitausend im Jahr anfangen würde; er hatte sogar oft mit dem Gedanken gespielt, es auch ohne zu versuchen. Er wollte sich in London unbedingt eine kleine Wohnung (ein paar Zimmer täten es auch) nehmen, um dann und wann in jenes Leben einzutauchen, das Lucia so fade fand. Doch er wußte, daß er kein starker, ernsthafter Charakter wie Lucia war, deren einzige Schwächen künstlerischer oder elisabethanischer Natur waren.

Sein Blick fiel auf ein großes Bild in silbernem Rahmen neben dem Bett, das Brünnhilde darstellen sollte. Es trug die Widmung: »Olga ihrem liebsten Georgie«, und seine Weste wurde ihm zu eng, als er tief einatmete und an das herrliche halbe Jahr dachte, als die Primadonna Olga Bracely Old Place gekauft, hier gewohnt und die Umwertung aller Werte in Gang gesetzt hatte. Georgie hatte geglaubt, bis über beide Ohren in sie verliebt gewesen zu sein, doch nicht nur deswegen war es eine höchst aufregende Zeit gewesen. Alte Werte wurden über den Haufen geworfen: In Olgas Augen war Riseholme der beste Scherz, den man je erfunden hatte; Olga liebte sie alle und lachte über sie alle, was allerdings keinen störte, vielmehr folgten alle ihren Launen, als sei sie eine Rattenfängerin. Das heißt: Alle außer Lucia, der man blitzschnell – und, was Olga betraf, ganz unabsichtlich – ihren Thron unter dem Allerwertesten weggezogen hatte, so daß ihr Szepter in die eine, ihre Krone in die andere Richtung flog. Dann war Olga zu einer Operntournee nach Amerika aufgebrochen und, nach sechs triumphalen Monaten, nach Australien weitergereist. Mittlerweile müßte sie allerdings wieder in England sein, da sie in dieser Saison in London sang, und ihr so lange geschlossenes Haus in Riseholme würde wieder seine Tore öffnen ... Und die Jacke ließ sich wunderbar knöpfen, nur der unterste Knopf, so daß der Rest lässig offen war und ein wenig lose hing. Georgie steckte eine amethystverzierte Krawattennadel in seine graue Krawatte, was dieser einen attraktiven Farbtupfer verlieh, kämmte die Haare aus der Stirn nach hinten, so daß sich das Toupet nicht mehr von seinem echten Haar unterschied, und eilte zum Tee mit Daisy Quantock aus dem Haus.

Als er eintrat, saß Daisy an ihrem Schreibtisch, wo sie mit Papier und Bleistift herumhantierte und an den Fingern etwas abzählte. Neben dem Schürhaken im Kamin lag ihre Gartenhacke, auf dem Teppich davor der eine oder andere kleine Klumpen Gartenerde, der zweifellos von ihren Stiefeln gefallen war, und neben ihr auf dem Boden lagen ihre Gartenhandschuhe. Georgie kam umgehend zu dem Schluß, daß sich etwas Wichtiges ereignet haben mußte und sie in aller Eile ins Haus gestürzt war, denn der Teppich war fast neu, und sie stellte sich immer furchtbar an, wenn auch nur das klitzekleinste Partikelchen Zigarettenasche ihn verunzierte.

»Siebenunddreißig, siebenundvierzig, zweiundfünfzig, und fünf im Sinn«, murmelte sie, während Georgie vor dem Kaminfeuer Aufstellung nahm, so daß der ganze neue Anzug sofort gewürdigt wurde. »Warten Sie ein Momentchen, Georgie ... und siebzehn und fünf macht dreiundzwanzig ... nein, zweiundzwanzig, womit ich mich verrechnet habe: Ich muß von vorne anfangen. Das kann nicht stimmen. Bedienen Sie sich, falls de Vere den Tee schon gebracht hat, und falls nicht, läuten Sie ... Aha, ich habe die Vier vergessen, zusammen macht das zweitausendfünfhundert Pfund.«

Zuerst hatte Georgie vermutet, Daisy bringe lediglich ihr Haushaltsbuch auf den neuesten Stand, doch als sie zweitausendfünfhundert Pfund sagte, kam er dahinter und ersparte sich sogar die Formalität zu fragen, worum es sich bei den zweitausendfünfhundert Pfund handelte.

»Nach meiner Rechnung sind es zweitausendsechshundert Pfund«, sagte er, »aber wir liegen ziemlich dicht beieinander.«

Selbstverständlich begriff Daisy, daß er begriff.

»Vielleicht haben Sie die Perlen als Kapital genommen«, sagte sie, »und die Zinsen hinzugerechnet.«

»Aber nein«, widersprach er. »Woher sollte ich wissen, was sie wert sind? Ich habe sie überhaupt nicht berücksichtigt.«

»Jedenfalls ist es ein Haufen Geld«, sagte Daisy. »Nehmen wir unseren Tee. Was sie wohl damit machen wird?«

Die Oxfordhose schien ihr gar nicht aufzufallen, und Georgie fragte sich, ob das nur an ihren schlechten Augen lag. Daisy war kurzsichtig, wollte dies jedoch um keinen Preis zugeben und weigerte sich standhaft, eine Brille zu tragen. Lucia hatte sogar ein kleines Aperçu darüber verfaßt, als zwischen den beiden ein etwas kühles Verhältnis herrschte, und erklärt: »Daisy ist zu kurzsichtig, um zu erkennen, wie kurzsichtig sie ist.« Das war zwar nicht nett, aber ausgesprochen geistreich, und Georgie las »Bunbury«, das Lucia sich in der Stadt angesehen hatte, von Anfang bis Ende durch, in der Hoffnung, den Satz dort zu finden... Oder nahm Daisy seine Hose nur deshalb nicht zur Kenntnis, weil sie zu sehr mit Lucias vermeintlichen Einkünften beschäftigt war?... Oder war die Hose vielleicht doch nicht so gewagt, wie er vermutet hatte?

Er setzte sich und ließ ein Bein zwanglos über die Sessellehne baumeln, so daß Daisy die Hose einfach bemerken mußte. Dann nahm er sich ein Stück Teekuchen.

»Ja, verraten Sie mir doch, was sie damit machen wird«, sagte er. »Darüber habe ich mir nämlich auch schon den Kopf zerbrochen.«

»Ich habe keine Ahnung«, gab Daisy zu. »Sie hat doch jetzt schon alles, was sie braucht. Vielleicht horten sie es nur, damit wir nach Peppinos Tod alle erfahren, wieviel reicher sie waren, als wir uns je hatten träumen lassen. Für mich ist das zu posthum. Lieber jetzt alles, was ich will, und später ein Armenbegräbnis.«

»Mir auch«, sagte Georgie und schlenkerte mit dem Bein. »Aber das kann ich mir bei Lucia nicht vorstellen. Mir kam der Gedanke...«

»Sie meinen das Haus in London«, unterbrach Daisy ihn geschwind. »Wenn sie natürlich zwei Häuser führten, jedes mit Personal, so daß sie nach Belieben hin und her fahren könnten, würde das eine riesige Lücke in ihr Budget reißen. Lucia hat zwar immer verkündet, sie könne nicht in London leben, aber wenn sie ein Haus dort hätte, würde sie es eventuell doch schaffen.«

»Ich esse heute mit ihr zu Abend«, sagte Georgie, »vielleicht erfahre ich etwas.«

Die Gartenarbeit hatte Mrs. Quantock sehr durstig gemacht, und der Tee war sehr heiß. Sie goß ihn in ihre Untertasse und pustete.

»Lucia wäre gut beraten«, sagte sie, »keine Zeit zu vergeuden, wenn sie noch was davon haben will, denn, Georgie, bekanntlich werden wir auch nicht jünger. Ich bin zweiundfünfzig. Und Sie?«

Diese Sorte barbarischer Fragen war Georgie zuwider. Er war schon so lange der junge Mann Riseholmes, daß ihm diese Rolle in Fleisch und Blut übergegangen war und er seine achtundvierzig Jahre kaum wahrhaben mochte.

»Dreiundvierzig«, antwortete er, »aber welche Rolle spielt unser Alter, solange wir zu tun haben und uns amüsieren? Und ich bin sicher, daß Lucia so energiegeladen und lebenslustig ist wie eh und je. Sollte sie es mit London versuchen und sich in den dortigen Trubel stürzen, würde mich das kein bißchen wundern. Natürlich ist da auch noch Peppino, aber wenn der nur seine Gedichte schreiben und durch sein Teleskop schauen kann, ist ihm alles recht.«

»Ich hasse dieses Teleskop«, gestand Daisy. »Neulich nahm er mich nachts mit aufs Dach und zeigte mir, wie er behauptete, den Mars, dabei bin ich bereit, jeden Eid zu schwören, daß genau dasselbe Ding eine Woche zuvor die Venus war. Doch da ich in beiden Fällen rein gar nichts sehen konnte, war es letztlich schnurzegal.«

Die Tür ging auf, und Mr. Quantock trat ein. Robert

glich einem kleinen, runden, braunen, sarkastischen Käfer. Georgie erhob sich zu seiner Begrüßung und stand bei bester Beleuchtung da. Robert bemerkte zweifellos seine Hose, da er offenbar den Blick nicht von den ausufernden Falten wenden konnte, die sich um Georgies Knöchel legten; er starrte sie an, als sei er Cortez und sie irgendein neuer Planet. Dann verschränkte er wortlos die Arme und tanzte etwas, das sich eindeutig als schottischer Seemannstanz identifizieren ließ.

»Ahoi, Georgie«, sagte er. »Leinen fest und angedockt.«

»Wovon redet er eigentlich?« wollte Daisy wissen.

Von seiner allgemeinen Gutmütigkeit einmal abgesehen war Georgie stets bestrebt, Mr. Quantock versöhnlich zu stimmen. Als der weitaus sarkastischste Mensch in Riseholme war dieser in der Lage, aus dem Stegreif bissige Bemerkungen zu machen, während Georgie lange überlegen mußte, ehe er etwas Bösartiges über die Lippen brachte, und selbst dann ließ seine Gutmütigkeit nicht zu, andere zu verletzen.

»Er redet von meiner neuen Kleidung«, sagte er, »und er ist richtig ungezogen. Irgendwas Neues?«

»Irgendwas Neues?« lautete die gängige Gesprächseröffnung in Riseholme. Eine bessere ließ sich nicht denken, da es immer irgend etwas Neues gab; so auch jetzt.

»Ja, Peppino ist zum Bahnhof gefahren«, sagte Mr. Quantock. »Genau wie eine große schwarze Krähe. Hat mit einer schwarzen Hand gewinkt. Puh! Warum nennt man eine Erlösung nicht eine Erlösung und damit basta? Und wenn ihr die Antwort nicht wißt, sag' ich es euch: weil sie in Geld schwimmen. Also, meinen Berechnungen nach . . . «

»Na?« sagten Daisy und Georgie wie aus einem Mund.

»Ihr habt also auch gerechnet?« sagte Mr. Quantock. »Könnten für den, der der Wahrheit am nächsten kommt, einen Preis aussetzen. Ich sage dreitausend im Jahr.«

»Weniger«, sagten Daisy und Georgie wieder wie aus einem Mund.

»Na schön. Aber das ist noch lange kein Grund, den Tee ohne ein Stück Zucker zu trinken.«

»Du liebe Güte, nein«, pflichtete ihm Daisy freundlich bei. »Aber wie kommst du auf dreitausend?«

»Durch Addition«, antwortete dieser unmögliche Mensch. »Und es ist kein Penny weniger. Nach dem Mittagessen war ich in der Leihbücherei, und wer zwei und zwei zusammenzählen konnte, kam auf diesen Betrag.«

Daisy wandte sich an Georgie. »Sie sind also heute abend mit Lucia allein.«

»Ich weiß«, sagte Georgie. »Sie hat mir gesagt, daß Peppino abgereist ist. Ich rechne damit, daß er heute in dem besagten Haus übernachtet.«

Mr. Quantock zog seine Berechnungen aus der Tasche, und die Diskussion wogte hin und her. Sie schlug immer noch hohe Wellen, als Georgie ging, um sich vor dem Abendessen ein wenig auszuruhen sowie das Mozart-Duett zu üben. Lucia und er hatten es noch nicht geprobt, daher konnte es nicht schaden, beide Stimmen zu üben und sie wählen zu lassen, was sie spielen wollte. Foljambe war nach ihrem freien Nachmittag wieder eingetroffen und teilte ihm mit, während er zum Tee gewesen sei, habe sie ein Ferngespräch entgegengenommen, sei aber nicht schlau daraus geworden.

»Eine Person, die es sehr eilig hatte, Sir«, sagte sie, »und mich wiederholt fragte, ob ich – verzeihen Sie, Sir –, ob ich Georgie sei; ich verneinte, erklärte aber, ich würde Sie holen. Das war ihr nicht recht, und sie sagte, sie werde telegraphieren.«

»Aber wer war es?« erkundigte sich Georgie.

»Entzieht sich meiner Kenntnis, Sir. Sie nannte nie einen Namen, sondern fragte nur immerzu.«

»Sie?« fragte Georgie.

»Klang wie eine Sie!« sagte Foljambe.

»Äußerst mysteriös«, sagte Georgie. Seine beiden Schwestern schieden aus, da sie nicht wie eine Sie, sondern wie ein Er klangen. Also legte er sich auf sein Sofa, um ein wenig zu entspannen, bevor er sich an den Mozart wagte.

Der Abend war kühl geworden, so daß er sein blaues Cape mit dem violetten Kragen umwarf, als er zu Lucias Haus hinüberschlenderte. Das Hausmädchen begrüßte ihn mit einem schwachen, leidenden Lächeln des Erkennens, ehe es wieder seine Grabesmiene aufsetzte und ihm nicht in dem gewohnt flotten Tempo, sondern traurig und langsam voranschritt, die Tür zum Musikzimmer öffnete und in einem trauernden Flüsterton seinen Namen nannte. In dem normalerweise so heiteren, fröhlichen Zimmer brannte heute nur eine Lampe, und aus der finstersten Ecke ertönte ein Rascheln, als Lucia sich erhob, um ihn zu begrüßen.

»Guter Georgie«, hauchte sie. »Lieb von Ihnen.«

Georgie hielt ihre Hand ein Sekündchen länger als gewöhnlich und drückte sie ein wenig fester, um seinem Mitgefühl Ausdruck zu verleihen. Als Zeichen dankbaren Verstehens drückte Lucia ebenfalls ein wenig fester, woraufhin Georgie seinen Händedruck verstärkte, um anzudeuten, daß er verstand, bis ihre jeweiligen Fingernägel vor lauter Weitergabe und Empfang von Mitgefühl weiß wurden. Das Ganze erwies sich als recht schmerzhaft, da ein Stück Haut seines kleinen Fingers zwischen zwei Ringen an seinem Ringfinger eingeklemmt worden war, so daß er froh war, als sich völliges Einvernehmen zwischen ihnen eingestellt hatte.

Selbstredend konnte man nicht erwarten, daß Lucia in diesen ersten Augenblicken seine Hose bemerken würde. Sie selbst trug Trauer, und Georgie glaubte, in dem Hütchen, das sie aufhatte, die Kopfbedeckung wiederzuerkennen, mittels derer sie ihre Trauer über den Tod von Königin Viktoria angedeutet hatte. Doch Schwarz stand ihr, jedenfalls sah sie blendend aus. Gleich darauf wurden sie zu Tisch gerufen, woraufhin sie sich bei Georgie einhakte und beide mit unsicheren Schritten in das Eßzimmer gingen.

Georgie hatte entschieden, daß er eine mitfühlende, aber anregende Rolle spielen sollte. Lucia mußte sich von dem Schlag erholen, und ihr Vorschlag, er möge das Mozart-Duett mitbringen, gab zu Hoffnung Anlaß. Und wenn auch mit leiser und zögernder Stimme, fragte sie doch, als sie Platz nahmen: »Irgendwas Neues?«

»Ich habe den ganzen Tag Haus und Garten kaum verlassen«, antwortete Georgie. »Den Rasen gewalzt.

Und Daisy Quantock – wußten Sie schon? – hat sich mit ihrem Gärtner überworfen und wird jetzt alles allein machen. Da stand sie also, mit einer Hacke und einer Schubkarre voller Mist.«

Lucia lächelte matt.

»Die gute Daisy!« sagte sie. »Das wird ein Garten werden! Sonst noch was?«

»Ja, ich war zum Tee bei ihnen, und während meiner Abwesenheit kam ein Ferngespräch für mich. Wirklich gräßlich. Wer auch immer es war, er ließ nichts ausrichten, sondern wird telegraphieren. Ich kann mir einfach nicht denken, wer es war.«

»Das würde ich auch gern wissen!« ließ Lucia in interessiertem Tonfall verlauten, ehe sie sich eines Besseren besann. »Als ich vor zwei Tagen das Telegramm für Peppino auf dem Tisch liegen sah, Georgie, überkam mich eine Art böse Vorahnung, daß es schlechte Nachrichten bringen würde.«

»Eigenartig«, sagte Georgie, »und was für ein köstlicher Fisch! Wie schaffen Sie es bloß immer, bessere Lebensmittel als wir anderen zu ergattern? Er schmeckt nach Meer. Und nach meiner vielen Arbeit bin ich so hungrig.«

Lucia ließ sich nicht aus dem Konzept bringen. »Ich brachte es dem armen Peppino«, fuhr sie fort, »und der wurde weiß wie die Wand. Doch dann – wie typisch für ihn – dachte er an mich. ›Es sind schlechte Nachrichten, Liebling‹, sagte er, ›und wir müssen einander helfen, damit fertig zu werden.‹«

»Typisch Peppino«, bestätigte Georgie. »Mr. Quantock sah ihn zum Bahnhof fahren. Wo übernachtet er denn heute?«

Lucia nahm noch etwas Fisch.

»In Tantchens Haus am Brompton Square«, sagte sie.

»*Da* also steht es!« dachte Georgie. Wenn in Daisys Haus noch irgendwo, vom Dachboden einmal abgesehen, Licht brannte, würde er auf dem Rückweg kurz vorbeischauen und die Neuigkeit weitergeben müssen.

»Ach, sie besaß dort ein Haus, nicht wahr?« sagte er.

»Allerdings, ein entzückendes Haus«, bestätigte Lucia, »und für Peppino steckt es selbstredend voller lieber alter Erinnerungen. Das Herz wird ihm schwer werden, da er als Knabe dort bei Tantchen zu Besuch war.«

»Und hat sie es ihm hinterlassen?« erkundigte sich Georgie und versuchte, seiner Stimme einen gleichgültigen Klang zu geben.

»Ja, und es ist nicht vermietet«, sagte Lucia. »So kann man es leichter veräußern, falls Peppino sich sich zu einem Verkauf entschließt; und wunderschöne Queen-Anne-Möbel.«

»Wie ergötzlich, meine Liebe!« sagte Georgie. »Sind bestimmt ein Vermögen wert.«

Lucia erholte sich deutlich von dem furchtbaren Schlag, gestattete sich aber nicht, daß die Erholung zu rasch verlief, sondern schüttelte traurig das Haupt.

»Peppino ginge es gegen den Strich, sich von Tantchens Sachen zu trennen«, sagte sie. »Die vielen Erinnerungen. Er sieht heute noch vor sich, wie sie an ihrem Sekretär aus Walnußholz saß (einer von den hohen, Sie wissen schon, mit einem Rolladen vorn, und an den Schubladen sind noch alle Originalgriffe) und morgens ihre Bücher führte. Und dann das Porträt von ihr mit den Perlen über dem Kamin, von Sargent; ein ziemlich früher. Etliche hübsche chinesische Chippendalestühle im Speisezimmer. Wir müssen versuchen, einiges davon zu behalten.«

Georgie hätte gern hundert Fragen gestellt, doch da Lucia es so offensichtlich genoß, diese köstlichen Einzelheiten mit Erinnerungen vermengt durchsickern zu lassen, wäre das unklug gewesen. Langsam gewann er den Eindruck, daß Daisys zynische Anspielung stimmte und sich hinter Peppinos und Lucias schmerzlichem Gram ein nicht unerhebliches Erbe versteckt hielt. Gelegentlich schimmerte eine Spur Frohlocken durch, das Lucia aber sofort wieder unterdrückte.

»Wo wollt ihr denn all die wunderschönen Dinge lassen, wenn ihr das Haus verkauft?« fragte er. »Euer Haus hier ist doch schon vollkommen.«

»Noch ist nichts entschieden«, sagte Lucia. »Weder er noch ich denken an etwas anderes als an das liebe Tantchen. Was hatte sie in der Zeit, in die Peppinos Erinnerungen zurückreichen, für eine wache Intelligenz! Auf dem Gemälde von Sargent sieht sie immer noch recht gut aus. Und es kam so plötzlich; als Peppino sie das letzte Mal sah, sprühte sie vor Temperament.«

(»Damals hat sie ihn gebissen«, dachte Georgie.) Laut sagte er: »Natürlich geht euch das sehr nahe. Was ist das für ein Sargent? Brustbild oder Vollporträt?«

»Vollporträt, glaube ich«, antwortete Lucia. »Ich wüßte nicht, wo wir es hier aufhängen könnten. Und dann noch ein William der Dritte irgendwas. Aber natürlich kann man unmöglich jetzt schon an so etwas denken. Ein Gläschen Portwein?«

»Ich schenke Ihnen ein«, sagte Georgie, »genau

das, was Sie nach all den Sorgen und dem Gram brauchen.«

Lucia schob ihm ihr Glas hin.

»Nur ein halbes«, sagte sie. »Sie sind so lieb und verständnisvoll, Georgie; außer mit Ihnen könnte ich mit keinem reden, und vielleicht ist Reden jetzt genau das richtige für mich. Tantchens Keller birgt Unmengen ausgezeichneten Portweins, sagt Peppino.« Sie stand auf. »Lassen Sie uns ins Musikzimmer gehen. Wir plaudern noch ein wenig, und wenn uns danach ist, spielen wir unseren Mozart.«

»Das wird Ihnen guttun«, sagte Georgie.

Lucia fühlte sich in der Lage, mehr Beleuchtung zu ertragen als vor dem Essen, als sie aus der Dunkelheit aufgetaucht war, und so ließen sie sich gemütlich vor dem Kamin nieder.

»Peppino wird furchtbar viel zu tun haben«, sagte sie. »Zum Glück ist sein Anwalt in derselben Kanzlei wie Tantchens Anwalt und ein echter Freund der Familie. Alles, was Tantchen besaß, fällt an Peppino, sagt er, ohne daß wir so recht wüßten, was da auf uns zukommt. Doch bei diesen Erbschaftssteuern müssen wir darauf gefaßt sein, sehr arm zu werden, bis sie bezahlt sind, und dann steigen die Steuern so ungerecht proportional zur Höhe des Erbes. Außerdem muß alles am Brompton Square geschätzt werden, und für alle Habseligkeiten müssen wir zahlen, sämtliche Teppiche und Brücken werden taxiert, darunter einige wunderschöne Perser. Dann muß der Schätzer bezahlt werden, von den Anwaltskosten ganz zu schweigen. Und wenn all das beglichen und vom Tisch ist, wird man in eine höhere Einkommensklasse eingestuft.«

»Aber das Einkommen ist ja auch höher«, gab Georgie zu bedenken.

»Nun ja, so kann man es auch sehen«, gab Lucia zu. »Aber Peppino sagt, daß die Kosten enorm sind. Und dann wäre da noch ein herrliches Musikzimmer.«

Lucia bedachte ihn mit einem ihrer ausgesprochen stechenden Blicke.

»Georgino, ich schätze, jedermann in Riseholme ist ganz erpicht darauf, zu erfahren, was Peppino geerbt hat. Es ist zwar scheußlich vulgär, liegt aber wohl in der Natur der Dinge begründet. Reden alle davon?«

»Nun, ich habe davon reden hören«, gab Georgie zu, »doch verstehe ich nicht, was daran vulgär sein soll. Mich selbst interessiert es auch. Es betrifft Sie und Peppino, und das Schicksal seiner Freunde sollte einem nicht gleichgültig sein.«

»*Caro*, das weiß ich doch«, sagte Lucia. »Doch so viel wichtiger als das Geld an sich ist die damit verbundene Verantwortung. Peppino und ich haben alles, was wir für unsere einfachen kleinen Bedürfnisse brauchen, und auf einmal kommt dieser große Vermögenszuwachs – groß im Verhältnis zu unseren jetzigen bescheidenen kleinen Einkünften – auf uns zu und bringt, wie gesagt, Verantwortung mit sich. Was uns nach Bezahlung all der vielen gewaltigen Abgaben bleibt, müssen wir klug und bar jeglicher Verschwendung verwenden. Natürlich werden wir umgehend die Wiese am Ende des Gartens erwerben, um die Angst zu beenden, daß sie eines Tages bebaut und der Garten ruiniert wird. Eventuell bekommt Peppino auch ein neues Teleskop. Aber was bleibt mir in Riseholme zu wünschen übrig über das hinaus, was ich bereits habe? Musik und

Freunde, die ich unterhalten kann, meine Bücher und Blumen. Vielleicht ein Bibliotheksanbau am Ende des Flügels, in dem Peppino ungestört sein könnte, oder sogar ab und an ein Streichquartett aus London kommen lassen. Das dürfte viel Vergnügen bereiten, und Musik ist doch mehr als bloßes Vergnügen, nicht wahr?«

Wieder richtete sie ihren stechenden Blick auf Georgie.

»Und dann wäre da noch dieses Haus am Brompton Square«, sagte sie, »Tantchens Geburtshaus. Sollen wir es verkaufen?«

Georgie konnte sich genau vorstellen, was ihr durch den Kopf ging. Es ging auch durch seinen, seit Lucia das herrliche Musikzimmer erwähnt hatte. Lucias Stimme hatte bei dem herrlichen Musikzimmer verweilt, so als wolle sie es unterstreichen, liebkosen, sich aneignen.

»Sie spielen offenbar mit dem Gedanken, das Haus zu behalten und zeitweise zu bewohnen«, sagte er.

Lucia sah sich um, als hätten sich unbemerkt hundert Lauscher eingeschlichen.

»Psst, Georgie«, sagte sie, »kein Wort darüber darf nach außen dringen. Aber der Gedanke kam sowohl Peppino als auch mir.«

»Aber ich dachte, London wäre Ihnen zuwider«, sagte Georgie. »Schließlich sind Sie jedesmal froh, wieder hier zu sein; Sie finden es grell und gewöhnlich.«

»Das ist es, verglichen mit dem einmaligen Frieden und der Besinnlichkeit in unserem Riseholme«, sagte sie, »wo es nie einen Mißton gibt, jedenfalls fast nie. Und doch findet sich in London eine gewisse Lebhaftigkeit und Agilität, die uns hier fehlt. Sich treiben lassen,

Georgie, im Zentrum der Ereignisse! Vielleicht werden wir hier, wo alles eitel Harmonie und Kultur ist, zu sensibel, vielleicht sind wir zu behütet. Ginge es nach meinen Neigungen, würde ich unser geliebtes Riseholme nicht für einen Tag verlassen. Ach, wie einfach wäre alles, wenn es nur nach den Neigungen ginge! Ein Morgen mit meinen Büchern, ein Nachmittag in meinem Garten, nach dem Tee mein Klavier, und ein Freund wie Sie, der mit meinem Peppino und mir zu Abend speist und mich tüchtig schilt, wie Sie es in Bälde tun werden, weil ich den armen Mozartino so verhunze.«

Lucia drehte an dem elisabethanischen Bratspieß, der in dem breiten Kamin hing, und musterte Georgie wieder so, wie es der alte Seefahrer getan hätte. Georgie blieb nichts anderes übrig, als zu lauschen ... Lucias wohlgesetzte, klar konstruierten Sätze hatten nichts Improvisiertes; ihre Worte waren offensichtlich gründlich durchdacht und wahrscheinlich ausdiskutiert. Wenn sie und Peppino von nichts anderem geredet hätten, seit dieser fürchterliche Schlag sie traf, hätte sie sich nicht präziser und deutlicher ausdrücken können.

»Georgie, ich komme mir vor wie eine gemächliche alte Mähre, der man nach einer geruhsamen Zeit auf der Weide unversehens wieder Sattel und Zaumzeug anlegt. Dabei verspüre ich noch Unternehmungslust und Energie in mir, auch wenn ich dachte, man solle mir gestatten, in dem köstlichen Frieden und der Beschaulichkeit unseres geliebten, stillen, eintönigen Riseholme alt zu werden. Doch ich fürchte, dies wird mir womöglich nicht vergönnt sein. Mein Gewissen knallt mit der Peitsche und ruft: ›Du mußt wieder loszockeln, du faules altes Ding.‹ Auch muß ich an Peppino denken. Niemals würde sich der gute zufriedene Peppino beschweren, falls ich mich nicht von der Stelle rührte. Er würde seine Zeitung lesen, im Garten herumwerkeln, seine entzückenden kleinen Poeme verfassen – ein ganz nettes, ›Schmerzlicher Verlust‹, hat er gestern begonnen, ein Sonett – und in die Sterne gucken. Aber ist das ein Leben für einen Mann?«

Georgie rutschte unruhig in seinem Sessel umher, woraufhin Lucia sich beeilte, die leise Kritik zu dämpfen.

»Sie sind anders, mein Lieber«, sagte sie. »Sie haben die beneidenswerte Gabe, sich für alles zu interessieren. Für alles. Bedenken Sie doch, was London für Peppino bedeuten würde! Sein Club, in dem der Hofastronom Mitglied ist; sein anderer Club ist politisch orientiert, und Politik war in letzter Zeit sein ein und alles; der Lesesaal im Britischen Museum. Nein, ich wäre ein Ausbund an Egoismus, wenn ich mir nicht all dies vor Augen hielte. Ich muß und ich werde an Peppino denken. Ich darf nicht egoistisch sein, Georgie.«

Die Vorstellung, Lucia könnte Riseholme verlassen, war eine tickende Zeitbombe. Georgie schien es, als sähe er Riseholme im Augenblick ihrer Explosion in tausend kleine Partikel zerstieben. Doch dann war ihm, als sähe er verschwommen durch den Qualm ein immer noch unversehrtes Riseholme. Natürlich würde jemand den verwaisten Thron besteigen und die Angelegenheiten in die Hand nehmen müssen. In diesem Zusammenhang huschte der Name Beau Nash aus Bath durch seine abgelegensten Gehirnwindungen. Es war ein unverschämter Gedanke, dessen Unbestimmtheit ihn jedoch nicht in Hochverrat ausarten ließ. Georgie schüttelte ihn ab.

»Wie um alles in der Welt sollen wir denn ohne Sie auskommen?« fragte er.

»Lieb von Ihnen, Georgie, daß Sie das sagen«, sagte sie und drehte wieder an dem Spieß. (An dem am letzten Maifest eine Hammelkeule geschmort hatte, die sie alle in Wämsen, Miedern und Kniehosen umlagert hatten, und sämtliche Wohlgerüche Arabiens hatten kaum ausgereicht, den Gestank gegrillten Fleisches zu überdecken, der den Raum noch wochenlang danach erfüllte.) »Lieb von Ihnen, daß Sie das sagen, aber Sie dürfen nicht glauben, ich verließe Riseholme. Wir würden uns – obwohl, wie gesagt, noch nichts entschieden ist – vielleicht zwei oder drei Monate lang im Sommer in London aufhalten und an Wochenenden regelmäßig hierherkommen, und vielleicht noch von November bis Weihnachten und ein Weilchen im Frühling. Außerdem könnte Riseholme immer zu uns kommen. Fünf Gästezimmer, wenn ich mich nicht irre, davon eines eine richtige kleine Suite mit Bad und eigenem Salon. Nein, lieber Georgie, nie würde ich mein geliebtes Riseholme im Stich lassen. Müßte ich zwischen London und Riseholme wählen, stünde meine Entscheidung fest.«

»Dann würden Sie beide Häuser behalten?« erkundigte sich Georgie, aufs äußerste gespannt.

»Peppino war der Meinung, wir könnten es schaffen«, sagte sie, womit sie jeden Eindruck eines am Boden zerstörten Neffen gründlich revidierte. »Gestern abend hat er es ausgerechnet und meinte, wenn man das Kostgeld für das Personal im anderen Haus, Sie verstehen, sowie Gemüse vom Land mit einberechnet, kämen wir bei sorgfältiger Haushaltsführung ganz gut über die Runden. Er war richtig aufgeregt, und noch lange nachdem ich zu Bett gegangen war, konnte ich ihn auf und ab schreiten hören. Peppino ist so versiert in Detailfragen. Er plant, einen kompletten Satz von allem, Kleidung, Badeschwamm, einfach alles, in London zu haben, so daß wir keinerlei Gepäck brauchen. Auf diese Weise spart man ungeheuer viel Trinkgeld und kleinere Ausgaben, bei denen einem, wie er richtig bemerkt, das Geld durch die Finger rinnt. Außerdem entfällt die Garagenmiete in London: Wir werden das Automobil hierlassen und uns in der Stadt mit U-Bahnen und Taxis behelfen.«

Georgie war ebenso aufgeregt wie Peppino und konnte nicht länger an sich halten.

»Verraten Sie mir eins«, sagte er, »auf wieviel beläuft es sich Ihrer Meinung nach? Ich meine das Geld, das er erben wird.«

Auch Lucia warf jede Diskretion über Bord und vergaß völlig, daß sie so lange Zeit furchtbar arm sein würden. »Peppino geht von etwa dreitausend im Jahr aus, wenn alles bezahlt ist. Somit verdoppeln sich unsere Einkünfte.«

Aus Georgies Seufzer sprach tiefste Zufriedenheit. So vieles wurde offenbar, nicht allein über die Zukunft, sondern über die Vergangenheit, da bisher keiner die Höhe ihrer Einkünfte gekannt hatte. Und wie schlau Robert Quantock war, daß er so präzise geraten hatte!

»Das freut mich ausgesprochen für Sie«, sagte er. »Und Sie werden es ganz hervorragend ausgeben, das weiß ich. Heute nachmittag dachte ich darüber nach, hätte mir aber nie und nimmer träumen lassen, daß es so viel sein würde; von den Perlen ganz zu schweigen. Ich gratuliere.«

Plötzlich hatte Lucia das Gefühl, zuviel vom silbernen (oder doch eher goldenen?) Inhalt der über ihr dräuenden finsteren Wolke des schweren Verlustes gezeigt zu haben.

»Armes Tantchen!« rief sie. »Trotz allem vergessen wir sie keineswegs. Wir hatten gehofft, daß sie uns noch ein paar Jahre erhalten bleiben würde.«

So stand es in ihrem Briefchen an Daisy Quantock (und vielleicht auch an andere), aber Lucia konnte nicht wissen, daß Georgie bereits davon erfahren hatte.

»Nun, hier bin ich, um Sie auf andere Gedanken zu bringen«, sagte er. »Sie dürfen nicht länger bei diesem traurigen Ereignis verweilen.«

Lucia erhob sich flott.

»Sie waren mir eine solche Hilfe«, sagte sie. »Allein hätte ich garantiert nur Trübsal geblasen.«

Dann verfiel sie in die Babysprache, in der sie sich, mit einigen italienischen Brocken vermischt, gelegentlich unterhielten.

»Tlitzetleines bißchen Musi, Georgie?« sagte sie. »Und tu mußt danz, danz lieb su mir sein. Ganze Zeit kein bißchen geübt. Hattu Mozart mittebracht? Welche Stimme am einfachsten? Lucia will einfachste Stimme spielen.«

»Lucia soll die Stimme nehmen, die sie mag«, sagte Georgie, der beide Partien fleißig geübt hatte.

»Also Diskant«, sagte Lucia. »Aber o weh, sieht swer aus! Viele hundert tlitzetleine Noten. Und ich bin tleines Dummerchen im Lesen. Also los. Sie fangen an. *Uno, due, tre.*«

Das Klavier war nicht besonders gut beleuchtet, aber Georgie wollte seine Brille erst aufsetzen, wenn es unbedingt sein mußte, da Lucia seines Wissens nicht wußte, daß er eine brauchte, und irgendwie schien eine Brille nicht zu einer Oxfordhose zu »passen«. Doch es half alles nichts, und nachdem er das erste Blatt furchtbar verhunzt hatte, gab er klein bei.

»Georgie muß Brillchen auf Nasi drücken«, sagte er. »Georgie blinder alter Mann.«

Daraufhin erlebte er eine gewaltige Überraschung.

»Und Lucia blinde alte Frau«, sagte Lucia. »Ich habe auch gerade ein Brillchen bekommen. O Georgie, werden wir nicht furchtbar *vecchio*? Wir fangen noch mal von vorne an. *Uno, due* ...«

Anschließend ging der Mozart wunderschön über die Bühne, und im stillen wunderte sich jeder, wie präzise der andere spielte. Lucia hegte den Verdacht, daß Georgie sich bereits daran versucht hatte, andererseits hatte er ihr die Wahl überlassen, und hätte er schon zu Hause geübt, dann mit ziemlicher Sicherheit den Diskant; ihr war nie der Gedanke gekommen, daß er so gründlich gewesen sein könnte, beide Stimmen zu üben. Sie spielten es noch einmal, wobei sie die Stimmen tauschten, und wieder funktionierte alles hervorragend. Es war spät geworden, und bald stand Georgie auf, um zu gehen.

»Und was soll ich sagen, wenn jemand, der weiß, daß ich mit Ihnen gespeist habe, wissen will, ob Sie mir irgend etwas verraten haben?« fragte er.

Lucia klappte den Klavierdeckel runter und überlegte.

»Verraten Sie nichts von unseren Plänen mit dem

Haus am Brompton Square«, sagte sie, »aber ich sehe keinen Grund, weshalb die Leute nicht wissen sollten, daß es dieses Haus gibt. Ich hasse Geheimniskrämerei, außerdem werden es nach der Testamentseröffnung ohnehin alle erfahren. Erzählen Sie also, daß dort ein Haus voller hübscher Dinge steht. Und von dem Geld werden sie ebenfalls erfahren. Nennen Sie also den von Peppino errechneten Betrag.«

»Verstehe«, sagte Georgie.

Sie begleitete ihn zur Tür und schlenderte nach draußen in den kleinen, vor dem Haus liegenden Garten, wo die Narzissen blühten. Es war eine klare Nacht, doch der Mond schien nicht, und die zahlreichen Sterne strahlten hell.

»Aldebaran!« sagte Lucia, unbestimmt auf das sternenübersäte Himmelsgewölbe deutend. »Der helle da oben. O Georgie, wie erholsam es ist, einen Blick auf Aldebaran zu werfen, wenn man sorgenerfüllt und traurig ist. Es läßt einen kleinliche Sorgen und privaten Kummer vergessen. Die Hostienteller aus reinem Gold! Herrlicher Shakespeare! Schauen Sie doch morgen nachmittag kurz herein und lassen mich wissen, ob es etwas Neues gibt. Natürlich werde ich nicht ausgehen.«

»Ach, kommen Sie doch zum Mittagessen vorbei«, schlug Georgie vor.

»Nein, lieber Georgie: Die Beerdigung findet um zwei statt. Putney Vale. *Buona notte.*«

»*Buona notte*, liebe Lucia«, sagte Georgie.

Als er nach Hause eilte, mußte Georgie zu seinem Leidwesen feststellen, daß weder in Daisys Salon noch in

Robert Quantocks Arbeitszimmer Licht brannte. Doch als er in sein Schlafzimmer kam, wo Foljambe vergessen hatte, die Rouleaus herunterzuziehen, sah er in Daisys Schlafzimmer Licht. Noch während er hinaussah, wurden drüben die Vorhänge aufgezogen, und er sah, wie sie, in einen geräumigen Morgenmantel gehüllt, oben und unten Fensterflügel öffnete, da das Gesundheitsgebot der Stunde lautete, von Stürmen umtost zu schlafen. Sie mußte ebenfalls gesehen haben, daß in seinem Zimmer noch Licht und sein Gesicht am Fenster war, denn sie gab ihm hektisch Handzeichen, so daß er den Flügel aufstieß.

»Na?« sagte sie.

»Am Brompton Square«, sagte Georgie. »Und dreitausend im Jahr!«

»Nein!« sagte Daisy.

2

Dieses schlichte Wörtchen »Nein« bedeutete in der Umgangssprache Riseholmes sehr viel. Natürlich wurde es zur bloßen Verneinung eingesetzt, und wenn man seine Verneinung besonders hervorhebenen wollte, fügte man ergänzend die Floskel »Ganz gewiß nicht« hinzu. Aber betonte man das Wort »Nein« so, wie Daisy von ihrem Schlafzimmerfenster aus vor Georgie, diente es ganz und gar nicht der Verneinung, sondern bedeutete kurz gesagt: »So etwas Phantastisches ist mir noch nie zu Ohren gekommen, und es bringt mich ganz aus dem Häuschen. Fahren Sie bitte umgehend fort und erzählen Sie mir weit mehr, ehe wir es ausführlich erörtern.«

Dieses Mal fuhr Georgie nicht umgehend in seinem Bericht fort, sondern schloß, nachdem er die Spannung auf den Siedepunkt gebracht hatte, in überaus kunstvoller Manier das Fenster und zog das Rouleau vor, so daß Daisy die halbe Nacht wach lag, über diese bemerkenswerte Neuigkeit nachgrübelte und sich fragte, was Peppino und Lucia mit dem vielen Geld anfangen würden. Dabei kam sie zu mehreren Ergebnissen: Zwar erriet sie, daß die beiden die Wiese hinter dem Garten und ein neues Teleskop kaufen wollten, kam aber nicht auf den Gedanken, daß der Bau einer Bibliothek geplant war. Vor dem Einschlafen türmte sich ein noch größeres Problem vor ihr auf, und sie kritzelte eine Nachricht für Georgie, die ihm frühmorgens überbracht werden sollte und in der stand: »Und hat sie irgendwas zu dem Haus gesagt? Was soll damit geschehen? Und Sie haben mir die Hausnummer verschwiegen«, so, wie das Gespräch von ihr fortgesetzt worden wäre, hätte er sein Fenster nicht so flink geschlossen und das Rouleau heruntergezogen, also sozusagen einen exquisiten Höhepunkt mit dem Vorhang abgeschnitten.

Foljambe brachte Georgie diese Nachricht mit seinem Morgentee nach oben, samt dem Glas heißen Wassers, das er manchmal statt des Tees zu sich nahm, wenn er vermutete, am vorangegangenen Abend gegen dietätische Vorschriften verstoßen zu haben, sowie dem kleinen Tiegel Bullrichsalz, das er gelegentlich in das heiße Wasser oder den Tee tat. Georgie war noch sehr schläfrig, drehte sich, erst halb erwacht, auf die andere Seite, damit Foljambe nicht die Stelle sah, wo er das Toupé trug, und unterdrückte ein Schnarchen, damit sie nicht dachte, er würde schnarchen. Doch als sie »Telegramm für Sie, Sir«, sagte, saß Georgie in seinem seidenen Pyjama im Handumdrehen kerzengerade im Bett.

»Nein!« sagte er mit Betonung.

Er riß den Umschlag auf, aus dem ein ganzes Bündel Zettel quoll. Kaum hatte er die ersten Worte gelesen, war er sich über die Absenderin so sicher, daß er sich nicht einmal die Mühe machte, einen Blick auf den letzten Zettel zu werfen, wo der Name der Unterzeichneten stand.

> Geliebter Georgie! (stand dort zu lesen)
>
> Ich rief bei Ihnen an, bis ich die Geduld verlor, weshalb ich dieses Telegramm abschicke. Überaus kostspielig, aber wahnsinnig wichtig. Gestern traf

ich in London ein und werde übers Wochenende nach Riseholme kommen. Werde Samstag abend allein mit Ihnen essen, um alles zu erfahren. Kommen Sie Sonntag zum Mittag- und Abendessen, und laden Sie alle zu dem einen oder anderen ein, besonders Lucia. Bringe Koch mit, sorgen Sie für ausreichend Essen am Sonntag. Amerikanische und australische Tournee phantastisch, nehme die Saison über Haus in London. Werde das Automobil nehmen.

Alles Liebe,
OLGA

Georgie sprang aus dem Bett und warf nur einen kurzen Blick auf Daisys Mitteilung, ehe er sie wegwarf. Es gab ohnehin nichts zu erzählen, da ihm aufgetragen worden war, über die Pläne mit dem Haus am Brompton Square Stillschweigen zu bewahren, und die Hausnummer wußte er nicht. Olgas Telegramm hingegen enthielt genügend Stoff, um jeden einen Tag lang zu beschäftigen, schließlich mußte er all ihre Freunde für Sonntag zum Lunch oder Dinner einladen, die nötigen Lebensmittel bestellen sowie für Olga und sich selbst eine kleine Mahlzeit für morgen abend vorbereiten. Er war so aufgeregt, daß er kaum merkte, was er gerade schluckte, ob Tee, heißes Wasser oder Bullrichsalz. Außerdem sah er voraus, daß bei Lucia eine äußerst diplomatische Vorgehensweise erforderlich war. Auf jeden Fall mußte sie als erste gefragt werden, und womöglich war sanfter Druck vonnöten, damit sie, ob zum Lunch oder Dinner, überhaupt ihr Kommen zusagte, selbst wenn man ihrer Trauer den gebotenen Respekt zollte und den Kreis der Anwesenden auf ein oder zwei Gäste ihrer Wahl beschränkte. Dennoch konnte Georgie sich des Gefühls nicht erwehren, daß sie es nicht so genau nehmen und sich breitschlagen lassen würde, da alle anderen irgendwann am Sonntag bei Olga sein würden und es für sie zu anstrengend wäre, die folgenden Tage immer und immer wieder zu erklären, sie sei zwar eingeladen worden, aber nicht in Stimmung gewesen. Verzichtete sie hingegen auf diese Erklärung, würde Riseholme mit Sicherheit annehmen, sie sei nicht eingeladen worden. »Ein bißchen diplomatisch vorgehen«, dachte Georgie bei sich, als er nach dem Frühstück ohne Hut, aber mit einem Pelzkragen um den Hals zu Lucias Haus hinübertrabte.

Ihr Hausmädchen führte ihn in das Musikzimmer, ehe sie Lucia holen ging. Da das Klavier offenstand, mußte letztere wohl geübt haben, und auf dem Notenhalter lag ein Exemplar des Mozart-Duetts, das sie am Abend zuvor so gekonnt vorgetragen hatte. Zuerst vermutete Georgie, er hätte gestern seine Noten hier vergessen, doch bei genauerem Hinsehen entdeckte er, daß über den schwierigeren Passagen des Diskantteils Bleistiftmarkierungen für den Fingersatz standen, die nicht von seiner Hand stammten. Im gleichen Augenblick sah er durch das Fenster Lucia durch den Garten kommen, setzte sich rasch auf einen weit vom Klavier entfernt stehenden Stuhl und vertiefte sich in die *Times*.

Gemeinsam nahmen sie vor dem Kaminfeuer Platz, und Georgie rückte mit seinem Auftrag heraus.

»Heute morgen bekam ich Nachricht von Olga«, sagte er, »ein ganz langes Telegramm. Sie kommt am Wochenende.«

Lucia lächelte unterkühlt. Ob Olga kam, war ihr gleichgültig. Riseholme machte mächtig viel Aufhebens um Olga.

»Wie schön für Sie, Georgie«, sagte sie.

»Sie läßt Ihnen ausdrücklich etwas ausrichten«, sagte er.

»Olgas Mitgefühl stimmt mich dankbar«, sagte Lucia. »Eventuell hätte die Möglichkeit bestanden, mir direkt zu schreiben, aber ihre Absichten waren bestimmt die besten. Würden Sie ihr mündlich danken, da sie mir mündlich etwas ausrichten ließ? Ich weiß es zu schätzen.«

Noch während sie diese eisige Stellungnahme abgab, erhob Lucia sich einigermaßen überstürzt und ging an ihm vorbei. Etwas Weißes auf dem Notenhalter des Klaviers hatte ihre Aufmerksamkeit erregt.

»Nur nicht bewegen, Georgie«, sagte sie, »bleiben Sie sitzen, wärmen Sie sich, und zünden Sie eine Zigarette an. Sonst noch etwas?«

Sie schritt zum anderen Ende des Raumes, wo das Klavier stand, und trotz seiner leichten Schwerhörigkeit, hörte Georgie deutlich das Rascheln von Papier. Die elementarsten Regeln der Höflichkeit verhinderten, daß er sich umdrehte. Zudem wußte er ganz genau, was da geschah. Es folgte ein weiteres Papierrascheln, auf das er sich keinen Reim machen konnte.

»Sonst noch etwas, Georgie?« wiederholte Lucia und kam zu ihrem Stuhl zurück.

»Ja. Aber Olgas Mitteilung hatte einen etwas anderen Inhalt«, sagte er. »Offenbar war ihr von eurem schweren Verlust nichts zu Ohren gekommen.«

»Eigenartig«, erwiderte Lucia, »ich hätte vermutet,

daß der Tod von Miss Amy Lucas vielleicht ... egal, was läßt sie mir denn ausrichten?«

»Sie legt sehr großen Wert darauf – sie schrieb ›besonders Lucia‹ –, daß Sie am Sonntag bei ihr zu Mittag oder Abend essen. Peppino natürlich auch.«

»Ausnehmend nett von ihr, aber selbstverständlich vollkommen unmöglich«, sagte Lucia.

»So etwas dürfen Sie nicht sagen«, sagte Georgie. »Sie kommt nur für den einen Tag und möchte alle ihre alten Freunde treffen. Besonders Lucia, verstehen Sie. Sie bat mich übrigens, zwei kleine Festgesellschaften zum Lunch und Dinner zusammenzustellen. Also bin ich natürlich zuerst zu Ihnen gekommen, um Ihre Präferenz zu ermitteln.«

Lucia schüttelte den Kopf. »Ein Fest!« sagte sie. »Wie soll ich denn an so etwas teilnehmen können?«

»Aber es wäre doch nicht *die* Sorte Fest«, entgegnete Georgie. »Nur ein paar Ihrer Freunde. Sie und Peppino werden heute abend und den ganzen morgigen Tag nicht eine Menschenseele zu Gesicht bekommen. Sonntag hat er Ihnen dann alles berichtet. Immer nur herumsitzen und grübeln ist Gift.«

Kaum hatte Lucia gesagt, es sei ganz unmöglich, wünschte sie sich sehnlichst, Georgie würde sie inständig bitten, und wäre sogar so weit gegangen, ihn zu ermuntern, sie inständig zu bitten, wäre er nicht von selbst auf den Gedanken gekommen. Seine letzten Worte boten ihr einen ausgezeichneten Einstieg.

»Warum eigentlich nicht«, sagte sie. »Vielleicht hätte Peppino Lust hinzugehen, wenn es wirklich kein Fest wäre. Es geht nicht an, ständig nur zu grübeln; Sie haben recht, ich darf ihn nicht grübeln lassen. Wie egoistisch von mir, nicht daran zu denken. Wer käme denn noch, Georgie?«

»Das bleibt Ihnen überlassen«, sagte er.

»Sie selbst?« fragte sie.

»Ja«, sagte Georgie, der es für überflüssig hielt, zu ergänzen, daß Olga am Sonnabend mit ihm zu Abend essen und er am Sonntag sowohl mittags wie abends zugegen sein würde. »Ja. Sie bat mich, dabeizusein.«

»Nun, wie wäre es, wenn Sie die arme Daisy und ihren Gatten fragen würden?« sagte Lucia. »Das wäre doch eine besondere Freude für die beiden. Damit wären wir sechs. Ich finde, sechs sind genug. Ich werde mir alle erdenkliche Mühe geben, Peppino zu überreden.«

»Prächtig«, befand Georgie. »Und wäre Ihnen Lunch oder Dinner lieber?«

Lucia seufzte.

»Wohl eher Dinner«, sagte sie. »Abends ist man wohl eher in der Lage, sich zu etwas aufzuraffen. Aber natürlich hängt alles von Peppinos Stimmung ab.«

Sie warf einen Blick auf die Uhr.

»Gerade wird er den Brompton Square verlassen«, sagte sie. »Anschließend geht er mit seinem Anwalt essen und bespricht sich mit ihm. Es gibt ja soviel Geschäftliches zu erledigen.«

Plötzlich fiel Georgie ein, daß er die Hausnummer noch nicht wußte.

»Das kann ich mir denken«, sagte er. »Welch ein entzückender Platz, wenn auch am unteren Ende recht laut, könnte ich mir denken.«

»Stimmt, aber herrlich ruhig am oberen Ende«, sagte Lucia. »Dort liegt eine Straßenbiegung und ein *Cul de sac*. Die Nummer fünfundzwanzig steht kurz vor Beginn der Kurve. Nach hinten heraus stehen übrigens keine Häuser. Nur der stille alte Friedhof – wie traurig für Peppino, daß er heute morgen auf ihn herabsehen mußte – und ein Fußweg, der bis Ennismore Gardens führt. Mein Musikzimmer blickt nach hinten hinaus.«

Lucia erhob sich.

»Wohlan, Georgie«, sagte sie, »Sie werden heute morgen schrecklich viel damit zu tun haben, all die Gäste für Sonntag zu verständigen, und ich darf Sie nicht aufhalten. Dennoch möchte ich Ihnen gern ein Häppchen Strawinsky vorspielen, an dem ich mich probeweise versucht habe. Natürlich schrecklich modern, und womöglich hört es sich für Sie zunächst scheußlich an, und verglichen mit den Unsterblichen ist es nichts als Geklimper, wenn es hochkommt. Und doch hat es etwas, außerdem sollte man nicht alle modernen Werke ungehört verdammen. Zweifellos galten selbst Beethovens größte Sonaten einmal als modern und revolutionär.«

Sie schritt voran zum Klavier, wo auf der Notanablage das Häppchen Strawinsky lag, womit das zweite und bis dahin unerklärliche Rascheln seine Erklärung fand.

»Setzen Sie sich neben mich, Georgie«, sagte sie, »und blättern Sie rasch um, wenn ich nicke; etwa so.«

Die erste Seite absolvierte Lucia wunderbar, doch dann schien alles schiefzugehen. Georgie hatte zwar damit gerechnet, daß es eigenartig und ziellos klingen würde, doch konnte Strawinsky wohl kaum das geplant haben, was Lucia spielte. Auf einmal sah Georgie, daß sich sehr unauffällig mitten im Takt die Tonart geändert hatte, was Lucia entgangen war. Sie spielte bemerkenswert forsch weiter und nickte am Ende der zweiten Seite, wonach das Stück glücklicherweise zu seiner ursprünglichen Tonart zurückkehrte. Empfahl es sich, es ihr zu sagen? Das fand er nicht; beim nächsten oder übernächsten Üben würde sie den Wechsel der Tonart wahrscheinlich selbst bemerken.

Ein brillanter, aus gegenläufigen chromatischen Tonleitern bestehender Lauf beendete dieses musikalische Feuerwerk, und Lucia erschauerte leicht.

»Ich muß noch daran arbeiten«, sagte sie, »ehe ich es beurteilen kann . . .«

Ihre Finger strichen über das Klavier, und sie hielt inne. Dann spielte sie, mit ihrem versonnenen und Georgie so geläufigen Gesichtsausdruck, den ersten Satz der Mondscheinsonate. Georgie verlieh seinen Gesichtszügen gleichfalls den Beethoven-Ausdruck und gab am Ende den üblichen kleinen Seufzer von sich.

»Göttlich«, sagte er. »Nie spielten Sie sie besser. Ich danke Ihnen, Lucia.«

Sie erhob sich.

»Ihr Dank gebührt dem unsterblichen Beethoven«, sagte sie.

Georgie brummte der Schädel vor lauter induktiven Überlegungen, während er seine Botengänge als stellvertretender Gastgeber erledigte. Mit Sicherheit hatte Lucia beschlossen, sich in London ein zweites Zuhause einzurichten, da sie vernehmlich »mein Musikzimmer« gesagt hatte, als sie das Haus am Brompton Square erwähnte. Außerdem ließ sich leicht absehen, welche Bedeutung der Tatsache beizumessen war, daß sie Strawinsky auch nur mit der Fingerspitze anzurühren wagte. In Gedanken nahm sie ihren Platz in der Welt von heute ein, sie würde modern sein: Durch das Musikzimmer am Brompton Square würde nicht nur der erste Satz der Mondscheinsonate hallen ... »Wie aufregend«, sagte Georgie, der im Sog der geistigen Anstrengungen ganz vergaß, seinen Pelzkragen anzulegen.

Sein erster Besuch galt natürlich Daisy Quantock, doch er wollte nur lange genug bleiben, um sie und ihren Gatten zum sonntäglichen Abendessen mit Olga zu verpflichten und ihr die Nummer des Hauses am Brompton Square zu verraten. Wie er sah, hatte sie einen breiten Graben um ihren Maulbeerbaum gezogen und war eifrig dabei, die Baumwurzeln, wie es ihr der gesunde Menschenverstand eingab, mit einer Holzaxt zu stutzen; genauer gesagt hatte sie sämtliche Wurzelenden abgehackt, und ein großer Haufen Maulbeerwurzelstücke wartete darauf, in dem mittlerweile vom Dung befreiten Schubkarren zum Holzschuppen befördert zu werden.

»Fünfundzwanzig, das läßt sich leicht merken«, sagte sie. »Wollen sie es verkaufen?«

»Noch nicht entschieden«, sagte Georgie. »Meine Liebe, Sie gehen etwas radikal zu Werke, oder? Wird er nicht eingehen?«

»Keineswegs«, entgegnete Daisy. »Er wird doppelt soviel Maulbeeren wie früher tragen. Voriges Jahr war es eine. Man sollte die Wurzeln jedes Obstbaumes stutzen, der nicht trägt. Und die Perlen?«

»Nichts Neues«, sagte Georgie, »außer, daß sie in

einem von Sargent gemalten Porträt der Tante auftauchen.«

»Nein! Von Sargent?« wiederholte Daisy.

»Ja. Außerdem Queen-Anne-Möbel und chinesische Chippendalestühle«, fuhr Georgie fort.

»Wie viele Schlafzimmer?« fragte Daisy und wischte ihr Beil im Gras ab.

»Fünf Gästeschlafzimmer, das macht dann wohl sieben«, sagte Georgie, »und zu einem gehören Wohn- und Badezimmer. Und es gibt ein herrliches Musikzimmer.«

»Georgie, sie hat vor, dort zu wohnen«, befand Daisy, »ob sie es Ihnen gesagt hat oder nicht. In einem Haus, das man verkaufen will, zählt man seine Schlafzimmer nicht so. Das macht man einfach nicht.«

»Wie gesagt, noch nichts entschieden«, bemerkte Georgie. »Sie werden also am Sonntag mit Olga dinieren, und jetzt muß ich mich sputen und Leute finden, die mit ihr lunchen.«

»Nein! Auch noch eine Einladung zum Mittagessen?« fragte Daisy.

»So ist es. Sie möchte alle sehen.«

»Und fünf Gästezimmer, sagten Sie?« fragte Daisy und begann, den Graben vollzuschütten.

Georgie eilte zum Gartentor hinaus, und Daisy schaufelte die Erde an ihren Platz zurück und eilte ins Haus, um ihrem Gatten all die Neuigkeiten mitzuteilen. Er hatte ein wenig Rheuma in der einen Schulter, so daß sie ihn nach dem Couéschen Heilverfahren behandelte, bevor sie das Hühnchen abbestellte, das sie für sein Sonntagsessen geordert hatte.

Georgie hielt es für klug, als nächstes zu Olgas Haus

zu gehen, um herauszufinden, ob sie dem Hausmeister auch wirklich mitgeteilt hatte, daß sie am Wochenende kam. Manchmal vergaßen Primadonnen solche Kleinigkeiten. Auf dem Dach von »Old Place« saß ein Mann mit einer Drahtspule, ein anderer auf dem Schornstein. Obschon der Rundfunk noch nicht seinen Einzug in Riseholme gehalten hatte, vermutete Georgie sofort, daß Olga ein solches Gerät anschließen ließ; was würde Lucia dazu sagen? Zunächst war es zutiefst unelisabethanisch, und obwohl sie das Telephon guthieß, hatte sie sich zum Thema Rundfunk ganz unmißverständlich geäußert. Sie selbst hatte ein unangenehmes Erlebnis damit gehabt, als ihre Gastgeberin bei einem kürzlichen Londonbesuch das Rundfunkgerät eingeschaltet und die Anwesenden mit einem von einer Krankenschwester gehaltenen anschaulichen Vortrag über Parodontitis ergötzt hatte. Aber Georgie würde Olga treffen, bevor Lucia am Sonntag zum Dinner kam, und ihr deren Abscheu vor diesem Gerät erklären.

Dann stand ihm noch die angenehme Aufgabe bevor, alle zum Lunch einzuladen. Mittlerweile war die Stunde gekommen, zu der Riseholme in die Läden rein- und wieder rauslief, um Neuigkeiten auszutauschen. Man wußte bereits, daß Georgie am Abend zuvor mit Lucia diniert hatte und Peppino zum Begräbnis seiner Tante gefahren war, und alle konnten es kaum erwarten, in Erfahrung zu bringen, ob schon etwas Endgültiges über das gewaltige Vermögen bekannt war, das die Lucas mit Sicherheit erwartete. Mrs. Antrobus (deren Adleraugen ihre Taubheit wieder wettmachten) erspähte Georgie, als er Olgas Haus betrat, und da stand sie, das Hörrohr bereit, und betrachtete die Landschaft vor den

Türen von »Old Place«, als Georgie das Haus verließ. In der Öffentlichkeit war das Lucassche Vermögen so rasch gewachsen wie ein Kürbis.

»Eine Viertelmillion, soviel ich weiß, Mr. Georgie«, sagte sie, »und ein Haus am Grosvenor Square, stimmt's?«

Ehe Georgie etwas erwidern konnte, kamen die beiden Töchter von Mrs. Antrobus, Piggy und Goosie, Hand in Hand angehopst. Piggy und Goosie gingen nie wie gewöhnliche Menschen; vielmehr sprangen und hüpften sie, um zu demonstrieren, daß man mit Mitte Dreißig durch und durch mädchenhaft sein konnte.

»Nicht weglaufen, Mr. Georgie«, sagte Piggy. »Wir alle möchten es hören. Sind die Perlen wirklich eine Riesensumme wert?«

»Dummerchen«, sagte Goosie. »Ich glaub' nicht an die Perlen.«

»Tja, und ich glaub' nicht an den Grosvenor Square«, sagte Piggy. »Selber Dummerchen!«

Als sich diese überschäumend gute Laune gelegt und Piggy Goosie einen Klaps auf die Handrücken gegeben hatte, machten beide gleichzeitig: »Psst!«

»Nun, über die Perlen weiß ich nichts«, sagte Georgie.

»Hä, worüber wissen Sie nichts?« sagte Mrs. Antrobus.

»Über die Perlen«, sagte Georgie in das Ende von Mrs. Antrobus' Hörrohr. Es sah aus wie der Rüssel eines ganz kleinen Elephanten, und sie schwenkte es hin und her, als bettele sie um ein paar Erdnüsse.

»Über die Perlen, Mama«, kreischten Piggy und Goosie gleichzeitig. »Unterbrich Mr. Georgie nicht.«

»Und das Haus liegt nicht am Grosvenor Square, sondern am Brompton Square«, fuhr Georgie fort.

»Aber der liegt doch praktisch in den Elendsvierteln«, sagte Mrs. Antrobus. »Ich bin enttäuscht.«

»Ganz und gar nicht, eine reizende Gegend«, widersprach Georgie. Auf so etwas war er absolut nicht vorbereitet gewesen: Er hatte damit gerechnet, daß man seine Neuigkeit mit Ausrufen des Neid und der Überraschung quittieren würde. »Was das Vermögen angeht, das beläuft sich auf dreitausend im Jahr.«

»Mehr nicht?« sagte Piggy mit dem Unterton tiefster Verachtung.

»Für Millionärinnen wie Piggy nicht mehr als Brosamen«, sagte Goosie, und beide versetzten sich wieder Klapse.

»Sonst noch was Neues?« fragte Mrs. Antrobus.

»Ja«, sagte Georgie, »Olga Bracely kommt morgen ...«

»Nein!« riefen die Damen im Chor.

»Mit ihrem Mann?« wollte Piggy wissen.

»Nein«, sagte Georgie unbetont. »Wenigstens erwähnte sie ihn nicht. Aber sie möchte, daß alle ihre Freunde am Sonntag bei ihr zu Mittag essen. Sie kommen doch alle, oder? Sie hat mich gebeten, alle einzuladen.«

»Ja«, sagte Piggy. »Ganz entzückend! Ich verehre Olga. Ob sie mich neben sich sitzen läßt?«

»Hä?« sagte Mrs. Antrobus.

»Lunch am Sonntag, Mama, bei Olga Bracely«, brüllte Goosie.

»Sie ist doch gar nicht hier«, sagte Mrs. Antrobus.

»Nein, aber sie kommt, Mama«, schrie Piggy.

»Komm mit, Goosie. Da ist Mrs. Boucher. Wir wollen ihr von der armen Mrs. Lucas erzählen.«

Mrs. Bouchers Rollstuhl hatte gegenüber der Metzgerei Stellung bezogen, wo ihr Mann gerade den Sonntagsbraten bestellte. Bevor Georgie bei ihr angekommen war, hatten Piggy und Goosie ihr die Geschichte von Lucias relativer Armut kundgetan. Hier jedoch wurde sie anders aufgenommen, und Georgie sah sich plötzlich in der Rolle des aktuellen Glücksboten.

»Ein enormes Vermögen. Das nenne ich ein enormes Vermögen«, verkündete Mrs. Boucher euphorisch, als Georgie näherkam. »Guten Morgen, Mr. Georgie, ich habe Ihre Neuigkeit vernommen und hoffe, Mrs. Lucas wird es gut verwenden. Und auch noch Brompton Square! Eine Tante von mir wohnte einmal dort, und sie sagte immer, sie wohne lieber am Brompton Square als im Buckingham-Palast. Was werden sie Ihrer Meinung nach damit machen? Bestimmt ist es sein Gewicht in Gold wert. Welch ein seltsamer Zufall, daß Mrs. Lucas und meine Tante dort gewohnt haben! Sonst noch etwas Neues?«

»Ja«, sagte Georgie. »Olga kommt morgen ...«

»Na, wenn das keine Neuigkeit ist!« rief Mrs. Boucher, als ihr Mann die Metzgerei verließ. »Jacob, Olga kommt morgen, sagt Mr. Georgie. Wenn dich das nicht glücklich macht! Du bist doch bis über beide Ohren in Olga verliebt, Jacob, Leugnen zwecklos. Du bist eben ein alter Charmeur, Jacob, das muß mal gesagt werden. Bevor Olga wieder abreist, kann ich von dir nicht viel Aufmerksamkeit erwarten. Und das in deinem Alter, ich würde mich schämen, ehrlich. Und jung genug, um deine oder meine Tochter zu sein. Und dreitausend im

Jahr, sagt Mr. Georgie. Das nenne ich ein enormes Vermögen. Mrs. Lucas, weißt du. Ich habe mit zwei gerechnet. Ich bin überrascht. Na, als die alte Mrs. Toppington – nicht die Frau des jungen Mr. Toppington, der die Nichte des Erfinders des Lachgases geheiratet hat, sondern seines Vaters oder vielleicht auch seines Onkels, genau weiß ich das nicht mehr –, aber als der alte Mr. Toppington starb, hinterließ er seinem Sohn oder Neffen, wem auch immer, eine Summe, die ihm in etwa das gleiche einbrachte, und der galt damals als ungeheuer wohlhabender Mann. Dem gehörte das Haus gleich hinter der Kirche von Scroby Windham, wo mein Vater Pfarrer war, und er ließ den neuen Flügel mit dem Billardzimmer anbauen ...«

Da Georgie wußte, daß er seine Besorgungen nie erledigen würde, wenn er sich alles anhörte, was Mrs. Boucher über den jungen Mr. Toppington zu sagen hatte, unterbrach er sie.

»Und sie möchte, daß Sie und der Oberst am Sonntag mit ihr zu Mittag speisen«, sagte er. »Sie bat mich, alle ihre alten Freunde einzuladen.«

»Wie nett von ihr«, sagte Mrs. Boucher, »und natürlich nehmen wir an ... Jacob, der Braten. Den Braten brauchen wir nicht mehr. Abends solltest du ein Kalbskotelett bekommen, wozu also ein Braten? Ein wenig Steak für die Dienstboten genügt, ein schönes Stück. Das wird ja eine ganz besondere Freude, mit unserer lieben Olga zu Mittag essen! Ein nettes Fest, jawoll.«

Mrs. Quantocks bereits abbestelltes Hühnchen kam für Georgies Abendessen mit Olga am Samstag gerade recht, und als er alles erledigt und besorgt hatte, war der

Vormittag vergangen, ohne daß er Klavier geübt, im Garten gearbeitet oder auch nur einen einzigen Stich an seiner neuen Stickerei getan hätte. Ermattet nach Hause zurückgekehrt, erwarteten ihn dort neue Überraschungen. Foljambe berichtete ihm nämlich, Lucia habe ihr Hausmädchen geschickt, um seinen Leitfaden über Auktionsbridge auszuleihen. Er war zwar zu müde, um sich sofort darüber den Kopf zu zerbrechen, aber es kam ihm doch seltsam vor, da Lucia jede Art von Kartenspiel verabscheute; so etwas tauge nur für Menschen, denen es an Intelligenz zum Reden oder Zuhören mangele. Auf Lucias Index der Geistlosigkeiten kamen Karten gleich nach Kreuzworträtseln. Was sollte man davon halten?

Vor Sonntag morgen wurden weder Lucia noch Peppino in der Öffentlichkeit gesichtet, auch wenn Daisy Quantock Peppino bei seiner Ankuft am Freitagnachmittag kurz zu Gesicht bekam, als er gramgebeugt und schleppenden Schrittes durch den kleinen gepflasterten Vorgarten von »The Hurst« bis zur Haustür ging, die Lucia ihm öffnete. Dann schüttelten beide traurig die Köpfe und betraten das Haus. Man glaubte jedoch, daß sie es den ganzen Sonnabend nicht mehr verließen und erst wieder am Sonntag zur Kirche auftauchten, obwohl bei Lucia mit ihrem undurchdringlichen schwarzen Schleier schwerlich von Auftauchen die Rede sein konnte. Damit war der Trauer allerdings Genüge getan (ohnehin wußte jeder, daß sie am selben Abend mit Olga dinieren würde), und nach dem Gottesdienst schob sie den Schleier hoch und gab eine Art kleinen Empfang im Portal, in dessen Verlauf sie allen Freunden beim Verlassen der Kirche die Hand schüttelte. Es herrschte die Ansicht vor, daß dies ihre Rückkehr in das gesellschaftliche Leben Riseholmes darstellte.

Kaum weniger auffällig benahm sich Georgie. Obwohl seine Oxfordhose von Robert so sarkastisch kommentiert worden war, hatte er beschlossen, die Sache durchzustehen, und so spazierte er nach dem Gottesdienst zweimal ausgesprochen langsam um den Anger und unterhielt sich mit jedem, wobei er ein wenig Abstand hielt, damit alle das gute Stück von oben bis unten betrachten konnten. Zwar brach die garstige Piggy in ein helles Gelächter aus und rief: »O Mr. Georgie, wie ich sehe, tragen Sie neuerdings lange Gehröcke«, während ihre Mutter beim Näherkommen wie zur Schärfung ihre allgemeinen Wahrnehmung das Hörrohr hochhielt. Doch von dem mißtönenden Zwischenfall mit Piggy abgesehen, war Georgie mit dem Eindruck zufrieden, den seine Hose hinterließ. Allerdings war sie auch bezaubernd geschnitten und fiel in wunderhübschen Falten, und das Aufsehen, das sie erregte, war ein recht respektvolles. Nun hatte Georgie wirklich einen aufregenden Vormittag hinter sich und war froh, als er überstanden war.

Und was für ein Gespräch er am Abend zuvor mit Olga geführt hatte, als sie mit ihm allein dinierte und so lange mit aufgestützten Ellenbogen am Tisch saß, daß Foljambe dreimal hereinschaute, um zu sehen, ob sie noch nicht abräumen konnte! Ihre eigenen Abenteuer, so sagte sie, seien unwichtig; sie könne Georgie bei Gelegenheit gern von der Amerikatournee, der Australientournee und der bevorstehenden Saison in London berichten. Worüber sie haarklein Bescheid wissen müsse, sei alles, was sich seit ihrer Abreise vor einem Jahr in Riseholme zugetragen habe.

»Heiliger Strohsack!« rief sie aus. »Wenn ich daran denke, wie ich einmal annahm, dies sei ein ruhiges, abgeschiedenes Provinznest, wo ich ausruhen und ungestört üben würde! Dabei bedeutet Riseholme Trubel ohne Ende. Immer geschieht irgend etwas rasend Aufregendes. Was sind die Menschen doch für Narren, daß sie sich nicht für das interessieren, was man Kleinigkeiten nennt. Erzählen Sie mir mehr von Lucia. Es ist doch seine Tante, und auch noch verrückt?«

»Ja, und Peppino hat ihr Haus am Brompton Square geerbt«, hub Georgie an.

»Nein! Dort habe ich mir für die Saison ein Haus gemietet. Welche Nummer?«

»Fünfundzwanzig«, antwortete Georgie.

»Fünfundzwanzig?« sagte Olga. »Na, das ist doch direkt am Anfang der Kurve. Und ein großes ...«

»Musikzimmer nach hinten heraus«, sagte Georgie.

»Mein Haus liegt fast genau gegenüber, ist aber viel kleiner. Gerade Platz genug für meinen Mann und mich und ein Gästezimmer. Fahren Sie fort, rasch.«

»Dazu etwa dreitausend im Jahr und ein paar Perlen«, fuhr Georgie fort. »Und das Haus gerammelt voll wunderschöner Möbel.«

»Wollen sie es verkaufen?«

»Ist noch nicht entschieden«, sagte Georgie.

»Was bedeutet, sie werden es Ihrer Meinung nach nicht tun. Glauben Sie, daß sie regelrecht nach London umziehen?«

»Nein, das glaube ich nicht«, antwortete Georgie behutsam.

»Wie taktvoll Sie sind. Lucia hat Ihnen nicht nur alles erzählt, sondern außerdem betont, nichts sei entschieden. Ich werde also nicht weiter in Sie dringen. Übrigens traf ich auf dem Weg hierher Oberst Boucher. Wieso nur noch eine Bulldogge?«

»Weil die andere Mrs. Boucher immer so scheußlich angeknurrt hat. Er hat sie seinem Bruder geschenkt.«

»Und Daisy Quantock? Immer noch Spiritismus?«

»Nein; das ist vorbei, obwohl ich der Ansicht bin, das er wieder auf dem Vormarsch ist. Danach war Sauermilch an der Reihe, neuerdings ist rohes Gemüse dran. Sie werden es morgen beim Abendessen sehen. Sie bringt es in einer Papiertüte mit. Mohrrüben, Steckrüben und Stangensellerie; roh. Vielleicht läßt sie es aber auch bleiben. Gelegentlich ißt sie, was andere Menschen auch essen.«

»Und Piggy und Goosie?«

»Wie gehabt. Aber Mrs. Antrobus hat ein neues Hörrohr. Ich für mein Teil wüßte wirklich gern, warum Lucia sich meinen Leitfaden über Auktionsbridge ausgeliehen hat. Sie hält doch alle Kartenspiele für schwachsinnig.«

»O Georgie, die Antwort ist einfach!« rief Olga. »Brompton Square natürlich, auch wenn noch nichts entschieden ist. Wenn sie eine Gesellschaft für Gäste gibt, die Bridge spielen wollen.«

Georgie verfiel in tiefes Grübeln.

»Das könnte sein«, sagte er, »aber es wäre äußerst gewissenhaft.«

»Wie läßt es sich sonst erklären? Übrigens, ich habe im ›Old Place‹ ein Rundfunkgerät installieren lassen.«

»Ich weiß. Ich habe die Männer gestern bei der Arbeit gesehen. Lucia haßt diese Dinger. Sie hat nur einmal Radio gehört, und zwar einen Vortrag über Parodontitis. Erzählen Sie mir nun von sich. Wollen wir nicht in den Salon gehen? Foljambe wird langsam unruhig.«

Olga ließ sich von Themen ablenken, die für sie weit fesselnder waren, und berichtete ihm von dem Bombenerfolg ihrer Amerikatournee sowie von der Mitte Mai in Covent Garden beginnenden achtwöchigen Saison. Doch wie von selbst kamen sie wieder auf Riseholme zu sprechen.

»Ich werde zweimal die Woche singen«, sagte sie. »Brünnhilde, Lucrezia und Salome. O mein Bester, wie sehr ich es liebe! Aber an jedem Wochenende werde ich hier sein. Um wieder auf Lucia zu kommen: Glauben Sie, daß sie während der Saison ihre Zelte in London aufschlagen wird? Das wird es wohl sein. Neue Welten erobern.«

Georgie schwieg kurz.

»Was das Auktionsbridge angeht, haben Sie wohl recht«, sagte er endlich, »und damit läßt sich auch Strawinsky erklären.«

»Wie war das?« erkundigte sich Olga neugierig.

»Nun, sie hat mir gestern vormittag ein Stück von Strawinsky vorgespielt«, sagte Georgie. »Und früher wollte sie sich um keinen Preis etwas Modernes anhören. Es paßt alles zusammen.«

»Absolut«, sagte Olga.

Georgie und die Quantocks gingen am nächsten Abend gemeinsam zu Olgas Dinner, Daisy tatsächlich mit einem Päckchen unter dem Arm. Selbiges entpuppte sich jedoch als Enttäuschung, da es keine Mohrrüben, sondern lediglich ein zweites Paar Schuhe enthielt. Lucia und Peppino waren, wie gewöhnlich, ein wenig spät dran, da Lucia die Angewohnheit hatte, wie es sich für die Königin von Riseholme geziemte, auf Gesellschaften als letzte einzutreffen, und den Gästen huldvoll die Aufwartung zu machen. Natürlich warteten alle gespannt, ob sie die Perlen tragen würde, doch hier kam es zur nächsten Enttäuschung, da sie als Schmuck nur zwei schwarze Armreifen sowie die Brosche aus ineinander verschlungenen Goldwürsten trug, die eine Locke Beethovens enthielt. (Beethovens Locke war übrigens vor ein paar Jahren verlorengegangen und von Lucia durch eine Locke aus Peppinos Haar ersetzt worden, das die gleiche Farbe hatte ... Peppino hatte es keinem verraten.) Von Anfang an wurde deutlich, daß sie zwar immer noch Trauerkleidung trug, den dumpfen Schmerz ihrer Trauer jedoch verwunden hatte.

»Ausgesprochen nett von Ihnen, uns einzuladen«, sagte sie zu Olga, »und ein wahrer Segen«, ergänzte sie flüsternd, »für meinen armen Peppino. Ich habe ihm zugeredet, er müsse sich der Welt wieder stellen und dürfe nicht länger Trübsal blasen. Daisy, Verehrteste! Wie nett, Sie und Mr. Robert zu sehen. Georgie! Nun, eine wirklich charmante kleine Gesellschaft, wie ich finde.«

Peppino folgte ihr; dieser Auftritt glich der Ankunft von Mitgliedern des Königshauses, und Olga mußte ihre Knie fest durchdrücken, um nicht unwillkürlich einen Knicks zu machen.

Nach der Begrüßung derer, denen die Ehre zuteil wurde, ihr zu begegnen, wurde Lucia eher umgänglich als huldvoll. Beim Essen saß Robert Quantock zwischen ihr und Olga, doch ließ man Robert beim Essen besser in Ruhe, denn störte man ihn bei dieser Verrichtung, konnte er wie ein Hund mit einem Knochen in den Fängen reagieren: er knurrte. Ließ man ihn jedoch in Ruhe, war er hinterher überaus gut gelaunt.

»Und Sie weilen nur zwei Tage lang unter uns, Miss Olga«, sagte Lucia, »wenigstens berichtet mir das Georgie, der normalerweise über Ihre Streifzüge im Bilde ist. Dann geht es wohl nach London, wo Sie viel mit Proben für die Oper zu tun haben werden. Ich muß es unbedingt einrichten, in diesem Jahr ein oder zwei Wochen in London zu sein, um mir ›Siegfried‹ und ›Die Walküre‹ anzusehen, in denen Sie singen, wie ich den Zeitungen entnehme. Georgie, Sie müssen mich nach London begleiten, wenn die Oper ihre Tore öffnet. Oder womöglich ...«

Sie hielt einen Moment lang inne.

»Peppino, soll ich unseren lieben Freunden unser kleines Geheimnis verraten?« sagte sie. »Wenn du nein sagst, werde ich es nicht tun. Aber, Peppino, bitte ...«

Peppino jedoch hatte Anweisung, ja zu sagen, und verhielt sich entsprechend.

»Sie müssen wissen, liebe Miss Olga«, fuhr Lucia fort, »daß uns aufgrund des tragischen Trauerfalls in der vorigen Woche eine kleine Immobilie zugefallen ist. Peppino hat am Brompton Square ein Haus geerbt, komplett möbliert und mit einem wunderhübschen Musikzimmer. Da keine Notwendigkeit besteht, es umgehend zu veräußern, tragen wir uns mit dem Gedanken, in dieser Saison eventuell einige Wochen dort zu verbringen, natürlich ganz zurückgezogen, aber vielleicht könnten wir dennoch einige wenige Freunde einladen. Dann werden wir Zeit haben, uns umzusehen, und wo das Haus nun einmal da ist, warum es in der Zwischenzeit nicht nutzen? Gegen Monatsende werden wir hinfahren.«

Diese kleine Rede war sorgfältig einstudiert, da Lucia das Gefühl hatte, es würde Riseholme schwer treffen, wenn sie das volle Ausmaß ihres Plans verriete. Er mußte Riseholme Stückchen für Stückchen beigebracht werden: Zunächst mußte Riseholme erfahren, daß sie sich für die eine oder andere Woche in der Stadt aufhielten und der Verkauf des Hauses in der Schwebe war. Als nächstes würde Riseholme erfahren, daß sie das Haus nicht verkauften.

Sie blickte um sich, um herauszufinden, wie dieser Teil Riseholmes die Neuigkeit aufnahm. Aus Georgie, Mrs. Quantock und Olga, die diese Enthüllung natürlich intensiv diskutiert hatten, brach sich im Chor ein nachdrückliches »Nein« Bahn; selbst der intensiv mit seinem Essen befaßte Robert sagte nein und mampfte weiter.

»Wirklich lieb von euch, nein zu sagen«, sagte Lucia, die ganz genau wußte, daß der solchermaßen betonte Ausruf lediglich Erstaunen sowie den Wunsch, mehr zu hören, ausdrückte, keineswegs ein Leugnen, daß so etwas möglich sei, »aber Peppino und ich haben all das durchgesprochen – *non e vero, carissimo* – und verspüren eine Art Verpflichtung, nach London zu gehen. Die liebe Tante Amy und all ihre herrlichen Möbel! Nie hätte sie auch nur ein einziges Möbelstück verkauft, was darauf hinzudeuten scheint, daß sie von Peppino und mir erwartete, den guten alten Familiensitz nicht gänzlich aufzugeben. Dort kam Tante Amy vor dreiundachtzig Jahren zur Welt.«

»Du liebe Güte! Das versetzt einen in die Vergangenheit!« sagte Georgie.

»Nicht wahr«, sagte Olga.

Mittlerweile lief Lucia sozusagen auf Hochtouren. Peppinos Anwesenheit beschickte ihren Heizkessel, Robert beschickte sich selbst und war zu vernachlässigen, wohingegen Olga und Georgie an ihren Lippen hingen.

»Aber nicht nur der Vergangenheit gelten unsere Überlegungen«, sagte sie, »sondern der Gegenwart und der Zukunft. Selbstverständlich ist unser geistiges Zuhause hier – vergleichbar mit Lord Haldane und Deutschland –, und ach, wieviel haben wir von Riseholme gelernt, von seinem entzückenden Ernst und seiner Fröhlichkeit, seiner Kultur, wie es alles aus Kunst und Literatur aufnimmt, was sich seiner würdig erweist, seine alten Sitten, seine Einfachheit.«

»Ja«, sagte Olga. (Sie hatte Lucia schon seit geraumer Zeit mitteilen wollen, daß sie am Brompton Square ein Haus direkt gegenüber gemietet hatte, aber wer konnte den prachtvollen Wortschwall unterbrechen, welcher sich über sie ergoß?)

Einen Moment lang fingerte Lucia an der Beethovens Locke umschließenden Brosche herum. Sie hatte das Gefühl, daß sich die Anstecknadel geöffnet hatte. »Liebe Miss Olga«, sagte sie, »wie schön von Ihnen, daß Sie, die Sie diese großartige Berufung verspüren, der Welt die Melodie zu bringen, Interesse für unsere Belanglosigkeiten aufbringen! Das ermutigt mich. Nun, Peppino und ich sind der Ansicht – nicht wahr, *caro mio*? –, daß wir nun, da sich uns die Gelegenheit bietet, eventuell einen kleinen Salon in London zu führen, diese ergreifen sollten. Auf der Welt finden moderne Entwicklungen statt, von denen wir eigentlich überhaupt nichts wissen. Wir wollen uns weiterbilden. Wir wollen erfahren, welche Gedanken den kosmopolitischen Geist beschäftigen. Wir sind zwar nicht mehr die Jüngsten, aber man lernt nie aus. Wie sehr werden wir alles zu schätzen wissen, was zu erfahren und in unser gutes Riseholme mitzunehmen uns vergönnt sein wird.«

Auf dem Fußboden gab es einen leichten gedämpften Aufprall, und Lucias Finger griffen wieder an die Stelle, wo die Brosche sein sollte.

»Georgino, meine Brosche, die Beethoven-Brosche«, sagte sie, »sie ist heruntergefallen.«

Georgie bückte sich recht ungelenk, um sie aufzuheben; die Arbeit mit der Rasenwalze hatte seine Lendenmuskeln strapaziert. Olga stand auf.

»Wie ungemein aufregend, Mrs. Lucas!« sagte sie. »Sie müssen mir noch viel mehr berichten. Gehen wir? Und welch ein Glück für mich: Soeben habe ich für die Saison ein Haus am Brompton Square gemietet.«

»Nein!« sagte Lucia. »Welches?«

»Ach, eins der kleinen«, antwortete Olga. »Direkt gegenüber von Ihrem. Zweiundvierzig A.«

»Wirklich charmante kleine Häuschen!« sagte Lucia. »Ich habe ein Musikzimmer. Steht Ihnen jederzeit zum Üben zur Verfügung.«

»Prachtvolles Abendessen«, meldete sich Robert zu Wort, der längere Zeit geschwiegen hatte.

Lucia legte einen Arm um Daisy Quantocks ausladende Hüften, wodurch sie taktvoll die Frage umging, wem der Vortritt gebührte. Daisy war natürlich die bei weitem ältere, aber andererseits war Lucia eben Lucia.

»Wirklich hervorragend«, sagte sie. »Georgie, bringen Sie den Beethoven mit.«

»Und lassen Sie uns nicht zu lange warten«, ergänzte Olga.

Georgie hatte keinen Bedarf an der Gesellschaft seiner Geschlechtsgenossen, außer sie waren jung, wodurch auch er sich jung fühlte, oder viel älter als er selbst, was den gleichen Effekt hatte. Peppino jedoch hatte die unangenehme Angewohnheit, im Gespräch mit ihm den Satz »Wenn wir erst ein gewisses Alter erreicht haben« einzuflechten (was eine übertriebene Jugendlichkeit suggerierte), während Robert ununterbrochen und in Wasserfallautstärke Portwein schlürfte. Nachdem Georgie also Robert zwei große Gläser Port zugestanden hatte, beendete er das Symposium und scheuchte die beiden in den Salon, wobei er nur kurz innehielt, um seine Tamburstickerei aufzulesen, die ursprünglich als Bettdecke geplant war, sich jedoch als so entzückend entpuppte, daß er inzwischen mit dem Gedanken spielte, das fertige Stück als Klavierschoner zu verwenden. Ihm fiel auf, daß Lucia eine Notenmappe mitgebracht hatte, und als er einen Blick hineinwarf, entdeckte er das Stück von Strawinsky ...

Als er sich den Damen schließlich auf Hörweite genähert hatte, schlug er vor Entsetzen beinahe lang hin.

»Aber nein, ich finde es ausgesprochen hinreißend«, sagte Lucia gerade, »eine der herrlichsten Erfindungen der Moderne. Sagten wir das nicht gerade gestern abend, Peppino? Und nun verrät mir Miss Olga, daß in

London jeder ein Rundfunkgerät sein eigen nennt. Ich bitte Sie inständig, Miss Olga, stellen Sie es an; ich werde mit Genuß lauschen! Ah, die Beethoven-Brosche: danke sehr, Georgie – *mille grazie*.«

Olga drehte an einem Griff oder einer Schraube oder etwas Ähnlichem, und es folgte eine kurze Pause; vermutlich war der nächste Programmpunkt bereits angesagt worden. Und dann, Wunder über Wunder, drangen aus dem Trichter die ersten Takte der Mondscheinsonate.

Nun kam der Mondscheinsonate (insbesondere deren erstem Satz) in Riseholme beinahe heilige Bedeutung zu. Es war Lucias Melodie, ganz ähnlich wie »God Save the King« des Königs Lied ist. Gleichgültig welche musikalische Unterhaltung vorausging, war Lucia zugegen, ließ sie sich mit Gewißheit früher oder später überreden, den ersten Satz der Mondscheinsonate zu spielen. So verblüfft alle schon darüber waren, daß sie dieses kürzlich noch von ihr verabscheute Gerät nicht nur duldete, sondern sogar seine Inbetriebnahme zuließ, um so unendlich viel erstaunlicher war, daß sie ihm gestattete, ihre Melodie zu spielen. Und doch saß sie da und brachte ihr Gesicht in die bekannten Beethoven-Miene, wozu sie sich ein wenig vornüberbeugte, das Kinn auf eine Hand gestützt, und jenen träumerischen Blick in ihre Augen zauberte, den sie nach Verklingen der letzten Note wieder verlieren würde. Am Ende des ersten Satzes gaben alle den hier angebrachten kleinen Seufzer von sich, die Wehmut wich aus ihren Gesichtern, und mit einer einzigen Geste erstickte Lucia jeden Kommentar oder Beifallsversuch und lächelte vergnügt, um anzudeuten, daß sie wußte, was nun kam.

Als das Scherzo begann, wurde das Lächeln breiter, löste sich zu einem kleinen perlenden Lachen, die Hand, die ihr Kinn gestützt hatte, suchte wieder den Beistand der Beethoven-Brosche, und sie saß aufmerksam, vergnügt und wachsam da, bis die Sonate zu Ende war, gelegentlich in stummer Kritik den Kopf schüttelnd, und einmal sagte sie »ts-ts«, als eine Passage ihren Anforderungen nicht genügte.

»Ein Genuß«, erklärte sie dann, »wirklich überaus vergnüglich. Die liebe alte Melodei! Mir kam der erste Satz ein Ideechen überhastet vor; wenn ich mich recht entsinne, nahm Cortot sich etwas mehr Zeit, ging etwas mehr *legato* vor, doch es war ein durchaus ansprechender Vortrag.«

Olga hielt sich bei dem Gerät auf, wo Lucia sie nicht sehen konnte, und während der Übertragung fiel Georgie auf, daß sie einen Blick auf die Sonntagszeitung warf. Als Lucia nun Cortot erwähnte, warf sie das Blatt rasch auf eine Fensterbank und wechselte das Thema.

»Ich hätte abschalten sollen«, sagte sie, »schließlich sind wir nicht auf das Radio angewiesen, um das zu hören. Bitte zeigen Sie uns doch, was Sie mit dem ersten Satz meinten, Mrs. Lucas.«

Lucia schwebte zum Klavier.

»Nur einen oder zwei Takte, ist's recht?« sagte sie.

Alle murmelten zustimmend und hörten sich noch einmal den ersten Satz an.

»Nichts weiter als meine Umsetzung der Cortotschen Spielweise«, sagte sie, »die zufällig mit meiner eigenen Auffassung übereinstimmt.«

»Nicht bewegen«, sagte Olga, und alle flüsterten »bloß nicht« oder »bitte«. Robert sagte lange nach den anderen »bitte«, weil er schläfrig war. Er wollte aber noch mehr Musik hören, weil er ein Nickerchen zu halten und nicht zu reden wünschte.

»Ihr gönnt mir keine Pause!« rief Lucia und ließ ihre Hände über die Tasten fliegen, die sie nur ganz sacht berührte. »Verglichen mit Riseholme wird London eine rechte Erholung sein. Peppino mio, die auf meinem Cape liegende Mappe; wärest du so freundlich? . . . Peppino bestand darauf, ein paar Noten mitzunehmen; ohne ließ er mich nicht aus dem Haus.« (Diese anschauliche Schilderung erfolgte in Peppinos Abwesenheit; daß er zurückgeschickt worden war, um sie zu holen, wäre zwar zutreffender, aber weniger anschaulich gewesen.) »Danke sehr, *carissimo*. Ein Häppchen Strawinsky; Miss Olga kennt es gewiß auswendig, und ich komme um vor Angst. Georgie, würden Sie umblättern?«

Das Häppchen Strawinsky hatte seit Freitag ungemein gewonnen; es klang immer noch sehr seltsam, sehr modern, aber lange nicht mehr so seltsam wie vor ein paar Tagen, als Lucia den Tonartwechsel übersehen hatte. Dennoch war es für den wahren Riseholmiten eigenartig, die Hohepriesterin Beethovens und Feindin jeglicher modernen Musik, die sie für puren Bolschewismus hielt, dem Klavier diese schrillen Stakkatoklimpereien entlocken zu hören, die sie so oft hatten zusammenzucken lassen. Und doch paßte es nahtlos zu ihrer Billigung des Radios und dazu, daß sie sich Georgies Leifaden über Auktionsbridge geliehen hatte. Lucia übte nicht allein das Häppchen Strawinsky (auch die deutlich verbesserte Aufführung fiel noch in die Rubrik Üben: Sie erprobte das moderne Leben, moderne Ideen, bevor sie in London einfiel. Obwohl sie, bildlich gesprochen, in Riseholme noch vor Anker lag, herrschte allgemein der Eindruck vor, daß sie die Leinen gekappt hatte und die nötigen Vorbereitungen traf, um in See zu stechen.

»Sehr hübsch; ich nenne das sehr hübsch. Respekt!« sagte Robert, als das Häppchen verklungen war. »Das nenne ich Musik.«

»Guter Mr. Robert, wie lieb von Ihnen«, sagte Lucia und drehte sich auf dem Klavierstuhl. »Mein Ehrenwort, nun werde ich keine Note mehr spielen. Aber können wir, könnten wir noch eine klitzekleine Melodei aus Ihrem herrlichen Radio hören, Miss Olga? Ein wirkliches Vergnügen! Am Brompton Square werde ich unbedingt eines aufstellen lassen und ihm lauschen, während Peppino seine Kreuzworträtsel löst. Mittlerweile hat Peppino nur noch Auktionsbridge und Kreuzworträtsel im Kopf und unterbricht mich mitten beim Üben, um den Namen eines Athener Bildhauers zu erfahren, der mit P anfängt und zehn Buchstaben hat.«

»Ich hab's«, sagte Peppino, »Praxiteles.«

Lucia klatschte in die Hände.

»Bravo«, rief sie. »Dann brauchen wir nicht wieder bis in die frühen Morgenstunden aufzubleiben.«

Etwas Großartiges lag in der Erbarmungslosigkeit, mit der Lucia wie beim Kegeln jeden einzelnen Artikel ihres eigenen Riseholmeschen Glaubensbekenntnisses umwarf, laut dem jegliche moderne Kunst dem Bolschewismus gleichkam, Kreuzworträtsel und Bridge schwachsinnig waren und in London ziellose Leere herrschte. Gleich als nächstes Stück im Rundfunkgerät – und höchst unpassend – übertrug man den Begräbnismarsch einer Marionette. Ein schmerzliches Zucken huschte über Lucias Miene, so daß Olga diese traurige Erinnerung an sinnloses Leid abrupt abdrehte.

»Nur weiter, mir gefällt die Musik«, sagte der schläfrige und gedankenlose Robert, woraufhin eiliges Gesprächsgewirr diesen melancholischen Zwischenfall zudeckte.

Es war schon spät, und Lucia erhob sich, um zu gehen.

»Reizender Abend!« sagte sie. »Und welch angenehme Vorstellung, daß wir beide bald auch in London Nachbarinnen sein werden. Mein Musikzimmer steht Ihnen jederzeit zur Verfügung. Kommen Sie, Georgie?«

»Nicht sofort«, entgegnete Georgie bestimmt.

Darauf war Lucia nicht so recht vorbereitet, da Georgie normalerweise jede Gesellschaft verließ, sobald sie ging. Hoch erhobenen Hauptes rauschte sie an ihm vorbei, gab dann aber doch nach.

»Wir dinieren aber morgen? Nach diesem Fest verzichten wir auf Musik«, sagte sie, vergessend, daß beinahe ausschließlich sie für das Fest gesorgt hatte. »Aber vielleicht ein Kartenspielchen, etwa eine Runde Cutthroat, Sie, Peppino und ich.«

»Köstlich«, sagte Georgie.

Als sie die anderen Gäste verabschiedet hatte, eilte Olga in den Salon zurück.

»O Georgie, wie ergiebig«, sagte sie. »Übrigens war es natürlich Cortot, der die Mondscheinsonate schneller als Cortot spielt.«

Georgie legte seine Stickerei beiseite.

»Das dachte ich mir fast«, gab er zu. »Solche Dinge passieren Lucia eben. Aber jetzt wissen wir, woran wir sind. Sie wird in London einen Kreis gründen und dessen Mittelpunkt sein. Wie aufregend! Nun ist alles glasklar. Das einzige, worüber wir nicht Bescheid wissen, sind die Perlen.«

»Bei den Perlen habe ich so meine Zweifel«, sagte Olga.

»Nein, ich glaube schon, daß es Perlen gibt«, sagte Georgie nach kurzer intensiver Konzentration. »Sonst hätte sie mir nicht gesagt, daß sie auf dem von Sargent gemalten Porträt ihrer Tante auftauchen.«

Plötzlich lachte Olga laut los.

»Warum verbringt man auch nur eine einzige Stunde außerhalb von Riseholme?« sagte sie.

»Ich wünschte, Sie würden es nicht tun«, erwiderte Georgie. »Morgen reisen Sie ab?«

»Ja, nach Paris. Zur Entschuldigung muß ich anmerken, daß ich dort meinen Georgie treffe ...«

»Hier ist er«, sagte Georgie.

»Ja, gepriesen sei er. Aber ich sprach von dem, der zufällig mein Gatte ist. Georgie, ich werde wohl meinen Namen ändern und das sein, was ich wirklich bin, Mrs. George Shuttleworth. Warum sollten sich Sängerinnen und Schauspielerinnen Madame Macaroni oder Signora Semolina nennen? Ja, das ist mein Vorwand, wie ich gerade sagen wollte, als Sie mich unterbrachen, und mein wahrer Grund sind Kleider. Ich werde mir Unmengen neuer Kleider kaufen.«

»Erzählen Sie mir mehr darüber«, bat Georgie. Garderobengespräche interessierten ihn ungemein.

»Etwas Genaues weiß ich noch nicht; ich fahre nach Paris, um es herauszufinden. Georgie, Sie müssen mich in London besuchen, sobald ich eingerichtet bin. Und wenn ich in Lucias Musikzimmer übe, begleiten Sie mich. Und soll ich mir einen Bubikopf schneiden lassen?«

Auf einmal erstarrte Georgies Gesicht vor Konzentration.

»Ich möchte wetten ...«

Wieder brüllte Olga vor Lachen.

»Wenn Sie mir drei zu eins anbieten, daß ich nicht weiß, was Sie soeben sagen wollten, halte ich dagegen«, sagte sie.

»Das können Sie gar nicht wissen«, widersprach Georgie.

»Und ob. Sie möchten wetten, daß Lucia sich einen Bubikopf schneiden läßt.«

»Sie sind ja eine ganz Flinke«, sagte Georgie bewundernd.

Natürlich war am nächsten Morgen allgemein bekannt, daß Lucia und Peppino beabsichtigten, ein paar Wochen in London zu verbringen, bevor sie das Haus verkauften, aber wer wußte schon, was *das* wieder bedeuten sollte? Schon war die Zeit reif, wieder für die nächste Maifeier zu proben, und Foljambe, dieses Muster aller Hausmädchen, hatte Georgies Lederwams, seine Kniebundhose und die niedlichen Jagdstiefelchen mit umklappbaren Stulpen hergerichtet, auf daß alles vorbereitet war. Doch als Georgie am nächsten Abend beim Dinner in »The Hurst« irgendeine Bemerkung über das Maifest machte (bei dem Lucia selbstverständlich Königin sein würde), während sie gerade Cutthroat spielten, wobei zur Regelung kleinerer Meinungsverschiedenheiten, wie sie über den Wert der verschiedenen Farben entstehen konnten, der Leitfaden für Auktionsbridge griffbereit lag, sagte sie nur:

»Welch nette alte Sitten! Wie drollig! Und ich bekomme fünfzig angeschrieben, Peppino, oder sind es hundert? Während Sie geben, decke ich auf, Georgie.«

Für Lucias völlige Indifferenz gegenüber dem Maifest gab es zwei Erklärungsvarianten: Entweder ließ ihre Trauer nicht zu, Königin zu sein, oder sie war abwesend. Folglich ließ Georgie sein Wams falten und wegpacken, da er fest entschlossen war, niemand außer Lucia solle ihn zur Teilnahme an einem solch höllischen Tag hinaustreiben, wie er ihn letztes Jahr erlebt hatte. Und doch ließ sich nichts Endgültiges sagen – vielleicht war es Trauer. Allerdings häuften sich die Belege, daß Lucia plante, sich in London einigermaßen häuslich niederzulassen; schließlich hatte sie bei »Zur Gelben Narzisse« am Dorfanger, wo Peppinos Gedichte zum Verkauf auslagen, einige Karten drucken lassen, welche die Aufschrift trugen:

Mr. und Mrs. Philip Lucas
ersuchen um die geschätzte Anwesenheit von

am .... *um* ....

Brompton Square Nr. 25 U. A. w. g.

Das hatte Daisy Quantock herausgefunden, als sie die gravierte Kupferplatte auf dem Tresen liegen sah, und sie hatte, während der Verkäufer ihr den Rücken zuwandte, den Text geschickt entziffert, obwohl er spiegelverkehrt stand und sehr verwirrend war. Dennoch schaffte sie es, und der Zweck lag klar auf der Hand: Lucia trug sich mit dem Gedanken, irgend jemanden förmlich irgendwann zu irgend etwas in das Haus Brompton Square Nr. 25 einzuladen. »Und würde sie vielleicht«, erkundigte sich Daisy voll bitterer Ironie, »solche Karten drucken lassen, wenn sie nur für ein oder zwei Wochen dorthin zögen?« Nicht genug damit, sah Georgie auf Lucias Schreibtisch auch noch eine Postkarte liegen, auf der oben ganz deutlich »Von Mrs. Philip Lucas, Brompton Square Nr. 25, S.W.3« geschrieben stand.

Nunmehr wurde immer klarer (und natürlich dachte Riseholme in dieser Woche an nichts anderes), daß Lucia einen längeren Aufenthalt in der schrillen Metropole im Sinn hatte, als sie zugab. Da sie es vorzog, sich nicht näher zu diesem Thema zu äußern, ließen der bloße Stolz und die Abneigung vor vulgärer Neugier nicht zu, daß man sie fragte, auch wenn es durchaus zulässig (ja sogar eine Art Bürgerpflicht) war, den Sachverhalt mit allen anderen verfügbaren Mitteln auszuloten, und als sich die verschiedenen Beweisstückchen zusammenfügten, gewann Riseholme nach und nach ein überaus düsteres Bild von Lucias wahrer Natur. Allgemein herrschte der Eindruck vor, daß Mrs. Boucher die öffentliche Meinung wiedergab, als sie in ihrem Rollstuhl, der gerade über den Anger geschoben wurde, anhielt, nachdrücklich mit dem Kopf nickte und in Mrs. Antrobus' Hörrohr brüllte.

»Sie läßt Riseholme und all ihre Freunde im Stich«,

sagte Mrs. Boucher, »genauso ist es. Sie will in London für Aufsehen sorgen und die Stadt unter die Knute bekommen. Es wird rauschende Feste geben, Sie werden schon sehen, Zeitungsmeldungen wird's geben, und nach der Saison kommt sie zurück und wird damit prahlen. Mich für mein Teil wird das nicht interessieren. Vielleicht bringt sie mal Samstag bis Montag ein paar ihrer feinen Freunde mit. Herzöge und Herzoginnen werden in ›The Hurst‹ absteigen. Das hat sie vor, glauben Sie's mir, und von mir aus kann das jeder hören.«

Und das war auch besser so, da es jeder im Umkreis von einer Viertelmeile hätte hören können.

»Mach dir nichts draus, meine Liebe«, sagte Oberst Boucher, der den Rollstuhl seiner Frau schob.

»Was draus machen? Das will ich nicht hoffen, Jacob«, sagte Mrs. Boucher. »Und jetzt müssen wir nach Hause, sonst kommen wir noch zu spät zum Lunch, was mir unangenehm wäre, da ich den Prinz von Wales und den Lordkanzler erwarte, mit denen wir nachmittags ohne Unterlaß Bridge spielen und Kreuzworträtsel lösen werden.«

Solche, wenn auch möglicherweise übersteigerte Wut und solch beißender Sarkasmus hatten, wie man fand, eine gewisse Berechtigung, oder hatte Lucia nicht jahrelang mit einem kleinen nachsichtigen Lächeln reagiert, wenn jemand die billigen Vergnügungen und das hektische äffische Geplapper Londons erwähnte? Wenn sie von ihren Besuchen dieses wahrhaft provinziellen Nestes zurückkam, war sie seines falschen und närrischen Treibens immer überdrüssig gewesen, seiner kulturellen Tünche, seines pseudo-athenhaften

Gierens nach allem Neuen. Auch in Riseholme waren alle beschäftigt, aber mit würdigen Dingen, mit Beethoven und Shakeaspeare, mit hoher Kultur, mit dem Studium der wahren Meisterwerke. Und nun, kaum daß Tante Amys Tod ihr und Peppino die Mittel gab, in dem läppischen kleinen Ameisenhügel an der Themse zu wohnen, drehten sie alldem, was der Existenz bisher eine so herrliche und ernste Realität verliehen hatte, den Rücken zu und trainierten, ja: trainierten geradezu die Oberflächlichkeit, indem sie Strawinsky, Auktionsbridge und Kreuzworträtsel einübten. Nur einen Tag bevor ihnen der verhängnisvolle Vermögenszuwachs in den Schoß fiel, hatte Lucia, als sie zur Teezeit bei Oberst und Mrs. Boucher hereinschaute und die beiden ertappte, wie sie ganz gemütlich über einem Kinderkreuzworträtsel in der Abendzeitung brüteten, nachdem sie das für Erwachsene gedachte als zu schwierig verworfen hatten, so getan, als überfordere selbst dieses Rätsel ihren armen Verstand, und war, kaum daß sie den Tee hinuntergekippt hatte, nach Hause gegangen, um noch einen Gesang aus Dantes »Purgatorio« zu Ende zu lesen . . . Und es half Lucia nichts, daß sie behauptete, sie wollten nur die eine oder andere Woche am Brompton Square verbringen, bevor das Haus verkauft werde: Daisys Schnelligkeit und Pfiffigkeit bezüglich der Kupferplatte in »Zur Gelben Narzisse« hatten mit dieser Legende kurzen Prozeß gemacht. Außerdem litt Lucia offensichtlich unter Gewissensbissen: Sie hatte vor, so Mrs. Bouchers feste Überzeugung, sich davonzustehlen und dabei den Eindruck zu hinterlassen, sie käme bald wieder.

Bissige Überlegungen wie diese drangen stoßweise

aus Mrs. Boucher, während ihr Gatte sie zum Mittagessen nach Hause schob.

»Und was die Perlen betrifft, Jacob«, sagte sie, als sie, erhitzt vor Entrüstung, ausstieg, »wenn du mich fragst, wirklich fragst, was ich von den Perlen halte, müßte ich dir antworten, daß ich nicht an ihre Existenz glaube. Vielleicht liegen in einer alten Pillenschachtel ein halbes Dutzend Staubperlen – ich behaupte gar nicht, daß dem nicht so ist, aber mehr Perlen werden wir nicht zu Gesicht bekommen. Pah – Perlen!«

3

Eines Morgens gegen Ende dieser hektischen Woche war Georgie gerade erst zum Frühstück nach unten gekommen und hatte noch nicht einmal seine *Times* aufgeschlagen, als das Telephon bimmelte. Lucia war den ganzen vorherigen Tag nicht zu sehen gewesen, und er hatte – ohne die Zeit zu haben, das niederzuschreiben – die deutliche Vorahnung, daß sie es war. Sie war es, und ihre Stimme klang ausnehmend frisch und munter.

»Ist da Georgino?« sagte sie. »Bittu Georgie?«

Georgie hatte eine andere Vorahnung, deutlicher als die erste.

»Ja, ich bin's«, sagte er.

»Georgie, kommtu nüber, der armen Lucia und Peppino winke-winke machen?« sagte sie.

(»Ich wußte es«, dachte Georgie.) »Wieso, verreist ihr?« fragte er.

»Ja, hab' ich Ihnen doch neulich abend erzählt«, sagte Lucia in großer Eile, »als ihr beide Kreuzworträtsel gelöst habt, Sie und Peppino. Und ob ich das habe. Vielleicht waren Sie geistesabwesend. Aber ...«

»Nein, das haben Sie mir nie gesagt«, widersprach Georgie bestimmt.

»Wie bös du tlingst. Aber kommen Sie trotzdem rüber, Georgie, gegen elf, zu 'nem tleinen Plausch. Wir werden furchtbar verschwenderisch sein, den Wagen nehmen und vielleicht ein, zwei Tage dort behalten.«

»Und wann kommen Sie zurück?« fragte Georgie.

»Noch nicht ganz klar«, sagte Lucia vergnügt. »Arme Peppino hat haufenweise Geschäfte zu erledigen. Weiß noch nicht genau, wie lang das dauern wird. Um elf also?«

Kaum hatte Georgie den Hörer eingehängt, als es an seiner Haustür stürmisch klingelte und klopfte, und Foljambe, die gerade mit seinem Frühstücksspeck in der einen Hand aus der Küche kam, machte kehrt, um zu öffnen. Es war nur de Vere mit einer *Times* in der Hand.

»Mit den besten Empfehlungen von Mrs. Quantock«, sagte de Vere, »und ob Mr. Pillson sich den von ihr angestrichenen Absatz ansehen und mir die Zeitung wieder mitgeben würde? Mrs. Quantock empfängt ihn, wann es ihm beliebt.«

»Das ist alles?« sagte Foljambe ziemlich barsch. »Weshalb haben Sie dann fast das ganze Haus zum Einsturz gebracht?«

De Vere befand sie keiner Antwort für würdig, sondern drehte sich auf ihren hohen Absätzen langsam um und betrachtete die Aussicht.

Wegen der lautstarken Aufforderung war Georgie ebenfalls in den Hausflur gekommen, und Foljambe reichte ihm die Zeitung. Ein kurzer Absatz war mit einem dicken blauen Strich und etlichen Ausrufungszeichen markiert.

»Aus ›The Hurst‹, Riseholme, werden Mr. und Mrs. Philip Lucas heute im Haus Brompton Square Nr. 25 eintreffen.«

»Nein!« rief Georgie. »Teilen Sie Mrs. Quantock mit, daß ich nach dem Frühstück vorbeischaue«, woraufhin er davoneilte und sein Exemplar der *Times* aufschlug, um zu prüfen, ob dort dasselbe stand. Dem war so: Es handelte sich weder um einen Druckfehler, noch ließ sich irgendeine andere Erklärung finden. Obwohl er über den Vorgang bereits unterrichtet war, schien ihm dieser erst über das gedruckte Wort ins Bewußtsein zu dringen. Außerdem enthüllte das gedruckte Wort, daß Lucia alles spätestens gestern vor der morgendlichen Post geregelt haben mußte, sonst hätte diese Notiz nie und nimmer heute erscheinen können. Er schlang sein Frühstück hinunter, wobei er sich schlimm am Tee die Zunge verbrannte.

»Es ist nicht nur ein Fall von Irreführung«, sagte Daisy, kaum daß er eintrat, ohne ihn auch nur zu begrüßen, »das war uns ohnehin klar, sondern sie ist auch noch feige. Sie hat sich nicht getraut, es uns zu sagen.«

»Sie fährt mit dem Automobil hin«, sagte Georgie, »und zwar um kurz nach elf. Soeben bat sie mich, vorbeizuschauen und sie zu verabschieden.«

»Also noch mehr Irreführung«, stellte Daisy fest, »denn nachdem wir dies gelesen hatten, sollten wir natürlich vermuten, daß sie den Nachmittagszug nehmen würde, und wenn wir nach dem Mittagessen vorbeigingen, um auf Wiedersehen zu sagen, wäre sie schon weg. Wenn ich Sie wäre, würde ich nicht einmal im Traum daran denken, mich von ihr zu verabschieden. Sie schüttelt den Staub Riseholmes von ihren Londoner Schuhen ... Aber wenn es nach mir geht, werden wir kein Maifest veranstalten.«

»Wenn es nach mir geht, auch nicht«, sagte Georgie. »Aber es hat keinen Zweck, böse mit ihr zu sein. Außerdem ist es so schrecklich interessant. Es würde mich nicht wundern, wenn sie Einladungen auf die Karten schriebe, die Sie gesehen haben ...«

»Nein, die Karten habe ich nie gesehen«, korrigierte ihn Daisy, »nur die Druckplatte.«

»Das ist das gleiche. Vielleicht schreibt sie gerade Einladungen, um sie in London aufzugeben.«

»Dann gehen Sie eben kurz vor elf hin und halten die Augen auf«, schlug Daisy vor. »Auch wenn sie dann keine schreibt, liegen vielleicht Umschläge herum.«

»Kommen Sie doch auch«, sagte Georgie.

»Auf keinen Fall«, sagte Daisy. »Wenn Lucia nicht vorhat, mich über ihre Abreise zu informieren, läßt einem die Selbstachtung nur die Möglichkeit, so zu tun, als wisse man absolut nichts darüber. Jedenfalls wünsche ich ihr eine sehr angenehme Fahrt. Mehr kann ich dazu nicht sagen; fürderhin interessiert mich nicht im geringsten, wo sie sich herumtreibt. Außerdem bin ich sehr beschäftigt: Ich muß meinen Garten zu Ende jäten, wozu ich in den vergangenen Tagen nicht gekommen bin, und dann kam heute vormittag meine Planchette; und ein Ouija-Brett.«

»Was ist das denn?« fragte Georgie.

»Eine Art Planchette, nur viel – viel wirkungsvoller. Allerdings braucht es länger, da es auf Buchstaben zeigt, statt zu schreiben«, sagte Daisy. »Ich werde mit der Planchette beginnen und es ernsthaft betreiben, schließlich weiß ich, daß ich medial sehr begabt bin, und da wir nun nicht wegen des Maifestes den lieben langen Tag in Halskrausen und Miedern herumlaufen müssen, bleibt mir ein wenig Zeit dafür. Vielleicht gibt es zur Abwechslung ein Maifest am Brompton Square. Es würde mich nicht wundern; inzwischen kann mich

Lucia mit nichts mehr überraschen. Ohnehin bin ich der Meinung, daß wir sehr gut ohne sie zurechtkommen.«

Georgie hatte das Gefühl, für Lucia eintreten zu müssen – alles hackte furchtbar auf ihr herum.

»Eigentlich ist es ja kein Verbrechen, ein paar Wochen in London zu verbringen«, stellte er fest.

»Wer hat das behauptet?« sagte Daisy. »Ich bin dafür, daß jeder genau das tut, wonach ihm zumute ist. Ich quittiere das nur mit einem Schulterzucken.«

Sie mühte sich redlich, ihre kleinen drallen Schultern anzuheben.

»Georgie, wie wird sie's Ihrer Meinung nach anstellen?« fragte sie. »Ihre Cousine Aggie Sandeman, bei der sie gelegentlich abgestiegen ist, wohnt da; und nicht zu vergessen Olga Bracely. Wird sie einfach Bekanntschaften schließen und bei denen noch mehr Leute kennenlernen, wie bei einer dieser wohltätigen Schneeballveranstaltungen? Wird man sie einführen? Nicht daß es mich auch nur im mindesten interessierte.«

Georgie warf einen Blick auf seine Uhr und erhob sich.

»Aber mich«, sagte er. »Ich finde es wahnsinnig aufregend. Ich rechne damit, daß sie es schafft. Schließlich wollte letztes Jahr keiner von uns eine Maifeier veranstalten, aber sie hat uns dazu gebracht. Sie hat Pep.«

»Ich würde es eher Penetranz nennen«, sagte Daisy. »Erzählen Sie mir anschließend genau, was passiert ist.«

»Soll ich etwas ausrichten?« fragte Georgie.

»Gewiß nicht«, sagte Daisy mit Nachdruck und wikkelte den Bindfaden von dem Paket, das die Wahrsagungsutensilien enthielt.

Georgie ging rasch die Straße hinunter (da er das Automobil schon vor ihrem Haus stehen sah) und über den gepflasterten Fußweg, vorbei an der Sonnenuhr, die von einer runden Blumenrabatte umgeben war, die nur »Perditas Rondell« hieß, da sie ausschließlich Blumen enthielt, die Perdita pflückte. Heute standen dort die Osterglocken, Veilchen und Schlüsselblumen in voller Blüte, und es war eine seltsame Vorstellung, daß Lucia nicht ständig von Perditas Rondell schwärmen würde, wie sie es um diese Jahreszeit immer tat, sondern sich mit den Blumen zufriedengeben mußte, die zufällig gerade am Brompton Square wuchsen: ein paar rußverschmierte Krokusse vielleicht und ein Immergrün ... Sie wartete bereits auf ihn, warf ihm durch das Fenster einen Handkuß zu und öffnete die Tür.

»Nur zu einem kleinem Plausch«, sagte sie und rückte einen ungemein schicken Hut zurecht, den Georgie ganz bestimmt noch nie gesehen hatte. Er sah nicht die Spur nach Trauerkleidung aus, sondern nach bester Laune. Das gleiche galt für Lucia.

»Setzen Sie sich, Georgie«, sagte sie, »und muntern Sie mich auf. Arme Lucia ist schrecklich traurig, weil sie wegfährt.«

»Es kommt ziemlich plötzlich«, sagte er. »Keiner von uns hat auch nur im Traum mit Ihrer Abreise gerechnet, bevor er heute morgen seine *Times* aufschlug.«

Lucia seufzte kurz auf. »Ich weiß«, sagte sie, »aber Peppino hielt es für das beste. Er sagte, wäre Riseholme der Zeitpunkt meiner Abreise bekannt gewesen, hättet ihr lauter kleine Lunches und Dinners für uns gegeben, und ich wäre vor lauter Liebenswürdigkeit und Gastfreundschaft völlig überfordert worden. Außerdem gab es so viel zu tun, und uns stand überhaupt nicht der Sinn nach Fröhlichkeit. Heute morgen schon jemanden gesehen? Irgendwas Neues?«

»Ich habe Daisy getroffen«, sagte Georgie.

»Und es ihr erzählt?«

»Nein, sie hat es als erste in der *Times* entdeckt und mir überbringen lassen«, sagte Georgie. »Sie hat übrigens ein Ouija-Brett. Es kam heute morgen.«

»Wie schön«, sagte Lucia. »Ich werde Riseholme als geschäftigen Ort im Gedächtnis behalten. Und alle müssen vorbeikommen und bei mir absteigen, Sie zuerst. Wann können Sie kommen?«

»Wann Sie mich einladen«, antwortete Georgie.

»Lassen Sie mir ein, zwei Tage Zeit zum Einrichten, dann schreibe ich Ihnen. Bestimmt werden Sie pausenlos bei Olga vorbeischauen.«

»Sie ist in Paris«, sagte Georgie.

»Nein! Welch eine Enttäuschung! Ich habe ihr schon eine Karte, die ich in London aufgeben wollte, mit der Einladung geschrieben, übermorgen mit uns zu dinieren.«

»Vielleicht ist sie dann wieder zurück«, sagte Georgie.

Lucia stand auf und ging zu ihrem Schreibtisch, auf dem, wie Georgie entzückt bemerkte, ein ganzer Stapel frankierter und adressierter Briefumschläge lag.

»Das ist mir, glaube ich, zu unsicher«, sagte Lucia, »da ich eine Karte an Signor Cortese beigelegt hatte, die sie an ihn weiterleiten sollte und mit der ich ihn für denselben Abend einlud. Er hat übrigens ›Lucrezia‹ komponiert, das, wie ich erfuhr, in London während der ersten Woche der Opernsaison aufgeführt wird, natürlich mit ihr in der Titelrolle. Aber es ist wohl sicherer, die beiden einzuladen, wenn ich weiß, daß sie zurück ist.«

Georgie hätte zu gern erfahren, an wen die anderen Einladungen adressiert waren. Er konnte erkennen, daß die oberste für einen Parlamentsabgeordneten bestimmt war, vermutlich den des Bezirks Riseholme, der während des letzten Wahlkampfes in »The Hurst« zum Essen war.

»Und was haben Sie heute abend vor?« fragte er.

»Mit Aggie Sandeman essen. Ich habe mich ihr auf Gedeih und Verderb ausgeliefert, da die Dienstboten noch nicht eingezogen sind und ich hatte gehofft, einen bescheidenen, geruhsamen Abend mit ihr zu verbringen. Nun sieht es allerdings so aus, als hätte sie eine riesige Gesellschaft eingeladen. Nicht das, was mir vorschwebte, aber daran läßt sich jetzt nichts mehr ändern. O Georgie, wenn ich mir Sie im guten, alten, ruhigen Riseholme vorstelle, und wir müssen auf dieser riesigen Abendgesellschaft plappern und futtern!«

Sie ließ ihren Blick wehmütig durch den Raum schweifen.

»Adieu, liebes Musikzimmer«, sagte sie, in alle Himmelsrichtungen kleine Handküsse verteilend. »Wie freue ich mich darauf, hierher zurückzukommen! O Georgie, Ihr Leifaden für Auktionsbridge wurde versehentlich mit eingepackt. Bin untröstlich. Ich werde ihn zurückschicken. Schauen Sie doch gelegentlich hier rein und spielen Sie Klavier, dann fühlt es sich nicht so einsam. Jetzt müssen wir los, sonst wird Peppino nervös. Sagen Sie allen in unserem Namen auf Wiedersehen und erklären Sie's. Und Perditas Rondell!

Ob die liebe Perdita mir verzeiht, daß ich all ihre entzückenden Blumen im Stich lasse und nach London verschwinde? Aber schließlich hat Shakespeare ›Das Wintermärchen‹ in London geschrieben, nicht wahr? Wunderschöne Anemonen! Und Violen, dunkel. Lassen Sie mich Ihnen ein klitzekleines Veilchen überreichen, Georgie, das Sie an die arme Lucia erinnert, die durch lange reizlose Straßen stapft, wie Tennyson schrieb.«

Lucia, das spürte Georgie, wollte keine Kommentare oder Fragen zur ihre Abreise mehr hören und plapperte immer so weiter, bis sie sicher im Automobil saß. Sie hatte erwartet, daß Peppino schon auf sie warten und nervös sein würde, doch von Nervosität konnte keine Rede sein; er war noch nicht einmal da. Also wurde sie statt seiner nervös.

»Georgino, würden Sie ins Haus laufen und Peppino rufen?« fragte sie. »Wir verspäten uns so, und sagen Sie ihm, daß ich schon im Wagen sitze und warte. Ach, da kommt er ja! Peppino, wo hast du nur gesteckt? Steig jetzt ein und laß uns losfahren, denn da drüben laufen schon Piggy und Goosie über den Anger, und wenn wir erst allen Küßchen geben müssen, kommen wir nie weg. Sagen Sie ihnen alles Liebe von mir, Georgie, und wie leid es uns tut, daß wir sie so knapp verfehlt haben. Schließ rasch die Tür, Peppino, und sag ihm, er soll Gas geben.«

Schnurrend fuhr das Automobil an. Lucia war verschwunden. »Ein schlechtes Gewissen hatte sie auch«, dachte Georgie, als Piggy und Goosie ziemlich atemlos unter kleinen neckischen Rufen herbeitollten, »was mich kein bißchen wundert.«

Natürlich verbreitete sich die Nachricht von ihrer Abreise jetzt wie ein Lauffeuer, und gegen Mittag hatte Riseholme entschieden, was zu tun war, nämlich seine Lippen zum Thema Lucia für immer hermetisch zu schließen. Denken durfte man, was man wollte, schließlich war dies ein freies Land, aber Schweigen war Gold. Doch als am nächsten Tag die Abendzeitung erschien, war diese Maxime nicht einfach zu befolgen. Dort standen in der Rubrik »Fünf-Uhr-Plauderei« über Hermiones namhafter Unterschrift, so daß alle Welt es lesen konnte, zwei recht lange Absätze ausschließlich über Lucia und Brompton Square Nr. 25; außerdem war eine ihrer gelungensten Porträtphotographien abgedruckt, so daß alle Welt sie sehen konnte, wie sie verträumt in die Ferne und ein wenig himmelwärts schaute, während ihre Finger noch auf den Tasten für den letzten Ton der (wahrscheinlich) Mondscheinsonate lagen. Sie habe, so teilte Hermione zahllosen Lesern mit, ihren elisabethanischen Landsitz in Riseholme (wo sie eine Nachbarin von Miss Olga Bracely sei) verlassen und sich die Saison über in dem hübschen kleinen Haus am Brompton Square niedergelassen, dem Eigentum ihres Gatten, das ihm soeben durch das Ableben seiner Tante zugefallen sei. Dieses sei ein veritables Schatzkästlein voller kostbarer Möbel, mit einem entzückenden Musikzimmer, in dem Lucia Hermione Tee in einer Tasse ihres herrlichen Worcester-Teeservices gereicht habe ... (An dieser Stelle rief Daisy, deren Hände vor Erregung zitterten, mit lauter und gekränkter Stimme: »Noch am Tag ihres Eintreffens!«) Mrs. Lucas (eine geborene Smythe aus Warwickshire) sei, wie alle Welt wisse, eine überaus fähige Musikerin und Shakespeareforscherin, die Riseholme zu einem Zentrum von Kunst und Kultur gemacht habe. Doch würde niemand in der glänzenden, schönen und geistreichen Gastgeberin, deren Anwesenheit der Londoner Saison eine zusätzliche Portion Fröhlichkeit verleihen werde, einen Blaustrumpf vermuten.

Langsam beschlich Daisy körperliches Unwohlsein. Sie überflog die wenigen restlichen Zeilen, stieß die Worte: »Geistreich! Schön!« hervor und schickte de Vere mit der Zeitung und der Anweisung zu Georgie hinüber, ihr diese zurückzugeben, da sie noch nicht fertig sei. Sie denke jedoch, er solle erfahren ... Georgie las den Artikel und schickte anschließend, welch bewundernswerte Zurückhaltung, Foljambe mit der Zeitung und seinem Dank für deren leihweise Überlassung – nichts weiter – zu Mrs. Quantock. Daisy, der es mittlerweile wieder besser ging, lernte den ganzen Artikel auswendig.

Das Leben unter den neuen Bedingungen war kein Zuckerschlecken, da ein bloßer Blick in die Zeitung jeden wahren Riseholmiten in einen schlimmen Wutanfall oder in schwere, angeekelte Melancholie verfallen lassen konnte. Wieder hielt die *Times* fest, daß Mr. und Mrs. Philip Lucas in Brompton Square Nr. 25 eingetroffen waren, des weiteren gab es einen schrecklichen, »Dinner« überschriebenen Absatz, in dem stand, Mrs. Sandeman habe folgende Persönlichkeiten zum Dinner empfangen. Dann folgten ein Botschafter, ein Marquis, eine Gräfin (Witwe eines Earl), zwei Viscounts samt Gattinnen, ein Baronet, eine Anzahl Honourables und Ritter sowie Mr. und Mrs. Philip Lucas. Abgesehen von Mr. und Mrs. Philip Lucas hatte jeder einzelne Anwesende einen Titel. Für Mrs. Boucher war diese Liste zuviel, und als sie sie beim Frühstück las, rief sie plötzlich aus:

»Das hätte ich nicht von ihnen gedacht! Und es ist ein schwacher Trost, daß sie den Raum offenbar als letzte betreten haben.«

Dann verschloß sie zu diesem schmerzlichen Thema wieder hermetisch ihre Lippen, und als sie (inzwischen ohne großen Appetit) zu Ende gefrühstückt hatte, schlug sie jeden einzelnen Teilnehmer an der schändlichen Gesellschaft im »Who's Who« nach.

Die Bekanntgabe, daß Mr. und Mrs. Philip Lucas in Brompton Square Nr. 25 eingetroffen waren, wurde für den Fall, daß es jemand nicht mitbekommen hätte (was nicht für Riseholme galt), ein drittes Mal wiederholt, woraufhin Robert Quantock bemerkte, bei diesem Tempo wären die dreitausend pro Jahr bald verbraucht, ohne den geringsten Gegenwert, von ein paar Zeitungsausschnitten abgesehen. Das war sehr pfiffig und sehr vernichtend, aber bei solch einer Meldung konnte jeder vernichtend sein. Sie rief zwar die schwache, nie laut ausgesprochene Hoffnung wach, daß Lucias Ankunft in London nicht auf Anhieb den erwünschten Effekt erzielt hatte, warum sollte sie sonst für eine derart häufige Wiederholung sorgen? Doch spendete dies keinen rechten Trost, und nach ein paar Tagen folgte der nächste schwere Schlag. Ein Empfang fand statt, auf dem Mrs. Agnes Sandeman Mrs. Philip Lucas bei Hof einführte. Schlimmer noch, ihr Abendkleid wurde minutiös beschrieben, und als Schmuck trug sie Diamanten und Perlen.

Das Schweigegelübde ließ sich nun unmöglich länger halten: Die menschliche Natur forderte ihr Recht, und Riseholme wäre geplatzt, wenn es seine Stimme nicht erhoben hätte. Der in seinem kleinen, den Garten überblickenden Hinterzimmer sitzende Georgie wurde aus trübsinniger Meditation aufgeschreckt, als er aus Daisys Garten nebenan laut seinen Namen rufen hörte, und als er hinaussah, bot sich ihm der noch nie dagewesene Anblick des auf Daisys Rasen plazierten Rollstuhls von Mrs. Boucher.

»Sie muß über den Kiesweg durch die Hintertür gekommen sein«, dachte er bei sich. »Hätte nie gedacht, daß die breit genug wäre.« Er kontrollierte den korrekten Sitz seiner Krawatte, ehe er sich hinauslehnte, um zu antworten.

»Georgie, kommen Sie doch für eine Minute nach draußen«, rief Daisy. »Haben Sie es schon gesehen?«

»Ja«, sagte Georgie, »in der Tat. Und ich komme.«

Als er hinzukam, sagte Mrs. Boucher in ihrer lauten energischen Stimme:

»Was die Perlen betrifft, so kann ich nichts dazu sagen, da ich sie nicht gesehen habe. Doch was die Diamanten betrifft, davon hatte sie nie mehr als zwei oder drei Splitter auf dem Rücken ihrer Armbanduhr. Das kann ich jederzeit beschwören.«

Die beiden Damen beachteten ihn nicht; Daisy nahm auf die Beschreibung von Lucias Kleid Bezug.

»Ich denke, die meinen ihr letztes Abendkleid, um eine Schleppe ergänzt«, sagte sie. »Es war eine Art Brokat.«

»Stimmt, und Plüsch ist eine Art Samt«, ergänzte Mrs. Boucher. »Ich hätte nicht übel Lust, der *Times* zu schreiben, sie sei einem Irrtum erlegen. Brokat! Blödsinn! Statt Diamanten und Perlen müßte es Ellenbogen heißen. Aber ich habe gesagt, was ich zu sagen hatte, und damit hat sich's. Würde mich kein bißchen wundern, zu erfahren, daß das Königspaar in aller Stille zum Lunch am Brompton Square erschienen wäre.«

»Alles schön und gut«, befand Daisy, »aber was sollen wir tun?«

»Tun?« wiederholte Mrs. Boucher. »In Riseholme gibt es jede Menge zu tun, oder? Ich jedenfalls habe noch nie an Unterbeschäftigung gelitten und hielte es für ein Armutszeugnis, wenn ich jetzt weniger Interessen hätte als Mittwoch letzter Woche. Mittwoch, oder war es Donnerstag, als sie sich einfach so aus dem Staub gemacht haben? Wann auch immer, mir ist das gleichgültig, und wenn Sie beide, Sie und Mr. Georgie, heute Abend keine Verpflichtungen haben, würden der Oberst und ich uns sehr freuen, wenn Sie vorbeikämen und mit uns eine Kleinigkeit zu Abend äßen. Das gilt natürlich auch für Mr. Quantock. Aber was Diamanten und Perlen anbelangt, nun, verschonen Sie mich damit. Ich für mein Teil werde heute abend meine Smaragdtiara und mein Rubinhalsband tragen; meine Saphire sind gerade in der Reinigung.«

Doch auch wenn Riseholme ob Lucias weltlicher Gesinnung sowie der penetranten und der Eigenwerbung in der Presse rechtschaffen erbost war, so war es auch selten zuvor so ungeheuer interessiert gewesen. Auch begann ein völlig neues Gefühl die gekränkten Gemüter zu besänftigen, nachdem die ersten Stiche von Scham nachließen: Es eröffnete ihnen die Möglichkeit, Lucia in einem ganz anderen Licht zu sehen. Aus dem behüteten und kultivierten Leben Riseholmes war sie in die große, weite, turbulente Welt getreten, und schon hinterließ sie dort unübersehbar Spuren. Auch wenn sie womöglich selbst Hermione gesagt hatte, was die in ihren Klatschspalten schreiben sollte (und wer Lucia am besten kannte, war bestimmt am besten geeignet, die richtigen Schlüsse daraus zu ziehen), so hatte es Hermione immerhin geschrieben, und nun wußte die Öffentlichkeit, wie geistreich und schön Lucia war und welch ein herrliches Haus sie besaß. Noch am Abend ihrer Ankunft war sie auf einer offensichtlich exquisiten Abendgesellschaft eingeladen, später bei Hofe eingeführt worden. Dies alles ließ, unvoreingenommen betrachtet, einen Abglanz des Ruhmes auf Riseholme fallen, und war es in der einen Stimmung unmöglich, sich ihrer nicht zu schämen, so machten es andere Stimmungen noch unmöglicher, nicht stolz auf sie zu sein. Sie war gekommen, und noch beinahe bevor sie gesehen hatte, siegte sie bereits. Man konnte sie als eine Art Botschafterin betrachten, und so gesehen waren ihre Eroberungen Riseholmes Eroberungen. Doch weder verdrängte der Stolz die Scham noch die Scham den Stolz, und böse Vorahnungen, welche neue Ungeheuerlichkeit die Tageszeitungen wieder enthüllen würden, vermischten sich mit insgeheim freudigen Mutmaßungen darüber, wie wohl Riseholmes nächster Triumph aussehen mochte.

Erst am Tage nach ihrer Einführung bei Hofe trafen direkt aus dem Hauptquartier der Botschafterin kommende Nachrichten in Riseholme ein. Täglich hatte Georgie damit gerechnet, von ihr zu hören, und in der Erwartung ihrer Einladung, sie zu besuchen und in dem Gästezimmer mit dazugehörigem Bad und Salon zu wohnen, seine Garderobe sorgfältig durchgesehen, mit dem zufriedenstellenden Ergebnis, daß er eine ansprechende Erscheinung abgeben würde. Sein kleiner Portemanteau war, wie Foljambe befand, ausreichend, die gewünschte Garderobe unterzubringen, einschließlich des Anzugs mit der Oxfordhose und seiner stoffbesetzten Stiefel. Als der langerwartete Brief eintraf, war er folglich darauf vorbereitet, am selben Nachmittag aufzubrechen, und so riß er den Umschlag in freudiger Hast auf und lehnte den Brief an seine Teekanne.

Giorgino Mio,

Welch ein pausenloser Wirbel seit unserer Abreise, so daß ich keine ruhige Minute hatte. Doch heute abend (o welche Erleichterung) haben Peppino und ich ganz à la Riseholme allein gespeist, und zum ersten Mal konnte ich in meinem Musikzimmer eine halbe Stunde lang in aller Ruhe üben und mich nun hinsetzen, um Ihnen zu schreiben. (Sie hätten mich ausgeschimpft, wenn Sie mich spielen gehört hätten, so steif und eingerostet bin ich mittlerweile.)

Also, nun zu meiner kleinen Chronik. Am allerersten Abend waren wir bei der liebsten Aggie zu einer großen Abendgesellschaft. Ein paar interessante Leute: Ich führte ein angenehmes Gespräch mit dem italienischen Botschafter, dem ich am folgenden Tag einen Besuch abstattete, doch unterhielt ich mich mit keinem lange, da Aggie ständig neue Leute anschleppte, denen sie mich vorstellen wollte, und Eure arme Lucia wurde von den vielen Menschen ganz wirr im Kopf, bis Peppino und ich sie hinterher sortierten. Jedermann schien von unserem Eintreffen gehört zu haben, und ich versichere Ihnen, das lästige Telephon war seither eine rechte Plage, wenn auch eine eher kurzweilige. Ob wir an dem Tag zu einem Mittagessen oder am nächsten zu einem Dinner kommen wollten, hier eine private Vernissage, dort nachmittags ein kleines Konzert: Ich versichere Ihnen, noch nie bin ich so verhätschelt und herumgereicht worden.

Auch wir haben bereits eine kleine Gesellschaft gegeben, allerdings nur für einige alte Freunde wie unseren Abgeordneten, Mr. Garroby-Ashton. (»Den sie von einer einzigen Begegnung kennt«, ergänzte Georgie in Klammern.) Er bestand darauf, daß wir ihn zum Tee ins Unterhaus begleiteten. Dies würde, wie ich wußte, Peppino interessieren, der sich zu einem richtigen Politiker mausert, und so gingen wir mit. Tee auf der Terrasse, und ein angenehmer kleiner Plausch mit dem Premierminister, der sich geraume Zeit zu uns an den Tisch setzte. Wie gern hätte ich Sie dabeigehabt, damit Sie eine Zeichnung der Themse anfertigen konnten – ganz die Art von Aussicht, die Sie so wunderschön wiedergeben! Herrlicher Fluß, und ich wiederholte im stillen: ›Liebste Themse, fließe leise dahin, bis ich mein Lied beende.‹ Anschließend sputeten wir uns, irgendwo zu Abend zu essen und uns zu vergnügen. Später war die liebste Aggie (die gute Seele) wild entschlossen, mich bei Hofe einzuführen, und ich konnte sie nicht enttäuschen. Haben Sie die Beschreibung meines Kleides gelesen? Wie ärgerlich, daß es in den Zeitungen stand! Eine wirklich geschmacklose Sache, und Sie wissen ja, wie sehr mir öffentliches Aufsehen zuwider ist, aber man sagte mir, ich solle es einfach ertragen und mir nichts daraus machen.

Das Haus bekommt langsam Fasson, doch bevor ich es wage, es einem so kritischen Menschen wie Ihnen, Georgino, zu zeigen, sind noch Unmengen kleiner Veränderungen und Verbesserungen nötig. Wie würden Sie aufschreien angesichts des Teppichs im Speisezimmer! Er würde Ihnen Verdauungsbeschwerden bereiten, ich weiß es. Doch sobald ich das Haus in Schuß habe, bestehe ich darauf, daß Sie uns besuchen, ganz gleich, wie Ihre Verpflichtungen aussehen mögen, und sehr, sehr lange bleiben. Wenn ich an einem Wochenende vorbeikomme, machen wir einen Termin aus.

Ihre geliebte Olga ist wieder da, aber ich bin ihr noch nicht begegnet. Ich lud Signor Cortese einmal abends zu uns ein, zum Dinner und damit er sie traf, und ich lud sie ein, damit sie ihn traf. Es wäre eine nette kleine Gesellschaft geworden, aber beide waren nicht abkömmlich. Hoffentlich sind sie nicht zerstritten. Ihr dem meinen direkt gegenüberliegendes Haus sieht wirklich winzig aus, aber ich kann mir vorstellen, daß es für sie und ihren Gatten gerade groß genug ist. Nächste Woche singt sie bei der Eröffnungsvorstellung der Oper in ›Lucrezia‹. Ich muß es einrichten, dabeizusein, selbst wenn ich nur für einen oder zwei Akte hineinschauen kann. Peppino (wie verschwenderisch von ihm) hat für zwei Abende in der Woche eine Loge genommen. Da es sein Geburtstagsgeschenk für mich ist, konnte ich den Guten nicht schelten. Außerdem werden wir Freunden viel Freude damit machen können, sie ihnen zu überlassen, wenn wir sie selbst nicht wahrnehmen wollen.

Herzliche Grüße an alle in meinem lieben Riseholme. Ich komme mir wie ein richtiger Exilant vor und sehne mich manchmal nach dem idyllischen

Frieden und der Ruhe. Doch zweifelsohne tut London Peppino ausgesprochen gut, und ich muß das Beste aus seinem nimmermüden Unternehmungsdrang machen. Ich hatte gehofft, am nächsten Sonntag vorbeizukommen, doch Mrs. Garroby-Ashton (man munkelt, sobald die Geburtstagsfeierlichkeiten abgeschlossen sind, werde er in den Adelsstand erhoben) bestand darauf, daß wir diesen Tag mit ihnen verbringen... Gute Nacht, lieber Georgino. Bin srecklich müd.

LUCIA

Georgie verschlang den Brief in einem Rutsch und fing dann noch einmal von vorne an, wobei er ihn sich portiönchenweise zu Gemüte führte. Zuerst gewann er den Eindruck, sie sei gar nicht die Verfasserin, doch beim langsamen Genuß kam ihm jeder einzelne Satz wunderbar typisch vor. Sie paßte sich nicht etwa neuen Umständen an, sondern paßte diese mit ihrer ganzen alten Erfindungsgabe und unerschöpflichen Energie erfolgreich ihren eigenen Bedürfnissen an. Es stimmte zwar, daß man manchmal zwischen den Zeilen lesen und alles ungefähr durch drei teilen mußte, um Übertreibungen abzuziehen, und wenn Lucia schrieb, sie wolle die liebste Aggie nicht enttäuschen, die sich fest vorgenommen habe, sie bei Hofe einzuführen, oder daß Mrs. Garroby-Ashton darauf bestanden habe, daß Lucia das Wochenende bei ihr verbrachte, an dem sie eigentlich nach Riseholme hatte fahren wollen, brauchte Georgie sich nur ins Gedächtnis zu rufen, wie sie ihrer Behauptung nach gezwungen worden war, der letztjährigen Maifeier als Königin vorzustehen. Mit bloßer Willenskraft hatte sie dafür gesorgt, daß jeder von ihnen ein Robin

Hood oder eine Maid Marian oder was auch immer geworden war, um, als sie schließlich alle an der Arbeit hatte, zu behaupten, sie sei diejenige, die sich wegen der Maifeier *der anderen* zu Tode arbeite. Sie hätten Lucia gezwungen, die Organisation zu übernehmen, sie hätten darauf bestanden, daß Lucia Königin war, daß sie vortanzte, lauter als andere sang, gekrönt wurde und Hofknickse abnahm. Sie waren Wachs in Lucias Händen gewesen, und Georgie hatte das sichere Gefühl, daß unter diesen neuen Umständen die liebste Aggie regelrecht gezwungen worden war, Lucia bei Hofe einzuführen, und zweifellos war Mrs. Garroby-Ashton, auf der Terrasse des Unterhauses in die Ecke gedrängt, während die liebste Themse leise dahinfloß, gar keine andere Wahl geblieben, als Lucia für den Sonntag einzuladen. Willenskraft und eherne Beharrlichkeit verschafften ihr heute wie früher genau das, was sie gewollt hatte: Auf diese Weise war sie Königin von Riseholme geworden, und auf diese Weise nahm sie in London mit fester Hand den Aufstieg in Angriff; schon behauptete sie, alle beständen darauf, sie zum Lunch und Dinner einzuladen, während es in Wirklichkeit Lucias moralische Kraft war, der die anderen nichts entgegenzusetzen hatten. Für Riseholme hatte sie jetzt keine Verwendung; sie war anderweitig beschäftigt. Ihr lag nichts daran, Georgie am Hals zu haben, und so behauptete sie, es sei der Teppich im Eßzimmer.

»Also gut«, sagte Georgie verbittert. »Wenn sie mich nicht will, will ich sie auch nicht. Das wär's also.«

Rasch legte er den Brief beiseite und überlegte, was er den lieben langen Tag mit sich anfangen sollte. Es war warm genug, im Freien zu malen, ja er hatte vom gegenüberliegenden Dorfanger aus bereits eine Skizze der Vorderseite seines Hauses in Angriff genommen; dann war da noch sein Klavier, falls er sich entschloß, vormittags zu musizieren; es galt die Zeitung zu lesen und Neuigkeiten zu erfahren, nebenan wäre Daisy Quantock entzückt über eine Sitzung mit der Planchette, die mittlerweile tatsächlich ganze Wörter statt bedeutungsloser Striche und Kritzeleien aufzeichnete, und doch schien keine dieser Aktivitäten, die im Verein mit jeder Menge Konversation sowie ein wenig Hausarbeit und Maniküre sein Leben lange Zeit ausgefüllt und anstrengend gemacht hatten, einen lohnenswerten Ansporn zu bieten. Dabei wußte er recht gut, weshalb es ihnen an Würze ermangelte: Es lag daran, daß Lucia nicht da war, und wie oft er sich im stillen auch einreden mochte, er könne auf sie verzichten, so fehlte sie ihm langsam genausosehr wie dem übrigen Riseholme. Lucia brachte sie auf die Palme und zur Verzweiflung; sie war eine Heuchlerin (so zu tun, als hätte sie das Mozart-Duett nicht gelesen, ihre Verzweiflung über Tantchens Tod), eine Schauspielerin, ein Scharlatan und ein Snob, und doch hatte sie etwas an sich, das einen – wenn auch widerstrebend – in hektische Aktivitäten stürzte, und obwohl sie einen zur Weißglut treiben konnte, verhinderte sie, daß man abstumpfte. Georgie hatte Freude am Malen, wußte aber, daß seine Freude erst die rechte Würze bekam, wenn er seine Skizze Lucia zeigte, die, obwohl sie genausoviel Ahnung davon hatte wie ein Nashorn, das Blatt auf Armeslänge von sich abhalten, es mit etwas schräggelegtem Kopf und leicht zugekniffenen Augen betrachten und sagen würde:

»Doch, Georgie, sehr hübsch, sehr hübsch. Aber haben Sie das mit der Wertigkeit des mittleren Hintergrunds auch richtig bedacht? Und ein wenig mehr Tiefe in der Perspektive, meinen Sie nicht auch?«

Oder er wußte, daß die Aussicht, ihr das Stück vorzuspielen, seine Gelenkigkeit beim Klavierspielen verbesserte, und wenn er heimlich ein Duett für eine Aufführung mit ihr einübte, wußte er, daß er ihr zuvorkam und sie überraschen würde (obwohl sie den Grund seiner Fingerfertigkeit vermuten mochte). Und was Gespräche anbetraf, so ließ sich unmöglich bestreiten, daß in Riseholme Gespräche ins Stocken gerieten, wenn das Thema Lucia, ihre Leistungen und Schwächen tabu waren.

»Wir müssen uns am Riemen reißen«, sagte Georgie, »und neu beginnen. Wir müssen lernen, ohne sie auszukommen, da sie so prima ohne uns auskommt. Ich werde mal eben nachsehen, welche Fortschritte die Planchette macht.«

Daisy saß bereits davor, und der Bleistift kam langsam in Fahrt. Vor ein paar Tagen hatte sie nicht nur einmal, sondern mehrfach eine eigenartige Hieroglyphe geschrieben, die sich mit Leichtigkeit als das mystische Wort Abfou entziffern ließ. Daher hatte Daisy entschieden (was lag näher?), daß die Macht, die diese seltsamen Schnörkel hervorrief, Abfou heißen müsse, was sehr ägyptisch und antik klang. Daher, so ihr gewagter Schluß, könnte es sich bei den Kritzeleien, die sich keiner bekannten Kombination englischer Buchstaben zuordnen ließen, leicht um Arabisch handeln. Warum Abfou seinen Namen auf englisch und seine Mitteilungen auf arabisch abfassen sollte, ging Daisy nichts an, wer wußte schließlich, wie die Lage auf der anderen Seite war? Gerade als Georgie eintrat, war ein Blatt beschriftet, und auch wenn es nur mit arabischer Schrift bedeckt war, hatte sich die Planchette so rasch und eifrig bewegt, daß Daisy sogar zu fragen vergaß, ob es etwas Neues gab.

»Abfou nimmt immer direkter Kontakt mit mir auf«, sagte Daisy. »Ich habe das sichere Gefühl, daß wir nicht mehr lange auf etwas äußerst Wichtiges warten müssen. Legen auch Sie die Hand auf das Planchette-Brett, Georgie, ich war nämlich schon immer der Meinung, daß Sie medial begabt sind. Zuerst konzentrieren, was heißt, Sie müssen ihren Kopf von allem anderen befreien. Lassen Sie uns eine oder zwei Minuten lang mit geschlossenen Augen dasitzen. Tief einatmen. Entspannen. Manchmal kommt es laut Handbuch zu einer leichten Hypnose, was bedeutet, daß man sehr schläfrig wird.«

Eine Zeitlang war es still; Georgie wollte Daisy von Lucias Brief erzählen, doch das hätte Abfou mit Sicherheit gestört, also nahm er sich einen Stuhl, legte seine Hand auf Daisys und atmete tief durch. Und plötzlich geschahen die unglaublichsten Dinge.

Die Planchette zitterte; sie vibrierte wie ein kochender Wasserkessel und rutschte über das Papier. Er hatte keine Ahnung, was diese uralte Bewegung bedeutete, sondern wußte nur, daß sie irgend etwas schrieb, vielleicht etwas Arabisches, aber zielsicher und entschieden. Ihm schien, als förderte er keineswegs die Bewegungen des Brettes, sondern bremste sie eher, um ja nichts Falsches zu tun. Er öffnete die Augen, da es unmöglich war, diese Manifestation übersinnlicher Kräfte nicht sehen zu wollen, außerdem wollte er sichergehen (obwohl er eigentlich keinen Verdacht hegte), daß sich seine Mitstreiterin keiner Schummelei schuldig machte, um es grob zu formulieren. Genau die gleichen Gedankengänge schossen durch Daisys Kopf, so daß sie ebenfalls die Augen öffnete.

»Georgie, meine Hand wird zweifellos herumgeschoben«, sagte sie aufgeregt. »Wenn überhaupt, dann sträube ich mich dagegen.«

»Meine auch. Genau wie ich«, sagte Georgie. »Es ist unfaßbar. Ist es Ihrer Ansicht nach immer noch Arabisch?«

Nach einem letzten langen Strich hielt der Stift an.

»Arabisch ist es nicht«, sagte Daisy nach einer Überprüfung der Nachricht, »jedenfalls ist auch haufenweise Englisch dabei.«

»Nein!« sagte Georgie und setzte vor lauter Aufregung die Brille auf, ohne sich darum zu kümmern, ob Daisy wußte, daß er sie trug oder nicht. »Ich sehe zwar, daß es wie Englisch aussieht, aber welch eine schwierige Handschrift! Sehen Sie, das heißt ›Abfou‹, stimmt's? Und da steht noch einmal ›Abfou‹.«

Sie beugten die Köpfe über das Schriftbild.

»Das da ist ein ›B‹«, rief Daisy, »und da steht ein ›L‹. Und da steht ›B von L‹. Außerdem steht dort ›tot‹, was zweimal wiederholt wird. Das kann keinesfalls bedeuten, daß Abfou tot ist, denn der Beweis, daß er lebt, liegt hier vor uns. Und könnte das vielleicht ›Maus‹ sein?«

»Wo?« fragte Georgie eifrig. »Und was könnte ›tote Maus‹ bedeuten?«

»Dort!« rief Daisy, auf eine bestimmte Stelle deutend. »Nein, da steht nicht ›tote Maus‹, sondern ›tot‹, gefolgt von jeder Menge Arabisch, und dann ›Maus‹.«

»Ich kann da keine ›Maus‹ finden«, widersprach Georgie, »obwohl Sie natürlich Abfous Handschrift viel besser kennen als ich. In meinen Augen sieht es weit eher nach ›Museum‹ aus.«

»Vielleicht will er, daß ich sein ganzes arabisches Geschreibsel an das Britische Museum verkaufe«, sagte Daisy, einer genialen Eingebung folgend, »damit man es dort lesen und erklären kann, was es bedeutet.«

»Aber dort drüben kommt noch einmal ›Museum‹ oder ›Maus‹«, stellte Georgie fest, »und mit Sicherheit heißt das Wort davor – aber ja! Da steht Riseholme! Riseholme Maus oder Riseholme Museum! Ich habe keine Ahnung, was das eine oder andere bedeuten könnte.«

»Sie können sich darauf verlassen, daß es etwas bedeutet«, versicherte Daisy, »und da steht noch ein großes ›L‹. Was meinen Sie, ob es Lucia bedeutet? Aber ›tot‹ ...«

»Nein, ›tot‹ hat nichts mit dem ›L‹ zu tun«, sagte Georgie. »Dazwischen steht Museum, außerdem jede Menge Arabisch.«

»Ich sollte wohl besser den genauen Zeitpunkt notieren; das wäre wissenschaftlicher«, sagte Daisy. »Viertel vor elf. Nein, verglichen mit der Kirchturmuhr geht diese Uhr drei Minuten vor.«

»Nein, die Kirchturmuhr geht nach«, widersprach Georgie.

Plötzlich sprang er auf.

»Ich hab's«, rief er. »Schauen Sie: ›B von L‹. Das heißt soviel wie Brief von Lucia. Und das stimmt. Ich hörte heute morgen von ihr, und der Brief steckt jetzt in meiner Tasche.«

»Nein!« sagte Daisy, »ein deutliches Zeichen von Abfou, daß er tatsächlich unter uns weilt und weiß, was vor sich geht. Ein klarer Beweis.«

Wie sehr die Planchette-Schrift beide absorbierte, läßt sich annähernd daran ermessen, daß weder Daisy auch nur die leiseste Neugier daran bekundete, was Lucia geschrieben hatte, noch Georgie das geringste Interesse, es ihr mitzuteilen.

»Dann wäre da noch ›tot‹«, sagte Georgie und sah aus dem Fenster. »Ich frage mich, was das bedeutet.«

»Hoffentlich bezieht es sich nicht auf Lucia«, sagte Daisy mit stoischer Ruhe, »auch wenn mir niemand anderes einfällt.«

Georgie ließ den Blick über den Dorfanger schweifen; Mrs. Boucher fegte, von ihrem Gatten geschoben, im Rollstuhl durch die Gegend, dann schritt der Pfarrer in aller Eile seines Wegs, und Mrs. Antrobus, Piggy und Goosie ... niemand schien tot zu sein. Schließlich fiel sein Blick wieder auf den vorderen Teil von Daisys Vorgarten.

»Was ist eigentlich mit Ihrem Maulbeerbaum geschehen?« fragte er beiläufig. »Der läßt ja alle Blätter hängen. Sie hätten ihm nie die Wurzeln beschneiden dürfen, ohne zu wissen, wie man so etwas macht.«

Daisy sprang auf.

»Georgie, Sie haben's erfaßt!« rief sie aus. »Der Maulbeerbaum ist tot. Ist das nicht wunderbar?«

Georgie war angemessen beeindruckt.

»Das ist sehr eigenartig; sehr eigenartig, wirklich«, bekräftigte er. »Brief von Lucia und der tote Maulbeerbaum. Ich glaube schon, daß da etwas dran ist. Lassen Sie uns aber das Geschriebene gründlich überprüfen. Genau besehen, bin ich mir sicher, daß es Riseholme Museum heißt, nicht Riseholme Maus. Die einzige Schwierigkeit liegt darin, daß es in Riseholme kein Museum gibt.«

»Aber jede Menge Mäuse«, stellte Daisy fest, die mit diesen kleinen Wesen so ihre Probleme hatte. »Vielleicht will Abfou mir einen Hinweis auf irgendeine uralte ägyptische Falle geben ... Aber wenn Sie heute vormittag nicht zu beschäftigt sind, könnten wir noch eine Sitzung durchführen und sehen, ob wir etwas Präziseres erfahren. Lassen Sie uns einen Zustand der Sammlung erlangen, wie die Gebrauchsweisung rät.«

»Was heißt Sammlung?« fragte Georgie.

Daisy reichte ihm die Gebrauchsanweisung. Offenbar verstand man unter Sammlung eine Kombination von intensiver Konzentration und völliger geistiger Leere.

»Anscheinend muß man seinen Geist auf absolut gar nichts konzentrieren«, sagte er nach der Lektüre.

»Genauso ist es«, sagte Daisy. »Man verbannt sämtliche Gedanken aus seinem Kopf, und dann bündelt man seinen Geist. Wir sollen nur das Instrument sein, durch das Abfou wirkt.«

Nach ein paar Atem- und Entspannungsübungen setzten sie sich wieder ans Brett, und beinahe umgehend bewegte die Planchette sich entschieden und stetig übers Papier. Manchmal hielt das Brett einige Minuten inne, was die Echtheit der agierenden Kraft bewies, denn trotz aller Anstrengungen, sich zu sammeln, steckten sowohl Daisys als auch Georgies Kopf voller

Dinge, die sie von Abfou liebend gern übermittelt bekommen hätten, und falls einer der beiden die Bewegungen bewußt gesteuert hätte, wäre es zu überhaupt keiner Pause gekommen. Als das Brett schließlich den langen Strich über das Blatt zog, der das Ende der Botschaft bedeutete, waren die Ergebnisse höchst bemerkenswert.

Abfou hatte zwei Kanzleipapierseiten mit einer großen steilen Handschrift gefüllt, die weder Daisys noch Georgies normaler Schrift glich, auch dies ein Echtheitsbeweis (wenn es noch eines Beweises bedurfte). Sie war relativ leicht lesbar und, von einem langen arabischen Absatz gegen Ende abgesehen, ausschließlich in Englisch gehalten.

»Sehen Sie, dort steht Lucia viermal voll ausgeschrieben«, sagte Daisy eifrig. »Und ›Pepper‹. Was bedeutet Pepper?«

Georgie rang nach Atem.

»Natürlich Peppino«, sagte er. »Wenn das nicht eigenartig ist. Mal sehen, wie es weitergeht . . . ›Vief Gesellschaft‹, nein, ›Viel Gesellschaft, viel bedeutende Gesellschaft, immer höher hinaus‹.«

»Die arme Lucia!« sagte Daisy. »Wie sarkastisch! Das hält also Abfou von alldem. Sie haben mir übrigens noch nicht verraten, was sie schreibt; egal, das hier ist viel interessanter . . . Dann kommt ein wenig Arabisch, jedenfalls halte ich es für Arabisch, weil ich nicht schlau daraus werde, und dann – tja, die nächsten Worte sehen aus wie ›Von Olga‹. Haben Sie etwas von Olga gehört?«

»Nein«, sagte Georgie, »aber in Lucias Brief steht was über sie. Vielleicht ist das gemeint.«

»Sehr wahrscheinlich. Außerdem erkenne ich noch Riseholme, und es heißt nicht ›Maus‹, sondern eindeutig ›Museum‹, gefolgt von ... lesen kann ich es nicht, aber es sieht englisch aus, und dann ›Oper‹, danach noch eine Olga, und ›tot‹, was sich auf den Maulbeerbaum bezieht. Anschließend kommt: ›Es ist besser, zu arbeiten, als dem Müßiggang zu frönen. Denke keine ...‹ irgendwas ...«

»Ginster«, sagte Georgie. »Nein: ›finster‹.«

»Stimmt: ›Denke keine finsteren Gedanken über andere, sondern nutze deinen Geist zur Verbesserung der Arbeit‹ – Georgie, ist das nicht großartig? –, und dann geht es auf arabisch weiter, wirklich schade! Man erfährt ein bißchen wenig über das Museum. Jedenfalls werde ich die ganzen ersten arabischen Schriftstücke an das Britische Museum schicken.«

Georgie dachte darüber nach.

»Ich kann mir irgendwie nicht vorstellen, daß Abfou das meint«, sagte er. »Er schreibt Riseholme Museum, nicht Britisches Museum. Aus diesem Wort kann man unmöglich ›Britisches‹ herauslesen.«

Georgie überließ Daisy dem Versuch, noch mehr Englisch zwischen den arabischen Passagen zu entdekken, und verpflichtete sich, nach dem Tee wiederzukommen, um neue Untersuchungen anzustellen. Er war noch nicht eine Minute aus dem Haus, als Daisys Telephon klingelte.

»Wie lästig diese Unterbrechungen sind«, sagte Daisy vor sich hin, als sie zum Telephon eilte. »Ja, ja. Wer ist da?«

In Georgies Stimme schwang die Gelassenheit äußerster Erregung mit.

»Ich bin's«, sagte er. »Soeben kam die zweite Post, darunter ein Brief von Olga. ›Von Olga‹, Sie erinnern sich.«

»Nein!« sagte Daisy. »Verraten Sie mir unbedingt, ob sie etwas über ...«

Doch Georgie hatte schon eingehängt. Er wollte Olgas Brief lesen, und Daisy nahm wieder Platz, von dieser neuen Enthüllung einigermaßen erschüttert. Offensichtlich war die Zukunft für Abfou ein ebenso offenes Buch wie die Vergangenheit, da Georgie von Olgas Brief nichts gewußt hatte, als die Worte ›Von Olga‹ auf dem Papier erschienen waren. Und wenn sie auch noch etwas über ›Oper‹ schrieb (was durchaus möglich war), wäre das sogar noch phantastischer.

Der Vormittag war beinahe vorüber, wie Daisy zu ihrem größten Erstaunen feststellte, denn schnell wie der Blitz war er vergangen (ein Blitz von äußerst erhellender Kraft), und so lief sie mit Pflanzenheber und Rechen bewaffnet nach draußen, um vor dem Mittagessen noch ein halbes Stündchen im Garten zu arbeiten. Obwohl sie den ganzen Tag im Garten zubrachte und sich häufig erst vor ihre Planchette setzte, wenn die Abenddämmerung es unmöglich machte, die Baumwollnetze zu erkennen, die sie über frisch gesäte Beete deckte, um die Spatzen abzuhalten (einmal hatte sie mit ein paar hastigen Schritten diese gesamten defensiven Befestigungen zerstört), machte sie die ziemlich beunruhigende Entdeckung, daß sie trotz Blasen an den Händen und schmerzendem Rücken in gärtnerischer Hinsicht immer mehr in Verzug zu geraten schien. Während dieser Rüpel Simkinson, den sie wegen Faulheit entlassen hatte, als sie ihn pfeiferauchend und kreuzworträtsellösend im Geräteschuppen entdeckte, als er eigentlich hätte arbeiten müssen, den Garten wirklich hervorragend in Schuß hielt, wenn er drei Tage pro Woche durch die Beete latschte. Freilich, sie hatte die Wurzeln des Maulbeerbaumes gestutzt, was den ganzen Tag gedauert – und zufällig den Baum umgebracht – hatte, und obwohl der Tod dieses uralten Gemüses für Abfou eine prima Gelegenheit gewesen war, seine Fähigkeiten zu zeigen, waren die Beweise inzwischen so deutlich, daß Daisy beinahe wünschte, es wäre nicht geschehen. Außerdem hegte sie die leise Befürchtung, daß sie eine Reihe Setzlinge als Unkraut ausgerissen hatte, die der träge Simkinson kurz zuvor gepflanzt hatte, denn obzwar die Beete nun zweifellos unkrautfrei waren, ließ sich dort auch kein anderes Hälmchen blicken. Und entweder waren Daisys hölzerne Schildchen durcheinandergeraten, oder sie hatte in dem Rundbeet direkt vor dem Wohnzimmerfenster Rosenkohl statt Phlox Drummondi gesät. Sie dachte, sie hätte den ausgesäten Samen das richtige Schild zugeordnet, doch damals war es sehr dunkel gewesen, und am nächsten Morgen stand tatsächlich ›Rosenkohl‹ auf dem Schild. Wenn das stimmte, würde am anderen Ende des schmalen Streifens Küchengarten ein Beet Phlox erblühen. Mittlerweile keimten an beiden Stellen die Samen, so daß sie über kurz oder lang die gute oder schlechte Neuigkeit erfahren würde.

Dann war da noch der Steingarten, dessen Bau sie Simkinson aufgetragen hatte, was von ihm zugunsten von Kreuzworträtseln vernachlässigt worden war, und auch wenn Daisy seitdem sechs bis acht Stunden täglich in ihrem Garten gearbeitet hatte, hatte sie noch keinen Stein angefaßt, so daß die wie eine Endmoräne auf dem Weg neben dem Geräteschuppen liegenden Bestandteile jeden Versuch, sich letzterem zu näheren, zu einer bergsteigerischen Leistung machten. Sie bestanden aus Bruchstücken mittelalterlichen Mauerwerks vom Standort der alten Abtei, ornamentalen Blätterknäufen und Kriechblumen sowie Stücken von Fenstern mit Mittelpfosten, die ausgegraben worden waren, als ein neues Eisenbahngleis verlegt wurde, und fast alle hatten sich davon bedient, außer Mrs. Boucher, die diese Fragmente Müll nannte. Außerdem enthielt der Haufen einige Fossilien, Ammonshörner und Spat und seltsame durchlöcherte Feuersteine und Talkstückchen, da Lucia sie in einem bestimmten Jahr allesamt zum Studium der Geologie abkommandiert hatte, woraufhin sie sich Hämmer besorgt und in einem alten Steinbruch drauflosgehackt hatten, bis sie diese Versteinerungen in die Finger bekamen und sich dabei auf letztere schlugen. Im selben Jahr war das vor dem Dorf liegende Römerlager unter den Pflug genommen worden, dem Riseholme wie ein Schwarm Saatkrähen gefolgt war; Georgie hatte mehrere Körbe schillernder Glasscherben gesammelt, und Mrs. Antrobus hatte eine bronzene Fibula oder auch Sicherheitsnadel gefunden. Daisy hatte ein paar Brocken römischen Mauerwerks abbekommen sowie ein Stück römisches Abflußrohr, die nun zu dem Material für ihren Steingarten gehörten; außerdem hatte sie, für etwa ihr Gewicht in Gold, ein gutes Dutzend Bronzemünzen erstanden. Sie sollten natürlich nicht in dem Steingarten enden; nein, Daisy hatte sie besonders sorgfältig versteckt und gleich darauf vergessen, wo. Als ihr nun bei ihrer Betrachtung des Steingartenmaterials diese archäologischen Zusammenhänge einfielen, dachte sie plötzlich, sie müsse sie wohl hinten in die Schublade in ihrem Kartentisch gesteckt haben.

Der Anblick dieser antiken Reste war Daisy zuwider; sie verschandelten den Weg, und Daisy konnte sich nicht vorstellen, daß aus ihnen ein Steingarten entstünde, der auch nur annähernd Anspruch darauf erheben könnte, ein attraktives Objekt zu sein. Wie sollte ein Sammelsurium aus einem steinernen Fensterkreuz, einem Abflußrohr und einem Ammonshorn ansprechend aussehen? Wer sollte das überhaupt arrangieren? Sie selbst konnte nicht einmal mit den anderen Bedürfnissen des Gartens Schritt halten, geschweige denn einen Steingarten bauen, und wo sollte der überhaupt hin? Ihr fiel nur das Spargelbeet ein, und Spargel mochte sie lieber als Steingärten.

Aus dem Speisezimmerfenster brüllte Robert, das Essen sei fertig, und als sie ihre Schritte in Richtung Haus lenkte, kam ihr der Gedanke, es wäre vielleicht am besten, klein beizugeben und Simkinson zur Rückkehr zu bewegen. Für Daisy stand fest, daß der Garten sogar noch mehr herunterkommen würde, als es ohnehin bereits der Fall war, wenn sie weiterhin ihre Pflicht als Mittlerin zwischen dem antiken Ägypten und der Moderne tat, und zweifellos würde Robert sich bereit erklären, statt ihrer klein beizugeben und Simkinson zu versichern, sie kämen ohne ihn nicht zu Rande, und daß sie eigentlich gemeint habe, er sei fleißig, als sie ihn damals faul genannt hatte, oder was sonst nötig war.

Robert war an diesem Tag in Hochstimmung, weil rumänisches Erdöl, dem er weitgehend sein Vermögen verdankte, eine höhere Dividende als gewöhnlich angekündigt hatte, und versprach, Simkinson aufzusuchen und ihm zu erklären, was sie mit faul meinten, und, falls er nicht verstand, seine Kränkung mittels eines kleinen Trinkgelds wiedergutzumachen.

»Und sag ihm, er braucht gar keinen Steingarten anzulegen«, sagte Daisy. »Die Idee mit dem Steingarten hat er nie gemocht. Meinetwegen kann er eine Grube ausheben und die Fossilien und architektonischen Reste und alles drin verbuddeln. So werden wir sie wohl am einfachsten los.«

»Was soll er denn mit der Erde anfangen, die er aus der Grube schaufelt, meine Liebe?« fragte Robert.

»Wieder zurückschaufeln, was denn sonst«, antwortete Daisy in ziemlich scharfem Tonfall. Robert war so zufrieden, sie »ertappt« zu haben, daß er ihr nicht einmal erklärte, daß sie ertappt worden war ...

Nach dem Mittagessen fand Daisy die Münzen. Seltsam, so lange hatte sie vergessen, wo sie das Geld versteckt hatte, und plötzlich fiel es ihr ein; sie tendierte dazu, diese Eingebung Abfou zuzuschreiben. Das Problem lag darin, was nun mit ihnen zu tun war. Einigen sah man deutlich an, daß früher einmal die Profile römischer Kaiser auf sie geprägt worden waren, und Daisy erinnerte sich mit Bestimmtheit, gehört zu haben, wie wertvoll manche römische Münzen waren, und zwar wahrscheinlich diese. Vielleicht sollte sie ihren Fund zur Überprüfung mitgeben, wenn sie die arabischen Schriftstücke an das Britische Museum schickte ... Mit einem Mal ließ sie alle auf den Boden fallen, denn schlagartig war ihr eine großartige Idee gekommen.

Sie sauste in den Garten, Georgies Namen rufend, der gerade Krocket-Tore in den Rasen steckte.

»Georgie, ich hab's!« schrie sie. »Es ist klar wie Kloßbrühe. Abfou verlangt von uns, daß wir in Riseholme ein Museum gründen. Er hat ganz deutlich ›Riseholme Museum‹ geschrieben. Auch finanziell kämen wir auf unsere Kosten, wenn es im Sommer hier von amerikanischen Touristen wimmelt! Die würden es sich alle ansehen. Ich würde einen Shilling Eintritt vorschlagen, und sechs Pence für den Katalog.«

»Ich frage mich, ob Abfou das wirklich gemeint hat«, sagte Georgie.

»Er hat es geschrieben«, sagte Daisy. »Das können Sie nicht leugnen!«

»Aber was sollen wir in dem Museum unterbringen?« wollte er wissen.

»Mein Bester, wir sollten es mit Antiquitäten und Sachen füllen, die keiner von uns zu Hause haben möchte. Ich zum Beispiel hätte da diese wunderschönen Relikte aus der Abtei, in meinem Garten schlichtweg fehl am Platz, wo keiner sie sieht, und dann noch mein Abflußrohr. Diese Dinge würde ich dem Museum stiften, dazu die Fossilien, und vielleicht ein paar meiner Münzen; nicht zu vergessen mein römisches Mauerwerk.«

Georgie hielt inne, ein Tor in der Hand.

»Keine schlechte Idee«, sagte er. »Ich habe da noch die wunderhübschen schillernden Glasscherben herumliegen. Die würde ich spenden.«

»Und Oberst Bouchers Keramik aus Samos«, rief Daisy. »Erst kürzlich hat er erwähnt, wie er sie verabscheut, aber eigentlich doch nicht wegwerfen will. Die

Frage wird sein, was wir ablehnen, nicht was wir nehmen. Außerdem bin ich mir sicher, daß Abfou genau das gemeint hat. Wir müssen umgehend ein Komitee gründen. Ich würde meinen, Sie, ich und Mrs. Boucher wären genug. Große Komitees sind von Übel.«

»Lucia nicht?« fragte Georgie aus Loyalität.

»Nein. Gewiß nicht«, antwortete Daisy. »Sie würde uns aus London nur befehlen, was wir zu tun hätten, und wenn sie zurückkommt, verlangen, daß wir alles rückgängig machen, was wir bis dahin geleistet haben, außerdem behaupten, es sei ihre Idee, und sich zur Direktorin machen!«

»Da ist etwas Wahres dran«, gab Georgie zu.

»Natürlich, es hat Hand und Fuß«, sagte Daisy. »Und nun spreche ich unverzüglich mit Mrs. Boucher.«

Georgie versetzte dem Krocket-Tor, das er gerade in den Rasen rammte, ein paar wohlgezielte Schläge mit dem Holzhammer.

»Ich komme mit«, sagte er. »Museum Riseholme! Ich glaube, das hat Abfou gemeint. Damit haben wir wieder eine Beschäftigung.«

4

Das Komitee tagte am selben Nachmittag, dann am nächsten Morgen und am folgenden Nachmittag, und bald nahm der Plan konkrete Form an. Robert, der auf güldenen Wogen rumänischen Erdöls schwamm, wurde als Finanzberater gewonnen, und nachdem er die nötigen Berechnungen angestellt hatte, fand er das Vorhaben durchaus empfehlenswert. Den ganzen Sommer über wälzten sich Besucherscharen durch den Ort, und neugierige Amerikaner würden das Museum eines so elisabethanischen Städtchens schwerlich links liegen lassen.

»Keine Ahnung, was ihr in eurem Museum ausstellen wollt«, sagte er, »aber sie werden es sich wohl ansehen, und sollten sie so gut wie nichts vorfinden, haben sie ihre Shillings schon bezahlt. Und wenn Mrs. Boucher meint, ihr Mann überläßt euch für eine geringe Miete seine große Scheune, kann man meines Erachtens von einem lohnenden Geschäft sprechen.«

Daher wandte man sich sogleich der Frage zu, wie die für einen Umbau der Scheune in ein Museum erforderlichen Mittel aufzubringen seien. Robert erklärte sich ohne weiteres bereit, die Scheune komplett zu möblieren und zu zu renovieren, wenn er sämtliche Einnahmen einstreichen dürfe, doch seine Bereitschaft, die gesamte finanzielle Verantwortung zu tragen, brachte das Komitee auf den Gedanken, daß es eigentlich selbst ganz gerne daran beteiligt wäre, wenn ein so gewiefter

Geschäftsmann die Möglichkeit sah, Profit zu erzielen. Bis zu diesem Zeitpunkt hatte sich ihnen die leidige Geldfrage noch gar nicht so recht gestellt – die Einrichtung eines Museums sollte ihr neuer Zeitvertreib sein, und das Komitee würde es leiten. Sie waren durchaus gewillt, praktisch ihre gesamte Zeit diesem Zeitvertreib zu widmen, weil Riseholme einer jener glücklichen Orte war, wo das Sprichwort, daß Zeit Geld sei, jeglicher Grundlage entbehrte, da niemand je auch nur einen Penny damit verdient hatte. Doch da Roberts finanzieller Riecher das Museum zu einer profitablen Investition erklärte, wollte das Komitee natürlich daran beteiligt sein, und so erklärte sich jedes der drei Mitglieder bereit, fünfzig Pfund zu zahlen; Robert wurde als viertes Mitglied des Vorstandes gewählt, das den Restbetrag zu zahlen hatte. Eventuell entstehende Profite sollten den Komiteemitgliedern gemäß der Höhe ihres Beitrages zufließen. Darum hatte sich das Finanzgenie Robert zu kümmern, während die anderen ihre Aufmerksamkeit dem Sammeln von Kuriositäten widmen konnten.

An letzteren herrschte offenbar kein Mangel, da jeder in Riseholme Unmengen diverser Antiquitäten und unterschiedliche »Stücke« besaß, die als Staubfänger die Häuser füllten, ohne daß man es übers Herz brachte, sie einfach wegzuwerfen. Einige wenige herausragende Objekte waren lediglich Leihgaben, darunter Daisys Münzen und Mrs. Antrobus' Spange, aber die meisten, beispielsweise Georgies Glas und Oberst Bouchers Keramik aus Samos, wurden begeistert gestiftet. In rauhen Mengen trafen alle möglichen Dinge ein: der größere Teil eines Spinnrades, ein elisabethanischer Stößel samt Mörser, massenweise römische Fliesen, ein großer Holzpfahl, der ohne langes Zögern zum Schandpfahl erklärt wurde, einige unleserliche Dokumente auf siegelverziertem Pergament, die dem Pfarrer gehörten, ein Meßtischblatt des Bezirks, diverse Fossilien- und Faustkeilsammlungen vom Fundort der Abtei, uralte Häkeldecken, eine – ihrer Wurmstichigkeit nach zu urteilen – angelsächsische Babywiege, seltsam geformte Flaschen, ein Kölner Steingutkrug, Schürhaken, die zu schwer waren, als daß man sie benutzen konnte, sowie (auf besonderen Beschluß des Gemeinderates) die Pranger, die bisher auf dem Anger am Teich gestanden hatten. Ganz Riseholme war wieder beschäftigt, schließlich mußten Fossilien aussortiert (man merkte früh, daß sogar ein Museum zu viele Ammonshörner haben konnte), Vorhänge für die Fenster genäht, Schildchen beschriftet, Scherben aus Samos zusammengesetzt, Schaukästen zusammengestellt und ein Katalog vorbereitet werden. Die aus Lucias Fahnenflucht resultierende Phase der Leere war vorüber, und der Gedanke, daß Lucia mit dem Museum nichts zu tun hatte, verlieh dem Eifer noch zusätzlichen Schwung. Wenn sie sich das nächste Mal herabließ, ihrem abgelegten Königreich einen Besuch abzustatten, würde sie schon merken, wie beschäftigt, erfolgreich und originell man ohne sie sein konnte, und daß ebensowenig Platz im Komitee für sie war, wie wahrscheinlich im Museum für den elisabethanischen Bratspieß, der den Kamin in ihrem Musikzimmer so oft zum Qualmen gebracht hatte.

Riseholme war wirklich beschäftigter denn je, da es nicht nur alle Hände voll zu tun hatte, damit das Museum rechtzeitig zur diesjährigen Urlaubssaison sowie, nach Möglichkeit, noch bevor Lucia einen ihrer angekündigten Wochenendbesuche abstattete, eröffnet werden konnte, sondern auch von einer Woge übersinnlicher Experimente überrollt wurde. Daisy Quantock hatte ehrlich zugegeben, die Idee mit dem Museum stamme nicht von ihr, sondern von Abfou, ihrem ägyptischen Geistesführer. Zwar war sie so findig wie Joseph gewesen, als es galt, Abfous Hinweise zu interpretieren, doch Ehre wem Ehre gebührte, nämlich Abfou, der sich offensichtlich außerordentlich für Riseholmes Belange interessierte. Sie bot sogar an, dem Museum den Bogen Papier zu übereignen, auf dem die Worte »Riseholme Museum« (nicht Maus) standen, und das Komitee dankte ihr für ihre Großzügigkeit, war jedoch der Auffassung, es sei nicht taktvoll, diesen auszustellen, da auf demselben Blatt die abfälligen Bemerkungen über Lucia standen. Außerdem gab es den Beweis, daß Abfou die Gründung eines Museum gewollt hatte, da er später mehrfach geschrieben hatte: »Mit euren Museumsplänen sehr zufrieden. Abfou ist einverstanden.« Natürlich wollten auch alle anderen Kontakt zu Abfou aufnehmen, so daß umgehend nicht weniger als vier Planchettes oder Ouija-Bretter von Mitgliedern der Riseholmer Gesellschaft bestellt wurden. Vorläufig offenbarte sich Abfou allerdings keinem von ihnen, außer in der möglicherweise arabischen Schrift (die zweifellos beträchtliche Ähnlichkeit mit seinen früheren Kontaktversuchen zu Daisy aufwies); Daisy ermunterte die Schreiber zwar zum Durchhalten, in der Hoffnung, daß Abfou sie bald auf englisch beglücken werde, legte darauf aber eigentlich keinen Wert. Ihr gegenüber wurde sein Englisch Tag für Tag besser, und wäre Simkinson, nachdem man ihm die wahre Bedeutung des Wortes »faul« sorgfältig erklärt hatte, nicht bereit gewesen, sich wieder um ihren Garten zu kümmern, wäre der bestimmt zu einem Urwald verkommen, da sie nicht ein Minütchen Zeit für ihn hatte.

Simkinson jedoch war richtig freundlich.

»Aber klar, Ma'am, komme sehr gern zurück«, sagte er. »War mir klar, daß Sie nicht lange ohne mich auskommen würden, bloß keine langen Erklärungen. Dann wollen wir uns mal umsehen und schauen, was Sie angestellt haben. Tja, was ist denn bloß mit meinem Maulbeerbaum passiert?«

So war Simkinson eben – er sprach immer von »meinen Blumen« und »meinem Spargel«, wenn er ihr Grünzeug meinte.

»Ich habe seine Wurzeln beschnitten«, sagte sie.

»Tja, Ma'am, Sie haben sich allergrößte Mühe gegeben, ihn zu erledigen«, sagte Simkinson, »aber tot ist er wohl noch nicht; ich glaube, ich kriege ihn wieder hin.«

Laut Abfou war der Baum zwar nicht mehr zu retten, aber vielleicht hatte er ja etwas anderes gemeint, dachte Daisy, und so gingen sie zu dem kleinen Rondell unter den Eßzimmerfenstern.

»Phlox«, verkündete Daisy hoffnungsvoll.

»Brokkoli«, entgegnete Simkinson, nachdem er die jungen grünen Sprossen untersucht hatte. »Und in dem langen Beet da drüben hab' ich jede Menge einjähriger Pflanzen gesät, sehe aber kein Anzeichen dafür, daß irgendwas wächst.«

Er musterte sie vergnügt.

»Sie haben offenbar gejätet, Ma'am«, stellte er fest.

»Wenn Sie dort ein wenig Farbe haben wollen, muß ich eine Menge junge Pflanzen besorgen. Um neue Samen auszubringen, ist es für mich zu spät.«

Mittlerweile wünschte Daisy, sie hätte ihn nicht in den Garten begleitet, und sie wechselte zu einem erfreulicheren Thema.

»Übrigens möchte ich doch keinen Steingarten haben«, sagte sie. »Damit brauchen Sie sich nicht abzumühen. Sämtliche Steine werden in ein, zwei Tagen weggeschafft.«

»Das freut mich, Ma'am. Dann kann ich wieder in meinen Geräteschuppen. Tja, ich werd' versuchen, alles wieder zu richten. Am besten reiße ich als erstes die Brokkoli aus, die sollen doch wohl nicht unter den Fenstern wachsen, oder? Wenn Sie gärtnern wollen, Ma'am, bleiben Sie am besten beim Rasenwalzen. Dabei können Sie nichts falsch machen.«

So zurechtgewiesen zu werden war zwar einigermaßen unangenehm, aber Daisy traute sich nicht, ein zweites Zerwürfnis zu riskieren, so daß Georgies Anblick im Fenster des Eßzimmers (er war zur Sitzung gekommen, wie die übersinnlichen Verfahren, ob Ouija-Brett oder Planchette, inzwischen hießen) eine richtige Erleichterung war. Verglichen mit einer Sitzung war Herumstehen und Jäten schließlich unwichtig.

»Ich glaube, ich habe Ihnen noch gar nicht erzählt, was Olga geschrieben hat«, sagte Georgie, kaum daß sie in Hörweite war. »Wir haben ja nur noch von dem Museum geredet. Ach ja, und Mrs. Bouchers Planchette ist gekommen. Allerdings ist das Gerät in der Post zerbrochen, und sie klebt es jetzt zusammen.«

»Ich bezweifle, daß es funktioniert«, sagte Daisy.

»Aber was hat Olga nun geschrieben? Mir ist völlig entfallen, daß ich Sie fragen wollte.«

»Es ist einfach himmlisch von ihr«, sagte er. »Sie hat mich eingeladen, nach London zu kommen und sie am Premierenabend in der Oper zu besuchen. Sie singt die Lucrezia und hat eine Karte für mich.«

»Nein!« rief Daisy und fuhr mit dem Bleistift versuchsweise über das Papier, um zu sehen, ob die Mine spitz war. »Wenn das kein Ereignis ist! Sie fahren doch hin?«

»Wohl schon«, sagte Georgie. »Es wird auch im Rundfunk übertragen, aber ich höre mir das Original an.«

»Wie interessant!« sagte Daisy. »Und dann wohnen Sie am Brompton Square, gegenüber von Lucia. Ach ja, haben Sie von ihr gehört? Was schreibt sie?«

»Sie scheint phantastisch zurechtzukommen«, sagte Georgie. »Keine Verschnaufpause; genau wie sie es mag.«

Daisy schob die Planchette beiseite. Dafür blieb noch Zeit, wenn sie ein wenig über Lucia geplaudert hatte.

»Und werden Sie auch bei ihr wohnen?« fragte sie.

Georgie war fest entschlossen, nicht gehässig zu sein. Er hatte sich nicht (oder kaum) an der Demontage Ihrer Majestät beteiligt, die so munter betrieben wurde.

»Mit Vergnügen, wenn sie mich einladen würde«, sagte er. »Sie kündigt es nur an. Natürlich werde ich ihr einen Besuch abstatten.«

»Das würde ich nicht tun«, erklärte Daisy grimmig. »Wenn sie mich fünfzigmal einlüde, würde ich fünfzigmal ablehnen. Fallengelassen hat sie uns, jawohl. Ich würde sie nicht in unserem Museumskomitee haben wollen, wenn . . . wenn sie dem Museum ihre Perlen schenkte und behauptete, die hätten Königin Elisabeth gehört. Es überrascht mich, daß Sie nicht mehr Rückgrat haben.«

»Ich habe jede Menge Rückgrat«, behauptete Georgie, »und ich gebe auch zu, daß mich ihr Brief einigermaßen gekränkt hat. Andererseits, was macht es schon aus?«

»Wenn Sie bei Olga absteigen, natürlich gar nichts«, sagte Daisy. »Dafür wird sie Sie hassen!«

»Ich kann's nicht ändern«, sagte er. »Lucia hat mich im Gegensatz zu Olga nicht eingeladen. Dafür hat sie Olga zweimal angeboten, in ihrem Musikzimmer zu üben, wann immer sie wolle. Ist das nicht reizend? Sie würde liebend gern erzählen können, daß Olga immer in ihrem Musikzimmer übt. Sind wir jetzt nicht gemein? Lassen sie uns statt dessen eine Sitzung abhalten.«

Als er am nächsten Nachmittag am Brompton Square eintraf, erfuhr Georgie, Olga habe bereits früh diniert, und er solle um sieben allein essen und in die Oper nachkommen.

»Ich stehe kurz vor einem Nervenzusammenbruch«, sagte sie. »So geht es mir immer, bevor ich auftrete, und dann reiße ich mich aus purer Verzweiflung zusammen. Falls – ich sagte ›falls‹ – ich bis Mitternacht überlebe, findet hier eine kleine Feier statt. Cortese wird kommen, Prinzessin Isabel und noch ein paar andere. Georgie, es ist wirklich verwegen von Ihnen, hierherzukommen, schließlich weilt mein Gatte außer Haus, und ich schutzloses weibliches Wesen bin nun mit Don Juan allein. Wie geht's Riseholme? Erzählen Sie mir von Riseholme. Sind Sie schon mit Piggy verlobt? Und wächst in Daisys Rundbeet nun Brokkoli oder Phlox? Ihr Brief war auch höchst geheimnisvoll. Ich weiß noch gar nichts von dem Museum. Welches Museum? Werdet ihr Lucia umbringen und ausgestopf ins Foyer stellen? Sie nahmen einfach auf das Museum Bezug, als sei ich über alles im Bilde. Reden Sie mit mir, sonst schreie ich.«

Georgie stürzte sich auf diese Aufgabe, entzückt, daß er für fähig gehalten wurde, Olga gefällig zu sein. Sehr ausführlich und mit großer Verve beschrieb er die gesamte Geschichte Riseholmes, von dem ersten Erscheinen Abfous und der arabischen Schrift auf der Planchette angefangen, bis zu Simkinsons Rückkehr. Olga ging ganz in dieser Chronik auf, und als ihr Hausmädchen kam, um ihr mitzuteilen, sie müsse sich nun auf die Beine machen, erhob sie sich munter und vergnügt.

»Also war es Brokkoli«, sagte sie. »Ich befürchtete schon, es würde letztendlich doch Phlox sein. Sie sind ein Engel, Georgie, daß Sie mir durch meine schlimme Stunde geholfen haben. Für das Museum bekommen Sie von mir, was Sie wollen. Warten Sie nach der Aufführung am Bühneneingang auf mich. Wir fahren gemeinsam zurück.«

Von dem Augenblick, als Olga die Bühne betrat, stand der Erfolg der Oper fest. Cortese, der selbst dirigierte, hatte eine gute Musik komponiert; sie paßte ausgezeichnet zu Olga, und ihr Gesang, Aussehen und Auftreten waren umwerfend. Nach dem ersten Akt ging der Vorhang immer und immer wieder in die

Höhe, und erst als das Haus zufrieden war, konnte Georgie sich umsehen, um das Publikum zu betrachten. Auf einmal entdeckte er im Halbdunkel einer kleinen Loge im zweiten Rang eine Frau, die vage einen Handkuß in seine Richtung warf, und einen Mann, der mit seinem Programm winkte, und als er sie näher betrachtete, merkte er plötzlich, um wen es sich handelte. Er lief nach oben, und da saß Lucia in einem außerordentlich kurzen Kleid und mit Bubikopf und drei kurzen Reihen Staubperlen um den Hals.

»Georgino mio!« rief sie. »Welche Überraschung! Sie sind also gekommen, um den Triumph unserer lieben Olga mitzuerleben. Das nenne ich loyal. Warum haben Sie mir nicht gesagt, daß Sie kommen?«

»Ich wollte morgen anrufen«, sagte Georgie, dessen Blick zwischen dem Bubikopf, den Perlen und den Beinen hin und her huschte.

»Aha, Sie bleiben über Nacht?« fragte sie. »Nehmen nicht den Mitternachtszug nach Hause? Den guten alten Mitternachtszug, und in Riseholme wacht man dann auf! Im Klub?«

»Nein, ich wohne bei Olga«, sagte Georgie.

Einen Moment lang schien es, als verfalle Lucia in Katalepsie, aus der sie sich aber rasch wieder erholte.

»Nein! Tatsächlich?« sagte sie. »Das ist wirklich garstig von Ihnen, Georgie. Sie hätten mir doch sagen können, daß Sie kommen.«

»Aber Sie haben geschrieben, das Haus sei noch nicht fertig«, entgegnete er. »Und Olga hat mich eingeladen.«

Lucia setzte ein fröhliches Lächeln auf.

»Jedenfalls vergebe ich Ihnen«, sagte sie. »Bei uns

herrscht noch ein Tohuwabohu. Und die liebste Olga haben wir auch noch nicht zu Gesicht bekommen – oder sollte ich besser Mrs. Shuttleworth sagen, wie es im Programm steht? Natürlich fahren wir Sie nach Hause, und Sie müssen unbedingt auf einen Plausch hereinschauen, bevor Mrs. Shuttleworth nach Hause kommt, und dann wird sie fraglos sehr müde sein und sich schlafen legen wollen.«

Beim Reden hatte sich Lucia im Haus umgesehen, gelegentlich leicht gelächelt und mit der Hand in unbestimmte Richtungen gewedelt.

»Ach, da ist ja Elsie Garroby-Ashton«, sagte sie, »und wer ist das neben ihr, Peppino? Bestimmt Lord Shrivenham. Begleiten Sie mich also, und lassen Sie uns ein bißchen plaudern, Georgie. Ach, da ist ja die italienische Botschafterin. Die liebe Gioconda! So ein Schatz. Und seht euch mal die königliche Loge an; welch eine Versammlung! Da drüben ist die königliche Loge, Georgie, mehr nach links . . . die große . . . einen Rang tiefer. Für meinen Geschmack zu nahe an der Bühne: Die Illusion leidet darunter . . .«

Plötzlich erhob sich Lucia und knickste andeutungsweise.

»Ich glaube, sie hat uns gesehen, Peppino«, sagte sie, »vielleicht solltest du dich besser verbeugen. Nein, sie sieht schon woanders hin; du hast dich nicht schnell genug verbeugt. Und in der Loge der liebsten Aggie findet eine richtige Party statt. Wer mag das sein? Aber ja, das ist Toby Limpsfield. Weißt du noch, wir haben ihn bei Aggie an unserem ersten Abend hier kennengelernt. Wir treffen uns also am Haupteingang, Georgie, und Sie fahren mit uns. Wir werden wohl noch jemand anderen mitnehmen, das läßt sich nicht vermeiden, aber wenn man ein Automobil hat, ist es einfach ungehörig, Freunde nicht mitzunehmen. Ich tue es immer; bald wird man uns ›die Kutscher von London‹ nennen, wie Marcia Whitby sagte.«

»Das geht leider nicht«, sagte Georgie. »Ich warte auf Olga, und sie gibt wohl eine kleine Party.«

»Nein! Tatsächlich?« fragte Lucia in ihrer alten riseholmeschen Lebhaftigkeit. »Wer kommt denn alles?«

»Cortese, soweit ich weiß«, sagte Georgie, der die Prinzessin verschwieg, um Lucia nicht zu überfordern, »und der eine oder andere Sänger.«

Lucia lief das Wasser im Mund zusammen, so daß sie rasch schlucken mußte. Sie sehnte sich danach, zu einer solchen Party eingeladen zu werden, da es so herrlich und großartig wäre, in einem Gespräch beiläufig eine Bemerkung über Olgas Fest einzuflechten, das eigentlich gar kein Fest war, nur ein paar *intimes*, sie selbst, Cortese etc. Wie, so fragte sie sich, konnte sie es bewerkstelligen? Konnte sie so tun, als wisse sie nicht, daß eine Party gegeben wurde, und als Nachbarin auf einen Sprung vorbeischauen, um ihre begeisterten Glückwünsche zu überbringen? Oder so, als sei ihr Automobil nicht gekommen, und mit Georgie – Peppino konnte den Wagen nehmen – am Bühneneingang warten und sich mitnehmen lassen? Oder sollte sie Georgie nachdrücklich darauf hinweisen, wie gern sie auf einen Sprung mit hereinschauen würde, oder – da sie nun wußte, daß eine Party geplant war – lediglich behaupten, sie sei dabeigewesen? Vielleicht wäre ein dezenter Hinweis gegenüber Georgie die beste Lösung . . .

Ihrer vorübergehenden Unschlüssigkeit machten

Corteses Auftauchen, als dieser sich durch das Orchester schlängelte, sowie das Absenken der Leuchter ein Ende. Ohne ihr noch eine Gelegenheit zu geben, etwas zu sagen, eilte Georgie in dem Gefühl an seinen Platz zurück, noch einmal davongekommen zu sein, da Lucia ihn so starr gemustert hatte, wie sie es immer tat, wenn sie etwas wollte und wild entschlossen war, es auch zu bekommen. Mit seiner Vermutung, daß Lucia sich geändert hatte, war er wohl einem Irrtum erlegen. Sie war ganz die alte, nur in einen größeren Rahmen übertragen. Aufgeblüht war sie – so seltsam es klang, in Riseholme hatte sie gerade erst geknospt. »Ich wüßte zu gern, was sie unternehmen wird«, überlegte Georgie, als er auf seinem Parkettsitz Platz nahm. »Sie will nichts sehnlicher als dabeisein.«

Die Oper endete in einem Feuerwerk aus Blumensträußen, Applaus, Da-capo-Rufen und Verbeugungen. Es war ein besonderes Ereignis, da es der erste Abend der Opernsaison war und die erste Aufführung von »Lucrezia« in London, so daß Olga erst spät blumenbeladen herauskam. Die Party, die ursprünglich gar keine Party sein sollte, sondern nur ein kleines Nachtmahl mit Cortese und dem einen oder anderen Sänger, hatte sich im Laufe das Abends auf wundersame Weise vergrößert, da Freunde ihr Mitteilungen und Glückwünsche hatten zukommen lassen, woraufhin sie von Olga eingeladen worden waren, und als sie mit Georgie am Brompton Square eintraf, stand die gesamte obere Kurve voll parkender Automobile.

»Herrje, wie viele Leute ich eingeladen haben muß«, sagte sie, »aber wir werden uns köstlich amüsieren.

Es sind bei weitem nicht genug Stühle da, aber dann setzen wir uns halt auf den Fußboden, und es wird bei weitem nicht genug zu essen geben, aber irgendwo ist noch ein Schinken, und was gibt es Besseres als Schinken? O Georgie, ich bin so glücklich.«

Von gegenüber, auf der anderen Seite des schmalen Platzes, hatte Lucia die Ankunft der zahlreichen Autos beobachtet. Um einen besseren Überblick zu bekommen, hatte sie vom Balkon ihres Wohnzimmers aus die Autoinsassen mit dem Opernglas begutachtet. Sie erkannte Lord Limpsfield, die italienische Botschafterin, Mr. Garroby-Ashton, Cortese und eine Frau, vor der sich Mr. Garroby-Ashton verbeugte und Mrs. Garroby-Ashton knickste. Man strömte ins Haus. Dann ging auch die Herzogin von Whitby (Marcia, da Lucia gehört hatte, wie sie angeredet wurde) ebenfalls knicksend die Treppe hoch, doch bis jetzt waren Olga und Georgie augenscheinlich noch nicht eingetroffen. Eigentlich seltsam, daß so viele erlesene Gäste vor ihrer Gastgeberin zur Stelle waren, doch Lucia erkannte sofort, daß es sich hierbei um die schickste überhaupt denkbare Zwanglosigkeit handelte. Zweifellos war Mr. Shuttleworth anwesend, um die Gäste in Empfang zu nehmen, und dennoch, wie wundervoll das alles war. Und dann fiel ihr ein, daß Olga eintreffen würde, und zwar in Georgies Begleitung, und sie spürte, wie sie vor ohnmächtigem Neid überall hellgrün anlief. Georgie auf dieser Gesellschaft! Undenkbar, daß Georgie dabei sein sollte, sie jedoch nicht, und doch würde genau das eintreten, falls ihr nicht rasch etwas einfiel. Georgie würde nach Riseholme zurückkehren, diese Zusammenkunft schildern und sagen, Lucia sei nicht dabeigewesen; seines Wissens sei sie gar nicht eingeladen worden.

Lucia hatte einen Einfall; sie eilte nach unten und verließ das Haus. Immer noch trafen Automobile ein, und vielleicht kam sie noch nicht zu spät. Im tiefen Schatten einer Gaslaterne in der Nähe von Olgas Tür bezog sie Stellung und wartete.

Ein weiteres Auto, das, wie sie sehen konnte, voller Blumen war, kam angefahren. Als Olga ausstieg, schoß Lucia auf sie zu.

»O Mrs. Shuttleworth«, sagte sie. »Überwältigend! Umwerfend! Phantastisch! Wenn Beethoven das noch erlebt hätte! Nie hätte ich zu Bett gehen können, ohne vorher kurz vorbeizuschauen und Ihnen für eine Offenbarung zu danken! Georgie, Lieber! Ihnen nur die Hand drücken – das ist alles. Alles! Ich werde Sie nicht aufhalten; wie ich sehe, geben Sie eine Party. Sie wunderbare Königin der Sangeskunst.«

Olga war ein durch und durch gutmütiger Mensch. Kurz kreuzte sich ihr Blick mit dem Georgies.

»Aber kommen Sie doch herein«, sagte sie. »Kommen Sie bitte mit. Eigentlich ist es keine Party – alle sind eingeladen. Georgie, seien Sie so lieb und helfen Sie, die vielen Blumen ins Haus zu tragen. Wie nett, daß Sie rüberkommen konnten, Mrs. Lucas! Sie werden entschuldigen, daß ich vorlaufe, weil alle meine Gäste – wenigstens hoffe ich das – schon eingetroffen sind und niemand da ist, der sich ihrer annimmt.«

Lucia folgte ihr auf den Fersen und schlüpfte, ohne von Georgie noch einmal Notiz zu nehmen, hinter ihr in den kleinen vorderen Salon. Er war überfüllt, und welch ein kleines Zimmer! Warum hatte sie dies nicht vorhergesehen, warum hatte sie Olga nicht früher am Tag schriftlich aufgefordert, sie möge Lucias Haus als ihr eigenes betrachten und ihre Party in dem geräumigen Musikzimmer geben? Das wäre schließlich nur gutnachbarlich gewesen. Doch ihre Verbitterung ob dieser früheren Versäumnisse legte sich bald angesichts der überaus angenehmen Gegenwart, und bald unterhielt sie sich mit Mrs. Garroby-Ashton, lächelte und nickte sämtlichen Anwesenden zu, mit denen sie auch nur die entfernteste Bekanntschaft verband. In Kaminnähe stand die Dame aus königlichem Haus, momentan der einzige Wermutstropfen, da Lucia nicht die leiseste Ahnung hatte, um wen es sich handelte. Dann betrat, einem wandelnden Blumenladen gleich, Georgie den Raum, gefolgt von dem zweiten kleinen Wermutstropfen, da Olga ihn zu der Dame aus dem Königshaus führte und ihr vorstellte. Doch das machte nichts, schließlich konnte sie Georgie mit Leichtigkeit dazu bringen, ihr die Identität der Dame zu enthüllen, ohne ihn direkt danach zu fragen, und dann verbeugte sich der arme Georgie derart ungeschickt, daß er einen ganzen Stapel Blumen verlor, und »gräßlich« sagte.

Lucia schwebte von Mrs. Garroby-Ashton fort und begab sich neben die Herzogin von Whitby. Marcia schien sie zunächst nicht zu erkennen, doch das ließ sich leicht beheben, und nach einem angenehmen kleinen Plausch bat Lucia sie zu einem gemeinsamen Lunch mit Olga und prägte sich ein, daß sie Olga am selben Tag zum gemeinsamen Lunch mit der Herzogin von Whitby einladen mußte. Als sie sich ein wenig näher an das Zentrum der Aufmerksamkeit heranpirschte, sicherte sie sich Lord Limpsfield, indem sie ihn sich mit der liebsten Aggie als Köder angelte, die sie am nächsten Morgen unbedingt anrufen mußte, damit sie vorbeikam und Lord Limpsfield kennenlernte.

Das mußte fürs erste reichen, und so überließ sich Lucia den Freuden des Augenblicks. Man schlug vor, sich zum Souper nach unten zu begeben, und Lucia, die wie eine Klette an Lord Limpsfield hing, ließ sich in Azurblau in Olgas winziges Eßzimer treiben, wo sie auf Anhieb erkannte, daß es bei weitem nicht genügend Sitzgelegenheiten für alle gab. In dem Raum standen zwei runde Tischchen, und damit hatte es sich – alle anderen würden stehen und an dem an der Wand aufgebauten schmalen Buffet auf Futtersuche gehen müssen.

»Wir spielen Reise nach Jerusalem«, verkündete Olga vergnügt, »wer schnell genug ist, bekommt einen Sitzplatz, die anderen nicht. Tony, Sie nehmen neben der Prinzessin Platz, und Sie, Cortese, gegenüber. Irgendwann werden wir alle irgend etwas zu essen bekommen. Georgie, seien Sie so lieb, stellen Sie sich neben das Buffet, das ist nett, und machen Sie sich nützlich, ach ja, springen Sie vorher nach oben, um die Zigaretten zu holen; sie lindern den bohrenden Hunger. Das klappt ja ganz wunderbar. Marcia, Liebes, ein einziger Stuhl ist noch frei. Quetschen Sie sich hinein.«

Lucia hatte einen Moment an der Tür verweilt, um Olga für übermorgen zum Lunch einzuladen, und Olga sagte gern zu, womit für eine charmante kleine Gesellschaft gesorgt war. Um ihr Glück vollkommen zu machen, mußte sie nur noch der bislang anonymen Prinzessin vorgestellt werden und deren Namen erfahren. Indem sie ihr flink den Fächer aufhob und das gute Stück gebührend bewunderte, während sie einen Hofknicks machte, wechselte sie einige kostbare Worte mit ihr, doch der Name blieb ihr immer noch vorenthalten. Jemanden danach zu fragen würde die Vermutung nahelegen, sie kenne ihn nicht, und das kam nicht in Frage.

Georgie schaute, wie man in Riseholme sagt, auf einen Sprung vorbei, als Olga am nächsten Morgen zu einer Probe nach Covent Garden gefahren war, und traf die Strawinsky übende Lucia in ihrem Musikzimmer an. Olgas Fest hatte ärgerlicherweise nicht in der *Times* gestanden, und Lucia war immer noch nicht informiert, wie die Prinzessin hieß. Obwohl der vergangene Abend der bei weitem ergiebigste war, den sie seit Jahren erlebt hatte, war es klüger, Georgie annehmen zu lassen, ein solches Ereignis sei für sie das normalste der Welt und es eine Zeitlang nicht zu erwähnen.

»Ah, Georgino!« sagte sie. »Wie nett, daß Sie auf einen Sprung vorbeischauen. Dank *buona fortuna* habe ich heute vormittag ein Stündchen frei, ehe Sophy Allingsby – die gute Sophy, welch Intellekt – vorbeikommt, um mich zu irgendeiner privaten Vernissage abzuholen, wir können also ein Weilchen plaudern. Jawohl, dies ist das Musikzimmer, und ehe Sie gehen, muß ich Sie durch unsere kleine Behausung schleusen. Kein übles Zimmer – dies sind die berühmten Chippendale-Stühle; sobald wir uns ein wenig mehr eingelebt haben, werde ich die eine oder andere Abendgesellschaft mit etwas Musik geben. Sie müssen unbedingt kommen.«

»Herzlich gern«, sagte Georgie.

»Was war das doch für ein Trubel, und von Tag zu

Tag wird es schlimmer«, fuhr Lucia fort. »Manchmal gehen Peppino und ich gemeinsam aus, aber häufig diniert er in einem Haus und ich in einem anderen – in London macht man das so, müssen Sie wissen –, und manchmal bekomme ich ihn den ganzen Tag lang nicht zu Gesicht. Heute morgen habe ich ihn nicht gesehen, erfuhr aber soeben, daß er ausgegangen ist. Er genießt es dermaßen, daß ich meine Müdigkeit hintanstelle. Ach – das Telephon! Nie hört es auf zu klingeln. Manchmal denke ich, ich lasse es aus dem Haus entfernen, weil es mir keine Ruhe gönnt. Offenbar will immer irgendwer Peppino oder mich sprechen.«

Dennoch eilte sie äußerst bereitwillig zu dem Gerät, und es konnte auch kein Gedanke daran sein, das Telephon entfernen zu lassen, da es gerade erst angeschlossen worden war. Allerdings war der Anruf, der sich nur um ein Paar Straßenschuhe drehte, einigermaßen enttäuschend. Das brauchte Georgie jedoch nicht zu wissen, und so legte sie einen Finger an die Stirn, sagte: »Ja, halb vier paßt mir« (was absolut nichts besagte), und hängte rasch ein.

»Keinen Moment Ruhe«, sagte Lucia. »Von morgens bis abends klingeling. Doch nun erzählen Sie mir alles über Riseholme, Georgie; das wird mir ein herrliches Gefühl der Ruhe vermitteln. Herrje, wer unterbricht uns denn jetzt?«

Es war nur Peppino. Er wirkte durchaus entspannt und erläuterte überflüssigerweise, er sei mal eben in die Drogerie in der Brompton Road gegangen, um eine Zahnbürste zu kaufen. Letztere hatte er in einer kleinen Papiertüte dabei.

»Und heute vormittag kommt der Mann wegen des

Telephons, Lucia«, sagte er. »Du willst doch noch den Nebenanschluß in deinem Schlafzimmer, oder?«

»Ja, mein Lieber, wenn wir es schon mal im Haus haben, können wir es genausogut bequem erreichbar aufstellen«, sagte sie. »Daß ich meilenweit die Treppen hoch und runter laufen muß, wie ich Georgie gerade berichtete ...«

Peppino kicherte.

»Sie hat ihnen mächtig Dampf gemacht, Georgie«, sagte er. »Lucia wollte von deren gemächlichem Londoner Arbeitstempo nichts wissen. Sie hat das Telephon in Rekordzeit anschließen lassen, vorher gab sie ihnen keine Ruhe.«

»Sehr vernünftig«, sagte Georgie taktvoll. »Nur so erreicht man etwas. Zurück zu Riseholme. Wir waren wirklich ungeheuer beschäftigt.«

»Das gute alte Städtchen!« sagte Lucia. »Erzählen Sie mir mehr.«

Georgie ging rasch mit sich zu Rate, ob er das Museum erwähnen sollte. Er entschied sich dagegen, weil das Museum, wenn man es recht bedachte, nicht nur dafür gedacht war, interessanten Müll loszuwerden, sondern in erster Linie verschwörerischen Zwecken diente, ein Mittel war, um sich an Lucia für ihre Abtrünnigkeit zu rächen; es sollte demonstrieren, wie phantastisch und hervorragend sie alle ohne sie zurechtkamen. Und nur ein überaus unkluger Verschwörer gab der Person Informationen, gegen die sich das Komplott richtete.

»Also, wir verdanken Daisy einige bemerkenswerte Erfahrungen«, sagte er. »Sie hat sich ein Ouija-Brett und eine Planchette beschafft – wir benutzen hauptsächlich die Planchette –, und schon bald wurde klar, daß uns ein Geistesführer Nachrichten übermittelte.«

Lucia gab ein recht feindseliges, schrill metallisches Lachen von sich.

»Die gute Daisy«, sagte sie, »wenn sie doch nur den gesunden Menschenverstand als ihren Geistesführer nehmen würde. Dieser Führer wird wohl ein chaldäischer Astrologe oder König Nebukadnezar sein.«

»Keineswegs«, entgegnete Georgie. »Es ist ein Ägypter namens Abfou.«

Kurz durchzuckte ein stechendes Neidgefühl Lucia. Sie konnte sich die Erregung gut vorstellen, die Riseholme ergriffen hatte; wie Georgie auf einen Sprung vorbeigeschaut hätte, um ihr Bericht zu erstatten; wie sie sich ebenfalls ein Ouija-Brett besorgt und doppelt so viele Nachrichten wie Daisy erhalten hätte. Ihr war die Vorstellung unerträglich, daß Daisy diesen Abfou ganz für sich allein haben sollte, und noch einmal lachte sie kurz und schrill auf.

»Daisy ist unbezahlbar«, sagte sie. »Und was hat Abfou ihr mitgeteilt?«

»Nun, das war äußerst merkwürdig«, sagte Georgie. »An dem Morgen, als ich Ihren Brief bekam, schrieb Abfou ›B von L‹, und wenn das nicht ›Brief von Lucia‹ heißt, weiß ich es auch nicht.«

»Genausogut könnte es ›Bronchialpastillen von Leamington‹ heißen«, sagte Lucia beißend. »Sonst noch was?«

Georgie hatte das Gefühl, daß sich die Unterhaltung langsam gefährlich dem Museum näherte, und versuchte unauffällig, das Thema zu wechseln.

»Ach, lauter solche Sachen«, sagte er. »Außerdem

hatte sie große Probleme mit ihrem Garten. Sie entließ Simkinson, weil er sich statt mit dem Rasen mit Kreuzworträtseln beschäftigte, und war wild entschlossen, alles allein zu machen. In das Rondell unter dem Eßzimmerfenster säte sie Rosenkohl.«

»Nein!« rief Peppino, der bei diesen Erzählungen regelrecht Heimweh bekam.

»Doch, und die Phlox in den Küchengarten«, fuhr Georgie fort.

Als er Lucia ansah, wurde ihm bewußt, daß wieder ihr stechender Blick auf ihm ruhte, so daß er befürchtete, den Übergang von Abfou zum Grünzeug ein wenig hektisch vollzogen zu haben, was er mit einem wahren Redeschwall zu kaschieren versuchte.

»Außerdem hat sie alles gejätet, was Simkinson gesät hatte, und die Wurzeln des Maulbeerbaumes beschnitten, was dem wahrscheinlich den Garaus gemacht hat«, sagte er. »Dann habe ich bei dem warmen Wetter letzter, nein, vorletzter Woche meine Malsachen hervorgekramt und zeichne nun mein Haus vom Anger aus. Foljambe geht es ausgezeichnet, und ... und ...«, und dann fiel ihm außer dem Museum nichts mehr ein.

Lucia wartete, bis er mit seinem Latein am Ende war.

»Was hat denn Abfou sonst noch von sich gegeben?« erkundigte sie sich. »Seine Nachricht ›B von L‹ kann euch doch unmöglich ewig lange beschäftigt haben.«

Georgie überdachte seinen Entschluß, Schweigen zu bewahren. Lucia hegte offensichtlich einen Verdacht, und wenn sie an dem Wochenende vorbeikam und entdeckte, daß das Museum ganz Riseholme völlig in Anspruch nahm, bekäme seine Zurückhaltung – falls er sie beibehielt – einen sehr verdächtigen Beigeschmack.

»Ach ja, das Museum«, sagte er mit gespielter Unbekümmertheit. »Abfou schlug uns vor, ein Museum einzurichten, und das Projekt kommt famos voran; in der Scheune von Oberst Boucher. Und Daisy hat all die Sachen gespendet, aus denen sie einen Steingarten anlegen wollte, und ich stifte mein römisches Glas und zwei Skizzen, der Oberst seine Keramik aus Samos und ein Meßtischblatt, jede Menge Fossilien und etliche Münzen nicht zu vergessen.«

»Und ein Komitee?« fragte Lucia.

»Ja. Daisy, Mrs. Boucher und ich, und als vierten haben wir Robert gewählt«, sagte er betont beiläufig.

Wieder versetzte es Lucia einen schlimmen Stich. Ob anwesend oder nicht, sie hätte die Vorsitzende des Komitees werden und den anderen minutiös vorschreiben müssen, was sie zu tun hatten und wie. Allerdings zweifelte sie nicht im geringsten daran, daß sie all das wieder einrenken konnte, wenn sie übers Wochenende nach Riseholme kam. In der Zwischenzeit reichte es, aus Georgie dieses Geheimnis wie einen Korken herausgeholt zu haben, mit einem lauten Knall, wobei der Inhalt ans Licht kam.

»Rasend interessant«, sagte sie. »Ich muß überlegen, was ich euch für euer Museum geben kann. Nun, das war ein netter kleiner Plausch.«

Georgie brachte es nicht über sich, ihr zu erzählen, daß der Pranger bereits vom Dorfanger in das Museum gebracht worden war, da er glaubte, sich erinnern zu können, daß Lucia und Peppino ihn dem Gemeinderat übereignet hatten; andererseits war dies ein Grund mehr, daß der Gemeinderat und nicht er selbst sich mit den Spendern auseinandersetzen sollte.

»Ein netter kleiner Plausch«, wiederholte Lucia. »Und was für eine erbauliche Gesellschaft gestern abend. Ich kam auf einen Sprung vorbei, um der lieben Olga zu der positiven, ja sogar sehr positiven Aufnahme von ›Lucrezia‹ zu gratulieren, da ich annahm, sie wäre gekränkt – Künstler sind ja so sensibel –, wenn ich nicht auch mein kleines Zeichen der Anerkennung überbrachte, und Sie haben ja selbst gesehen, wie sie sich weigerte, mich wieder gehen zu lassen, und darauf bestand, daß ich mit ins Haus kam. Und ich fand alles sehr angenehm: Man traf viele Freunde, und es hat mich sehr gefreut, daß ich vorbeischauen konnte.«

Dies traf sehr genau, was Lucia ausdrücken wollte. Sie hatte nicht im mindesten die Absicht, Olgas Verdienste zu schmälern, sondern wollte sich selbst in Georgies Augen in das rechte Licht setzen. Sie war lediglich freundlicherweise herübergekommen, um Olga zu gratulieren, und von dieser prompt ins Haus gezerrt worden. Leider glaubte Georgie ihr kein Wort; er war bereits zu dem Schluß gelangt, daß Lucia im Hinterhalt gelegen hatte, so flink und pünktlich, wie sie bei Olgas Ankunft aus dem Schatten der Gaslaterne getreten war. Daher antwortete er in genau dem gleichen Tonfall, den sie gewählt hatte. Lucia würde ihn sehr gut verstehen ...

»Das war wirklich nett von Ihnen«, sagte er begeistert. »Olga hat Ihr Kommen sicher ungeheuer zu schätzen gewußt. Wie vergeßlich von ihr, Sie gar nicht eingeladen zu haben! Und was die lediglich positive Aufnahme von ›Lucrezia‹ anbelangt, meiner Ansicht nach war es der umwerfendste Erfolg, der sich überhaupt denken läßt.«

Lucia spürte, daß ihre Haltung nicht den beabsichtigten Eindruck gemacht hatte. Einerseits sollte Georgie (und Riseholme) nicht denken, *sie* stimme in die unkritische Verehrung Olgas ein, andererseits durfte Georgie keineswegs Olga erzählen, daß sie sich distanziere. Außerdem wollte sie immer noch den Namen der Prinzessin erfahren.

»Zweifellos, lieber Georgie«, sagte sie, »war es ein großer Erfolg. Stimmlich war sie hervorragend in Form, und sie sah ganz bezaubernd aus. Wie Sie wissen, bin ich ein furchtbar kritischer Mensch, aber das muß ich wirklich sagen. Jawohl. Und ein ergötzliches Fest. So viele angenehme Leute. Wie ich sah, haben Sie köstlich mit der Prinzessin gescherzt.«

Da Peppino bereits geschlafen hatte, als Lucia in der vorigen Nacht zurückgekommen war, und sie am Morgen nicht gesehen hatte, hatte er noch nichts von der Prinzessin gehört.

»Ach ja, welche Prinzessin?« fragte er Lucia.

Wirklich schauderhaft von Peppino. Aber Lucias Geistesführer (der besser als Daisys armer Abfou sein mußte) nahm sich an diesem Vormittag offenbar besonders intensiv ihrer an, denn kaum hatte Peppino diese peinlichen Worte geäußert, da klingelte das Telephon. Daher konnte sie problemlos mit einer Klage über diese gräßlichen Unterbrechungen zu dem Apparat schlendern und Georgie die Antwort überlassen.

»Ja, Mrs. Lucas«, sagte Lucia. »Covent Garden? Ja. Stellen Sie mich bitte durch ... Die liebste Olga ruft an. Bestimmt wegen der ›Walküre‹ nächste Woche ...«

Georgie hatte eine Erleuchtung. Zweifellos hätte Lucia Peppinos Frage gleich beantwortet, wenn sie den Namen der Prinzessin gewußt hätte. Ihm war aufgefallen, daß Lucia sich zwar in der Nähe der erlauchten Dame aufgehalten hatte, ohne ihr jedoch vorgestellt zu werden, und ihm kam die Erleuchtung, daß sie nicht wußte, wie diese hieß. Er bemerkte auch, daß Lucia nicht nur dem Telephon begierig lauschte, sondern auch ihm. Wenn Lucia den Namen erfahren wollte (und daran konnte kein Zweifel bestehen), mußte sie zu Kreuze kriechen und ihn fragen . . .

»Ja, liebe Diva, ich bin's«, sagte Lucia. »Habe kein Auge zugetan – die ganze Nacht ging mir ›Lucrezia‹ nicht aus dem Kopf. Herrlich. Sie wollten mich sprechen?«

Sie machte ein langes Gesicht.

»Da bin ich aber enttäuscht, daß Sie nicht kommen können«, sagte sie. »Wie ungezogen von Ihnen. Ich muß Ihnen wohl einen kleinen Terminkalender schenken, damit Sie sich Ihre Verabredungen notieren . . .«

Lucias Geistesführer nahm sich ihrer wieder an, und ihre Miene hellte sich auf. Sie leuchtete in einem beinahe überirdischen Glanz, als sie sich Olgas Entschuldigungen und einen neuen Vorschlag anhörte.

»Sonntag abend?« sagte sie. »Lassen Sie mich kurz überlegen: Ja, Sonntag habe ich nichts vor. Wie gut, daß Sie Sonntag sagten, da alle anderen Abende schon ausgebucht sind. Wunderbar. Und wie schön, Prinzessin Isabel wiederzusehen. Auf Wiederhören.«

Triumphierend hängte sie den Hörer ein.

»Was wolltest du vorhin von mir wissen, Peppino?« sagte sie. »Ach ja: Es war Prinzessin Isabel. Die gute Olga bestand darauf, daß ich am Sonntag mit ihr diniere, um sie wiederzusehen. Eine wirklich nette Frau.«

»Ich dachte, wir führen über Sonntag nach Riseholme«, sagte Peppino.

Lucia machte eine kleine verzweifelte Geste.

»Mein armer Kopf!« sagte sie. »Ich sollte einen Terminkalender an der Kette mit mir herumtragen. Was mache ich jetzt bloß? Es wäre mir gar nicht recht, die gute Olga zu enttäuschen. Fahre du doch einfach hin, Peppino. Ich weiß, wie du dich danach sehnst, wieder einmal Landluft zu schnuppern. Georgie lädt dich bestimmt zu einem Abendessen ein, und am anderen Abend speist er bei dir. Nicht wahr, Georgie? Wie lieb von Ihnen. Also, wer soll morgen beim Lunch Olgas Stelle einnehmen? Ich glaube, Mrs. Garroby-Ashton. Du liebe Güte, es ist kurz vor zwölf, und Sophy wird mich schelten, wenn ich sie länger warten lasse. Wie der Morgen im Fluge vergeht! Kaum hatte ich zu üben begonnen, als Georgie vorbeikam, und kaum habe ich ein Wort mit ihm gewechselt, da ist es auch schon Zeit auszugehen. Was nun mit meiner Morgenpost geschehen soll, ist mir ein Rätsel. Ich bestehe aber darauf, daß du Sonntag wieder einmal Landluft schnupperst, Peppino. Bei mir ist so viel liegengeblieben, daß ich sehr beschäftigt sein werde.«

Lucia fiel ein, daß sie noch ein Briefchen schreiben mußte, bevor sie ging, und sie schickte Peppino los, Georgie das Haus zu zeigen, während sie ihre Nachricht kritzelte, an Mr. Stephen Merriall im Büro der *Evening Gazette* adressierte und per Boten überbringen ließ. Dies war kaum geschehen, als Mrs. Allingsby eintraf, woraufhin beide zu der privaten Vernissage von

Bildern postkubistischer Maler aufbrachen, um sich an den Werken dieser bemerkenswerten Künstler zu ergötzen. Es waren teils Porträts, teils Landschaften, die sich normalerweise leicht auseinanderhalten ließen, weil eine sorgfältige Untersuchung in einigen ein Auge oder einen vereinzelten Mund zutage treten ließ, in anderen dagegen einen Baum oder ein Haus. Von einem Gemälde der Waterloo Bridge war Lucia besonders angetan, allerdings hatte sie die Katalognummer verwechselt, so daß es sich als Porträt der Gattin des Künstlers herausstellte. Glücklicherweise hatte sie Sophy nicht vorgelesen, daß es die Waterloo Bridge sei, nur eine Bemerkung über den Fluß gemacht, was sich jedoch leicht mit anerkennenden Worten vertuschen ließ.

»Ganz herrlich«, sagte sie. »Wie sie zur Seele der Dinge durchdringen! Wie hat das Wordsworth gleich wieder formuliert? ›Der wahre Pulsschlag der Maschine.‹ Es pulsiert richtig, was?«

Mrs. Allingsby war ein großgewachsenes, merkwürdiges und penetrantes Geschöpf, das sich wie ein Paradiesvogel kleidete, der in einen Wirbelsturm geraten war, besaß aber exzellente Verbindungen. Ihre langen glatten Haare fielen in die Stirn und hingen ihr manchmal in die Augen, und auf dem Kopf trug sie eine knallrote Jockeymütze, an der vorne eine riesige Kamee befestigt war. Sie verabscheute alle Kunst, die vor 1923, und einen beträchtlichen Teil von dem, was später entstanden war. Auf musikalischem Gebiet wiederum war sie primitiv und hielt Bach für dekadent; in der Literatur bevorzugte sie Geschichten, die keine Geschichte erzählten, und Gedichte ohne Metrum und Bedeutung.

Sie hatte aber eine Gruppe interessanter Außenseiter um sich geschart, in der die Männer wie Frauen und die Frauen wie absolut gar nichts aussahen, und obwohl nie jemand herausfand, worüber sie eigentlich redeten, sprach man doch über sie. Lucia war auf einer ihrer Gesellschaften gewesen, wo alle in einem schwarztapezierten Zimmer hockten und früher italienischer Musik oder einem Spinett lauschten, während ein Holzkohlengrill in einem blauen Kamin mit Weihrauch bestückt wurde . . . Generell war Lucia der Meinung, sie könne bis zu einem gewissen Grade nützlich sein, da sie unbestritten Aufmerksamkeit erregte.

»Wordsworth?« fragte sie. »Ach ja, jetzt weiß ich, wen Sie meinen. Die Seen von Westmoreland. Was für ein Miesepeter.«

Sie setzte ihre große Hornbrille auf, um sich das Bildnis der Frau des Künstlers anzusehen, und ihr Körper vollführte eine geschmeidige Kreisbewegung.

»Unglaublich! Was für ein Rhythmus!« sagte sie. »Sigismund ist der rhythmischste von allen. Sie sollten sich von ihm malen lassen. Er würde aus Ihnen etwas Herrliches machen, ein bißchen *andante*, beinahe *adagio*. Er besucht mich am Sonntag. Kommen Sie auch und lernen Sie ihn kennen. Frühstück gegen halb eins. Vegetarisch mit Cocktails.«

Begierig nahm Lucia diese Einladung an: Es versprach ein interessanter und progressiver Imbiß zu werden. Während dieser ersten Wochen war sie betont experimentell; sie wollte alles mögliche einfangen, was auch nur andeutungsweise Ruhm in sich bergen mochte, um nach und nach die Spreu vom Weizen zu trennen. Sie war beileibe kein Snob im engeren Sinne des Wortes; hätten nur Adlige auf ihrer Besuchsliste gestanden, wäre sie ausgesprochen unzufrieden gewesen. Natürlich ging man bei Aristokraten kein Risiko ein – man konnte nichts falsch machen, wenn man eine Herzogin zum Tee einlud, weil eine Herzogin für sich genommen bereits etwas Nobles hatte; allerdings würde es nicht ausreichen, von allen Herzoginnen dieser Welt umgeben zu sein, ja ein Raum voller Herzoginnen konnte sogar eine enttäuschende Teegesellschaft ergeben. Sie wollte die Schaumkrone haben, die Spitze, die sonnenbeschienensten auf dem Meer tanzenden Wogen. Sie war nach allem aus, was zu wogen schien, und nach allem, was sich den Anschein gab, eine Welle zu sein, selbst wenn es mit einem vegetarischen Lunch mit Cocktails sowie der eventuellen Notwendigkeit verbunden war, sich wie die Frau des Künstlers als Augenbraue in einer Ecke und einer einem verschrumpelten Blumenkohl nicht unähnlichen Substanz im Mittelpunkt des Bildes malen zu lassen. So hatte sie es immer gehalten: Ganz gleich, was den guten putzigen Leutchen in Riseholme gerade eingefallen war, ein Jongleur, ein Yogaprofessor, ein Geologe oder Psychoanalytiker, sie hatte es aufgegriffen und ausgebeutet, bis es zerplatzte.

Doch Peppino war nicht so flexibel wie sie. Der Weihrauch bei Sophy hatte ihn zum Niesen, die primitiven Melodien auf dem Spinett zum Einschlafen animiert; mehr Erbauung hatte er dem Ganzen nicht abgewinnen können. Obwohl es ihr nichts ausmachte, wenn sie sich zu Tode langweilte, war es ihr – da Peppino sich so köstlich amüsierte – recht, daß er sich am Sonntag in Riseholme ausruhte, während sie an einem vegetarischen Lunch mit Postkubisten und einem Dinner mit einer Prinzessin teilnahm. Genaugenommen konnte sie kaum sagen, auf welches der beiden Ereignisse sie sich am meisten freute; bei der Prinzessin konnte nichts schiefgehen, doch die Postkubisten könnten sich auf lange Sicht als lohnender erweisen. Man konnte sich unmöglich auf Prinzessinnen festlegen, weil sie zu unabhängig waren, aber sie konnte sich jetzt schon vorstellen, ihr Musikzimmer und sogar die berühmten Chippendale-Stühle schwarz streichen zu lassen und das Sargent-Porträt von Tantchen auf den Speicher zu verbannen, sollte sich Postkubismus als der letzte Schrei erweisen. Sie konnte diese Leute zwar nicht zum letzten Schrei machen, da sie (noch) nicht als die oberste geschmackliche Instanz galt, die sie in Riseholme gewesen war, aber sollten sie es werden, konnte mit Sicherheit niemand so geschickt wie sie den Eindruck vermitteln, sie entdeckt zu haben.

Lucia verbrachte einen anstrengenden Nachmittag mit Briefeschreiben und Telephonieren, ehe sie zum Tee, den sie wahrhaftig gebrauchen konnte, auf einen Sprung bei Mrs. Sandeman vorbeischaute. Wie sie entdeckte, brauchte sie der liebsten Aggie nichts über die gestrige Party bei Olga zu berichten, da die neueste Ausgabe der *Evening Gazette* einen Bericht darüber enthielt, abgefaßt in Hermiones unnachahmlichem Stil. Hermione hatte in dem kleinen, aber geschmackvoll eingerichteten Stadthaus der Primadonna am Brompton Square zahlreiche Freunde – *très intimes* – angetroffen, die sich eingefunden hatten, um den gewaltigen Erfolg von ›Lucrezia‹ zu feiern und Mrs. Shuttleworth zu gratulieren. Anwesend waren Prinzessin Isabel, die ihr wunderschönes türkises Kleid trug und mit dem Komponisten, Signor Cortese, plauderte (Prinzessin Isabel sprach hervorragend Italienisch), und neben anderen Freunden waren Hermione die Herzogin von Whitby, Lord Limpsfield, Mrs. Garroby-Ashton sowie Mrs. Philip Lucas aufgefallen.

5

Das Geheimnisvolle jenes Freitagabends in der letzten Juniwoche erhielt am darauffolgenden Samstagmorgen einen unheimlichen Beigeschmack . . .

Fest stand, daß am späten Freitagabend, vom Bahnhof kommend, ein Taxi vor »The Hurst« gehalten hatte, doch wegen der Dunkelheit wußte man nicht, wer ihm entstiegen war. Vorher waren die Fenster von »The Hurst« den ganzen Freitagnachmittag lang sorgfältig geputzt worden. Natürlich ließ sich letzeres dadurch erklären, daß sie einmal wieder gesäubert werden mußten, doch falls Peppino oder Lucia persönlich in dem Taxi eingetroffen wären (beide hätten sie sehr wahrscheinlich das Automobil benutzt), hätte sich ein Zeichen ihrer Anwesenheit bestimmt dem kollektiven Auge oder Ohr Riseholmes kundgetan. Doch weder, das wußte Daisy genau, war das Klavier erklungen, noch hatte bei irgendwem das Telephon geklingelt. Auch hatte, als sie um halb elf Uhr abends und später vor dem Zubettgehen aus dem Fenster sah, im Haus kein Licht gebrannt. Doch es war jemand gekommen, und zwar, da die Gesindestuben nach hinten hinausgingen, wahrscheinlich ein oder mehrere Dienstboten. Daisys Neugier hatte ihr keine Ruhe gelassen, so daß sie nach unten ging und eine Viertelstunde lang Abfou befragte. Ihr selbst war es nicht gelungen, eine auch nur einigermaßen zufriedenstellende Theorie zu entwickeln, und nachdem er das eine oder andere Mal Museum geschrieben hatte, war Abfou in schnelles und unverständliches Arabisch verfallen. Sie rief Georgie nicht an, um ihn um Hilfe bei der Lösung dieses Mysteriums zu bitten, weil sie hoffte, es eigenhändig entschlüsseln und ihm die Antwort liefern zu können.

Sie ging wieder nach oben, und nachdem sie ein paar Atemübungen absolviert und ihre Füße abwechselnd in heißes und kaltes Wasser getaucht hatte, was eine gewisse Schläfrigkeit hervorrufen sollte, war sie so hellwach wie lange nicht mehr. Ihr durchtrainierter Verstand verfolgte Spuren, die ins Leere führten, und nirgendwo war etwas Vielversprechendes zu entdecken. Von Lucia hatte man absolut nichts gehört, abgesehen vom dem, was jeder wissen konnte, der einen Penny für eine *Evening Gazette* ausgab. Geschrieben hatte sie keinem, sie hatte keinerlei Lebenszeichen von sich gegeben, und wäre nicht die *Evening Gazette* gewesen, hätte sie, was Riseholme anging, genausogut tot sein können. Doch die *Evening Gazette* bewies, daß sie lebendig war, und zwar unangenehm lebendig, wenn man Hermione Glauben schenken konnte. Sie war in London hier und dort und sogar überall gesichtet worden: Hermione hatte beobachtet, wie sie im Park mit Freunden plauderte, mit Freunden in ihrer Opernloge saß, in der Bond Street einkaufte, in Hurlington einem Polospiel zusah (wieso, wo sie doch ein Pferd nicht von einer Kuh unterscheiden konnte!), und sie sogar in einem Stakkahn in Henley gesichtet. Auch in ihrem eigenen Haus hatte sie Gesellschaften gegeben: Es hatten Dinnerpartys und musikalische Soireen stattgefunden, und sie hatte in so vielen Häusern diniert, daß Daisy sämtliche Abendgesellschaften zusammenzählte, in der Hoffnung, beweisen zu können, daß sie mehr Abende verbracht hatte, als Abende vorhanden gewesen waren, doch zu ihrem großen Bedauern kam es genau hin. Jetzt ließ sie sich von Sigismund porträtieren, ohne auch nur eine Zeile nach Riseholme geschrieben zu haben, auch nur für eine Sekunde dort aufgetaucht zu sein ... Natürlich hatte Georgie sie zu Gesicht bekommen, als er Olga besuchte, aber sein Bericht über diese Begegnung war alles andere als beruhigend ausgefallen. Sie habe gesagt, ihr sei gleichgültig, wie müde sie werde, während Peppino sich in London so rasend amüsierte. Warum, dachte die ungehaltene und empörte Daisy, war Peppino dann vor ein paar Sonntagen ganz allein nach Riseholme gekommen und hatte wie ein Häufchen Elend ausgesehen? ... »Sehr merkwürdig, wenn man *mich* fragt«, murmelte Daisy und drehte sich auf die andere Seite.

Es war wirklich merkwürdig, und auch Peppino war merkwürdig gewesen. An dem einen Abend hatte er bei Georgie gegessen, am anderen Abend Georgie bei ihm, aber er hatte nichts von Lucia erzählt, was Hermione nicht schon in alle Welt herausposaunt hatte. Davon abgesehen war Peppino an jenem Sonntag überhaupt nicht gesichtet worden, außer von Mrs. Antrobus, als diese sich am Vormittag mitten während der Psalmen nicht wohl gefühlt hatte, aus der Kirche getreten war und bemerkt hatte, wie er auf Zehenspitzen stehend in das Museumsfenster spähte, durch das man einen Blick auf die römischen Antiquitäten werfen konnte. Mrs. Antrobus (die sich, kaum an der frischen Luft, gleich viel besser fühlte) war ihm recht nahe gerückt, ehe er sie bemerkte, und dann hatte er sich, nach einem denkbar kurzen Grußwort, ganz als wäre sie das Museumskomitee, so schnell aus dem Staube gemacht, daß sie daraus nur schließen konnte, er wolle allein sein. Merkwürdig – und wenig ehrenhaft – war auch, daß er so durch das Fenster äugte, und dem Gottesdienst war er offenkundig deshalb ferngeblieben, weil er sich dann unbeobachtet wähnte. Daisy hegte nicht den geringsten Zweifel, daß er in Lucias Auftrag spionierte und angewiesen worden war, lediglich Informationen zu sammeln und den Mund zu halten, denn obwohl er wußte, daß Georgie dem Komitee angehörte, hatte Peppino es bei beiden Begegnungen mit ihm sorgfältig vermieden, das Thema Museum anzuschneiden. Wahrscheinlich hatte er seine Spionagetätigkeit zu Beginn des Gottesdienstes aufgenommen, und wenn Mrs. Antrobus nicht glücklicherweise übel geworden wäre, hätte niemand davon erfahren. Wie die Dinge lagen, hatte er sehr wahrscheinlich durch sämtliche Fenster gesehen, als sie ihn endlich entdeckte, und kannte den gesamten Inhalt des Museums. Inzwischen war das Museum offiziell von Lady Ambermere eröffnet worden, die ihm einige Fäustlinge leihweise überlassen (nicht geschenkt) hatte, welche ihrer Aussage nach Königin Charlotte gehört hatten (das Gegenteil ließ sich unmöglich beweisen), und das Komitee hatte einige äußerst raffinierte Vitrinenvorhänge angebracht, die fürderhin jede Spionage vereiteln würden.

Diese entwürdigende Spionage war mittlerweile (nächsten Sonntag) drei Wochen her, so daß Lucia (kommenden Montag) seit drei Wochen über das Museum Bescheid gewußt haben mußte. Doch sie hatte kein Sterbenswörtchen zu diesem oder irgendeinem anderen Thema verlauten lassen; weder hatte sie einen

Platz im Komitee gefordert, noch den elisabethanischen Bratspieß, der den Kamin ihres Musikzimmers so oft zum Qualmen gebracht hatte, dem Museum übereignet, geschweige denn einen Brief des Inhalts geschrieben, sie müßten alles ganz anders anfangen. Daß sie einen Plan, eine Taktik bezüglich des Museums hatte, bezweifelte wohl niemand, der Lucia kannte, aber ihre (gegenwärtig noch im dunkeln liegende) Taktik konnte gut darin bestehen, es komplett und bis in alle Ewigkeit mit Nichtachtung zu strafen. Es wäre in der Tat schrecklich, wenn sie beabsichtigte, es nicht zur Kenntnis zu nehmen, aber Daisy bezweifelte, daß jemand in ihrer Position und von ihrem dominanten Charakter zu solch unmenschlicher Selbstbeherrschung in der Lage wäre. Nein: Sie plante etwas für ihren nächsten Besuch, nur was das war und wann sie wohl kommen würde, ahnte niemand.

Während sie diese verzwickten Fragen überdachte, wälzte sich Daisy unruhig hin und her. Für sie stand fest, daß Lucia sie alle dafür bestrafen würde, während ihrer Abwesenheit ein Museum aufgebaut zu haben, ohne sie um Rat zu fragen oder zu bitten, Direktorin zu werden, und daß sie sich schwarz ärgern würde, sobald ihr irgendwie zu Ohren kam, wie erfolgreich es sich anließ. Die Urlaubssaison hatte begonnen, während der ein Touristenomnibus nach dem anderen durch Riseholme fuhr, und nach dem Mittagessen im Gasthof »Ambermere Arms« besuchten ganze Reisegruppen geschlossen das Museum. Allein in der ersten Woche waren hundertundsechsundzwanzig Besucher gekommen, was ebenso viele Shillings bedeutete, die Kataloge für sechs Pence das Stück gar nicht mitgerechnet.

Selbst die Komiteemitglieder hatten ihre Shillings bezahlt, als sie ihre eigenen Exponate betrachteten, und es war zu einer regelrechten Szene gekommen, als Lady Ambermere samt Begleitung versuchte, sich mit der Begründung gratis Eintritt zu verschaffen, sie habe dem Museum Königin Charlottes Fäustlinge geliehen. Georgie, der gerade noch eines seiner Bilder aufhängte, hatte den Disput mitangehört und sich hinter einem Vorhang versteckt. Der das (für einen Pappenstiel von einem Zirkus erstandene) Drehkreuz am Eingang bewachende junge Bursche hatte sich, wenn auch zitternd vor Angst, standhaft geweigert, das Drehkreuz drehen zu lassen, ehe nicht die erforderliche Anzahl von Shillings bezahlt worden sei, denn es kümmere ihn nicht, wessen Fäustlinge Lady Ambermere dem Museum geliehen habe; als sie sich einen Katalog schnappte, ohne dafür zu zahlen, und drohte, dem Komitee über ihn Bericht zu erstatten, war ihr der kühne Knabe gefolgt und hatte so lange »Sixpence bitte, die Dame« gesagt, bis ihm jemand aus der Begleitung die unbedeutende Summe zugesteckt hatte, um ein Handgemenge in der Öffentlichkeit zu vermeiden. Und falls Lucia mit der Begründung, sie und Peppino hätten den Pranger dem Gemeinderat übereignet, der ihn wiederum dem Museum geliehen habe, versuchen sollte, freien Eintritt zu erlangen, würde sie ihren Irrtum rasch einsehen. Endlich, bei dem Versuch auszurechnen, welchen Betrag sie am Jahresende erhielten, wenn pro Woche einhundertsechsundzwanzig Personen ihre Shillings berappten, verfiel Daisy in einen unruhigen arithmetischen Schlummer.

Am folgenden Morgen (Samstag) nahm der geheimnisvolle Besuch vom vorigen Abend in »The Hurst« eine weit akutere Dimension an. Man vermutete allgemein, daß nur eine Person eingetroffen sei, und dennoch waren zweifelsohne etliche Pfund Lachs, Dutzende (»Im wahrsten Sinne des Wortes, Dutzende«, sagte Mrs. Boucher, »ich habe nämlich den Korb gesehen«) Eier, zwei Hühner, eine Lammkeule sowie ungezählte andere nicht identifizierte Lebensmittel zur Hintertür von »The Hurst« geliefert worden; eine regelrechte Laufburschenkette zog sich über den Anger. Selbst wenn der geheimnisvolle Ankömmling Lucia persönlich sein sollte, konnte sie das alles nicht vor Montag aufgegessen haben, es sei denn, Trubel und Unrast ihres Lebens in London hätten eine wundersame Steigerung ihres Appetits bewirkt. Und warum hatte sie eigentlich nicht Georgie oder sonst jemanden angerufen oder an diesem heißen Morgen ihr Schlafzimmerfenster geöffnet? Oder war vielleicht wieder Peppino hierher verschickt worden, um sich auszuruhen und seinen ausgemergelten Leib aufzupäppeln? Andererseits wäre er nicht ohne irgendeine Begleitung gekommen, die sich um ihn gekümmert hätte. Das Städtchen war völlig ratlos; nie zuvor war Riseholmes Fähigkeit, induktiv zu denken, derart ab absurdum geführt worden, da zwar Unmengen von Lebensmitteln in »The Hurst« geschleppt wurden, aber niemand außer den Laufburschen mit ihren leeren Körben wieder herauskam. Über den Gartenzaun hinweg starrten Georgie und Daisy sich verständnislos an, und als sie, bar jeder Hoffnung, eine Lösung zu finden, Abfous Weissagungen zu Rate zogen, speiste er sie in stockendem Arabisch ab.

»Was beweist«, sagte Daisy, als sie die Planchette entrüstet beiseite legte, »daß sogar er es nicht weiß oder uns nicht verraten möchte.« Es wurde Mittag, und Riseholmes Appetit ließ zu wünschen übrig (mit Ausnahme jenes gewaltigen Appetits, den zu stillen niemandem gelang). Doch was die Möglichkeit betraf, an der Tür von »The Hurst« zu klingeln und zu fragen, ob Mrs. Lucas zu Hause sei, so wäre ganz Riseholme lieber schleichende und qualvolle Tode gestorben, als Lucia gegenüber auch nur das geringste Interesse an dem zu bekunden, was sie getan hatte, gerade tat oder tun würde.

Gegen drei Uhr nachmittags saß Georgie gegenüber seinem Haus auf dem Anger und legte letzte Hand an seine Skizze, welche er wegen dringender Museumsangelegenheiten leider vernachlässigt hatte. Er hatte sie umgekehrt auf die Staffelei gestellt und pinselte gerade etwas mehr Blau in den Himmel, als er das Hupen eines Automobils vernahm. Er sah auf, und was er sah, ließ seine Hand so heftig zittern, daß er seinem roten Backsteinhaus einen dicken, kobaltblauen Klecks verpaßte. Das Automobil hielt nämlich vor »The Hurst«, keine hundert Meter entfernt, und ihm entstiegen Lucia und Peppino. Sie gab dem Chauffeur einige Anweisungen, ehe sie, ohne Georgie zu beachten (*möglicherweise* ohne ihn zu sehen), Peppino ins Haus folgte. Als er das meiste Kobaltblau notdürftig von seinem Haus entfernt hatte, eilte er in Daisys und erzählte ihr haarklein, was geschehen war.

»Nein!« rief Daisy, und beide begaben sich wieder nach draußen, wo sie sich in den Schatten des Maulbeerbaumes stellten, um zu beobachten, was als nächstes geschehen würde. Der Maulbeerbaum hatte sich von der Beschneidung seiner Wurzeln erholt (seinen Tod hatte Abfou also doch nicht gemeint) und bot ihnen guten Schutz.

Als nächstes geschah nichts.

»Das ist doch unmöglich!« sagte Daisy in einer Art verschwörerischem Geflüster. »Merkwürdig genug, daß sie kommt, ohne jemandem Bescheid zu sagen, aber jetzt, wo sie hier ist, muß sie einfach jemanden anrufen.«

Georgie überlegte angestrengt.

»Als nächstes«, erklärte er, »werden Dienstboten und Gepäck vom Bahnhof eintreffen. Es wird jeden Augenblick soweit sein; ich habe soeben den Drei-Uhrzwanzig-Zug pfeifen gehört. Sie und Peppino sind hingefahren.«

»Das würde mich nicht wundern«, sagte Daisy. »Doch selbst wenn es stimmt, wofür dann Hühnchen und die vielen Eier? Georgie, der Koch muß gestern nacht gekommen sein – sie und Peppino haben in London außer Haus gegessen – und heute morgen die vielen Lebensmittel bestellt haben. Aber von diesen Mengen könnten sie eine Woche lang leben. Und anderthalb Liter Sahne, wie ich inzwischen gehört habe, und genug Eis für eine Schlittschuhbahn, und ...«

In diesem Moment hatte Georgie jene Eingebung, die unvergeßlich bleiben sollte. Sie stellte alles bisher dagewesene induktive Denken in den Schatten.

»Sie hat einige ihrer feinen Freunde aus London übers Wochenende eingeladen«, sagte er langsam, »und will keinen von uns dabeihaben.«

Daisy blinzelte ob dieser unglaublichen Erleuchtung. Dann warf sie einen vernichtenden Blick in Richtung »The Hurst«.

»Die!« sagte sie. »Die und ihr Bubikopf; und ihre Staubperlen! Jetzt reicht's.«

Eine Minute später traf das völlig mit Gepäck überladene Bahnhofstaxi ein. Ihm entstiegen vier Personen, drei weiblichen und eine männlichen Geschlechts.

»Der Majordomus«, sagte Daisy, und ohne ein weiteres Wort zu verlieren, stapfte sie in ihr Haus zurück, um Abfou über das alles zu befragen. Er kam sofort durch und schrieb »Snob« über das ganze Blatt.

Es bestand kein Grund, warum Georgie seine Skizze nicht beenden sollte, und so setzte er sich wieder und begann zunächst, das restliche deplazierte Kobaltblau zu entfernen. Er war sich seiner Vorhersage so sicher, daß er einfach in Ruhe abwartete, bis sie eintraf, und nie hatte er mit hingebungsvollerer Konzentration gearbeitet als in der nächsten Stunde. Er wußte, daß Daisy raschen Schritts ihr Haus verließ, und vermutete, sie sei unterwegs, um die Nachricht weiterzugeben und die folgenden Ereignisse vorherzusagen. Doch davon abgesehen, daß er absolut sicher war, eine Gruppe Gäste werde aus London für das Wochenende anreisen, konnte er sich nicht im mindesten vorstellen, was sich daraus ergeben würde. Möglicherweise lud Lucia ihn, Daisy oder einige alte Freunde zum Essen ein, andererseits hätte sie dies wohl bereits getan, falls sie es vorgehabt hätte. Doch kurz bevor um halb fünf der Schnellzug aus London eintraf, wurde seine prophetische Ruhe (schließlich war er auch nur ein Mensch) schwer erschüttert, so daß er seinen Tee am Fenster seines Wohnzimmers einnahm, das einen guten Einblick in den Vorgarten gestattete, und sein Opernglas griffbereit legte. Das Fenster verlief in einem weitgeschwungenen Bogen, so daß er deutlich das Ende von Roberts Messingfernrohr aus dem entsprechenden Fenster des Nachbarhauses ragen sah.

Wieder ertönte eine Autohupe, und der Lucassche Wagen fuhr vor der Haustür von »The Hurst« vor. Ihm entstiegen Mrs. Garroby-Ashton, gefolgt von der merkwürdigen grellen Kreatur, die Lucia zur privaten Vernissage der Postkubisten abgeholt hatte. Georgie fehlte im Moment die Zeit, sein Hirn nach ihrem Namen zu durchkämmen, den er vergessen hatte, da er sich auf das Beobachten konzentrieren mußte, und als nächstes entdeckte er Lord Limpsfield, dem er auf Olgas Fest begegenet war. Zu guter Letzt tauchte ein großgewachsener, hagerer Mann mittleren Alters in einer Oxfordhose auf, dem gegenüber Georgie sofort tiefes Mißtrauen empfand. Er trug keinen Hut, hatte dichtes, kastanienbraunes Haar und wedelte beim Reden albern mit den Händen; um die Schultern hatte er ein kleines Cape gelegt. Dann kam Lucia in ihrem kurzen Röckchen und mit Bubikopf aus dem Haus getrippelt, und alle plapperten, gaben sich Küßchen, kreischten, deuteten in verschiedene Richtungen und begaben sich durch den Garten ins Haus. Die Tür wurde geschlossen und das Ende von Roberts Messingfernrohr eingezogen.

Kaum hatten sich diese schändlichen Ereignisse zugetragen, als Georgies Telephon klingelte. Vielleicht war es Daisy, die ihre Notizen vergleichen wollte, aber vielleicht war es auch Lucia, die ihn zum Tee bat. Bei dieser

Vorstellung fühlte er sich hin und her gerissen: Rein sinnliche Neugier drängte ihn mit aller Macht, zu gehen, Würde riet ihm davon ab. Zwischen beiden Auffassungen hin und her gerissen, ging er auf das ununterbrochen bimmelnde Gerät zu. Er war sich nun ganz sicher, daß es Lucia war; was um alles in der Welt sollte er bloß sagen? Er stand so lange da, daß Foljambe für den Fall, daß er ausgegangen wäre, ins Zimmer gelaufen kam.

»Finden Sie heraus, wer es ist, Foljambe«, sagte er.

Mit bemerkenswerter Ruhe griff Foljambe nach dem Hörer.

»Ferngespräch«, sagte sie.

Er schmiegte sich an das Gerät und vernahm bald darauf eine bekannte Stimme.

»Nein! Sind Sie es?« fragte er. »Was gibt es?«

»Ich komme morgen mit dem Automobil«, antwortete Olga, »und wahrscheinlich begleitet mich Prinzessin Isabel, aber sie weiß es noch nicht hundertprozentig. Rechnen Sie jedoch mit ihr, falls ich morgen nicht anrufe. Seien Sie ein Schatz, und laden Sie uns zum Lunch ein, da wir spät kommen werden, und kommen Sie dann zum Dinner zu uns. In aller Eile: auf Wiederhören.«

»Nein, Sie dürfen nicht gleich wieder einhängen«, rief Georgie. »Das mache ich natürlich alles, aber Sie müssen wissen, daß soeben Lucia mit Gästen aus London eingetroffen ist und sich bei keinem von uns gemeldet hat.«

»Nein!« sagte Olga. »Dann verraten Sie ihr nicht, daß ich komme. Sie ist eine solche Nervensäge geworden. Täglich lädt sie mich zum Lunch und zum Dinner ein. Und trotzdem ist es spannend, Georgie! Wen hat sie dabei?«

Plötzlich fiel Georgie der Name des grellen weiblichen Wesens wieder ein.

»Mrs. Allingsby«, sagte er.

»Herrje!« sagte Olga. »Wen sonst?«

»Mrs. Garroby-Ashton . . .«

»Was?«

»Garr-o-by Ash-ton«, sagte Georgie betont deutlich, »und Lord Limpsfield. Und einen großgewachsenen Mann mit kastanienbraunem Haar in einer Oxfordhose.«

»Hört sich an wie Ihr Double, Georgie«, sagte Olga. »Und hat er wie Sie ein kleines Cape umhängen?«

»Ja«, sagte Georgie ziemlich kühl.

»Das dürfte Stephen Merriall sein«, erklärte Olga nach einer Pause.

»Und wer ist das?« wollte er wissen.

»Lucias Liebhaber«, sagte Olga vernehmlich.

»Nein!« sagte Georgie.

»Natürlich nicht wirklich. Das soll nur heißen, daß er immer dabei war. Ich glaube allerdings, daß er Hermione ist. Sicher bin ich mir nicht, aber ich könnte es mir denken. Georgie, wir werden einen hektischen Sonntag verleben. Ade, bis morgen um zwei oder drei zum Lunch, und zwar zu zweit oder dritt. Was sind Sie doch für eine Klatschbase.«

Er hörte ihr bezauberndes Lachen und das Klicken des Hörers.

Um laut aufzuseufzen, war Georgie viel zu aufgeregt. Mit flach gehendem Atem saß er ganz still da. Riseholmes Ehre zuliebe war er froh darüber, daß ihn womöglich eine Prinzessin zum Lunch besuchen würde, doch davon abgesehen wäre er es ihm viel lieber gewesen, wenn Olga allein gekommen wäre. Die »Affaire Lucia« war zwar weitaus aufregender als alles andere, aber womöglich interessierte sich Prinzessin Isabel nicht dafür und würde statt dessen über alle möglichen langweiligen Dinge wie Könige und Höfe plaudern ... Plötzlich sprang er von seinem Stuhl auf: Zum Mittagessen am Sonntag waren eine Lammkeule und ein Apfelkuchen im Haus, sonst nichts. Was blieb zu tun? Die Läden waren inzwischen geschlossen.

Er läutete nach Foljambe.

»Miss Olga kommt zum Lunch, und möglicherweise – möglicherweise – bringt sie eine Freundin mit«, sagte er. »Was sollen wir tun?«

»Eine Lammkeule und ein Apfelkuchen sind doch für jeden gut genug, oder?« meinte Foljambe streng.

Kaum hatte Georgie diesen Hinweis erhalten, erschien er ihm einleuchtend, und er gab sich alle Mühe, sich darüber keine Gedanken mehr zu machen. Doch es gelang ihm nicht; alles war so aufregend, und nachdem er die Hose gewechselt hatte, um die Ähnlichkeit zwischen ihm und diesem abstoßenden Mr. Merriall zu verringern, unternahm er einen Verdauungsspaziergang über den Anger, der es ihm ermöglichte, von überall jede wichtige Entwicklung in »The Hurst« zu beobachten. Da es ganz Riseholme ebenso hielt, erfuhr sein Bummel zahlreiche angenehme Unterbrechungen. Man wußte bereits, daß Lucia und Peppino eingetroffen und Dienstboten und Gepäck mit dem Zug um drei Uhr zwanzig gekommen waren, daß Lucias Automobil den Zug um halb fünf abgepaßt und mit aufregenden

Leuten beladen zurückgefahren war. Daher war Georgie ein begehrter Gesprächspartner, da er vermutlich die Namen der aufregenden Leute kannte und darüber hinaus mit der zusätzlichen Information dienen konnte, daß Olga am nächsten Tag eintreffen, mit ihm zu Mittag essen und in ihrem eigenen Haus dinieren würde. Die sie eventuell begleitende Prinzessin verschwieg er: Falls sie nicht kam, würden, wie er wußte, alle den leisen Verdacht hegen, er habe sie erfunden; kam sie jedoch, würde sie sich zweifellos für jedermann sichtbar in sein Gästebuch eintragen.

Gegenüber Lucia herrschte eine äußerst feindselige Stimmung, und wie üblich, wenn Riseholme etwas intensiv empfand, fiel kaum ein Wort darüber in der Öffentlichkeit, obwohl man durchaus Gesprächspaare mit strengen, bösen Mienen und schimpfenden Mündern zu Gesicht bekommen mochte. Doch vorherrschend waren Neugier und Vermutungen hinsichtlich dessen, was Lucia wohl tun würde, und Olga. Aus »The Hurst« war keinem ein Zeichen zugegangen, keine Seele hatte eine Einladung zum Lunch, zum Dinner oder auch nur zum Tee erhalten, und wenn Lucia sich vor ihren noblen Freunden der Gesellschaft Riseholmes zu schämen schien, so stand jedenfalls felsenfest, daß sich Riseholmes Gesellschaft Lucias schämte.

Doch unversehens und abrupt verstummten solche Gespräche, und selbst die, die vor Empörung am schnellsten ausschritten, blieben stehen, denn aus der Haustür von »The Hurst« strömten die »aufregenden Leute« und ihre Gastgeber. Da kamen Lucia, ohne Hut, mit Bubikopf und kurzem Rock, die Paradiesvogelhenne und Mrs. Garroby-Ashton, Peppino, Lord

Limpsfield und Mr. Merriall, alle mit schrillen Stimmen redend, unterbrochen von hohlem Gelächter. Langsam gingen sie über den Anger auf den kleinen runden Teich zu, den Riseholme umgab, und passierten ihn in fünfzehn Meter Entfernung; wäre Lucia Gorgo gewesen, Riseholme hätte nicht wirkungsvoller in Stein verwandelt werden können. Lucia schien ihrerseits Riseholme genausowenig zu bemerken, so sehr war sie in Konversation vertieft, und weiter ging die Gruppe, schnurstracks auf das Museum zu. Als sie gerade an Oberst Bouchers Haus vorbeikamen, rollte Mrs. Boucher in ihrem Rollstuhl heraus und wurde unverzüglich geradewegs durch die Gruppe geschoben. Dann bezog sie unter der großen Ulme am Rande des Angers Stellung.

Die Gruppe betrat das Museum. Durch die geöffneten Fenster drang kreischendes Lachen. Selbiges hielt ungefähr zehn Minuten lang an, und dann ... kamen alle wieder heraus. Mehrere hatten Kataloge in den Händen, und Mr. Merriall las mit lauter Stimme aus einem vor.

»Ein Paar Fäustlinge aus Kammgarn«, verkündete er, »aus dem Besitz Königin Charlottes, eine Leihgabe von Lady Ambermere.«

»Nicht doch«, sagte Lucia. »Machen Sie sich nicht über unser nettes kleines Museum lustig, Stephen.«

Als sie am Rande des Dorfangers ihren Rückweg antraten, kam wieder Bewegung in Riseholme. Nun war klar, welche Linie Lucia gegenüber dem Museum einschlagen würde. Georgie schlenderte zu Mrs. Bouchers Rollstuhl hinüber. Mrs. Bouchers Gesicht war puterrot angelaufen, und ihre Hände zitterten.

»Guten Abend, Mr. Georgie«, sagte sie. »Wie ich sehe, hat wieder eine Gruppe Auswärtiger dem Museum einen Besuch abgestattet. Sie machten einen sonderbaren Eindruck, hoffentlich ist uns nichts abhanden gekommen. Sonst irgendwas Neues?«

Es war eine sehr würdevolle Art, dieses Ereignis zur Kenntnis zu nehmen, und Georgie antwortete in dem gleichen Geist.

»Nicht das geringste«, sagte er, »außer daß morgen Olga kommt.«

»Wie angenehm«, sagte Mrs. Boucher. »Über *ihren* Besuch freut sich Riseholme immer.«

Daisy gesellte sich zu ihnen.

»Guten Abend, Mrs. Quantock«, sagte Mrs. Boucher. »Gibt's was Neues?«

»Allerdings«, antwortete Daisy ziemlich außer Atem. »Haben Sie sie nicht gesehen? Lucia und ihre Gäste?«

»Nein«, sagte Mrs. Boucher bestimmt. »Sie hält sich mit Sicherheit in London auf. Sonst noch etwas?«

Daisy begriff. Lucias Anwesenheit in Riseholme komplett zu ignorieren war in der Tat eine vortreffliche Idee.

»Ich muß mich geirrt haben«, sagte sie. »Ach ja, mein Maulbeerbaum hat sich prächtig erholt.«

»Nein!« rief Mrs. Boucher mit der typischen Riseholmeschen Intonation. »Das freut mich. Das Stutzen hat ihm wohl gutgetan. Und von Mr. Georgie erfuhr ich soeben, daß unsere liebe Olga – ich sollte wohl besser Mrs. Shuttleworth sagen – morgen anreist, aber er hat mir die Uhrzeit noch nicht genannt.«

»Um zwei oder drei, sagte sie«, antwortete Georgie.

»Sie kommt mit dem Automobil und wird gleich nach ihrer Ankunft bei mir zu Mittag essen.«

»Aha! Dann möchte ich Ihnen den Rat geben, etwas Kaltes bereitzustellen, das ein wenig Warten verträgt. Beispielsweise etwas kaltes Lamm. Genau das richtige für einen heißen Tag.«

»Was für eine großartige Idee!« sagte Georgie. »Mir schwebte heißes Lamm vor, doch Ihr Vorschlag ist viel besser. Ich lasse es heute abend zubereiten.«

»Dazu einen hübschen Tomatensalat«, sagte Mrs. Boucher, »und wenn Sie keine haben, gebe ich Ihnen welche. Schicken Sie Ihre Foljambe vorbei, und sie wird mit einem halben Dutzend reifer Tomaten zurückkommen.«

Georgie eilte davon, um diese neuen Vorbereitungen in die Wege zu leiten, und da Oberst Boucher mit Piggy einen Bummel unternahm, konnte seine Frau sich ausgiebig mit Mrs. Quantock unterhalten ... Was sie auch tat.

Als Lucia am nächsten Morgen ziemlich früh erwachte, war ein schlechtes Gewissen ihr Ruhekissen, zu dessen Beruhigung sie einige scheinbar sehr vernünftige Argumente benutzte. Es hätte keinen Zweck gehabt, Georgie oder einem anderen zu schreiben, sie brächte am Wochenende Freunde mit, um sich mit denen dann den ganzen Sonntag über zu beschäftigen. Bei den vielen Gästen konnte sie weder Duette mit Georgie spielen noch die arme Daisy überreden, ihr Ouija-Brett vorzuführen, oder gar Mrs. Boucher in ihrem Rollstuhl zum Tee einladen, da sie ihnen lange Geschichten von rein lokalem Interesse auftischen würde, die Leute wie Lord

Limpsfield oder die seltsame Sophy schwerlich unterhaltsam gefunden hätten. Es war klug von ihr gewesen, Riseholme und Brompton Square auseinanderzuhalten, da beide nicht zusammenpaßten. Außerdem reisten ihre Gäste am Montagmorgen ab, und sie hatte sich vorgenommen, bis Dienstag zu bleiben und überaus freundlich und keine Spur herablassend zu sein. Sie würde ein oder zwei Einheimische zum Lunch einladen, ein oder zwei andere zum Dinner, und Georgie zusätzlich eine ganze Stunde Duette zugestehen. Wäre Olga hier, hätte sie Olga natürlich für den Sonntag eingeladen, aber Olga hatte gestern abend in der Oper gesungen. Lucia hatte beim Abendessen viel von ihr erzählt, den Eindruck entstehen lassen, sie beide würden sich sowohl in der Stadt als auch hier ständig wechselseitig besuchen, und ihre Abwesenheit beklagt.

»Wirklich schade«, hatte sie gesagt. »Die gute Olga singt nämlich so gern in meinem Musikzimmer. Nie werde ich vergessen, wie sie zu einer kleinen Gartenparty erschien und Brünnhildes Erwachen sang. Selbst Ihnen, liebste Sophy, mit Ihrer Vorliebe für das Primitive, hätte es gefallen. Sie sang hier auch ›Lucrezia‹, bevor es irgendein anderer hörte. Kaum hatte Cortese die Partitur fertig, brachte er sie her – äh, das war wohl in ihr Haus –, nur für Peppino und mich und eventuell ein oder zwei andere. Wir hätten die liebste Olga morgen den ganzen Tag bei uns gehabt, wenn sie nur hier wäre . . .«

Lucia hatte also ein recht gutes Gefühl, was ihre heutige Reserviertheit betraf, da sie all diese netten Dinge für Riseholme in petto hatte; dann brachte ihr Gewissen das Thema Museum ins Spiel. In dieser Frage verteidigte sie sich entschieden: Über das Museum wußte sie nichts (wenn man von dem absah, was Peppino durchs Fenster erspäht hatte); sie war zu dem Museum nicht konsultiert worden, gehörte nicht dem Komitee an und hatte alles Recht der Welt, es mit ihren Gästen zu besichtigen. Weder konnte sie verhindern, daß diese beim Anblick von Königin Charlottes Fäustlingen und Daisys Wasserleitungsrohren in kreischendes Gelächter ausbrachen, noch sich zwingen, nicht selbst in das kreischende Gelächter einzustimmen; schließlich hatte man es hier mit der lächerlichsten Kollektion von Schrott zu tun, die je zusammengetragen worden war. Ein Schaukasten für Königin Charlottes Fäustlinge, ein Haufen Fossilien, wie sie von ihr persönlich massenweise aus dem alten Steinbruch geschlagen worden waren, einige Glassplitter (Georgie hätte es eigentlich besser wissen müssen), ein paar Steppdecken, ein Dutzend Münzen als Leihgabe, nur als Leihgabe von der armen Daisy! Genaugenommen war das einzige interessante Objekt der Pranger, den sie und Peppino erworben und auf dem Dorfanger aufgestellt hatten. Darum würde sie sich kümmern, sobald sie im August wiederkam, und dann marsch zurück auf den Anger mit ihm. Außerdem war da noch der Katalog: Wie sollte man sich bei einem Katalog das Lachen verkneifen, der in unglaublich geschwollener Sprache den Inhalt dieser Mülltonne beschrieb? Es gab keinen Grund, deswegen Skrupel zu empfinden. Und was Mrs. Boucher betraf, die ohne ein Zeichen des Erkennens mitten durch ihre Gruppe gefahren war, was machte das schon aus? Was Lucia betraf, so hatte auch sie selbst Mrs. Boucher kein Zeichen des Erkennens gegeben, da diese ihnen anderenfalls alles über ihren Spargel erzählt oder geschildert hätte, wie ihrer Elisabeth eine Gaumenplatte zerbrochen war. Möglicherweise war es seltsam, daß Mrs. Boucher nicht angehalten hatte ... war es denn auch seltsam, daß zwar ganz Riseholme, wie sie aus den Augenwinkeln bemerkt hatte, auf dem Anger gestanden, niemand ihr aber auch nur den kleinsten Willkommensgruß entboten hatte? Zugegeben, sie hatte die anderen praktisch geschnitten (wenn man einen Vorgang, der sich auf fünfzig Meter Entfernung abspielte, schneiden nennen konnte), war sich aber nicht so ganz sicher, ob ihr die gleiche Behandlung gefiel, wenn sie ihr zuteil wurde. Wahrscheinlich bedeutete es gar nichts; da die Riseholmer sahen, daß sie mit Freunden beschäftigt war, hatten sie sich, wie es sich gehörte, nicht in den Vordergrund gedrängt.

Ihre Gäste nahmen ihr Frühstück größtenteils auf ihren Zimmern ein, doch im Laufe des Vormittags waren alle unten eingetrudelt. Am Vortag hatte Lucia ihr von Sigismund gemaltes Porträt mitgebracht, das Sophy zu einem in *adagio* gehaltenen Meisterwerk erklärte. Sie gab Lucia den Rat, sämtliche anderen Bilder aus dem Musikzimmer zu entfernen und es – gleich dem wunderbaren langsamen Satz in einem Konzert – allein dort hängen zu lassen, als Mr. Merriall mit der Sonntagszeitung unterm Arm den Raum betrat.

»Ah, die Zeitung ist da«, sagte Lucia. »Ist das nicht eine sehr riseholmeske Eigenheit? Nie bekommen wir die Sonntagszeitung vor Mittag.«

»Besser spät als nie«, erwiderte Mr. Merriall, der leidenschaftlich gern Sprichwörter gebrauchte. »Ich entnahm ihr, daß Mrs. Shuttleworth heute hier eintrifft.

Laden Sie sie doch zum Dinner ein, vielleicht singt sie uns etwas vor.«

Lucia erstarrte eine einzige Sekunde lang, ehe sie in die Hände klatschte.

»Ach, das wäre wirklich herrlich!« sagte sie, »aber ich kann es einfach nicht glauben. Die liebste Olga kam erst gestern morgen in der Stadt auf einen Sprung vorbei – oder kam ich bei ihr auf einen Sprung vorbei? – und sagte kein Wort davon. Zweifellos hatte sie sich noch nicht entschieden, ob sie fahren wollte oder nicht. Selbstverständlich rufe ich sie sofort an und schimpfe mit ihr, weil sie mir nicht Bescheid gesagt hat.«

Von Olgas Haushälterin erfuhr Lucia, daß man diese samt einer Freundin erwarte, doch mit Sicherheit könne sie nicht mit ihr zu Mittag essen, da sie mit Mr. Pillson speisen würden. Sie könne »ganz gewiß nicht sagen«, wer die Freundin sei, versprach aber auszurichten, daß Mrs. Lucas hoffte, sie beide zum Dinner begrüßen zu können ... Als nächstes empfahl es sich, Georgie anzurufen und betont herzlich zu sein.

»*Georgino mio*, bißtu's?« fragte sie.

»Ja«, antwortete Georgie. Weder brauchte er zu fragen, wer es war, noch verspürte er die Neigung, in Babysprache zu verfallen.

»Georgino, ich habe Sie gestern überhaupt nicht zu Gesicht gekriegt«, sagte sie. »Warum bißtu nich vorbeigekommen und hast mich besucht?«

»Weil Sie mich nicht eingeladen haben«, sagte Georgie mit fester Stimme, »und weil Sie mir nicht gesagt haben, daß Sie kommen.«

»Tut mich srecklich leid«, sagte Lucia. »Aber ich so

konfus und beschäftigt in Stadt. Köstlich, wieder in Riseholme zu sein.«

»Köstlich«, sagte Georgie.

Lucia machte eine kurze Pause.

»Is Georgino bös mit mir?« fragte sie.

»Keine Spur«, sagte Georgie heiter. »Warum sollte ich?«

»Ich weiß nicht. Wie ich höre, sind meine Olga und eine Freundin zum Lunch bei Ihnen. Ich hoffe, daß sie sich heute abend zum Dinner bei mir einfinden werden. Kommen Sie doch anschließend vorbei. Wir werden schon zu acht sein, sonst hätte ich Sie natürlich auch zu Tisch gebeten.«

»Ganz herzlichen Dank, aber ich speise mit ihr zu Abend«, sagte Georgie.

Pause.

»Na, dann kommt doch alle drei rüber und eßt hier«, schlug Lucia vor. »Sehr amüsante Gesellschaft, und euch bringe ich auch noch unter.«

»Leider kann ich nicht für Olga sprechen«, sagte Georgie, »und ich diniere bei ihr, verstehen Sie?«

»Nun, kommen Sie nach dem Lunch rüber und bringen Sie sie mit?« fragte Lucia. »Oder zum Tee?«

»Ich weiß nicht, ob sie das tun wollen«, sagte Georgie, »aber ich werde es ausrichten.«

»Unbedingt, ich rufe dann gegen Mittag noch einmal an, um mit meiner Olga zu plaudern. Wer ist ihre Freundin?«

Georgie zögerte; das sollte er besser nicht verraten. Lucia würde es noch früh genug erfahren.

»Ach, nur jemand, den sie eventuell mitbringt«, sagte er und hängte ein.

Lucia vermutete nunmehr ein kleines Geheimnis, und Geheimnisse konnte sie nicht leiden, wenn sie nicht deren Urheberin war. Olgas Hausmeisterin konnte es »ganz gewiß nicht sagen«, und Georgie (daran zweifelte Lucia keinen Moment) wollte nicht. Also begab sie sich wieder zu ihren Gästen und erklärte sehr wohlüberlegt, Olga sei gegenwärtig noch nicht eingetroffen, und dann gab sie einen wunderbaren Bericht über ihr kleines intimes Dinner mit Olga und Prinzessin Isabel zum Besten. Welch eine wundervolle amüsante Frau – in der Stadt müßten sie alle irgendwann bald einmal vorbeikommen und Prinzessin Isabel treffen.

Vor dem Mittagessen unternahmen Lucia und ihre Gäste – mit der Ausnahme von Sophy Allingsby, die weiterhin mit einem Finger primitive Melodien auf dem Klavier spielte – einen Spaziergang über den Dorfanger. Mrs. Quantock hastete mit abgewandtem Gesicht vorbei, und natürlich wollten alle wissen, wer denn die Rote Königin aus »Alice im Wunderland« sei. Lucia unterhielt sie mit einer spaßigen Version von Daisys Ouija-Brett und einem Bericht über den Maulbeerbaum.

»Lauter entzückende Menschen, wirklich«, sagte sie, »aber zum Totlachen. Dann hat sie Brokkoli statt Phlox gesät. Solche Dinge passieren nur in Riseholme. Sie müssen mich alle im August besuchen kommen, dann tauchen wir gemeinsam in das einheimische Leben ein. Ich finde es hinreißend, einfach hinreißend. Immer sind wir von irgend etwas völlig hingerissen . . . Und nebenan steht Georgie Pillsons Haus. Ein Schatz! Ich verehre ihn. Er fertigt Stickereien an und hat dem Museum diese Glasscherben geschenkt. Und am Ende der Straße steht das Haus der lieben Olga . . .«

Kaum hatte Lucia Olgas Haus einen Handkuß zugeworfen, als ihr Adlerauge ein sich näherndes Automobil erspähte, das vor Georgies Haus hielt. Zwei Frauen stiegen aus, über deren Identität absolut kein Zweifel möglich war. Sie gingen durch das Gartentor, woraufhin er wie ein Kuckuck aus seiner Haustür kam und einen tiefen Diener machte. Dies alles sah Lucia, und obwohl sie vorübergehend versteinerte, erholte sie sich rasch und machte auf dem Absatz kehrt.

»Tja, wir müssen umkehren«, sagte sie mit leicht erstickter Stimme. »Zeit zum Essen.«

Mr. Merriall drehte sich nicht ganz so rasch um, sondern beobachtete die drei Gestalten an Georgies Tür.

»Der äußere Anschein kann trügen«, sagte er, »aber sind das nicht Olga Shuttleworth und Prinzessin Isabel?«

»Nein! Wo?« sagte Lucia und schaute in die entgegengesetzte Richtung.

»Haben gerade das Haus betreten; Georgie Pillsons Haus, wenn ich mich nicht irre.«

»Nein, wirklich?« sagte Lucia. »Wie dumm von mir, daß ich sie nicht gesehen habe. Soll ich auf einen Sprung vorbeischauen? Nein, ich werde sie wohl gleich einmal anrufen, falls sie mich nicht bereits angerufen haben.«

Lucia machte gute Miene zum bösen Spiel, fühlte sich aber ganz und gar nicht wohl in ihrer Haut. Das sah ganz nach einer Verschwörung aus: Olga hatte ihr nämlich verschwiegen, daß sie nach Riseholme kommen wollte, und Georgie hatte ihr verschwiegen, daß Prinzessin Isabel die Olga begleitende Freundin war. Allerdings blieb noch den Mittag über Zeit, sich eine Lösung auszudenken. Doch obwohl sie pausenlos mit satirischen Untertönen von Riseholme plauderte, verlor sie über die Primadonna und die Prinzessin kein Wort mehr ...

Lucia wäre erfreut gewesen (oder vielleicht auch nicht), wenn sie gewußt hätte, welch zentrales Gesprächsthema sie an Georgies exklusiver kleiner Mittagstafel abgab. Prinzessin Isabel (inzwischen mit einem von Mrs. Bouchers Tomaten vollen Mund) hatte die vergangene Woche über pausenlos unter Lucias Bombardement gelitten und wußte aus vertrauenswürdiger Quelle, daß diese von ihr als »Isabel, die gute Prinzessin Isabel« sprach.

»Und ich werde ihr Haus nicht betreten«, sagte sie. »Dies ist ein freies Land, und ich habe nun einmal beschlossen, ihr wertes Haus nicht zu betreten. Aber ich möchte mehr über sie erfahren, da sie mich interessiert; dies gilt auch für Ihr Riseholme. Sie erwähnten das Museum.«

»Georgie, erzählen Sie mehr über das Museum«, sagte Olga.

»Nun«, sagte Georgie, »da stand es. Alle gingen hinein, und dann kamen sie alle wieder raus, und einer von ihnen las laut aus meinem Katalog – mein Werk – vor, und alle kreischten vor Lachen.«

»Dann muß es ein sehr komischer Katalog sein, Georgie«, sagte Olga.

»Das finde ich nicht. Mr. Merriall las laut die Stelle

über die von Lady Ambermere gestifteten Fäustlinge der Königin Charlotte vor.«

»Nein!« sagte Olga.

»Höchst interessant!« sagte die Prinzessin. »Sie war meine Tante, meine Riesentante, stimmt's? Nein: Großtante, so ist's richtig. Anschließend suchen wir das Museum auf und sehen uns ihre Fäustlinge an. Außerdem muß ich die Maulbeerbäume mordende Dame kennenlernen. Olga, können Sie sie nicht bitten, ihre Planchette mitzubringen und zu weissagen?«

»Georgie, rufen Sie doch Daisy an, und laden Sie sie zum Tee bei mir ein«, sagte Olga. »Wir müssen unbedingt eine Sitzung abhalten.«

»Und dann muß ich noch unbedingt eine Rundfahrt unternehmen, unbedingt über den Anger spazieren, und unbedingt noch ein Stück von Ihrem köstlichen Apfelkuchen essen«, erklärte die Prinzessin.

Kaum war Georgie aufgestanden, um Daisy anzurufen, als Foljambe eintrat und meldete, Mrs. Lucas sei am Telephon und hätte gern Olga gesprochen.

»Richten Sie ihr doch bitte aus, wir seien noch beim Essen, Foljambe«, sagte diese. »Möchte sie mir etwas bestellen? Und sagten Sie nicht, Stephen Merriall sei da, Georgie?«

»Nein, Sie sagten, er sei da«, widersprach Georgie. »Ich habe ihn lediglich beschrieben.«

»Jedenfalls bin ich mir ziemlich sicher, daß er es ist, aber Sie müssen irgendwann heute nachmittag rübergehen und es herausfinden. Wenn ich recht habe, ist er Hermione, der immer in der *Evening Gazette* über Lucia schreibt. Köstlich! Sie müssen also auf ein paar Minuten rübergehen und es feststellen.«

Foljambe kam zurück und fragte, ob Mrs. Lucas auf einen Sprung vorbeikommen dürfe, um Prinzessin Isabel ihre Aufwartung zu machen.

»Sehr freundlich von ihr, aber sie soll sich auf gar keinen Fall solche Umstände machen«, sagte die Prinzessin.

Foljambe zog sich zurück und tauchte ein drittes Mal mit einem leisen, festen Lächeln auf.

»Mrs. Lucas wird Mrs. Shuttleworth in einer Viertelstunde erneut anrufen«, sagte sie.

Die Prinzessin aß ihr Stück Apfelkuchen auf.

»Und nun wollen wir das Museum besichtigen«, sagte sie.

Georgie blieb zu Hause, um Daisy anzurufen, um bei Lucias nächstem Anruf zu berichten, Olga sei ausgegangen und um »The Hurst« seinen Besuch abzustatten. Zu behaupten, dies bereite ihm kein Vergnügen, hieße, ihn falsch einzuschätzen. Lucia war mit ihren feinen Gästen aufgetaucht, ohne von Riseholme Notiz zu nehmen, und nun hatte die Vorsehung dafür gesorgt, daß gleichzeitig zwei unendlich viel feinere Personen hierherkamen, ohne von ihr Notiz zu nehmen. Statt dessen verkehrten sie freundschaftlich mit Menschen wie ihm und Daisy, die Lucia links liegengelassen hatte. Dann hatte sie über das Museum und besonders über den Katalog und die Fäustlinge gelacht, und nun war die Großnichte der früheren Trägerin jener Fäustlinge aufgebrochen, um sie zu besichtigen. Das war ein schwerer Schlag, genauer gesagt: Alles miteinander war ein schwerer Schlag, den Lucia sich redlich verdient hatte.

Er wurde ins Musikzimmer geführt und hatte gerade noch Zeit, zu bemerken, daß auf dem Schreibtisch ein an die *Evening Gazette* adressierter Briefumschlag lag, als auch schon Lucia und Mr. Merriall hereinstürzten.

»*Georgino mio*«, begrüßte Lucia ihn überschwenglich, »wie nett, daß Sie vorbeigekommen sind. Ihre Damen haben Sie nicht mitgebracht? Ach ja, dies ist Mr. Merriall.«

(Damit ist es bewiesen, Hermione von der *Evening Gazette*, dachte Georgie.)

»Sie dachten, sie paßten nicht zu Ihren vielen Gästen«, entgegnete Georgie liebenswürdig. (Das war der nächste schwere Schlag.)

»Kann es sein, daß ich Prinzessin Isabel an Ihrer Haustür gesehen habe?« fragte Mr. Merriall, wobei er unwillkürlich zum Schreibtisch hinüberschaute. (Lucia hatte sie seither nicht mehr erwähnt.)

»Aber ja. Sie kamen mal eben vorbei und haben mitgegessen, was es gerade gab.«

»Was haben Sie ihnen aufgetischt?« fragte Lucia, ihre Sorgen vorübergehend vergessend.

»Nur ein wenig kalten Lammbraten und Apfelkuchen«, antwortete Georgie.

»Nein!« sagte Lucia. »Sie hätten die beiden zum Lunch mit hierherbringen müssen. O Georgie, sehen Sie, mein Bild. Von Sigismund.«

»Aha«, sagte Georgie. »Was soll es darstellen?«

»*Cattivo!*« sagte Lucia. »Natürlich ist es ein Porträt von mir. Sigismund, müssen Sie wissen, ist zur Zeit der letzte Schrei in London. Jeder ist verrückt danach, von ihm gemalt zu werden.«

»Und wenn er fertig ist, sehen sie verrückt aus. Laßt

euch nicht schrecken durch den Wahn der Welt«, sagte Mr. Merriall.

»Sie Schlimmer«, sagte Lucia. »Ist es nicht großartig, Georgie?«

»Ja. Es ist wohl sehr raffiniert«, sagte Georgie. »Wirklich raffiniert.«

»Ich würde es so gern der liebsten Olga zeigen«, sagte Lucia, »und die Prinzessin wäre ganz bestimmt auch interessiert. Sie sprach kürzlich über moderne Kunst, als ich bei Olga dinierte. Ich frage mich, ob sie zum Tee oder sonst irgendwann vorbeischauen würden.«

»Leider nicht sehr wahrscheinlich«, sagte Georgie, »da nämlich Daisy Quantock zum Tee kommt. Wir werden eine Sitzung abhalten. Und irgendwann wollen sie ausfahren.«

»Und wo sind sie jetzt?« wollte Lucia wissen. Es war furchtbar, Neuigkeiten über ihre engen Freunde von Georgie erfragen zu müssen, aber wie sollte sie es sonst herausfinden?

»Sie sind rüber ins Museum gegangen«, sagte er. »Sie bekundeten sehr großes Interesse.«

Mr. Merriall wedelte genauso mit den Händen, wie Georgie es immer tat.

»Ach ja, das Museum«, sagte er. »Diese Fäustlinge! Ob ich je über die Fäustlinge hinwegkomme? Lucia sagte, sie würde ihre nächsten kaputten Schnürsenkel spenden.«

»Ja«, sagte Georgie. »Genau diese Fäustlinge wollte die Prinzessin sehen. Königin Charlotte war ihre Großtante. Ich habe ihnen erzählt, wie köstlich Sie sich über die Fäustlinge amüsiert haben.«

Lucia preßte einen Finger an die Stirn, ein Zeichen von Konzentration. Sie erhob sich, als wolle sie zu ihren anderen Gästen zurück.

»Kommt ihr bald mal in den Garten?« fragte sie und schwebte aus dem Zimmer.

»Sie beschäftigen sich also mit dem Ouija-Brett«, sagte Mr. Merriall. »Ouija interessiert mich brennend. Da ereignen sich wirklich sehr sonderbare Phänomene. Seltsam, aber wahr.«

Georgie war eine ganz neue Idee gekommen. Lucia war keineswegs von dem auf den Garten hinausschauenden Fenster aus zu sehen, und so ging er zu dem anderen hinüber, von dem aus man den Anger überblickte. Und tatsächlich, da lief sie schnurstracks zum Museum.

»Es ist phantastisch«, sagte er. »Wir hatten hier auch einige kuriose Resultate.«

Mr. Merriall flanierte geziert durch das Zimmer, und Georgie überlegte, ob es wohl möglich wäre, eine Oxfordhose in eine gewöhnliche Hose umarbeiten zu lassen. Welch scheußlicher Gedanke, daß Olga, und sei es nur im Spaß, angedeutet hatte, solch ein Mann sei sein Doppelgänger. Außerdem war da noch das kleine Cape.

»Ich habe mich in Ihr Riseholme regelrecht verknallt«, gestand Mr. Merriall.

»Wir alle schwärmen für diesen Ort«, sagte Georgie, ohne richtig hinzuhören, weil er sich völlig auf Lucias Marsch über den Anger konzentrierte. Würde sie die beiden noch im Museum erwischen, oder waren sie schon gegangen? Immer kleiner wurde ihre Gestalt auf den flinken Beinen, bis sie schließlich die Straße überquerte und hinter der die Scheune umgebenden Hecke verschwand.

»Alles so anheimelnd und vertraut. ›Home, Sweet Home‹, genaugenommen«, fuhr Mr. Merriall fort. »Man hat uns erzählt, wie gern Mrs. Shuttleworth in diesem Zimmer singt.«

Sofort ließ Georgie wieder Vorsicht walten. Daß Lucia bestraft werden sollte, war nur recht und billig, und natürlich übernahm Riseholme die Bestrafung. Sie dagegen vor Menschen, die nicht aus Riseholme waren, im Stich zu lassen, war etwas ganz anderes.

»Aber ja, ständig singt sie hier«, sagte er. »Wir gehen pausenlos beieinander aus und ein. Jetzt muß ich aber in mein Haus zurück.«

Mr. Merriall brannte darauf, zu der kleinen Ouija-Sitzung bei Olga eingeladen zu werden, und bisher hatte es seine Gastgeberin nicht geschafft, eine der beiden Prominenten zu kapern. Ein Versuch konnte nichts schaden . . .

»Sie könnten mich wohl nicht zufällig zum Tee bei Mrs. Shuttleworth mitnehmen?« fragte er.

»Nein, das läßt sich wohl kaum einrichten«, erwiderte Georgie. »Leben Sie wohl. Hoffentlich sehen wir uns mal wieder.«

Inzwischen hatte Nemesis sich an Lucias Fersen geheftet, und zwar mit mehr Erfolg, als Lucia bei ihrem Versuch beschieden war, sich an Olgas Fersen zu heften. Sie war, wie Georgie beobachtet hatte, am Museum angekommen, wo sie wieder einen Shilling berappte, um diese abscheuliche Ausstellung zu betreten. Diese war recht gut besucht, da Urlauber nach dem Mittagessen im Ambermere Arms herübergekommen waren; um Königin Charlottes Fäustlinge hatte sich eine regelrechte Menschentraube gebildet, darunter Lady Ambermere persönlich in Begleitung zweier deprimierter Gäste von dem Herrenhaus, die sie gezwungen hatte mitzukommen. Sie setzte ihre Brille auf und musterte Lucia.

»Ach, Mrs. Lucas!« sagte sie in ihrer einzigartig direkten Art, für die sie berühmt war. »Im ersten Moment habe ich Sie gar nicht erkannt mit Ihrer Frisur. Diese Mode empfiehlt sich mir nicht. Sie sind selbstverständlich gekommen, um die Fäustlinge Ihrer verstorbenen Majestät zu betrachten, sehr viel mehr ist ja nicht da.«

Normalerweise kroch Lucia vor Lady Ambermere ungeniert zu Kreuze und versuchte alles, um sie zum Lunch oder Dinner zu bekommen. Doch heute war sie ihr schnurzegal, und während sie mit diesen recht strengen Bemerkungen bedacht wurde, ließ sie ihre Blicke auf der Suche nach den beiden, um deretwillen sie Lady Ambermere, ohne mit der Wimper zu zucken, hätte links liegenlassen, rasch durch den ganzen Raum schweifen.

»Ja, liebe Lady Ambermere«, sagte sie. »Welch eine interessante Vorstellung, daß Königin Charlotte sie trug. Wie großzügig von Ihnen, sie unserem kleinen Museum zu schenken.«

»Zu leihen«, sagte Lady Ambermere. »Es handelt sich um Familienerbstücke. Ich freue mich aber, wenn andere sich an ihrem Anblick ergötzen. Dank eines erstaunlichen Zufalls war es mir soeben vergönnt, sie einer Verwandten der verstorbenen Besitzerin zu zeigen, Prinzessin Isabel. Ich bot an, den Schaukasten für sie öffnen zu lassen, damit sie die guten Stücke anprobieren konnte. Sie sagte überaus huldvoll, dies sei nicht vonnöten.«

»Ja, die gute Prinzessin Isabel«, sagte Lucia, »ich hörte, daß sie sich hierherbegeben habe. Ist sie noch immer hier?«

»Nein. Sie und Mrs. Shuttleworth sind soeben gegangen. Ein Ausflug mit dem Automobil, wenn ich recht verstanden habe, vor dem Tee. Ich schlug natürlich einen Besuch im Herrenhaus vor, wo ich sie mit Vergnügen bewirtet hätte. Wo speisten sie zu Mittag?«

»Bei Georgie Pillson«, antwortete Lucia verbittert.

»Tatsächlich. Ich wüßte gern, warum Mr. Pillson mich nicht informiert hat. Waren Sie auch dabei?«

»Nein. Ich habe selbst Gäste. Einige Freunde aus London, Lord Limpsfield, Mrs. Garroby-Ashton ...«

»Tatsächlich!« sagte Lady Ambermere. »Eigentlich wollte ich zum Tee wieder im Herrenhaus sein, werde aber umdisponieren und eine Tasse Tee bei Ihnen trinken, Mrs. Lucas. Vielleicht würden Sie Mrs. Shuttleworth und ihren vornehmen Gast bitten, vorbeizuschauen. Ich werde Sie der Prinzessin vorstellen. Wenn ich mich recht entsinne, haben Sie ein hübsches Gärtchen. Drollig. Es steht Ihnen frei, bekanntzugeben, daß ich den Tee bei Ihnen einnehme. Bleiben Sie doch! Wenn die beiden eine Ausfahrt unternehmen, werden sie noch ein Weilchen unterwegs sein. Das macht nichts: Wir setzen uns eben in Ihren Garten.«

Normalerweise wäre dies ein höchst ehrenvolles Ereignis gewesen, doch heute hatte sich zwar nicht Lady Ambermere geändert, jedoch ihr Wert. Wäre Olga nicht samt dieser Person, die Lucia beinahe versucht war, die gräßliche Prinzessin zu nennen, nach Riseholme gekommen, wäre es prächtig, es wäre glänzend gewesen, wenn Lady Ambermere zum Tee vorbeigeschaut hätte. Sogar jetzt noch war sie besser als gar nichts, dachte Lucia, und nach einer Durchsicht des Besucherbuchs, in das sich Olga und die Prinzessin eingetragen hatten und in das nun Lady Ambermere ihren Namen schrieb – ganz dicht neben letzere, um den Eindruck zu vermitteln, sie seien gemeinsam dagewesen –, verließen sie das Museum.

Vor der Tür parkte Lady Ambermeres Auto, und auf dem Beifahrersitz saß ihre Begleiterin, das geduldige Fräulein Lyall, das sich um Lady Ambermeres rasselnd atmenden Pug kümmerte.

»Mal sehen«, räsonierte die Lady. »Wie arrangieren wir das am besten? Ein Spaziergang vor dem Tee würde Pug guttun. Pug nimmt lauwarme Milch, in die ein Keks gebrockt wird. Legen Sie Pug bitte an die Leine, Miss Lyall, und dann gehen wir alle über den Anger zu Mrs. Lucas' Häuschen. Das Automobil wird die Straße nehmen und uns erwarten. Dies ist Mrs. Shuttleworths Häuschen, nicht wahr? Wenn Sie freundlicherweise dort vorbeischauen würden, Mrs. Lucas, und den Damen ausrichten lassen, ich weilte zum Tee bei Ihnen. Wir gehen langsam, so daß Sie uns bald einholen werden.«

Diese Rede war in jeder Hinsicht Ambermerisch: Verglichen mit dem Herrenhaus, hatte jeder andere ein »Häuschen« und ein »Gärtchen«. Ähnlich Ambermerisch war ihr völliges Vertrauen darauf, daß ihr Wunsch allen anderen Befehl sei, und Lucia dachte bedrückt daran, daß sie nie versäumt hatte, durchblicken zu lassen, diese Einschätzung träfe auf ihre Person zu. Doch gerade jetzt, obwohl Lady Ambermere so offensichtlich zweite Wahl war und aussah wie ein kleiner Gepäckwagen mit Adlernase und einem fetten Hund, wollte die unglückliche Lucia unbedingt, daß jemand »auf einen Sprung vorbeikam«, und ihr dadurch – ach, daß sie, vor so kurzer Zeit noch Königin von Riseholme, sich so etwas wünschen mußte! – in den Augen ihrer Gäste ein gewisses Prestige verlieh. Sobald sie zur Tür hinaus war, konnte sie dann sagen, was für eine Nervensäge Lady Ambermere sei.

Auch ihr Botengang war zum Scheitern verurteilt, schließlich wußte sie, daß Olga und die gräßliche Prinzessin mit Daisy und Georgie eine Ouija-Sitzung abhalten wollten und ihre Einladung vergeblich sein würde, und was die Behauptung der trotteligen Alten betraf, ihre Anwesenheit in »The Hurst« würde Olga zum Kommen veranlassen, so wußte sie genau, daß Lady Ambermeres Anwesenheit Olga einen Grund geliefert hätte, nicht zu kommen, wenn sie den gebraucht hätte. Olga hatte einmal im Herrenhaus diniert und singen müssen, während ihre Gastgeberin Patiencen legte und mit Pug plauderte.

Lucia kam ein Gedanke – kein echter Geistesblitz, aber immerhin etwas. Sie könnte ihren Namen in das Büchlein der Prinzessin schreiben; das wäre besser als gar nichts. Als man ihr also öffnete und sie feststellte, daß Olga ausgegangen war, wie sie bereits wußte, und die vergebliche Hoffnung äußerte, sie und ihr Gast möchten zum Tee erscheinen, wo sie auch Lady Ambermere antreffen würden, bat sie um das Büchlein der Prinzessin.

Olgas Zimmermädchen wirkte verwirrt.

»Meinen Sie das Büchlein mit den Kreuzworträtseln, Ma'am?« wollte sie wissen. »Ich glaube, Ihre Hoheit hat kein anderes Buch mitgebracht, und das hat sie auf die Fahrt mitgenommen.«

Traurig schlich Lucia von dannen. Mitten auf dem Anger sah sie Georgie und Daisy mit einer Art großem Zeichenbrett unter dem Arm rasch auf sie zukommen. Sie wußte, wohin die beiden gingen, und raffte ihr angeknackstes Selbstvertrauen zusammen.

»Liebste Daisy, lange nicht gesehen!« rief sie. »Ein paar Freunde aus London, wie sehr einen das in Anspruch nimmt! Aber morgen werde ich vorbeischauen, da ich bis Dienstag bleibe. Unterwegs zu einer Ouija-Sitzung mit Piggy und Goosie? Ich wünschte, ich könnte dabeisein, aber Lady Ambermere hat sich zum Tee bei mir einquartiert, und ich muß mich sputen und sie noch einholen. War soeben in eurem köstlichen Museum. Herrliche Fäustlinge! Alles herrlich. Peppino und ich überlegen uns, was wir spenden können!«

»Sehr freundlich«, sagte Daisy. Es war, als habe der Nordpol gesprochen.

Pug, Fräulein Lyall und Lady Ambermere sowie deren zwei niedergedrückte Gäste hatten »The Hurst« bereits betreten, ehe Lucia sie einholen konnte, und sie traf alle wie versteinert im Musikzimmer sitzend an, wo Stephen Merriall gerade seine berufliche Korrespondenz erledigte. Lucia wußte recht gut, was er geschrieben hatte: Schon möglich, daß sich die eine oder andere Zeile über »The Hurst« und das dort stattfindende gesellige Wochenende fand, doch das würde leider nichts weiter als eine kleine, auf weit begeistertere Absätze folgende Fußnote sein. Hastig stellte sie ihm Lady Ambermere und Fräulein Lyall vor, hatte allerdings keine Ahnung, wer Lady Ambermeres Gäste waren, vermutete jedoch, daß es sich um arme Verwandte handelte, da Lady Ambermere sie keinem vorstellte.

Pug gab eine Reihe keuchender Bellaute von sich.

»Kluges Männlein«, sagte Lady Ambermere. »Er verlangt nach seinem Tee. Zum Tee bellt er wie eben viermal.«

»Und er soll ihn bekommen«, sagte Lucia. »Wo sind die anderen, Stephen?«

Mr. Merriall gab sich einen kleinen Ruck, als er Lady Ambermeres Namen hörte: Er würde auch einen Satz über sie einflechten . . .

»Lord Limpsfield und Mrs. Garroby-Ashton sind Golf spielen gegangen«, sagte er. »Eine barbarische Energieleistung der beiden, nicht wahr, Lady Ambermere? Was für ein süßes Hündchen.«

»Pug mag keine Fremden«, sagte Lady Ambermere. »Ich bin enttäuscht, Lord Limpsfield nicht anzutreffen. Können wir mit Mrs. Shuttleworth und der Prinzessin rechnen?«

»Ich habe eine Nachricht hinterlassen«, sagte Lucia.

Lady Ambermeres prüfender Blick hatte sich von Mr. Merriall abgewandt und wanderte nun langsam durch das Zimmer.

»Was ist das für ein merkwürdiges Bild?« fragte sie. »Es macht mich ganz konfus.«

Lucia ließ ihr fröhliches Lachen erklingen. Es war zwar ein furchtbarer Nachmittag, doch sie mußte Haltung bewahren.

»Bemerkenswert, nicht wahr?« sagte sie. »Der gute Benjy Sigismund bestand darauf, mich zu malen. Schrecklich viele Sitzungen.«

Lady Ambermere sah von einem zum anderen.

»Ich kann keinerlei Ähnlichkeit entdecken«, erklärte sie. »Es scheint mir absolut nichts zu gleichen. Ah, da kommt ja der Tee. Ein wenig lauwarme Milch für Pug, Miss Lyall. Rühren Sie etwas heißes Wasser hinein, er mag sie nicht kalt. Und ich würde wirklich gern Mr. Georgie Pillson sehen. Man könnte ihn zweifellos von meiner Anwesenheit in Kenntnis setzen.«

Es war wirklich zum Verzweifeln: Lucia konnte Lady Ambermere weder Olga noch die Prinzessin, weder Lord Limpsfield noch Mrs. Garroby-Ashton herbeischaffen, und sie wußte, daß sie keinesfalls Georgie herbeischaffen konnte, der nämlich inzwischen bei Olga war. Ihr blieb lediglich übrig, Lord Limpsfield und Mrs. Garroby-Ashton bei ihrer Rückkehr mitzuteilen, daß sie Lady Ambermere verpaßt hatten. Was Riseholme betraf ... es war wohl besser, nicht darüber nachzudenken, was Riseholme, das für sie noch gestern völlig belanglos gewesen war, von ihr hielt. Hätte sie doch nur vor ihrer Ankunft alle zu Lunch und Tee und Dinner eingeladen ...

Man ließ ihr ausrichten, Mr. Pillson sei zum Tee bei Mrs. Shuttleworth. Fünf Minuten später ließ Olga bedauernd mitteilen, sie habe Freunde zu Besuch und könne nicht zum Tee kommen. Stumm aß Lady Ambermere Kümmelkuchen. Unterdessen tauchte Mrs. Allingsby, die den Nachmittag im Bett verbracht hatte, in einen Chintz-Morgenrock und Marokkolatschen gekleidet auf. Die Haare fielen ihr wie einem Aberdeen-

Terrier in die Augen, und als sie Pug sah, stieß sie einen spitzen Schrei aus.

»Hunde sind mir ein Greuel«, sagte sie. »Entfernen Sie diesen Hund, liebe Lucia. Verbrennen, ersäufen Sie ihn! Sie haben mir doch versichert, Sie hätten keine Hunde.«

Lady Ambermere bedachte sie mit einer Miene, die sie auf der Stelle hätte zur Salzsäule erstarren lassen, wäre sie normaler Empfindungen fähig gewesen. Noch nie war Pug so geschmäht worden. Sie erhob sich, während sie den letzten großen Bissen Kümmelkuchen hinunterschluckte.

»Wir fallen Ihren Gästen zur Last, Mrs. Lucas«, sagte sie. »Pug und ich werden verschwinden. Miss Lyall, Pugs Leine. Wir müssen zurück ins Herrenhaus. Ich werde bei Mrs. Shuttleworth vorbeischauen und mich in das Büchlein der Prinzessin eintragen. Ade, Mrs. Lucas. Ich danke Ihnen für den Tee.«

Mrs. Allingsby betont ignorierend, strebte sie auf das über der Tür angebrachte düstere Fries zu. Der einzige Lichtblick war, daß sie nur ein Büchlein mit Kreuzworträtseln vorfinden würde, in das sie sich eintragen konnte.

6

Am folgenden Morgen nahmen Lucias Gäste den Frühzug, und sie blieb allein zurück, wie Marius in den Trümmern Karthagos. Doch anders als dieser hasenfüßige Senator hatte sie keineswegs die Absicht zu jammern; ihre erste Pflicht war der Wiederaufbau, und sogleich wurde ihr bewußt, daß dieser Wiederaufbau bei den Grundmauern ansetzen mußte. Was daran lag, daß ihre Wochenendparty nicht gerade ein triumphaler Erfolg gewesen war, da sie in London Riseholme als kurioses, gemütliches, altmodisches Städtchen geschildert hatte, wo jedermann sie verehrte und Olga pausenlos angelaufen kam, um in Lucias Musikzimmer einen Akt nach dem anderen aus den berühmtesten Opern zu singen; außerdem hatte sie Prinzessin Isabel als liebe vertraute Freundin dargestellt, und ausgerechnet diese beiden Busenfreundinnen hatten höflich, aber entschieden sämtliche Einladungen abgelehnt. Lady Ambermere war zwar auf einen Sprung vorbeigekommen, hatte jedoch offensichtlich keinen auch nur im mindesten beeindrucken können, so daß Lucia heilfroh gewesen war, als sie nach Sophys peinlicher Bemerkung über Pug den Sprung nach draußen gemacht hatte, und die verdutzte Postkubistin sich die Frage erlauben konnte, wer diese fürchterliche alte Schreckschraube sei. Natürlich ließ sich all das wieder einrenken, sobald sie nach London kam, aber eine gewisse Verdrängungsarbeit war zweifellos erforderlich.

Noch mehr Grund zum Nachdenken lieferten ihr die Auswirkungen ihres Wochenendes auf Riseholme. Lucia wußte, daß ganz Riseholme wußte, daß Olga und die Prinzessin bei Georgie kaltes Lamm gegessen hatten und nicht einmal in die Nähe von »The Hurst« gekommen waren, und somit hatte Riseholme, wie sie Riseholme kannte, Gesprächsstoff genug. Außerdem wußte Riseholme, daß Lucia und ihre Gäste im Museum in kreischendes Gelächter ausgebrochen waren, wohingegen die Prinzessin zunächst ehrerbietig die Fäustlinge ihrer Großtante betrachtet und sich anschließend höflich ins Gästebuch eingetragen hatte. Doch was sich sonst noch ereignet hatte, ob Olga immer noch da war, was Daisy und ihr Ouija-Brett getrieben hatten, wer (falls außer Georgie überhaupt jemand) gestern abend in Olgas Haus diniert hatte, war Lucia gegenwärtig unbekannt, und dies alles mußte sie noch herausfinden, da sie das Gefühl hatte, niemand würde auf einen Sprung vorbeikommen und es ihr sagen. Vor allem, was sagte Riseholme über sie? Wie nahm man all das auf?

Lucia war entschlossen, diesen Tag ihren alten Freunden zu widmen, und so rief sie Daisy an und lud sie samt Robert zum Lunch ein. Daisy bedauerte, sie sei bereits verabredet, und hängte den Hörer so hastig ein, daß sie ihn (wie man leicht erraten konnte) zu Boden fallen ließ, »verflixt« sagte und ihn wieder aufhob. Daraufhin rief Lucia Mrs. Boucher an und lud sie samt Oberst zum Lunch ein. Mrs. Boucher legte großen Wert auf die Feststellung, es kämen Freunde zum Lunch. Dies könnte natürlich bedeuten, daß Daisy Quantock vorbeikam; es schien Lucia eine ganz natürliche Erklärung zu sein, war aber irgendwie alles andere als zufriedenstellend.

Sie setzte sich, um zu überlegen, und das unwillkommene Ergebnis ihrer Überlegungen war der leise Verdacht, daß – so, wie sie beschlossen hatte, Riseholme zu ignorieren, als London bei ihr zu Besuch weilte – Riseholme bösartig genug war, Vergeltung zu üben. Es war sehr primitiv, sehr kindisch, aber die Möglichkeit ließ sich nicht von der Hand weisen. Sie faßte den Entschluß, das Ganze mit guter Laune zu überspielen, und rief Georgie an. Da er außerordentlich rasch am Apparat war, fragte sie sich, ob er einen Anruf von ihr oder jemand anderem erwartet hatte.

»*Georgino mio!*« sagte sie.

Die freudige Erwartung, mit der Georgie »Ja, wer ist da?« gesagt hatte, schien aus seiner Stimme zu weichen.

»Ach Sie sind's«, sagte er. »Guten Morgen.«

Lucia ließ sich nicht entmutigen.

»Ich tomm rum zu prima langem Swätzchen«, sagte sie. »Alle meine lästigen Gäste sind weg, Georgie, und ich bleibe bis *domani*. Wie schön, wieder hierzusein.«

»*Si*«, sagte Georgie; »nur *si*«.

Der leise Verdacht wurde eine Kleinigkeit konkreter.

»Ich komme also sofort«, sagte Lucia.

Lucia brach auf und erreichte den Anger gerade noch rechtzeitig, um Daisy Quantock aus Georgies Haus eilen und wie ein pummeliges kleines rotgesichtiges Kaninchen in ihr eigenes rennen zu sehen. Auf diffuse Weise war das leicht beunruhigend: Nur ein Mindestmaß an induktivem Denken war erforderlich, um die These aufzustellen, Daisy müsse auf einen Sprung vorbeigekommen sein, weil sie Georgie erzählen wollte, daß Lucia sie zum Essen eingeladen und sie abgelehnt habe. Außerdem mußte Daisy zugegen gewesen sein, als Lucia Georgie angerufen hatte, doch statt sich an dem netten langen Plausch zu beteiligen, war sie wieder nach Hause gehoppelt. Somit war eine leichte Anstrengung ihrerseits erforderlich, um die fröhlich-spielerische Ebene beizubehalten und zu verdrängen, daß sich irgend etwas Ungünstiges ereignet haben könnte. Sie traf Georgie mit seiner Stickerei in dem kleinen Raum an, den er sein Arbeitszimmer nannte, weil er dort seinen Handarbeiten nachging. Lucia hatte den Eindruck, daß er sich unter einem dünnen Überzug aus Eis befand, und sie machte sich strahlend daran, es zum Schmelzen zu bringen.

»Ist das nicht fein!« sagte sie. »Und wir werden herrlich tratschen. Wie angenehm, mal wieder in Riseholme zu sein. Und bin ich nicht garstig? Als ich meine letzten Gäste heute morgen abreisen sah, war ich beinahe froh und versprach mir einen richtigen Riseholme-Tag. Dabei sind es alles so nette Menschen, die ungeheuer mit der Zeit gehen; was haben wir erörtert und diskutiert! Gestern war ich den ganzen Tag beschäftigt, mit dem einen geplaudert, mit dem anderen gebummelt, und die ganze Zeit über konnte ich es kaum erwarten, Sie und Daisy und die übrigen zu sehen. Gibt es was Neues, Georgie? Was haben Sie gestern unternommen?«

»Nun, ich war auch sehr beschäftigt«, gestand Georgie. »Ein ziemlich volles Programm. Zum Lunch kamen zwei Gäste, dann war ich zum Tee bei Olga ...«

»Ist sie noch immer da?« fragte Lucia. Eigentlich hatte sie diese Frage gar nicht stellen wollen, konnte es aber einfach nicht lassen.

»O ja. Sie bleibt noch zwei oder drei Tage, da sie vor Donnerstag nicht in London singt.«

Lucia hätte zu gern gefragt, ob die Prinzessin ebenfalls blieb, doch ihre Selbstbeherrschung reichte aus, es sich zu verkneifen. Vielleicht erfuhr sie es ja auf Umwegen . . .

»Die gute Olga«, sagte Lucia überschwenglich. »Ich halte sie für eine echte überzeugte Riseholmerin.«

»Unbedingt«, sagte Georgie, der entschlossen war, sein Eis nicht schmelzen zu lassen. »Genau: Ich war zum Tee bei Olga, und wir hatten eine ganz phantastische Sitzung am Brett. Nur sie, die Prinzessin, Olga und ich.«

Lucia ließ ihr glockenhelles Lachen erklingen. Es hörte sich an, als sei es durch die Hitze ein wenig stumpf geworden oder beschlagen.

»Die gute Daisy!« sagte sie. »Ist sie nicht köstlich? Wie wichtig ihr ihre Zauberkunststückchen und ihr Hokuspokus sind! Erzählen Sie mir mehr darüber. Ein ägyptischer Geistesführer: Abfou, nicht wahr?«

Georgie hielt es für klüger, Lucia nicht alles zu erzählen, was Abfou von sich gegeben hatte, wenn sie nicht darauf bestand, da Abfou in Rekordgeschwindigkeit und perfektem Englisch höchst sarkastische Bemerkungen über sie niedergeschrieben hatte. Er hatte sie wieder einen Snob genannt, hatte gesagt, sie sei wohl inzwischen zu vornehm für ihre alten Freunde, und hatte sich wirklich unhöflich über ihren Bubikopf geäußert.

»Ach ja, Abfou«, sagte er. »Abfou war in Hochform, und Olga hat telegraphisch eine Planchette bestellt. Abfou sagte, sie besitze starke übernatürliche Kräfte und sei medial hoch veranlagt. Nun, und das ging eine ganze Weile so weiter.«

»Was hat Abfou sonst noch gesagt?« fragte Lucia und musterte Georgie mit ihrem durchdringenden Blick.

»Nun, er redete über Riseholmer Angelegenheiten«, sagte Georgie. »Er wußte, daß die Prinzessin im Museum gewesen war, da er sie dort gesehen hatte. Wie Sie wissen, war das Museum seine Idee. Er schrieb immer wieder Museum, was wir zunächst für Maus hielten.«

Lucia war sich ganz sicher, daß Abfou etwas über ihre Person gesagt hatte. Doch da Daisy das Brett bedient hatte, war es vielleicht empfehlenswert, sich nicht nach den Einzelheiten zu erkundigen. Unwissenheit war zwar kein Segen, aber manchmal war Wissen noch weniger segensreich. Außerdem taute Georgie nicht auf: Er war höflich, reserviert und geriet keineswegs ins Tratschen, sondern sah sich sehr vor. Sie mußte ihn in eine vertrauensseligere Stimmung bringen.

»Dabei fällt mir ein«, sagte sie, »Peppino und ich haben Ihnen noch gar nichts für das Museum gegeben. Ich muß Ihnen den elisabethanischen Bratspieß aus meinem Musikzimmer bringen lassen. Wie man sagt, handelt es sich um den besterhaltenen noch existierenden Bratspieß. Keine Ahnung, was Peppino dafür bezahlt hat.«

»Sehr freundlich von Ihnen«, sagte Georgie. »Ich werde dem Komitee Ihr Angebot vortragen. Olga überreichte uns gestern ein wirklich umwerfendes Geschenk: das Manuskript von ›Lucrezia‹, das sie von Cortese bekommen hat. Ich brachte es gleich nach dem Frühstück ins Museum und legte es in den Schaukasten gegenüber der Tür.«

Wieder verspürte Lucia den Drang, so sarkastisch wie Abfou zu sein und zu fragen, ob eine Sitzung des Komitees abgehalten worden war, um zu beschließen, ob dieses Geschenk angenommen werden sollte. Wahrscheinlich merkte Georgie etwas davon, da er in aller Eile weiterredete.

»Nun, die Planchette-Sitzung dauerte so lange, daß mir gerade noch Zeit blieb, mich zum Dinner umzuziehen und mich wieder bei Olga einzufinden«, sagte er.

»Wer war noch da?« fragte Lucia.

»Oberst und Mrs. Boucher, sonst niemand«, sagte Georgie. »Und nach dem Essen sang Olga einfach göttlich. Ich spielte die Klavierbegleitung. Eine ganze Reihe Schubertlieder.«

Langsam wurde Lucia speiübel vor Neid. Sie stellte sich vor, wie herrlich es gewesen wäre, nach dem gestrigen Dinner ihre Gäste zu Olga mitzubringen, statt Georgie (der ein erbärmlicher Begleiter war) die Begleitung zu übernehmen und sich anschließend überreden zu lassen, das Häppchen Strawinsky zu spielen, das sie auswendig konnte. Wie brillant das alles gewesen wäre; welch einen überschwenglichen Artikel hätte Hermione über ihr Wochenende verfaßt! Statt dessen hatte Olga diesen alten Bouchers vorgesungen, die beide weder zwei Noten auseinanderhalten konnten noch im geringsten die Auszeichnung zu würdigen wußten, die Primadonna in ihrem eigenen Hause singen zu hören. Ihre Verbitterung ließ sich nicht länger unterdrücken.

»Die guten alten Schubertlieder!« sagte sie mit schonungsloser Schärfe. »Was für hübsche altmodische Gesänge. ›Widmung‹, nehme ich an.«

»Nein, das ist von Schumann«, sagte Georgie, den ihr Tonfall ärgerte, obwohl er vermutete, daß sie litt.

Lucia wußte zwar, daß er recht hatte, mußte aber ihren Fauxpas verteidigen.

»Schubert, soviel ich weiß«, beharrte sie. »Nicht daß es wichtig wäre. Und dann, wie der gute alte Pepys schrieb, und dann zu Bett?«

Georgie schmunzelte vor sich hin. »Aber nein, wir haben uns erst furchtbar spät schlafen gelegt«, sagte er. »Aber was wir als nächstes taten, wäre Ihnen gar nicht recht gewesen. Wir haben das Grammophon eingeschaltet . . .«

Lucia zuckte kurz zusammen. Ihre Ansicht, daß Grammophone eine profane Parodie auf Musik seien, war allgemein bekannt.

»Ja, dann wäre ich fortgelaufen«, sagte sie.

»Wir haben das Grammophon eingeschaltet und getanzt«, fuhr Georgie unbeirrt fort.

Das war der bisher schlimmste Schlag. Wieder stellte sie sich vor, wie der gestrige Abend hätte verlaufen können. Der Gedanke, daß sie mit ihren Gästen nach dem Dinner auf einen Sprung vorbeigekommen wäre, um Olga singen zu hören, und anschließend der improvisierte Tanz mit einer Primadonna und einer Prinzessin . . . Es war zum Verzweifeln: Es war unerträglich.

Sie gab ein kurzes gekünsteltes Kichern von sich.

»Nein, wie überaus drollig!« sagte sie. »Ich kann es mir kaum vorstellen. Mrs. Boucher in ihrem Rollstuhl muß eine eher sperrige Partnerin gewesen sein, Georgie. Sind Sie heute morgen nicht sehr verspannt?«

»Nein, Mrs. Boucher hat nicht mitgetanzt«, sagte

Georgie, ihre Bemerkung beängstigend wörtlich nehmend. »Sie hat zugesehen und das Grammophon angekurbelt. Nur wir vier haben getanzt: Olga, die Prinzessin, Oberst Boucher und ich.«

Lucia mußte sich sehr zusammenreißen. Sie wußte recht gut, daß Georgie wußte, daß sie alles gegeben hätte, um mit ihren Gästen bei Olga zu sein, und es machte alles nur noch schlimmer (wenn das überhaupt möglich war), die Angelegenheit sarkastisch zu kommentieren und sich den Anschein zu geben, man fände das alles lächerlich. Olga hatte sie und ihre Freunde gewiß geschnitten, so, wie sie Riseholme geschnitten hatte, was ihren Wochenendbesuch anging. Dennoch war es unklug, beißende Bemerkungen über Oberst Bouchers Tanzweise zu machen. Sie hatte schließlich zu verstehen gegeben, daß sie mit ihren Gästen beschäftigt war, und wäre Olga nicht unglücklicherweise vorbeigekommen, hätte sie an diesem Tag in Riseholme alles unter Kontrolle gehabt. Es war zwar schade, mußte aber überstanden werden, und wenn das gute alte Riseholme böse mit ihr war, mußte Riseholme eben besänftigt werden.

»Das war bestimmt ein Heidenspaß«, sagte sie. »Wie hübsch so eine kleine spontane Unternehmung doch ist! Und gesungen wurde auch; nun, da hattet ihr ja einen netten Abend, Georgie. Und nun wollen wir für heute einen hübschen kleinen Plan aufstellen. Kommen Sie doch gleich auf einen Sprung mit rüber zu tlein wenig Musi und bißchen Happi.«

»Leider habe ich gerade Daisy versprochen, mit ihr zu Mittag zu essen«, sagte er.

Auch dies war kein gutes Zeichen, da Daisy offenbar

nach ihrer Behauptung, sie sei verabredet, auf einen Sprung bei Georgie vorbeigekommen war, um eine Verabredung zu treffen.

»Wie flott!« sagte Lucia. »Dann kommen Sie halt heute abend zum Dinner! Wirklich, Georgie, Sie sind ausgebuchter als irgendeiner von uns in London.«

»Wirklich gräßlich«, sagte Georgie, »Olga kommt nämlich vorbei.«

»Mit der Prinzessin?« entschlüpfte es Lucia.

»Nein, die ist heute morgen abgereist«, sagte Georgie.

Wenigstens etwas, dachte Lucia. Eine Prominente hatte Riseholme verlassen. Sie wartete, doch langsam schwand ihre Hoffnung, daß Georgie sie bitten würde, statt dessen mit ihm zu dinieren. Vielleicht würde er auch Peppino bitten, doch wenn nicht, wäre Peppino auch zufrieden, sich ganz allein seinem Fernrohr und seinen Kreuzworträtseln zu widmen. Jedenfalls war es eigenartig und unangenehm, darauf zu warten, daß irgendwer in Riseholme sie zum Dinner einlud, statt daß jeder von ihr eingeladen werden wollte.

»Um halb elf ist sie abgefahren«, sagte Georgie nach einer peinlichen Pause.

In London hatte Lucia schon gewisse Lektionen gelernt. Wurde man brüskiert – und dies sah ganz danach aus –, durfte man es einfach nicht wahrnehmen. Und so nahm sie es einfach nicht wahr, obwohl der Gedanke, von Georgie brüskiert zu werden, sie beinahe taumeln ließ.

»Ein wirklich guter Zug«, sagte sie, großzügig die wohlbekannte Tatsache ignorierend, daß er an jedem Bahnhof anhielt und dazwischen Schritt fuhr.

»Ausgezeichnet«, sagte Georgie im Brustton der Überzeugung. Er hatte nicht im entferntesten vor, Lucia zum Dinner einzuladen, da er auf sein Stelldichein mit Olga großen Wert legte. Es gab soviel zu bereden, außerdem wäre es lästig, Lucia dabeizuhaben, die mit Sicherheit von ihrem herrlichen Leben in London, von ihrem Musikzimmer und ihren Chippendale-Stühlen plappern und ganz generell den Verlauf des Abends bestimmen würde. Außerdem mußte sie für ihr verachtenswertes Benehmen bestraft werden, ihre alten Freunde zu vernachlässigen, während ihre Gäste aus London zu Besuch weilten, und zu spüren bekommen, daß ihre alten Freunde weit schlauer waren als sie selbst.

Lucia stand tapfer ihren Mann.

»Nun, Georgie, ich muß mich auf die Socken machen«, sagte sie. »Jede Menge Leute zu besuchen. Schauen Sie vorbei, wenn Sie eine freie Minute haben. Morgen verschwinde ich wieder. In London ist diese Woche solch ein Trubel.«

Statt Anstalten zu machen, jede Menge Leute zu besuchen, begab Lucia sich in ihr Haus und besuchte Peppino. Er saß in uralten Klamotten im Garten, schmauchte ein Pfeifchen und genoß gründlich, daß er absolut nichts unternehmen mußte. Er war sich zwar bewußt, daß er offiziell das geschäftige Treiben in London liebte, empfand es jedoch als ausgesprochen angenehm, im Garten zu sitzen und ein Pfeifchen zu schmauchen und vor allem diese einigermaßen hektischen Personen los zu sein, die den ganzen Sonntag lang so ziemlich pausenlos von morgens bis abends geredet hatten. Er hatte das Kreuzworträtsel beiseite gelegt und sammelte im Geiste gerade Material für ein Sonett über die Ruhe, als Lucia zu ihm nach draußen kam.

»Ich überlegte gerade, Peppino«, sagte sie, »ob es nicht angenehmer wäre, bereits heute nachmittag in die Stadt zu fahren. Wir könnten während der kühlen Abendstunden fahren, und eigentlich wären die letzten Stunden hier ziemlich öde, da unsere Gäste abgereist sind und wir ihnen morgen folgen. Wir sind verwöhnt, *caro*, du und ich, durch unser erfülltes Leben dort oben, wo jeden Moment das Telephon klingeln und uns irgendeine herrliche Einladung bescheren kann. Selbstverständlich kommen wir im August wieder und geben uns unserem idyllischen alten Leben hin, aber dieses kleine Restchen Zeit, du verstehst.«

Peppino war einigermaßen verdutzt. Noch vor einer halben Stunde war Lucia losgezogen, brennend vor Enthusiasmus, die »alten Fäden« wieder aufzunehmen, und nun schien sie nichts sehnlicher zu wünschen, als die alten Fäden so schnell wie möglich fallenzulassen. Zwar wußte er, daß er nicht in der Lage war, den rasanten und erratischen Wendungen von Lucias Verstand zu folgen, doch er war in der Lage, zwei und zwei zusammenzuzählen. Am Vortage war ihm ständig unterschwellig bewußt gewesen, daß nicht alles nach Lucias Wünschen verlief, und er wußte, daß ihre Versuche, Olga und ihren Gast in das Haus zu locken, sozusagen im Sande verlaufen waren, doch das konnte nicht alles gewesen sein. Auch wenn er kein phantasievoller Mensch war (außer wenn er glaubte, Wörter reimten sich, obwohl es ganz und gar nicht der Fall war), kam ihm der Gedanke, daß Riseholme über Lucia verärgert war und dies auf irgendeine ungewöhnliche Art und Weise zeigte.

»Aber, meine Liebe, ich dachte, du würdest Leute zum Lunch und Dinner einladen«, sagte er, »und veranlassen, daß der Bratspieß ins Museum gebracht würde, und den ganzen Tag lang mächtig beschäftigt sein.«

Lucia riß sich zusammen. Kurzzeitig überkam sie der Wunsch, sich Peppino anzuvertrauen und ihm alle eigenartigen Ereignisse der vergangenen Stunde mitzuteilen, wie Daisy gesagt hatte, sie sei zum Lunch verabredet, und daß zu Mrs. Boucher Freunde zum Lunch kamen, und Georgie Olga zum Dinner eingeladen hatte und sie nicht, und das Komitee über den Bratspieß, dieses großzügige Geschenk, beraten sollte, bevor man es annahm. Doch dann hätte sie zugegeben, nicht nur einmal, sondern gleich mehrmals brüskiert worden zu sein, was ihrem ganzen Prinzip erfolgreicher Lebensbewältigung zuwiderlief. Niemals, nicht einmal gegenüber Peppino, durfte sie zugeben, daß die Räder ihres Triumphwagens tief in den Schlamm zu sacken drohten oder daß Riseholme momentan nicht mit offenen Mündern darauf wartete, die Zeichen ihrer Huld entgegenzunehmen. Dies durfte sie nicht einmal sich selbst eingestehen, und so vollführte sie eine rasche und vollständige *volte face*.

»Ganz wie du beliebst, *caro*«, sagte sie. »Du möchtest lieber hier einen ruhigen Tag verbringen, also sollst du es tun. Was mich betrifft, so hast du mich doch nie anders als beschäftigt erlebt, oder? Einen Stapel Briefe muß ich schreiben, und mein Klavier sieht mich ach so tadelnd an, da ich seit meiner Ankunft die Tasten nicht angerührt habe, außerdem muß ich einen Blick in ›Heinrich VIII‹ werfen, das wir morgen sehen werden. Ich werde zur Genüge beschäftigt sein, und du kannst den Tag in der Sonne und an der frischen Luft verbringen. Ich dachte bloß, du würdest es vorziehen, heute schon in die Stadt zu fahren, statt bis morgen zu warten. Halte mich nun nicht länger mit Plaudereien auf.«

An diesem tristen Tag stellte Lucia ihre Qualitäten unter Beweis. Sie spielte mit der ganzen ihr eigenen Konzentration Klavier, sie las ›Heinrich VIII‹, sie schrieb ihre Briefe, und erst als die *Evening Gazette* kam, gestattete sie sich einen Augenblick der Entspannung. Hastig blätterte sie die Seiten um, ohne sich mit dem Kreuzworträtsel oder den Berichten über internationale Ereignisse aufzuhalten, bis sie zu Hermiones Spalte kam. Sie hatte befürchtet (und stellte mit erleichtertem Seufzen fest, wie unbegründet ihre Furcht gewesen war), daß Hermione seine flinke Feder Olga und der Prinzessin widmen und ihr samt ihren Gästen lediglich ein paar mickrige Worte seines letzten Absatzes zubilligen würde, aber da hatte sie sich vergeblich um ihre Ruhe gebracht. Olga hatte von ihm keine Notiz genommen, und nun (was könnte gerechter sein?) nahm er keine Notiz von Olga. Er erwähnte lediglich, daß sie in Riseholme ein »hübsches Häuschen« besitze, wohin sie sich an Wochenenden gelegentlich zurückziehe, und außerdem fanden sich drei üppige Absätze über »The Hurst« und Mr. und Mrs. Philip Lucas, bei denen Lord Limpsfield, Mrs. Garroby-Ashton, die Gattin des Abgeordneten, sowie Mrs. Allingsby zu Besuch geweilt hatten. Lady Ambermere samt Gästen aus dem Herrenhaus seien zum Tee gekommen, und alles sei glänzend und hervorragend gewesen. Hermione erwies sich als wahrer Freund, und es fand sich kein Wort darüber, daß Olga und die Prinzessin bei Georgie zum Lunch waren, oder über Daisy und ihre absurde Sitzung. Lucia las die zauberhaften Zeilen zweimal durch und ließ dann ihre Zeitung wie so oft Georgie bringen, um ihm beim Zurechtrücken seiner Maßstäbe behilflich zu sein. Beinahe gleichzeitig schickte Daisy de Vere mit ihrem Exemplar zu ihm, ebenso wie Mrs. Boucher, die mit blauem beziehungsweise rotem Stift und Ausrufungszeichen die Aufmerksamkeit auf die abscheulichen Stellen lenkte.

Riseholme setzte sein aufreibendes Leben fort, als Lucia am nächsten Abend aufbrach, um in London ihre schale Existenz fortzusetzen. Es war nicht mehr böse auf sie, weil es ihr »eine Lektion erteilt« hatte und durchaus bereit war, sie willkommen zu heißen, wenn (und falls) sie mit der richtigen Einstellung zurückkam und sich angemessen benahm. Mehr noch, obwohl es sich um seine eigenen fortlaufenden Angelegenheiten kümmern mußte, vermißte es doch im stillen Lucia, die in allem die Richtung vorgab, auch wenn sie dominant und absurd war, so tat, als wisse sie über alles Bescheid, und sich in alles einmischte. Doch auf die neue bubiköpfige Lucia konnte es verzichten, auf die Lucia, die mit einer Gruppe neuer Freunde angereist war, sich über das Museum lustig gemacht und ihre alten Freunde völlig vernachlässigt hatte, bis sie herausfand, daß Olga und die Prinzessin anwesend waren: Je weniger die sich blicken ließ, desto besser. Man war außerdem der Ansicht, daß sie einen Tag länger geblieben war, um die zu besänftigen, die sie wie Parias behandelt hatte, und um sich herabzulassen, wieder Notiz von ihnen zu nehmen, und wenn es etwas gab, das Riseholme sich nicht bieten ließ und auch nicht vorhatte, sich von irgendwem bieten zu lassen, so war dies Herablassung. Daher war es absolut korrekt, wenn Daisy und Mrs. Boucher sagten, sie seien zum Lunch verabredet, und Georgie es ablehnte, Lucia zum Dinner einzuladen ... Diese drei bildeten das Museumskomitee, und sie trafen sich an diesem Morgen, um die Buchführung für die Woche zu machen und alle anderen Themen zu besprechen, die zu ihrem Amt gehörten oder auch nicht. Natürlich bestand bei einem so kleinen Gremium keine Notwendigkeit, einen Vorsitzenden zu wählen, und wer sich Gehör verschaffen wollten, klopfte auf den Tisch.

Mrs. Boucher zählte gierig die der Kasse entnommenen Shillings, während Georgie die Kontrollabschnitte der Eintrittskarten zählte.

»Einhundertunddreiundzwanzig«, sagte er. »Das ist so ziemlich unsere beste Woche bisher.«

»Fünfzehn und vier sind neunzehn«, zählte Mrs. Boucher vor, »plus vier sind dreiundzwanzig, womit wir genau sechs Pfund und drei Shillings eingenommen hätten. Wenn das kein gutes Ergebnis ist! Und wie ich höre, wurde uns eine phantastische Schenkung vermacht. Überaus großzügig von unserer lieben Olga. Ich finde, man sollte ihr nicht nur danken, sondern sie auch bitten, dem Komitee beizutreten. Ich habe schon immer gesagt ...«

Daisy klopfte auf den Tisch.

»Genau das gleiche hat Abfou vorgeschlagen«, unterbrach sie. »Ich hatte am Morgen eine Sitzung, und er schrieb immer wieder ›Komitee‹. Ich habe das Blatt mitgebracht, weil ich den gleichen Vorschlag unterbreiten wollte. Doch zunächst etwas anderes, nämlich die Versicherung. Robert hat mir mitgeteilt, er werde sowohl das Gebäude als auch seinen Inhalt für jeweils tausend Pfund versichern. Natürlich müssen wir eine Prämie zahlen. Ach ja, hier ist Abfous Mitteilung. ›Komitee‹; wie Sie sehen, hat er dreimal ›Komitee‹ geschrieben. Ich war mir ganz sicher, daß er Olga meinte.«

»Er schreibt es zwar mit zwei ›m‹«, sagte Georgie, »aber ich denke, daß er es so meint. Vorher ist allerdings noch etwas Geschäftliches zu erledigen; mir wurde nämlich ein weiteres Objekt für das Museum angeboten, und ich sagte, bevor ich es annähme, würde ich das Angebot dem Komitee unterbreiten. Lucia suchte mich gestern vormittag auf und fragte ...«

»Der elisabethanische Bratspieß«, sagte Mrs. Boucher. »Ich für mein Teil kann mir nicht vorstellen, was wir damit sollen, und wenn ich ganz offen sein soll: Ich würde ihr allerhöflichst danken und sie bitten, ihn zu behalten. Zweifellos sehr freundlich von ihr. Leider muß ich ablehnen, was ich ihr auch gestern sagte, als sie mich zum Lunch einlud. Es hätte die kalten Beine von Hühnern gegeben, deren Flügel ihre Londoner Freunde gegessen haben.«

»Mich hat sie auch eingeladen«, sagte Daisy, »und ich habe nein gesagt. Ist sie heute morgen abgereist?«

»Ja, gegen halb elf«, antwortete Georgie. »Sie wollte, daß ich sie gestern abend zum Dinner einlud.«

Daisy hatte auf ihr Löschpapier immer und immer

wieder »Komitee« geschrieben. Mit einem ›m‹ sah das Wort sehr eigenartig aus, und sie persönlich hätte es ganz sicher mit zweien buchstabiert.

»Meiner Ansicht nach hat Abfou recht, was die Schreibweise von ›Komitee‹ betrifft«, sagte sie, »und selbst wenn nicht, liegt die Bedeutung klar auf der Hand. Doch zunächst zu der Versicherung. Robert empfiehlt, nur gegen Brand zu versichern, da er meint, kein Einbrecher, der noch bei Trost sei ...«

Mrs. Boucher klopfte auf den Tisch.

»Da gab es aber das Manuskript von ›Lucrezia‹ noch nicht«, wandte sie ein. »Und ich würde meinen, daß jeder Einbrecher, ob er nun bei Trost ist oder nicht, *das* für mitnehmenswert erachten würde. Wenn es darum ginge, einen elisabethanischen Bratspieß zu versichern ...«

»Nun, ich möchte nur wissen, zu welcher Haltung mich das Komitee ermächtigt«, sagte Georgie. »Übrigens, wenn wir eine neue Ausgabe des Katalogs herausbringen, müssen wir ihn überarbeiten. Das Manuskript von ›Lucrezia‹ darf nicht fehlen.«

»Wenn Sie mich fragen«, sagte Mrs. Boucher, »wollte sie den Bratspieß bloß loswerden, weil er ihren Kamin zum Qualmen bringt. Sagen Sie ihr, sie soll den Kamin fegen lassen und den Spieß behalten.«

»Im Musikzimmer hängt ein Porträt von ihr«, sagte Georgie, »Sigismund hat es gemalt. Es sieht einfach unbeschreiblich aus ...«

»Natürlich hat jede das Recht, sich einen Bubikopf schneiden zu lassen«, sagte Mrs. Boucher, »ganz gleich, wie alt sie ist, und kein Gesetz kann es verhindern.«

Daisy klopfte auf den Tisch.

»Wir haben in Erwägung gezogen, Mrs. Shuttleworth die Mitgliedschaft in unserem Komitee anzutragen«, sagte sie.

»Sie hat Sonntag nacht auch wunderschön gesungen«, sagte Georgie, »und wir hatten soviel Spaß beim Tanzen. Ach ja, Lucia bat um das Büchlein der Prinzessin, um sich dort einzutragen, doch die hatte nur ein Buch mit Kreuzworträtseln dabei.«

»Nein!« riefen beide Damen wie aus einem Mund.

»Aber ja, Olgas Zimmermädchen hat es nämlich Foljambe erzählt, und ...«

»Ist das denn die Möglichkeit!« sagte Daisy. »Das hat ihr den Rest gegeben. Hat sie waagerecht Lucia und senkrecht Peppino geschrieben?«

»Ich habe bestimmt nichts gegen sie«, sagte Mrs. Boucher, »aber meistens kriegen die Leute, was sie verdienen. Wir sollten das Museum unbedingt versichern, wenn es denn sein muß, und was die Frage betrifft, ob man Olga bitten soll, dem Komitee beizutreten, nun, das haben wir doch schon vor Stunden geklärt, und zu dem Bratspieß habe ich nichts mehr zu sagen. Nehmen Sie den Spieß doch, wenn Sie mögen, aber ihn zu versichern würde mir ebensowenig einfallen, wie einen grippalen Infekt zu versichern. Für den einen habe ich ebensoviel Verwendung wie für den anderen. Und dann noch das ganze Gewäsch über die entzückende Schloßherrin von ›The Hurst‹ in der *Evening Gazette*! Mein Mann hat es gelesen, und seine Reaktion war: ›Bäh!‹ Igitt und bäh, das hat er gesagt.«

Da die öffentliche Meinung wieder gegen Lucia anbrandete, griff Georgie ein.

»Das sind wohl die geschäftlichen Dinge, über die wir zu entscheiden haben«, sagte er; »also nehmen wir das Manuskript von ›Lucrezia‹ an und lehnen den Bratspieß ab. Gewiß war es von beiden Spenderinnen sehr gut gemeint. Und Olga fragen wir, ob sie sich dem Komitee anschließen will. Tja, heute vormittag haben wir eine Menge geleistet.«

Mittlerweile fuhr Lucia nach London zurück, wo sie vorhatte, eine betriebsame Woche zu verleben. Zwei Abende würde sie in der Oper verbringen, am zweiten sang Olga in »Die Walküre«, und da sie aus Rache für erlittene Kränkung weder ihren Gesang schlechtmachen noch von einem Opernbesuch Abstand nehmen wollte, hatte sie vor zu sagen, noch nie sei Brünnhilde so vollendet vorgetragen worden, selbst wenn Olga sang wie eine Schleiereule und wie ein Stück Holz schauspielerte. Sie konnte sich nicht einmal vorstellen, etwas so Dummes zu tun, wie Olga zu brüskieren, weil die sie nicht besucht oder ihr erlaubt hatte, »Old Place« zu betreten – das wäre der Gipfel der Torheit.

Im Moment ging es mit ihr bergauf (oder sie hoffte es wenigstens), und bergauf kam man nur, wenn man eifrig und entschlossen kletterte. Oben angekommen, wäre es wieder etwas anderes, doch gegenwärtig war es eine Pflicht, eine Aufgabe, auf Olga und die diversen wechselseitigen Besuche, die in Riseholme den ganzen Tag lang vor sich gingen, Bezug zu nehmen: Sie wußte viel darüber, wie Olga den Sonntag verbracht hatte, und das alles würde ihr nützlich sein. »Immer dankbar sein, immer bewundern«, dachte Lucia im stillen, als sie Peppino aus seinem tiefen Nickerchen weckte, in das er nach ihrer Ankunft am Brompton Square versunken war. »Fleißig sein: arbeiten, arbeiten, arbeiten.«

Sie wußte bereits, daß ihr Schwerstarbeit bevorstand, ehe sie bekam, was sie haben wollte, und sie schüttelte die an ihrem Wochenende haftende leise Enttäuschung ab wie eine lästige Fliege, die sie in ihrer Konzentration störte. Wollte man Fortschritte machen, durfte man nie zurückblicken (siehe das warnende Beispiel von Lots Weib!) und nie, falls man nicht sicher war, daß sie einem absolut nichts nützen würde, eine Leiter umstoßen, die einen irgendwohin gebracht hatte oder in Zukunft irgendwohin bringen könnte. Was dies betraf, hatte sie bereits eine Lektion gelernt; hätte sie nämlich Georgie mitgeteilt, daß sie übers Wochenende kam, und ihn zum Lunch und zum Dinner und allem, was ihm Spaß machte, eingeladen, hätte er garantiert Olga dazu gebracht, auf einen Sprung in »The Hurst« vorbeizukommen oder gesagt, er könne an jenem schicksalsschwangeren Sonntagabend nicht bei ihr dinieren, da er schon mit Lucia verabredet sei, woraufhin Olga zweifellos alle eingeladen hätte, anschließend bei ihr vorbeizukommen. Es war ein Fehler gewesen, Riseholme links liegen zu lassen, ein bedauerlicher Fehler, der ihr nie wieder unterlaufen würde. Es war auch ein Fehler, irgendwem mit Sarkasmus zu begegnen, falls man nicht sicher war, daß er einem nicht nützlich sein konnte, und wer war sich da schon sicher? Selbst die arme gute Daisy mit ihrem lachhaften Abfou hatte sich im »Old Place« als solche Attraktion erwiesen, daß Georgie kaum Zeit gehabt hatte, nach Hause zu gehen und sich zum Dinner umzukleiden, und eine wohlwollende anstatt einer bitterbösen Daisy hätte nützlich sein können. Alles ist nützlich, dachte Lucia, als sie die neben dem Telephon liegenden Notizblöcke zur Hand nahm und nachsah, wer sie während ihrer Abwesenheit angerufen hatte.

Sie schnappte unwillkürlich nach Luft, da erst zehn Minuten zuvor eine Nachricht eingegangen war, die ihr wie gerufen kam. Darin verlieh Marcia Whitby der Hoffnung Ausdruck, daß Lucia am selben Abend zum Dinner kommen könne; die Botschaft sollte ihr gleich bei ihrer Ankunft mitgeteilt werden. Offensichtlich handelte es sich um eine Einladung in letzter Minute: Jemand hatte sie versetzt, womöglich waren sie dreizehn. Die Einladung bedeutete keine besondere Ehre, da Marcia, wie Lucia vermutete, sich bereits landauf, landab nach einer weiteren Frau umgesehen und schließlich vor lauter Verzweiflung Lucia angerufen hatte ... Da waren zwar noch die Karten für ›Heinrich VIII‹, aber vielleicht konnte sie jemand anderen bewegen, Peppino zu begleiten ... Hatte nicht Aggie Sandeman geklagt, sie habe keine Karte mehr bekommen können? Unverzüglich rief sie die Herzogin von Whitby an, der sie mitteilte, wie erfreut und begeistert sie sei, heute abend zum Dinner kommen zu können. Wirklich glücklich, wirklich entzückt. Nachdem sie zugesagt hatte, rief sie auf gut Glück bei Aggie an, die von der Aussicht hingerissen war, eine Karte für ›Heinrich VIII‹ zu bekommen; anschließend informierte Lucia Peppino.

»*Caro*, ich mußte jemandem gefällig sein«, sagte sie, in das Musikzimmer tänzelnd, wo er seinen Tee einnahm. »Die arme Marcia Whitby weiß weder ein noch aus.«

»Du meine Güte, was ist geschehen?« fragte Peppino.

»Eine fehlt, offensichtlich fehlt heute abend bei ihrem Dinner eine Frau: hat mich bekniet, zu kommen. Doch du sollst trotzdem nicht auf dein Theaterstück verzichten, und auf eine liebe reizende Frau als Begleitung auch nicht. Rate! Nein. Ich werd's dir verraten: Aggie. Sie sehnte sich danach, dieses Stück zu sehen, und so können wir allen einen Gefallen tun. Du hast eine weit aufregendere Gesprächspartnerin als deine arme alte *sposa*, die liebste Aggie sieht ihr Stück, und Marcia wird mir ewig dankbar sein. Mir entgeht zwar das Stück, aber das kann ich mir ja an einem anderen Abend ansehen, es sei denn, du sagst mir, es lohne sich nicht.«

Natürlich würde die *Evening Gazette* keine weiteren Neuigkeiten über die Schloßherrin von »The Hurst« enthalten, dennoch nahm Lucia sich Hermiones Kolumne mit gewisser Neugier vor, da sie möglicherweise etwas über das abendliche Dinner der Herzogin enthielt. Anscheinend hatte Hermione nichts darüber vernommen, aber falls Hermione morgen zum Lunch kam, würde er etwas darüber vernehmen. Sie rief ihn an ...

Daß Lucia Marcia Whitby gefällig war, wurde mehrfach belohnt. Sie traf, wie sie es sich in London angewöhnt hatte, ziemlich früh ein, so daß sie die Namen aller Gäste bei deren Eintreffen aufschnappte, und Marcia, die ihr von Herzen dankbar war, da sie Dutzende von Frauen angerufen hatte, um aus den dreizehn Gästen vierzehn zu machen, nannte sie Lucia statt Mrs.

Lucas. Lucia fiel es keineswegs schwer, diese Vertraulichkeit zwanglos zu erwidern, denn hinter deren Rükken war die Herzogin für sie schon seit Wochen Marcia gewesen, so daß ihr diese Silben nun mit auf Übung beruhender Gewohnheit von der Zunge sprangen.

»Wirklich nett, daß Sie mich eingeladen haben, liebe Marcia«, sagte sie. »Peppino und ich sind erst vor einer oder zwei Stunden aus Riseholme eingetroffen, und er begleitet statt meiner Aggie Sandeman ins Theater. Ein wirklich entzückender Sonntag in Riseholm: Sie müssen sich ein Wochenende frei nehmen, vorbeikommen und ausspannen. Olga Shuttleworth war mit Prinzessin Isabel da, und sie hat Sonntag abend ganz göttlich gesungen, und dann, ob Sie's glauben oder nicht, stellten wir das Grammophon an und tanzten.«

»Welch ein Zufall!« sagte Marcia. »Ich gebe nämlich heute abend auch einen Tanz, und Prinzessin Isabel wird ebenfalls kommen. Aber bei weitem nicht so chic wie Ihr Tanz in Riseholme.«

Sie begab sich zur Begrüßung der allmählich eintreffenden Gäste an die Tür, und Lucia mit ihren nach vornehmen Namen lauschenden Ohren verspürte kurz einige Skrupel, weil sie den Eindruck vermittelt hatte, den sie vermitteln hatte wollen, nämlich daß sie zu Olgas Grammophonmusik getanzt habe. Das legte sich sofort wieder, und gleich darauf traf die Prinzessin ein, die von ihrer Gastgeberin herumgeführt wurde, um die Begrüßungsknickse entgegenzunehmen.

»Mrs. Lucas kennen Sie natürlich«, sagte Marcia. »Sie hat mir davon berichtet, wie Sie am Sonntag in ihrem Haus zu Grammophonmusik getanzt haben.«

Lucia rappelte sich von ihrem Knicks auf.

»Nein, liebe Marcia«, sagte sie. »Genaugenommen war es bei Olga zu Hause . . .«

Als verstünde sie Lucia, musterte die Prinzessin sie mit königlichem Blick, ehe sie weiterging.

Doch das war die einzige Katastrophe, und eine wie kleine noch dazu! Die Prinzessin mochte ausgefallene Menschen, und daher hatte Marcia eine Leinwandgröße und einen berühmten Romancier eingeladen, eine Frau mit einer Haut wie ein Räucherhering, was daher rührte, daß sie zweimal die Sahara zu Fuß durchquert oder zweimal den Atlantik durchschwommen hatte oder etwas dergleichen, einen Gesellschaftskarikaturisten und einen schmalen jungen Gentleman mit leiser Stimme, der sich als blutigster Faustkämpfer des Jahrhunderts entpuppte, den Premierminister, zwei Botschafterinnen sowie die große Mrs. Beaucourt, die soeben die Welt mit einem skandalösen Band gänzlich fiktiver Erinnerungen verblüfft hatte. Jeder dieser Anwesenden allein hätte einen hervorragenden Mittelpunkt für eine Dinnerparty abgegeben, und die Butter so dick aufzutragen kam Lucia beinahe kriminell vor; eigentlich war sie das einzige Stück Brot weit und breit. Noch vor Ende des Dinners hatte sie nicht nur ihre beiden Nachbarn, den Faustkämpfer und den Filmstar, überredet, in der kommenden Woche an zwei aufeinanderfolgenden Abenden bei ihr zu dinieren, sondern ging in Gedanken bereits die Liste ihre Freunde durch, um zu entscheiden, wen sie um die beiden herumgruppieren sollte. Wie sich herausstellte, vertrieb sich der Faustkämpfer Alf Watson, wenn er nicht damit beschäftigt war, Leute bewußtlos zu prügeln, die Zeit mit dem Flötenspiel, um sein grimmiges Gemüt zu besänftigen, während Marcelle Periscope, wenn er nicht gerade hingebungsvolle Liebhaber verkörperte, mit seinem verhältnismäßig zahmen Löwenjungen spielte. Lucia flehte Alf an, seine Flöte mitzubringen, dann würden sie ein wenig musizieren, nahm aber davon Abstand, auch den jungen Löwen einzuladen, der sich für sie ein wenig bolschewistisch anhörte ... Später am Abend bekam sie den Gesellschaftskarikaturisten Herbert Alton zu fassen, der versprach, am Sonntag zum Lunch zu kommen, mit der Dame aus der Sahara kam sie jedoch nicht ins Geschäft, da diese am nächsten Tag abreiste, um das nächste Meer zu durchschwimmen oder die nächste Wüste zu durchqueren. Dann trafen allmählich die Gäste zum Tanz ein, und die vor lauter Berühmtheiten bereits halbtrunkene Lucia ließ sich verzückt in einen Sessel oberhalb der Treppe fallen und lauschte dem Katalog wohlklingender Namen. Hinauf flanierten Stars, Strumpfbänder und Diademe, und als sie sich wieder kräftiger fühlte, klammerte sie sich fest an Lord Limpsfield, der alle zu kennen schien und sie pausenlos irgendwem vorstellte.

Lucia kam nicht vor drei Uhr nach Hause (wenn sie aus Gefälligkeit für Marcia schon ihr Theaterstück hatte sausen lassen, konnte sie es genausogut auskosten), doch am nächsten Morgen schrieb sie schon um neun Uhr Einladungen für ihre beiden Dinnerpartys in der kommenden Woche. Peppino aß in seinem Klub zu Mittag, wo er möglicherweise den Königlichen Astronomen treffen und über die Gestirne plaudern würde, sollte sie aber gegen Viertel nach zwei anrufen, um herauszufinden, ob sie irgendwelche Nachmittagstermine für ihn vereinbart hatte. Aus welchen Gründen auch immer, wollte ihr der Gedanke daran nicht aus dem Kopf, als sie in ihrer kleinen exquisiten Handschrift die Einladungskarten ausfüllte. Im Speisezimmer stand ein Telephon, und sie stellte sich insgeheim vor, wie Peppino sie gerade anrief, während sie mit zwei oder drei Freunden, die zum Lunch gekommen wären, immer noch zu Tische saß. Der Lunch neigte sich dem Ende zu; sie tranken gerade Kaffee, den sie immer selbst zubereitete in einer gläsernen Maschine mit Spirituslampe, die anzeigte, daß der Kaffee fertig war, wenn sie scheinbar kurz vor der Explosion stand. Das Personal hatte den Raum verlassen, und sie würde persönlich ans Telephon gehen . . . Nur sie allein würde Peppinos Stimme hören. Die Gäste wüßten nicht, wer am anderen Ende der Leitung war, so daß sie mühelos so tun könnte, als wäre es nicht Peppino, sondern . . . Sie würde irgend etwas brabbeln – was die Gäste hören könnten, aber für Peppino unverständlich wäre, da sie den Mund ein wenig zur Seite gewandt hätte – und dann den Hörer wieder einhängen . . . Peppino würde zweifellos glauben, sich verwählt zu haben, und umgehend erneut anrufen, worauf sie ihm alles Erwähnenswerte mitteilen könnte. Während sie immer weiter schrieb, nahm die Idee Form und Substanz an: Sie hatte etwas Attraktives, und es sagte ihr ungemein zu.

Am Ende der Dinnereinladungen angekommen, mit denen sie die Liste der um den Filmstar und den flötespielenden Faustkämpfer gruppierten Gäste komplettierte, überlegte sie, wen sie am Sonntag zu dem Beisammensein mit Herbert Alton bitten sollte. Er sei, wie er ihr gesagt hatte, sehr damit beschäftigt, seine kleine Karikaturenausstellung fertigzustellen, mit der er London alljährlich ergötzte und die in vierzehn Tagen eröffnet werden sollte. Zu der Ausstellung dieses lizensierten Satirikers strömte regelmäßig ganz London, um schadenfroh zu betrachten, was er aus ihnen allen gemacht und welche witzigen und bissigen kleinen Unterschriften er ihren entstellten Bildnissen zugeordnet hatte. Von ihm karikiert zu werden stellte eben auch eine echte Auszeichnung dar, ein Zeichen dafür, daß man Aufmerksamkeit erregte und eine bedeutende Persönlichkeit war. Er mochte einen als ausgemachten Trottel darstellen (was er auch mit Sicherheit tat) und sich in seinen Bildunterschriften regelmäßig über irgendein Charakteristikum lustig machen, rührte dabei aber zugleich auch die Werbetrommel für den Karikierten. Sie fragte sich, ob er Aufträge annahm, ja ob er sich überreden ließ, gegen ein großzügiges Entgelt eine Karikatur von Peppino oder ihr selbst oder von ihnen beiden anzufertigen, unter der Bedingung, daß das Werk in seiner Ausstellung gezeigt wurde. Dies ließ sich wahrscheinlich eruieren, und dann könnte sie am Sonntag das Thema anschneiden. Jedenfalls würde sie den einen oder anderen angenehmen Mitmenschen einladen und das Beste hoffen.

An Lucias kleinem Essen an jenem Tag nahmen nur vier Personen teil. Lunch, befand Lucia, war für *intimes*; man stützte die Ellbogen auf den Tisch, und alle redeten zwanglos durcheinander und tauschten Neuigkeiten aus, genau wie auf dem Dorfanger von Riseholme. Ein großes Lunch hatte etwas Sperriges; es war eine wirre Angelegenheit, und bei dem Versuch, mehr Neuigkeiten aufzuschnappen, als man eigentlich verdauen konnte, vergaß man die Hälfte wieder. Daher waren heute nur Aggie Sandeman, die am Abend zuvor Peppino ins Theater begleitet hatte und ihre Kusine Adele Brixton mitbrachte (der Lucia bisher noch nicht begegnet war, die sie aber unbedingt kennenlernen wollte), sowie Stephen Merriall anwesend. Lady Brixton war eine hagere, intelligente und sehr vermögende Amerikanerin, die fand, daß sie ohne ihren Gatten besser zurechtkam. Da Lord Brixton es vorzog, in Amerika zu leben, sie dagegen in England, kam man problemlos zu befriedigenden Vereinbarungen. Ab und an mußte sie Verwandte in Amerika besuchen, dann brach er gleichzeitig zu Verwandtenbesuchen in England auf.

Bereitwillig erklärte sie Lucia, die sich ziemlich voreilig nach ihrem Gatten erkundigt hatte, die Situation.

»Bei ruhiger See«, sagte Lady Brixton, »werfen wir uns von den Decks in entgegengesetzten Richtungen fahrender Atlantikdampfer sogar Handküsse zu, und bei rauher See übergeben wir uns in denselben Ozean.«

Dieser Satz wäre in Riseholme nie gefallen, und wenn doch, hätte man ihn sehr ungnädig begrüßt, und mit einem gequälten Lächeln samt anschließendem radikalen Themawechsel wäre er kühl aufgenommen worden. Aus alter Gewohnheit lächelte Lucia ein gequältes Lächeln, ehe ihr einfiel, daß sie London nicht mit den prüden Normen Riseholmes messen konnte. Sie verwandelte das gequälte in ein herzliches Lächeln.

»Ganz allerliebst!« sagte sie. »Das muß ich Peppino erzählen.«

»Pep was?« fragte Lady Brixton.

Man erklärte es ihr; man erklärte ihr außerdem, daß Aggie am vorigen Abend mit Peppino im Theater gewesen war; genaugenommen wurde viel zuviel erklärt, als daß es ein ungezwungenes Beisammensein werden konnte, so daß Lucia die Zeit für reif hielt, allen Anwesenden mitzuteilen, wo sie die vergangene Nacht verbracht hatte. Dies geschah auf für sie typische Art und Weise.

»Liebe Lady Brixton«, sagte sie, »seit Sie eintrafen, habe ich überlegt, wo ich Sie schon einmal gesehen habe. Natürlich: Das war letzte Nacht, auf dem Tanz unserer goldigen Marcia.«

Damit war das ersehnte Gesprächsthema angeschnitten, und obwohl es nicht im mindesten zutraf, war es ein erstklassiger Versuchsballon.

»Stimmt, ich war da«, sagte Adele. »Was für ein Auflauf. Reinster Mormonentreff: ein Mann auf fünfzig Frauen.«

»Wie garstig von Ihnen! Ich war schon zum Dinner da; nur eine Handvoll Gäste. Prinzessin Isabel, die Sonntag in unserem lieben kleinen Riseholme weilte, und zwar bei Olga – welch ein Zufall ...« Gerade noch rechtzeitig brach Lucia ab; soeben wollte sie das spontane Tanzvergnügen bei Olga erwähnen, als ihr einfiel, daß Stephen wußte, daß sie nicht dabeigewesen war. Also ließ sie den Zufall Zufall sein und fuhr rasch fort:

»Die gute Marcia bestand auf meinem Kommen«, sagte sie, »daher verzichtete ich als wahre Freundin auf das Stück und ging. Ein wirklich amüsantes kleines Dinner. Marcelle – Marcelle Periscope –, der Premierminister, die italienische Botschafterin, und natürlich Prinzessin Isabel, und Alf und noch ein paar. Niemand kann so gut wie Marcia eine überraschende kleine Party auf die Beine stellen. Alf war einfach *zu* köstlich.«

»Doch nicht Alf Watson?« fragte Lady Brixton.

»Doch, ich saß beim Dinner neben ihm, und er wird nächste Woche bei mir dinieren und seine Flöte mitbringen. Er ist ein begeisterter Flötist. Kann ich Sie nicht überreden, auch zu kommen, Lady Brixton? Donnerstag, warten Sie, ist es am Donnerstag? Genau, Donnerstag. Keine richtige Party, nur ein paar alte Freunde, und es wird ein wenig musiziert. Ich muß einige Duette für Klavier und Flöte auftreiben: Ich mußte Alf versprechen, ihn zu begleiten. Und Dora, Dora Beaucourt. Was für ein düsteres Leben! Sigismund auch; nein, Sigismund war wohl doch nicht dabei; das war bei Sophy. Er hat ein phantastisches Porträt von mir angefertigt. Ist es nicht phantastisch, Stephen? Sie erinnern sich doch, unten in Riseholme. Wie amüsant Sophy war, als sie insistierte, ich solle jedes andere Bild aus meinem Musikzimmer entfernen. Ich muß dafür sorgen, daß sie am Donnerstag nach dem Dinner vorbeikommt; die Flöte hat etwas so Primitives. Etwas Theokritisches!«

Plötzlich fiel Lucia ein, daß sie keine Leitern umstoßen durfte, und sie wandte sich an Aggie. Als sie frisch in London eingetroffen war, hatte Aggie sich als äußerst nützlich erwiesen, und sie konnte jederzeit wieder nützlich werden, da sie Unmengen solider Leute kannte, und was ihren Partys an Genialität fehlte, machten sie an Ehrbarkeit wieder wett. Auf ihnen traf man die Leute, die Sophy »die alte Kruste« nannte.

»Aggie, Liebe, sobald du zu Hause bist, mußt du dir den Mittwoch für ein Dinner bei mir vormerken«, sagte sie, »und wenn da schon eine Verabredung steht, was ganz sicher der Fall ist, streichst du die aus und kriegst eine Pseudogrippe. Marcelle – Marcelle Periscope – kommt auch, aber das Löwenjunge habe ich nicht eingeladen. Ein Löwenjunges: wie drollig von ihm ... und wer war gestern abend noch da? Meine Güte, ich bringe die vielen Leute immer durcheinander, die einem über den Weg laufen.«

Natürlich brachte Lucia nie jemanden durcheinander: Keiner war so klar im Kopf wie sie, aber sie mußte alles ein wenig in die Länge ziehen, da Peppino später als erwartet anrief. Der Kaffeeapparat war vor ihr aufgebaut worden, doch kurz bevor das Getränk kochte, zog sie die Spirituslampe immer wieder scheinbar geistesabwesend weg, da sie noch im Speisezimmer sitzen mußten, wenn er anrief. Als sie gerade ihr schlechtes Gedächtnis beklagte, ertönte das Bimmeln des Telephons. Rasch ging sie in Gedanken noch einmal durch, was sie sagen würde.

»Ach, das Telephon«, sagte sie und erhob sich hastig, damit sie es erreichte, bevor die Dienstboten wieder auftauchten. »Wie oft sage ich zu Peppino, daß ich es aus dem Haus werfen werde, weil man keinen Moment Ruhe hat. Ja, ja, wer ist da?«

Lucia lauschte einen Augenblick, dann knickste sie.

»Ach Sie sind's, Gnädigste?« sagte sie, das Mundstück ein wenig seitlich verdreht haltend. »Ja, hier spricht Mrs. Lucas.«

Aus dem Gerät drang eine ziemlich barsche Stimme, eindeutig die Peppinos, doch sie vertraute darauf, daß die anderen sie nicht hören konnten und unterbrach ihn bald mit einem Wortschwall.

»Wirklich zu freundlich von Ihnen, Hoheit«, sagte

sie. »Es wäre überaus köstlich. Morgen also: begeistert. Erfreut.«

Sie hängte die Muschel wieder ein und nahm den Faden sofort wieder dort auf, wo sie unterbrochen worden war.

»Ach ja, und natürlich war Herbert Alton da«, sagte sie. »Seine Ausstellungseröffnung ist in zwei Wochen, und wie werden wir uns auf der privaten Vernissage treffen und über die Karikaturen von uns allen lachen! Wie sagte Rousseau doch gleich – war es auch Rousseau? –, über die Mißgeschicke von Freunden seien wir nicht gänzlich traurig? Wie wahr! Bertie ist zwar manchmal gemein, und doch vergibt man ihm alles. Na, endlich kocht der Kaffee!«

Wie Lucia vorhergesehen hatte, rief Peppino gleich darauf noch einmal an, und sie teilte ihm mit, er habe die entzückendste kleine Lunchparty verpaßt, weil er unbedingt in seinen Klub gehen mußte. Selbstredend brannten ihre Gäste darauf zu erfahren, vor wem sie geknickst hatte, doch zu diesem Punkt blieb Lucia jede Information schuldig. Adele Brixton und Aggie verschwanden bald darauf zu einer Matinee, aber Stephen blieb. Das machte einen guten Eindruck, fand Lucia, der aufgefallen war, daß häufig ein gutaussehender und leidlich junger Mann bei der Gastgeberin verweilte, wenn andere Gäste bereits aufbrachen. Das war irgendwie *chic*; wenn es regelmäßig geschah oder sie ein anderes Haus gemeinsam betraten oder verließen, begannen die Leute – natürlich sehr freundlich – von seiner Zuneigung zu ihr zu reden. Genau solch ein *cavaliere servente* war Georgie gewesen. Was Stephen betraf, so war er sich dieser derartiger Überlegungen Lucias ganz und gar nicht bewußt: Er wußte lediglich, daß es für einen ungebundenen Mann zweifellos bequem war, ein sehr angenehmes Haus zu kennen, in das er sich stets begeben und wo er sicher sein konnte, Dinge zu erfahren, die für Hermione von Interesse waren.

»Bezaubernde kleine Lunchparty«, sagte er. »Was ist Lady Brixton doch für eine charmante Frau.«

»Die gute Adele«, sagte Lucia verträumt. »Charmant, nicht wahr? Wie sehr ihr die Vorstellung zusagte, Alf kennenzulernen! Schauen Sie an diesem Abend unbedingt nach dem Dinner vorbei, Stephen; ich wünschte, ich könnte Sie zum Essen einladen, rechne aber damit, daß ohnehin schon alles überfüllt sein wird. Aber wie wäre es mit Dinner am Mittwoch; mal sehen, an dem Abend kommt Marcelle. Wie sich in der nächsten Woche die Termine jagen!«

Stephen wartete, ob sie sich zu der Stimme äußerte, vor der sie geknickst hatte, aber da wartete er vergebens.

7

Diese bezaubernde kleine Lunchparty war für Adele Brixton ein sensationelles Erlebnis gewesen: Lucias Knicks am Telephon hatte sie durch und durch entzückt.

»Meine Liebe, sie ist umwerfend«, sagte sie zu Aggie. »Sie ist sehenswert. Sie ist kosmisch. Das Telephon, der Knicks! Vergleichbares sah ich noch nie. Aber warum zum Kuckuck hat sie uns nicht verraten, welche Hoheit angerufen hat? Schließlich hatte sie keine Hemmungen, uns die Namen der anderen Leute zu nennen, die sie kennengelernt hat, Alf und Marcelle und Marcia und Bertie. Mit ›Bertie‹ ist ihr allerdings ein Fauxpas unterlaufen. ›Bertie‹ hätte sie nicht sagen dürfen. Ich kenne Herbert Alton seit Jahren, und er wird immer und von jedem Herbert genannt. ›Bertie‹ war ein Fehler, aber sagen Sie ihr nichts. Ich finde Ihre Lucia umwerfend. Sie wird es noch weit bringen, das können Sie mir glauben, und jede Wette, daß sie in diesem Augenblick von mir als Adele spricht. Sehen Sie denn nicht, wie wundervoll sie ist? Ich war selbst eine Aufsteigerin und weiß, wovon ich rede, doch verglichen mit ihr war ich eine Schnecke.«

Aggie Sandeman zeigte sich pikiert, daß sie nicht zur Party mit Alf eingeladen worden war.

»Sie brauchen mir nicht zu erzählen, wie wundervoll sie ist«, erklärte sie mit einiger Schärfe. »Sie ist noch keine zwei Monate in London, und anfangs kannte sie keine Menschenseele. An ihrem ersten Abend war sie bei mir zum Dinner, und seitdem hat sie sich jede einzelne Person gekapert, die sie in meinem Haus kennenlernte.«

»Das glaube ich gern«, sagte Adele anerkennend. »Und wer war der Herr, der aussah, als sei ihm bei der Geburt versehentlich das Etikett ›Herr‹ angeheftet worden, statt ›Dame‹, wie es korrekter gewesen wäre? Eine so perfekte Dame ist mir noch nie begegnet, obwohl ich ihn bisher nur als Stephen kenne. Sie sagte lediglich: ›Stephen, kennen Sie Lady Brixton?‹«

»Stephen Merriall«, antwortete Aggie. »Einfach einer der Männer, die Tag für Tag zum Tee ausschwärmen – einer der Ungebundenen.«

»Tja, dann wird sie ihn binden«, sagte Adele. »Du meine Güte, bin ich nicht giftig, dabei werde ich nächste Woche bei ihr zu Gast sein, wenn Alf kommt! Ich komme mir aber nicht giftig vor, sondern bin nur wahnsinnig gespannt. Ich finde sie fabelhaft. Nun sind wir vor dem Theater: wie öde! Da drüben ist Tony Limpsfield. Tony, kommen Sie und helfen Sie mir heraus. Wir waren zum Lunch bei der herrlichsten ...«

»Sie meinen bestimmt Lucia«, sagte Tony. »Ich war den Sonntag über bei ihr in Riseholme.«

»Sie hat am Telephon einen Knicks gemacht«, begann Adele.

»Wer war am anderen Ende der Leitung?« wollte Tony begierig wissen.

»Das hat sie nicht gesagt«, sagte Adele.

»Warum nicht?« fragte Tony.

Adele entstieg rasch ihrem Wagen, gefolgt von Aggie.

»Ich komme nicht dahinter«, sagte sie. »Ach ja, kennen Sie Mrs. Sandeman?«

»Aber selbstverständlich«, sagte Tony. »Prinzessin Isabel kann es jedenfalls nicht gewesen sein.«

»Warum nicht? Sie ist ihr gestern abend bei Marcia begegnet.«

»Schon, aber die Prinzessin ist vor ihr geflohen. In Riseholme ist sie auch vor ihr geflohen, und sie hat erklärt, sie würde nie und nimmer ihr Haus betreten. Sie kann es nicht gewesen sein. Aber sie hat sich diesen Boxer geschnappt . . .«

»Alf Watson«, sagte Adele. »Sie nannte ihn Alf, und ich werde ihn Donnerstag bei ihr kennenlernen.«

»Dann ist es nicht nett von Ihnen, über sie herzuziehen, Adele«, sagte Tony.

»Das tue ich gar nicht; ich bin lediglich brennend interessiert. Was tun denn Sie eigentlich? Sie haben in Riseholme den Sonntag mit ihr verbracht.«

»Und sie nennt Sie Tony«, petzte Aggie, immer noch an die Alf-Party denkend.

»Ach, tatsächlich?« sagte Tony. »Andererseits nenne ich sie ja auch Lucia, wenn sie nicht in der Nähe ist. Übrigens hat es schon geläutet: Gleich geht der Vorhang auf.«

Adele eilte ins Theater.

»Kommen Sie nach dem ersten Akt in meine Loge, Tony«, sagte sie. »Seit Jahren hat mich nichts mehr derartig interessiert.«

Adele Brixton schenkte dem düsteren Tschechow-Stück keinerlei Aufmerksamkeit. Alle ihre Gedanken kreisten um Lucia, und bald beugte sie sich zu Aggie hinüber und flüsterte:

»Ich glaube, Peppino hat sie angerufen.«

Aggie runzelte kurz die Stirn.

»Kann nicht sein«, sagte sie. »Er rief doch gleich danach an.«

Adele machte ein langes Gesicht. Da sie nicht so weit vorausdenken konnte wie Lucia, fand sie die Lösung nicht und verfiel in luciasche Meditation, bis schließlich der Vorhang fiel und Tony Limpsfield in ihre Loge schlüpfte.

»Keine Ahnung, worum es in dem Stück ging«, sagte er, »aber ich muß Ihnen erzählen, warum sie gestern bei Marcia war. Irgendeine Frau hatte Marcia gestern nachmittag abgesagt, und auf einmal waren sie dreizehn ...«

»Das hätte Marcia gut gefallen«, sagte Aggie.

Tony schenkte diesem albernen Scherz keine Beachtung.

»Also rief sie jede in der Stadt an ...« fuhr er fort.

»Nur mich nicht«, sagte Aggie verbittert.

»Lassen wir das mal beiseite«, sagte Tony. »Sie hat alle angerufen und keine erwischt. Dann rief sie Lucia an.«

»Die umgehend sagte, sie habe nichts vor, und mich anrief, damit ich Peppino ins Theater begleitete«, sagte Aggie. »Ich habe etwas Ähnliches vermutet, wollte das Stück aber sehen und mir nicht ins eigene Fleisch schneiden, um Lucia eins auszuwischen.«

»Dann hätte sie eine andere gefunden oder Peppino allein ins Theater geschickt«, konstatierte Tony. »Außerdem sind Sie auf dem völlig falschen Dampfer, Aggie. Niemand will Lucia eins auswischen. Wir alle wollen, daß sie sich königlich amüsiert.«

»Aggie ist böse, weil sie glaubt, daß Lucia ihre Erfindung ist«, stellte Adele fest. »Das ist die völlig falsche Einstellung. Erzählt mir von Pep.«

»Läßt sich nichts zu sagen«, sagte Tony. »Er hat eine Hose und einen Hut und in Riseholme ein Fernrohr auf dem Dach, und wenn man mit ihm spricht, stellt man fest, daß er sich an die Leitartikel aus der *Times* vom gleichen Morgen erinnert. Verschonen Sie uns mit irrelevanten Themen, Adele.«

»Ehemänner sind aber relevant – alle bis auf meinen«, sagte Adele. »Gehören ins Gesamtbild. Und was ist mit Stephen?«

»Och, den sieht man immer auf Teepartys Brötchen austeilen. Er ist ebenfalls irrelevant.«

»Möglicherweise nicht, wenn ihr Mann es ist«, sagte Adele.

Tony bekam einen Lachanfall.

»Da sind Sie völlig schiefgewickelt«, sagte er. »Sie kommen nicht weit, wenn Sie versuchen, Lucias Charakter in den Schmutz zu ziehen. Zunächst einmal: Woher sollte sie die Zeit für einen Liebhaber nehmen? Außerdem verstehen Sie sie völlig falsch, wenn Sie so etwas glauben.«

»Es wäre furchtbar pittoresk«, befand Adele.

»Nein, das würde alles gründlich verderben ... O weh, da geht dieses blöde Theaterstück wieder los ... Gütiger Himmel, sehen Sie dort!«

Als sie seinem Finger folgten, sahen sie Lucia gefolgt von Stephen durch den Hauptgang zu zwei Sitzen in der ersten Reihe gehen. An ihrem Platz angekommen, drehte sie sich um, ließ einen prüfenden Blick durch das Haus schweifen und sah sie. Dann gingen die Lichter aus, und ihr Gesicht glitt ins Dunkel.

Genaugenommen war dieses kleine Colloquium in Adeles Loge die Gründungsversammlung der Geheimgesellschaft der Luciaphilen, deren Mitgliederzahl rasch anschwoll. Da absolutes Wohlwollen gegenüber Lucia eine *conditio sine qua non* der Mitgliedschaft darstellte, kam Aggie Sandeman kaum in Frage, schließlich verspürte sie eine gewisse Bitterkeit bei dem Gedanken, daß sie Lucia den ersten Schritt ermöglicht hatte und mittlerweile in Lucias Skala der gesellschaftlichen Rangfolge bereits ins zweite Glied rückte. Sie war zwar zu dem Dinner mit Marcell Periscope eingeladen worden, aber die Party, auf der man Alf und seiner Flöte begegnete, war eindeutig das schickere Ereignis von beiden. Adele und Tony Limpsfield waren jedoch überzeugte Mitglieder, ebenso Olga, als sie ein paar Tage später eintraf. Marcia Whitby gehörte ebenfalls zu denen, die Lucias Karriere begierig verfolgten, und sie tauschte eifrig Neuigkeiten mit den anderen aus, wenn sie sich trafen. Natürlich gab es ein zweites Lager, das jene umfaßte, die Lucia mit wohlmeinenden Einladungen bombardierte, die ihr aber (bis jetzt) hartnäckig die kalte Schulter zeigten. Diese erklärten, sie weder zu kennen noch das geringste Interesse an ihr zu haben, was, wie Adele meinte, auf eine bedauerliche Engstirnigkeit schließen lasse. Originale und außergewöhnliche Persönlichkeiten wie Lucia, die unbeirrbar und unermüdlich ihr Ziel im Leben verfolgten, gebe es selten, und wenn sie auftraten, solle man sie mit ehrfürchtiger Zuneigung studieren ... Gelegentlich stieß einer der alten Gründungsmitglieder der Luciaphilen auf andere, und falls bei der Nennung des Namens Lucia ein erwartungsvolles, freudiges Leuchten in ihre

Augen trat und sie gedämpft die Worte: »Haben Sie gehört, wer am Donnerstag bei ihr war?« flüsterten, gaben sie sich als Luciaphile zu erkennen. Dies alles geschah nach und nach, doch die Bewegung machte ständig Fortschritte und hielt mit Lucias erstaunlicher Karriere Schritt, da es kaum Tage gab, an denen nicht irgendeine erfreuliche Leistung in den getreuen Kolumnen Hermiones festgehalten wurde.

Eines Nachmittags fuhr Lucia nach Hause, nachdem sie den Tag im Scheidungsgericht verbracht hatte. Vor nicht allzulanger Zeit hatte sie die Bekanntschaft des Gerichtspräsidenten gemacht, ihn am Abend vor Beginn dieses Prozesses, der gerade Stadtgespräch war, zum Dinner eingeladen und im dritten Anlauf dazu gebracht, ihr einen Platz im Gericht zu besorgen. Der Prozeß dauerte bereits drei Tage, keiner schien an irgend etwas anderes zu denken, und die Zeitungen waren voll von überwältigenden, überraschenden Enthüllungen. Gewiß hatte Babs Shyton, die Dame, deren Gatte begehrte, sie sich vom Hals zu schaffen, sehr merkwürdige Briefe an Wauwau, gewöhnlich als Lord Middlesex bekannt, geschrieben und er an sie; Lucia konnte sich nicht vorstellen, jemandem so etwas zu schreiben, und hätte ihr jemand so geschrieben wie Wauwau seiner Babs, wäre sie baß erstaunt gewesen. Doch als der Prozeß seinen Verlauf nahm, spürte Lucia, wie ihr vor lauter Sympathie mit Babs ganz warm ums Herz wurde. Oberst Shyton, Babsens Gatte, mußte, was das Zusammenleben anbetraf, ein unmöglicher Mensch sein, da er manchmal den ganzen Tag im Bett lag, um acht Uhr abends frühstückte, kurz nach Mitternacht zu Mittag aß und um halb neun Uhr morgens ein schweres Abendessen zu sich nahm. Bei einem solchen Ehemann würde sich bestimmt jede Frau einen Wauwau wünschen, der sich um sie kümmerte. Beide, Babs und der Lord, nannten in dem bemerkenswerten Briefwechsel, welcher auszugsweise vor Gericht verlesen wurde, Oberst Shyton immer nur den Stst., was, wie Babs (unter lautem Gelächter) freimütig bekannte, soviel wie Stinkstiefel bedeutete; auch hatte Babs recht unzweideutig an Wauwau geschrieben, sie liege zu Bett, sei sehr müde und mürrisch und wünschte sich, Wauwau läge auf dem Kaminvorleger und trommele mit dem Schwanz. Das war zwar indiskret, aber keineswegs beweiskräftig, und was die vielen Kreuze anbetraf, die auf Babsens Unterschrift folgten, so gab sie ehrlich zu, dies bedeute, ihr Gatte könne sie kreuzweise. Daraufhin wollten sich wieder alle ausschütten vor Lachen, und sogar der Richter hatte ein breites Grinsen aufgesetzt, als er sagte, wenn die Störungen nicht aufhörten, werde er den Saal räumen lassen. Babs hatte übrigens einen hervorragenden Eindruck hinterlassen: Sie hatte so schön ausgesehen und so munter geantwortet, und der Wauwau war ebenso vortrefflich gewesen, ein starker wortkarger Engländer, der auf die Frage, ob er Babs jemals geküßt habe, mit so lauter heftiger Stimme: »Das ist eine Lüge!« sagte, daß man spürte, die Geschworenen glaubten ihm besser, falls sie nicht allesamt zu Boden geschlagen werden wollten. Das Urteil wurde für den nächsten Tag erwartet, und Lucia hatte vor, Babs unverzüglich zum Dinner einzuladen, falls es zu ihren Gunsten ausfiel.

Im Gerichtssaal war es sehr heiß und stickig gewesen, so daß Lucia ihren Chauffeur anwies, zuerst eine Runde um den Park und dann nach Hause zu fahren. Sie hatte ein oder zwei Gäste für fünf Uhr zum Tee eingeladen und ein oder zwei andere für halb sechs, doch es blieb genug Zeit für eine Spritztour, und als sie ihre Gedanken von den speziellen Charakteristika dieses Falles zu den allgemeinen Charakteristika solcher Fälle schweifen ließ, kam ihr der Gedanke, welch erstaunliche und unvergleichliche Popularität sie einer Frau bescherten. Sollte das Urteil zu Babsens Ungunsten ausfallen, war ein solcher Bekanntheitsgrad natürlich äußerst unangenehm, doch vorausgesetzt, die Geschworenen entschieden, daß nichts gegen sie vorlag, konnte Lucia sich vorstellen, beinahe neidisch auf sie zu sein. Im Grunde wollte sie nicht wirklich in eine derartige Lage geraten, doch ging eine generelle Bekanntheit damit einher, die sich durch jahrelange geduldige Anstrengungen kaum erlangen ließ. Babs würde merken, daß sich auf keiner Versammlung auch nur ein einziger Mensch befand, der nicht wußte, wer sie war sowie alles über sie, was ein rundum zufriedenstellendes Ergebnis war, sollte sie unschuldig sein. Selbstredend beneidete Lucia sie nur um das Resultat eines solches Erlebnisses, jedoch nicht das Erlebnis an sich, da dieses ein erbärmliches Leben mit Peppino beinhalten würde, und sie hatte das sichere Gefühl, daß ein Abendessen um halb neun Uhr morgens ganz schwer verdaulich wäre; andererseits wäre es herrlich, so bekannt zu sein wie Babs.

Was Lucia, sowohl während des Prozesses als auch in den wahren Sturzbächen von Gesprächen, die sich in den vergangenen Tagen über den Fall ergossen, noch auffiel, war die generelle Sympathie mit Babs, ob man sie nun für schuldig oder unschuldig hielt. »Die Welt liebt nun einmal die Liebenden«, dachte Lucia, und daß Wauwau mit seinem Schwanz auf den Kaminvorleger trommelte, war ein wunderschönes Bild.

Ihre Gedanken nahmen eine eher persönliche Wendung. Die Vorstellung, einen richtigen Liebhaber zu haben, war ihrem ganzen Wesen natürlich vollkommen fremd, außerdem hatte sie keine Ahnung, wer verfügbar war. Doch im Ruf zu stehen, einen Liebhaber zu haben, war etwas völlig anderes, da keine solchen Einwände oder Probleme damit verbunden waren; außerdem verlieh es einer Frau zweifellos eine gewisse persönliche Note, wenn ein Mann immer in ihrer Gesellschaft gesehen wurde und ihr angeblich inniglich zugetan war. Diese Idee war ihr schon einmal diffus gekommen, doch jetzt nahm sie konkretere Gestalt an, und einen Liebhaber dieser Sorte auszuwählen bereitete ihr keinerlei Schwierigkeiten. Bisher hatte sie nichts unternommen, um der Idee Nahrung zu geben, außer, daß Stephen in ihrem Haus aus und ein ging, doch nun stellte sie sich vor, daß sie sich ihm gegenüber hingebungsvoll besitzergreifend gab; sie konnte sich vorstellen, mit ihm in einer Zimmerecke zu reden, ja sogar ihre Hand auf seinen Ärmel zu legen, mit ihm abends eine Party zu besuchen und wieder zu verlassen, da Peppino nach dem Dinner nur ungern das Haus verließ . . .

Doch bei den ersten Schritten war Vorsicht geboten, da sie Stephen schwerlich über die Art der geplanten Beziehung aufklären konnte, und sie konnte sich keineswegs vorstellen zu sagen: »Wir tun so, als wären wir ein

Liebespaar, aber wir sind's nicht.« Es wäre ausgesprochen scheußlich, wenn er sie mißverstände und ihr unerwarteterweise einen heißen, lüsternen Kuß auf die Lippen oder auch nur auf die Hand drückte, obschon er bis jetzt nicht die geringste Neigung bekundet hatte, etwas Derartiges zu tun. Wenn er es täte, würde sie ihn nie wieder empfangen können, und alle Welt würde wahrscheinlich behaupten, er habe sie fallengelassen. Doch sie wußte, daß sie ihn nicht in ihren Plan einweihen, sondern ihm lediglich einen Fingerzeig geben und auf seine Intelligenz vertrauen konnte sowie darauf, daß er jeglichen unvermuteten amourösen Anwandlungen abhold war. Ohnehin würde sie ganz behutsam damit beginnen, ihn an jedem Tag, den sie zu Hause verbrachte, zum Dinner einzuladen. Dies würde für ihn wahrhaftig recht angenehm sein, da sie im Verlauf der kommenden ein oder zwei Wochen häufig Gäste empfing, und wenn er nicht einem jener übereilten und stürmischen männlichen Impulse nachgab, würde alles gutgehen. Georgie hatte diese Rolle hervorragend gespielt, bis (wie Lucia es im stillen formulierte) Olga zwischen sie trat, und Stephen glich Georgie sehr. Was sie selbst betraf, so konnte sie sich darauf verlassen, daß ihr regelmäßiger, langsamer Puls für niemanden hektisch schlagen würde.

Zu Hause angekommen, erfuhr sie, daß Adele bereits eingetroffen war, und so hielt sie, ehe sie nach oben ging, nur kurz inne, um ihrem Dienstmädchen aufzutragen, sie möge Stephen anrufen und bitten, sofort vorbeizukommen.

»Liebste Adele«, sagte sie, »ich bitte tausendmal um

Vergebung. Ich war heute den ganzen Tag im Scheidungsgericht. Wahnsinnig aufregend. Babs, die gute Babs Shyton, war phantastisch. Sie haben nichts aus ihr rausbekommen ...«

»Nein: Lord Middlesex hat schon alles aus ihr rausbekommen«, berichtigte Adele.

»Oh, wie können Sie so etwas behaupten?« sagte Lucia. »Lord Middlesex – Wauwau, müssen Sie wissen – war genauso phantastisch. Ich bin mir sicher, daß die Geschworenen ihnen Glauben schenken. Die gute Babs! Ich muß sie bald einmal abends einladen und eine nette kleine Party für sie veranstalten. Denken Sie bloß an den scheußlichen alten Mann, der mitten in der Nacht seinen Lunch einnahm! Wie schrecklich für sie, wenn sie zu ihm zurückmuß. Du liebe Güte, wo sie wohl wohnt?«

»Vielleicht muß sie gar nicht zu ihm zurück«, sagte Adele. »Wenn dem so ist, reicht ›Zu Händen Wauwau‹ wahrscheinlich aus.«

Adele war einigermaßen unwirsch. Ihr Gatte hatte seine Absicht kundgetan, seine Freunde und Verwandten in England zu besuchen, und sie hatte nicht das Bedürfnis, eine entsprechende Reise nach Amerika zu unternehmen. Doch während Lucia plauderte, vergaß sie diese Problemchen und ließ sich mitreißen. Auch wenn sie immer noch von Babs und Wauwau sprach, konnte Adele sich des Gefühls nicht erwehren, daß es sich dabei nur um Symbole handelte, den Träumen der Psychoanalytiker vergleichbar.

»Meine ganze Sympathie gehört der lieben Babs«, sagte Lucia. »Denken Sie doch nur an ihr Eheleben mit diesem ekelhaften alten Schuft. Eine Frau müßte unbedingt begnadigt werden, selbst wenn die Geschworenen ihr nicht glauben, daß sie ...«

»Natürlich müßte sie das«, sagte Adele in einem letzten Anfall schlechter Laune. »Wofür sie nicht begnadigt wird, wird gerade ermittelt.«

»Jetzt reden Sie genauso wie die Personen in diesem entsetzlichen Stück, das ich mir gestern abend angesehen habe«, sagte Lucia. »Die liebe Olga war auch da; sie singt doch morgen, nicht wahr? Und Sie vermuten, daß Babs schuldig ist. Wie froh ich darüber bin, Adele, daß Sie keine Geschworene sind! Ich sehe es genau andersherum: Eine Frau mit einem derart entsetzlichen Zuhause braucht einen Mann, mit dem sie freundschaftlich verkehrt. Meiner Meinung nach verband Babs und Wauwau eine reine und schöne Zuneigung, die jede, auch eine glücklich verheiratete Frau, stolzerfüllt genießen würde. Daß Lord Middlesex ihr ergeben war, steht außer Zweifel, und darüber hinaus – hoffentlich schokkiert Sie das nicht – gehen die näheren Umstände ihrer Beziehung keinen etwas an. Sie wissen doch, George Sand und Chopin, Nelson und Lady Hamilton. Sir Andrew Moss – der Richter – hat neulich hier diniert; gewiß ein toleranter Mann. Er gab mir eine Eintrittskarte für die Verhandlung ... Ach, Stephen, da sind Sie ja. Nur herein, mein Lieber. Lady Brixton kennen Sie ja, oder? Wir sprachen gerade über Babs Shyton. Rücken Sie näher mit Ihren Stuhl. Moment, kein Zucker, stimmt's? Wie haben Sie mich neulich gescholten, als ich irrtümlich Zucker in Ihren Tee tat!«

Sie hielt Stephens Hand so lange, wie es schicklich war, oder, um mit Browning zu sprechen, »ein ganz klein wenig länger«, und Adele entdeckte einen leichten

Ausdruck des Erstaunens in seinem Gesicht. Es war keine Beunruhigung, es war kein Entzücken, es war lediglich Staunen.

»Waren Sie dort?« fragte er. »Noch kein Urteil, nehme ich an.«

»Nicht vor morgen, aber dann werden Sie ja sehen. Adele hat sich ganz abscheulich über sie geäußert, ganz abscheulich, und ich mußte ihr ins Gewissen reden. Ich werde Babs jedenfalls bald einmal abends zum Dinner einladen, und Sie dürfen auch kommen, wenn Sie die Zeit erübrigen können, aber Adele laden wir nicht ein. Teilen Sie mir mit, was es Neues gibt, Stephen. Ich war den ganzen Tag bei Gericht.«

»Lucia hat mich völlig mißverstanden«, sagte Adele. »Meine ganze Sympathie gehört Babs; ich werfe ihr lediglich vor, daß man ihr auf die Schliche gekommen ist. Wenn Sie und ich eine Affäre hätten, Mr. Merriall, wäre uns die neiderfüllte Sympathie aller gewiß, bis man uns öffentlich zur Rechenschaft zöge. Doch dann müßten wir hinnehmen, daß uns selbst unsere geliebte Lucia schnitte. Und hätten Sie eine Affäre mit irgendeiner anderen – gewiß haben Sie Hunderte –, wären ich und alle anderen ungemein angetan und interessiert, bis ... Beachten Sie das Wörtchen ›bis‹. Nun muß ich gehen und euch beide allein lassen, damit ihr über mich herziehen könnt.«

Lucia erhob sich und versuchte mit freundlichem, aber einigermaßen halbherzigen Gemurmel, sie aufzuhalten.

»Müssen Sie wirklich gehen, Adele?« sagte sie. »Mal sehen, was mache ich morgen – Stephen, was für ein Tag ist morgen, und was mache ich? Ach ja, vormittags

Bertie Altons Vernissage. Dort begegnen wir uns bestimmt, Adele. Der Schlingel hat zwei Karikaturen von Peppino und mir gezeichnet. Ich komme mir vor, als hätte man mich vor den Augen ganz Londons ausgepeitscht. *Au revoir* also, liebe Adele, wenn Sie uns so satt haben. Und abends dann die Oper: Ich wage es kaum, mein Gesicht zu zeigen. Ihr Automobil ist da, nicht wahr? Bitte läuten Sie, Stephen. Welch ein kurzer Besuch, und ich rechne damit, daß Olga jeden Moment auf einen Sprung vorbeischaut. Alle möglichen Grüße an sie, nehme ich an. Schauen Sie wieder rein, Adele: Lassen Sie sich blicken.«

Auf der Türschwelle begegnete Adele Tony Limpsfield. Sie bugsierte ihn rasch in ihr Automobil und wies den Chauffeur an, nicht loszufahren.

»Neuigkeiten!« sagte sie. »Lucia wird sich einen Liebhaber zulegen.«

»Nein!« sagte Tony wie ein echter Riseholmer.

»Wenn ich es Ihnen doch sage. Er ist gerade bei ihr.«

»Dann wollen sie mich bestimmt nicht dabeihaben«, sagte Tony. »Und doch hat sie mich gebeten, um halb sechs vorbeizukommen.«

»Quatsch, mein Lieber. Natürlich wollen sie Sie dabeihaben, alle beide ... O Tony, verstehen Sie denn nicht? Es ist ein Gag.«

Tonys Miene nahm den verzückten Gesichtsausdruck eines Luciaphilen an, dem Erleuchtung zuteil wird.

»Erzählen Sie mir mehr«, sagte er.

»Ich täusche mich ganz bestimmt nicht«, sagte sie. »Gerade eben kam ihr Schnucki vorbei, und sie hielt seine Hand, wie es der Frauen Art ist, ließ ihn seinen Stuhl an ihren rücken und sagte, er habe sie gescholten. Ich bin mir nicht sicher, ob er schon Bescheid weiß. Doch ich sah, wie er vermutete, daß etwas auf ihn zukommt. Ich frage mich, ob er klug genug ist, es richtig zu machen . . . Ich wünschte, sie hätte sich für Sie entschieden, Tony, Sie hätten es perfekt erledigt. Sie müssen sich – begreifen Sie es denn nicht? – den Anschein geben, sie seien ein Liebespaar, jeder muß glauben, sie seien es, obwohl die ganze Zeit über nichts dergleichen geschieht. Es ist ein Gag: Es ist ein Spiel: Es ist phantastisch.«

»Aber vielleicht geschieht doch etwas dergleichen«, wandte Tony ein. »Ich finde wirklich, ich sollte besser nicht ins Haus gehen.«

»Tony, vertrauen Sie mir. Lucia trägt sich ebenso ernsthaft mit dem Gedanken, sich einen richtigen Liebhaber zu halten, wie einen Schimpansen. Sie ist so tugendhaft wie frischgefallener Schnee, ein Kuß würde sie versengen. Außerdem fehlt ihr die Zeit. Sie hat Stephen gebeten vorbeizukommen, um ihn mir zu zeigen, um ihn Ihnen zu zeigen. Es ist der wunderbarste Plan, und es ist wunderbar von mir, daß ich ihn so rasch begriffen habe. Sie müssen ins Haus gehen; nichts Privates spielt sich dort ab: Mehr noch, sie dürstet nach Öffentlichkeit.«

Ihre Sicherheit verlieh Sicherheit, und natürlich brannte Tony vor Neugier. Er stieg aus, sagte Adeles Chauffeur, er solle losfahren, und ging ins Haus. Stephen saß nicht mehr im Stuhl neben Lucia, sondern auf dem Sofa auf der anderen Seite des Teetisches. Dies schien Adeles Ansicht zu unterstreichen; jedenfalls paßte es dazu, daß sie zwar in der Öffentlichkeit, aber gewiß nicht privat ein Liebespaar waren.

»Lieber Lord Tony«, sagte Lucia – diese Anrede stellte einen Kompromiß zwischen Lord Limpsfield und Tony dar, und das »Lord« ließ sie weg, außer ihm gegenüber –, »wie nett von Ihnen, auf einen Sprung vorbeizukommen. Adele ist gerade eben gegangen. Stephen, Sie kennen Lord Limpsfield?«

Lucia reichte ihm seinen Tee und erhob sich sogleich, um lässig neben Stephen Platz zu nehmen. Zuerst kam sie ihm eine Spur zu nah, rückte aber dann wieder ein wenig ab.

»Herrliches Stück von Tschechow neulich«, sagte sie. »Welch eine eigenartige, unglückliche Atmosphäre. Nicht wahr, Stephen, als wir herauskamen, hatten wir das Gefühl, aus einem entlegenen Traum zu erwachen. Ich sah Sie dort, Lord Tony, Sie und Adele, die zum Lunch bei mir gewesen war.«

Das war Tony bekannt: War dies nicht die Geburtsstunde der Luciaphilen gewesen?

»Aus diesem Traum zu erwachen tat mir nicht leid«, sagte er. »Ich fand ihn langweilig.«

»Ach, wie können Sie so etwas sagen? Solch ein Erlebnis! Ich hatte das Gefühl, eine tausendjährige Pein sei über mich gekommen, irgendeine alte, von mir längst vergessene Angst. Was übrigens dazu führte, daß ich intensiver und lebendiger als je zuvor leben wollte, bis die Dämmerung hereinbrach.«

Stephen wedelte mit den Händen, als er ein wenig weiter von Lucia abrückte. Lucia war heute irgendwie eigenartig. In den wenigen Minuten, die sie allein gewesen waren, hatte sie sich ganz normal verhalten, doch als Adele dagewesen war und nun, nach Lord Limpsfields Eintreffen, schien sie eine gewisse Intimität andeuten zu wollen, auf die er sich, wie er fand, nicht einlassen sollte.

»Morbide Phantasiegebilde, Lucia«, sagte er. »Ich darf Sie wohl nicht wieder in ein Stück von Tschechow gehen lassen.«

»Böser Junge«, sagte Lucia liebevoll. »Aber so seid ihr Männer alle. Ihr wollt, daß die Frauen lustig, vergnügt und gedankenlos sind und nichts weiter im Sinn haben, als euch zu amüsieren. Keinem von euch werde ich je wieder meine echten Gefühle offenbaren. Heute unterhalten wir uns über den Prozeß. Meine ganze Sympathie gehört Babs, Lord Tony. Ihre gewiß ebenfalls.«

Lord Limpsfield ließ Stephen allein zurück, als er sich nach einer Viertelstunde leichter Konversation verabschiedete, und da kein weiterer Besuch auftauchte, bat Lucia ihren Liebhaber lediglich, in der nächsten Woche an zwei oder drei Abenden zum Dinner zu kommen sowie sich am nächsten Morgen auf Herbert Altons privater Vernissage mit ihr zu treffen, ehe sie den leicht verstörten Gast ziehen ließ.

Stephen schlenderte langsam die Brompton Road hinauf, sah in Schaufenster und grübelte. Sie hatte seine Hand so merkwürdig gehalten, sie hatte sich dicht neben ihn aufs Sofa gesetzt, sie hatte ein Dutzend jener kleinen Signale der Vertrautheit ausgesandt, die eine Vermutung unterstützten, welche sein Blut zwar nicht gerade zum Stocken, es aber auch gewiß nicht in Wallung brachten. Er und Lucia waren die besten Freunde, sie hatten zahlreiche geschmackliche Gemeinsamkeiten, aber Stephen wußte, er würde sie lieber nie wiedersehen, als eine heimliche Affäre mit ihr zu pflegen. Zunächst einmal hatte er kein Händchen für amouröse Abenteuer, und wenn er es hätte, könnte er sich keine ungeeignetere Frau für ein Techtelmechtel vorstellen als Lucia. »Galahad und Artemis würden das besser hinkriegen als Lucia und ich«, murmelte er vor sich hin und wandte sich rasch von einem Fenster voller exquisiter Damenunterwäsche ab. Vergebens durchforschte er die makellose Vorgeschichte seines Verhältnisses zu Lucia: Er konnte sich weder einen Gedanken noch Wort oder gar Tat vorwerfen, die Lucia womöglich Anlaß zu der konfusen Vorstellung gegeben haben könnten, daß er sie mit lüsternem Blick betrachtete.

»Gott weiß, daß ich unschuldig bin«, sagte er sich und erstarrte vor Entsetzen angesichts einer Zeitungsreklame, auf der in Riesenlettern die Zeile stand: »Babs will Wauwau auf ihrem Kaminvorleger.«

Er wußte, daß ihm der Sinn nicht nach Liebelei stand, und hatte das moralisch sichere Gefühl, Lucia müsse es ebenso ergehen. Was mochte sie also mit ihren kleinen Knuffen und Tätschelein sagen wollen? Als er ein zweites Mal darüber nachdachte, fiel ihm deutlicher als zuvor auf, daß sie sich diese kleinen Freiheiten nur herausnahm, wenn jemand anderes im Raum war. So wenig er von den Verhaltensweisen Liebender verstand, hatte er doch immer vermutet, daß sie solche Zeichen hauptsächlich privat austauschten, in der Öffentlichkeit dagegen nur, wenn ihre Leidenschaft ein kleines Sicherheitsventil brauchte. Und doch, hätte sie einen Anschlag auf seine Tugend geplant, hätte sie, als sie beide allein waren, ihrem Personal bestimmt aufgetragen, zu sagen, sie sei ausgegangen und Lord Limpsfield wäre nicht eingelassen worden . . . Er war sich sicher, daß sie etwas im Schilde führte, doch was, blieb seinen stumpfen männlichen Sinnen gegenwärtig ein Rätsel. Er wollte zwar die Annehmlichkeiten ihrer Gastfreundschaft nicht missen, mußte aber sehr auf der Hut sein.

Am nächsten Morgen allerdings wartete er ohne große Befürchtungen an den Türen der kleinen Rutland-Galerie auf sie, da er sich bei einer so öffentlichen Angelegenheit wie einer Vernissage sicher fühlte. Nur ein paar frühe Besucher waren bereits anwesend, als Lucia eintraf, und als sie das Drehkreuz passierte – wobei sie die beiden Einladungen für sich und Peppino, verkörpert durch Stephen, vorzeigte –, ließ sie sich ihre zurückgeben, mit der Begründung, sie würde nur kurz bleiben und später noch einmal vorbeikommen. Sie hatte die Karikatur von Peppino und sich noch nicht gesehen, die sie bei Bertie Alton (an diesem kleinen Irrtum hielt sie fest) in Auftrag gegeben hatte, und machte sich daher umgehend zu den Nummern 39 und 40 auf, bei denen es sich laut Katalog um Mr. und Mrs. Philip Lucas handelte. Neben ihren Namen standen die Bildunterschriften, und aufgeregt las sie, daß Peppino angeblich sagte: »Ganz gleich, welche Opfer es mir abverlangt, ich muß Lucias Erwartungen gerecht werden«, während sich unter der Nummer 40 die reizende kleine Legende befand: »Oh, diese Herzoginnen! Sie gönnen einem keine Ruhe!« . . . Und da war Peppino, in der Kniebundhose seines Audienzanzuges für Empfänge bei Hofe, über sein Schwert stolpernd, das sich in seinen Beinen verheddert hatte, auf dem Hinterkopf einen Dreispitz, mit sehr weit auseinanderstehenden Augen, ohne Nase und einem kleinen gequälten Loch statt Mund im Gesicht ... Und daneben sie, mit einem Stapel ungeöffneter Briefe auf dem Boden und einem Stapel ungeöffneter Briefe auf dem Tisch. Von ihrem Gesicht war nicht viel zu sehen, da sie gerade telephonierte, doch ihr Rock war sehr kurz, ihr Haar ebenfalls, und in ihrer schlaffen Haltung spiegelte sich eine unendlich resignative Erschöpfung wider.

Lucia musterte beide sorgfältig und stieß dann einen langen Seufzer reinsten Glückes aus. Das war ihr nicht zu unterdrückender Kommentar: Etwas Idealeres hätte sie sich nicht vorstellen können. Sie brach in ein kurzes schallendes Gelächter aus.

»Sehen Sie, Stephen«, sagte sie. »Bobbie – ich wollte sagen: Bertie – ist wirklich ein ganz Schlimmer! Wirklich, unerhört! Ich bin ihm zwar böse, trotzdem kann ich nicht anders, ich muß lachen. Der arme Peppino, und ich armes Wesen! Marcia wird es genießen. Schließlich sagt sie immer, sie bekäme mich mittlerweile überhaupt nicht mehr zu Gesicht.«

Die übrige Sammlung unterzog Lucia einer kurzen Prüfung, damit sie alle Bilder, ohne im Katalog nachzuschlagen, identifizieren konnte, wenn sie zurückkam, was für den späten Vormittag geplant war. Zur Zeit war kaum jemand anwesend, doch eine Stunde vor dem Mittagessen würde es bestimmt brechend voll sein, und sie hatte die Absicht, der Ausstellung dann einen *soidisant* ersten Besuch abzustatten, sofort alle Karikierten zu erkennen (da Bertie in seiner Begeisterung für die Karikatur manchmal die Ähnlichkeit vernachlässigte), angesichts der Zeichnungen von Peppino und ihr in schallendes Gelächter auszubrechen und zu verkünden, die müsse sie unbedingt kaufen, was natürlich schon geschehen war. Stephen blieb noch, da Hermione allerhand über die Ausstellung schreiben würde, versprach aber zu warten, bis Lucia wiederkäme. Sie hatte an diesem Morgen nicht das leiseste Zeichen von Verliebtheit gezeigt. Seine Befürchtungen waren beträchtlich geschwunden, und es sah so aus, als würde wohl kein Gefühlsausbruch seinerseits erforderlich sein.

»Hunderte von Dingen zu tun!« rief sie. »Mal sehen, halb zwölf, zwölf... ja, kurz nach zwölf bin ich wieder da, und dann sehen wir sie uns richtig an. Kommen Sie zum Lunch? Nur eine Handvoll Gäste.«

Noch ehe Lucia zurückkam, drängten sich bereits die Besucher in der Galerie, und Hermione war damit beschäftigt, sich die zu merken, die mit Freunden plauderten oder die hübsch anzusehen waren, die mit dem neuen Haus in der Park Lane sehr zufrieden waren oder denen man zu der Verlobung einer Tochter gratulierte. Welche Bilder das meiste Interesse hervorriefen, stand außer Zweifel, und bald bildete sich eine regelrechte Warteschlange vor den Bildern Nummer 39 und 40. Die davor stehenden Menschen betrachteten sie ernst, schlugen im Katalog nach, brachen in schallendes Gelächter aus und sahen noch einmal hin, ehe der stärker werdende Druck der Wartenden sie vertrieb. Zu denjenigen, die am längsten verweilten und am energischsten standhielten, gehörte Adele, die sich, als sie schließlich weitergeschoben wurde, wieder am Ende der Schlange anstellte und selbst drängelte, bis sie erneut vor den Bildern stand. Sie sah Stephen.

»Ah, dann kann Lucia nicht weit sein«, bemerkte sie schelmisch. »Findet sie es nicht himmlisch? Wo steckt Lucia?«

»Sie war schon da, kommt aber wieder«, sagte er. »Ich erwarte sie jeden Augenblick. Ah, da ist sie ja.«

Was ziemlich einfältig von Stephen war. Er hätte erraten müssen, daß Lucias zweiter Auftritt offiziell als ihr erster gelten sollte. Das ging ihm auf, als sie sich durch die Menge drängelte und ihn begrüßte, als hätten sie sich nicht schon am selben Morgen getroffen.

»Und die liebste Adele«, sagte sie. »Welch ein Andrang! Verraten Sie's mir schnell, wo sind die Karikaturen von Peppino und mir? Ich kann's kaum erwarten, sie zu sehen; und wenn ich sie sehe, werde ich mir zweifellos wünschen, ich wäre tot.«

In Adeles intelligenten Augen erglomm ein luciaphiles Leuchten.

»Wir suchen gemeinsam nach ihnen«, schlug sie vor. »Aha, neununddreißig und vierzig. Das muß irgendwo direkt vor uns sein.«

Lucia übte einen steten, unermüdlichen Druck auf die vor ihnen Stehenden aus und gelangte bald in Sichtweite.

»Also, da soll mich doch!« sagte sie. »Nein, diese Ähnlichkeit mit Peppino! Woher wußte Bertie, daß er sich ganz genauso in sein Schwert verheddert? Und schauen Sie bloß, was er sagt ... Oh, und ich erst! Bloß weil ich ihm auf Marcias Party begegnet bin und die Leute wissen wollten, wann ich einen Abend frei hätte! Wenn das nicht impertinent ist! Wie werde ich ihn ausschimpfen müssen!«

Lucias Auftritt erfolgte in völliger Unkenntnis der

Tatsache, daß Adele von ihrem ersten Besuch wußte. Sie lachte, sah noch einmal hin und lachte wieder. (»Mrs. Lucas und Lady Brixton, einen Heiterkeitsanfall erleidend angesichts der Scherzzeichnung von Mr. Lucas und seiner Angetrauten«, dachte Hermione.)

»Ach, und da ist ja Lord Hurtacombe«, rief Lucia. »Das muß Lord Hurtacombe sein, auch wenn man nicht viel von ihm sehen kann, und dort, bestimmt Olga, oder? Wie macht er das nur?«

Für jemanden, der den Katalog vorher noch nicht studiert hatte, war das eine reife Leistung, da Olgas Gesicht lediglich aus einem großen offenen Mund und einer Kinnspitze bestand; es hätte das Gesicht jedes x-beliebigen gähnenden Menschen sein können. Sie hielt die Arme ausgebreitet und ragte turmhoch über einem kleinen Mann in kurzer Hose auf.

»Zweifellos die letzte Szene aus ›Siegfried‹«, sagte Lucia. »Was steht im Katalog, Stephen? Jawohl, ich habe recht: ›Siegfried! Brünnhilde!‹ Wie gemein, stimmt's? Aber umwerfend! Wer könnte ihm böse sein?«

Für Luciaphile war all das große Klasse; es war erstaunlich, wie sie auf den ersten Blick jeden erkannte. Außerdem steckte die ganze Galerie voller wenige Wochen alter Lieblinge und Schätzchen und guter Bekannter, so daß schon lange bevor sie die Runde gemacht hatte, eine kleine Dinnerparty für den nächsten Dienstag komplett war. Die ganze Zeit über ließ sie nicht zu, daß Stephen von ihrer Seite wich, blätterte in seinem Katalog, legte ihm die Hand auf den Arm, um seine Aufmerksamkeit auf irgendeine Zeichnung zu lenken, klaubte ein Krümelchen fremdartigen Materials von seinem Ärmel, und die ganze Zeit über wurde die entzückte Adele immer sicherer, daß sie die bezaubernde Lage präzise erfaßt hatte. Ihre einzige Sorge galt der Frage, ob auch Stephen sie präzise erfassen würde. Womöglich – auch wenn es nicht den Anschein hatte – interpretierte er die kleinen Zeichen von Intimität, als bedeuteten sie mehr, und versuchte, sie zu küssen, wenn sie allein waren, was den ganzen köstlichen Plan ruinieren würde. Glücklicherweise war sein Auftreten nicht das eines auserwählten Galans, sondern vielmehr das Auftreten eines Galans, der sich davor fürchtete, auserwählt zu werden; doch wenn das scheue Kerlchen die Flucht ergriff, war die Situation ebenfalls ruiniert ... Die Vorstellung, daß das perfekteste Stück Luciaphilismus von Stephens richtiger Auffassungsgabe abhing! Während die drei sich langsam ihren Weg bahnten, wobei sie sich Lucias brillante Identifizierungen anhörten, wollte Adele mittels Willenskraft Stephen zwingen zu begreifen; sie projizierte einen makellosen suggestiven Gedankenstrom in Richtung auf sein Hirn. Er mußte, er sollte begreifen ...

Ein inbrünstiger Wunsch bleibt, wie jeder medial begabte Mensch bestätigen wird, niemals ohne Wirkung. Etwas von seiner Sehnsucht teilt sich dem Bewußtsein mit, auf das er gerichtet wird, und dort beginnt sich dem begriffsstutzigen männlichen Verstand etwas von dem zu erschließen, was für das empfindsamere feminine Gefühl Adeles schon lange sonnenklar war. Wieder einmal, und in aller Öffentlichkeit, berührte und tätschelte Lucia ihn ohne Unterlaß, und wie ein fahler, blasser Sonnenaufgang dämmerte seinen verblendeten Sinnen die Bedeutung dieser Körperkontakte. Die Lage erschloß sich ihm, und er erkannte, daß er problemlos damit umgehen konnte. Seine düsteren Befürchtungen verflogen, und er begriff, daß es bei seinem nächsten Aufenthalt in Riseholme nicht nötig sein würde, die Schlafzimmertür zu verrammeln, ein Verfahren, welches ihm aus Angst, im Haus könne unversehens ein Feuer ausbrechen, verhaßt war. In der vergangenen Nacht hatte er einen gräßlichen Traum darüber gehabt, was passierte, als er seine Tür in »The Hurst« nicht verschloß, doch nun verwarf er diesen Spuk. Lucias kleine Intimitäten waren nichts weiter als eine öffentliche Zurschaustellung.

»Lucia, wir müssen aufbrechen«, sagte er laut und selbstsicher. »Peppino wird sich fragen, wo wir sind.«

Lucia seufzte.

»Immerzu kommandiert er mich so herum, Adele«, sagte sie. »Ich muß mich wohl fügen: *au revoir*, Liebes. Nächster Dienstag – nur ein paar *intimes*.«

Lucias Erleichterung stand hinter der Stephens kaum zurück. So etwas Taktloses hätte er sicher nicht gesagt, wenn er eine Taktlosigkeit im Sinne gehabt hätte, und sie befürchtete nicht, daß sein Drängen zum Aufbruch mit einem leidenschaftlichen Wunsch seinerseits zsammenhing, sie in der Einsamkeit ihres Autos zu umarmen. Sie glaubte, daß er verstand, und fand ihren Glauben bestätigt, als er vorschlug, das Verdeck des Autos hochzuklappen.

In den vergangenen drei Wochen gesellschaftlichen Aufstiegs hatten sich Lucias Gedanken nicht in erster Linie um Riseholme gedreht, aber, um im Bild zu bleiben, die zweite Linie war voll davon gewesen, da, wenn man die sich schemenhaft hinter der Gegenwart abzeichnende Zukunft betrachtete, geplant war, Anfang August dorthin zu fahren und, von einigen herrlichen Ausflügen abgesehen, dort zu bleiben, bis der Herbst London wieder bevölkerte. Sie hatte auf einen kleinen Abstecher nach Aix gehofft, wo sich viele angenehme Menschen aufhalten würden, aber Peppino hatte kategorisch erklärt, das ließen ihre Finanzen nicht zu. Dies hatte Lucia mit ungekünstelter guter Laune akzeptiert; fragte man sie, was sie im August zu tun gedenke, stimmte sie ein vergnügtes Klageliedchen an. »Ach, all ihr glücklichen reichen Leute, die ihr mit Geld nur so um euch werfen könnt; wir müssen zurückgezogen zu Hause bleiben«, sagte sie gewöhnlich. »Aber ich werde es genießen, auch wenn ihr alle mir schrecklich fehlen werdet. Riseholme, das gute Riseholme, wißt ihr, und all die lieben lustigen Freunde dort, die mich so schrecklich verwöhnen. Ich werde ruhige Tage verbringen, über den Anger schlendern, um Fisch zu bestellen, unterwegs ein wenig plaudern, ich werde meine Bücher und mein Klavier haben, im Garten einen Stuhl, und früh zu Bett gehen statt immer so spät. Ein Einsiedlerleben, aber wenn ihr ein Wochenende frei habt zwischen eurem Aix und eurer Yacht und eurem Schottland, ach, wie nett es wäre, wenn ihr nur eine Postkarte schicken würdet!«

Doch bevor sie Einsiedler wurden, hatten sie und Peppino im August ein langes Bankfeiertags-Wochenende vor sich, dem Lucia mit ungewöhnlicher Vorfreude entgegenfieberte. Die Gastgeberin war Adele, und der Ort ihr riesiges Landhaus in Essex. Offenbar wurde die ganze Welt erwartet, da Adele gesagt hatte, das Haus werde voll sein; es handelte sich auch um ein letztes Zusammentreffen der auserlesensten Geister, bevor sie sich wie jedes Jahr in alle Winde zerstreuten. Mrs. Garroby-Ashton hatte sich sehnlichst gewünscht, eingeladen zu werden, wurde aber nicht, und obwohl Lucia die gute Millicent wegen dieser Enttäuschung bedauerte, konnte sie nicht umhin, darauf hinabzusehen wie auf einen weit unter dem ihren gelegenen Sitzplatz, der deutlich machte, welch schwindelnde Höhe sie selbst erklommen hatte. Sie hatte aber keineswegs vor, die dort unten herumkrauchende liebe gute Millie fallenzulassen: Sie mußte unbedingt an einem Sonntag nach »The Hurst« kommen; das würde ihr guttun, und sie könnte bei der Gelegenheit alles über Adeles Party erfahren.

Doch bis dahin waren es noch zehn Tage, und am Morgen nach dem triumphalen Auftritt in der Rutland-Galerie kam Lucia das vage Gerücht zu Ohren, daß Marcia Whitby zum Ausklang der Saison einen ganz erlesenen, ganz großartigen Tanzabend geben würde. In letzter Zeit hatte sie nicht besonders viel von Marcia zu sehen bekommen, mit anderen Worten: Sie hatte Marcia überhaupt nicht gesehen, und die letzten drei Einladungen Lucias waren ausgeschlagen worden, eine durch eine Sekretärin, die anderen beiden durchs Telephon. Lucia fuhr jedoch fort, mit unverminderter Vertraulichkeit und Zuneigung von ihr zu reden. Am nächsten Tag wurde das Gerücht eine Spur konkreter: Adele ließ eine kurze Anspielung auf Marcias Ball fallen, die sie eilig mit ein paar Worten über ihr eigenes Wochenende vertuschte. Lucia musterte sie kurz mit stechendem Blick, doch augenscheinlich verfehlte dieser Blick seinen Zweck: Adele plapperte weiter von ihrer eigenen Party und beachtete ihn nicht im geringsten.

Doch in Wahrheit handelte es sich bei Adeles Geplapper um den hektischen, fieberhaften Versuch, von dem Thema Marcias Ball abzulenken. Marcia war keine echte Luciaphile; anstatt von Lucias Erfolgen und Fehlschlägen, ihren Intrigen, Fortschritten und ihrem Ehrgeiz hingerissen und begeistert zu sein, hatte sie sich in letzter Zeit höchst abfallend darüber geäußert.

»Sie geht zu weit, Adele«, sagte sie. »Ich habe gehört, daß sie ein Album hat, in das sie Postkarten und Photographien von Landhäusern klebt, und darunter schreibt sie ein Datum, um anzudeuten, sie sei schon einmal dort gewesen ...«

»Nein!« sagte Adele. »Ganz allerliebst von ihr. Ich muß es sehen, oder hast du dir das ausgedacht?«

»Ganz gewiß nicht«, sagte die gekränkte Marcia. »Und sie hat eine Photopostkarte vom Wassergarten in Whitby eingeklebt, unter der als Datum der vorletzte Sonntag steht, als ich dort eine Party gegeben, sie aber nicht eingeladen habe. Außerdem war sie zu der Zeit gerade in London. Und dann ist da noch eine Aufnahme des Palastgartens des Buckingham-Palastes mit dem Datum der letzten Gartenparty darunter. War sie eingeladen?«

»Ich habe nichts davon gehört«, sagte Adele.

»Dann können Sie sicher sein, daß sie es nicht war. Sie geht zu weit, glauben Sie mir, und ich werde sie nicht zu meinem Tanzabend einladen. Nein, nein und nochmals nein. Und letzte Woche hat sie mich dreimal zum Dinner eingeladen. Das ist ungerecht: Sie drangsaliert mich. Ein willensschwacher Mensch hätte klein beigegeben, aber ich bin nicht willensschwach, und ich lasse mich nicht drangsalieren. Ich lasse mich nicht zwangsernähren, und ich werde sie nicht zu meinem Tanzabend einladen. Punktum!«

»Seien Sie nicht so grausam«, sagte Adele. »Außerdem werden Sie ihr ein paar Tage später ohnehin bei mir begegnen, und das wird peinlich. Alle anderen waren auch bei Ihnen.«

»Nun, dann kann sie ja so tun, als wäre sie etwas Besonderes«, meinte Marcia schnippisch, »und das wird ihr zusagen ...«

Die Gerüchte verfestigten sich zur Tatsache, und bald kam Lucia gezwungenermaßen zu dem furchtbaren Schluß, daß Marcias Ball ohne sie stattfinden würde. Eine unerträgliche Vorstellung, und sie gab Marcia noch eine Chance, indem sie sie anrief und zum Dinner am selben Abend einlud (um sie daran zu erinnern, daß sie von dem Ball nichts wußte), doch Marcias kalte Stimme erwiderte, unglücklicherweise erwarte sie selbst Gäste zum Abendessen. Wohin Lucia auch immer ging (und wohin ging sie nicht?), es wurde über den Ball sowie über die Unmenge von Prinzen und Prinzessinnen geredet, die anwesend sein würden.

Einen Moment lang wurde ihr dieses Thema bei dem Gedanken an Prinzessinnen erträglicher. Prinzessin Isabel litt an einem einigermaßen schweren grippalen Infekt, so daß Lucia bei ihrer Fahrt durch die Park Lane der Gedanke kam, es wäre nicht verkehrt, vorbeizuschauen und sich nach ihrem Befinden zu erkundigen; ihr war nämlich aufgefallen, daß die Zeitungen gelegentlich die Namen interessierter Besucher erwähnten.

Mittlerweile interessierte sie überhaupt nicht mehr, wie es Prinzessin Isabel ging: Ob sie starb oder sich erholte, war ihr bei ihrer jetzigen Verbitterung völlig gleichgültig, da die Prinzessin sie die vergangenen Wochen über nicht im geringsten beachtet hatte. Die Haustür stand jedoch offen, da sich andere Frager auf der Türschwelle befanden, zu denen Lucia sich gesellte. Sie zeigte ihre Karte vor, erkundigte sich mit zitternder Stimme nach dem neuesten Stand und erfuhr, der Zustand der Prinzessin sei unverändert ernst. Lucia senkte resignierend den Kopf, doch dann, nachdem sie einen Moment lang innegehalten hatte, riß sie sich zusammen und ging festen Schrittes zu ihrem Automobil zurück.

Nach diesem Zwischenspiel wanderten ihre Gedanken zu dem schauderhaften Thema zurück. Sie wurde zu einem Salontreffen in Sophy Allingsbys Haus mit einem Vortrag über Psychoanalyse erwartet, wozu sie sich kaum imstande fühlte. Doch da sicherlich jede Menge interessanter Leute dasein würden und der Vortrag selbst möglicherweise von Interesse war, dauerte es nicht lange, bis sie sich in dem schwarzen Eßzimmer wiederfand, das aus gegebenem Anlaß leergeräumt worden war. Dank der instinktiven Zurückhaltung der Engländer hatte das Publikum die ganze erste Stuhlreihe völlig leer gelassen, und sie bekam einen sehr guten Platz. Der Vortrag hatte soeben begonnen, so daß ihr Kommen nicht unbemerkt blieb. Stephen war anwesend, und als sie sich setzte, nickte sie ihm zu und tätschelte einladend den leeren Stuhl neben ihr. Also schlich ihr Liebhaber sich zu ihr und nahm Platz.

Lucia pfiff ihre Gedanken von so ephemeren und leichtgewichtigen Themen wie Tanzvergnügen zurück und versuchte, Professor Bonstetter ihre Aufmerksamkeit zu schenken. Sie spürte, daß sie in letzter Zeit ein sehr hektisches Leben geführt hatte; die Welt und ihre schalen Nichtigkeiten hatten sie zu sehr in Anspruch genommen, und sie brauchte eine intellektuelle Auffrischung. Sie hatte sich in letzter Zeit keine Bilder angesehen – Bobbie (oder hieß er Bertie?) Altons Werke nicht eingerechnet –, sie hatte keine Musik gehört, seit Wochen das Klavier nicht angerührt, keine Bücher gelesen und die Rezensionen von Neuerscheinungen höchstens überflogen, um auf dem neuesten Stand zu sein und die eine oder andere kurze Kritik wiedergeben zu können, wenn ein Gespräch ins Literarische abglitt. Sie durfte nicht zulassen, daß der Schaum des Lebens mit seiner funkelnden, berauschenden Wirkung das eigentliche Getränk darunter völlig verbarg. Da saß Sophy, die Haare über den Augen und das Kinn in die Hand gestützt, in einen verblichenen Regenbogen gewandet, unbeschreiblich skurril, aber in Konzentration versunken, während sie selbst zuließ, daß ein Tanzvergnügen, zu dem sie nicht eingeladen worden war und offensichtlich nicht eingeladen werden würde, wie Nebelschwaden zwischen ihr und diesen kosmischen Tatsachen über Träume und das Unbewußte waberte. Wie seltsam, wenn man von einem gekochten Kaninchen träumte, bedeutete dies, daß man irgendwann in früher Kindheit in einem Eisenbahnwaggon von einem Wilderer geküßt worden war und dies völlig vergessen hatte! Welch großartiges Terrain für spannende Forschungen hätte die Psychoanalyse während der begeistert intellektuellen Phase Riseholmes abgegeben ... Mit vager Sehnsucht nach ihrer Einfachheit und fesselnden

Ernsthaftigkeit dachte sie nun daran zurück; an die Stunden, die sie mit Georgie über Pianoduetten verbracht hatte, an Daisy Quantocks Ouija-Brett und Planchette, an das Museum mit seinen Fäustlingen. Riseholme stellte sich nun als Refugium seliger Ruhe dar, wo es weder Enttäuschungen noch Kränkungen gab, da sie es früher oder später immer geschafft hatte, ihren Willen durchzusetzen und sich als Priesterin der aktuellen Interessen zu installieren. Plötzlich fiel ihr die Lösung ihres momentanen Problems ein: Riseholme. Sie würde nach Riseholme fahren; dadurch ließ sich ihre Abwesenheit von Marcias dämlichem Ball erklären.

Der Vortrag ging zu Ende, und mit anderen schwirrte sie ein Weilchen um Professor Bonstetter herum und wechselte einige Worte mit der Gastgeberin.

»Ausgesprochen interessant: phantastisch, nicht wahr, liebe Sophy? Gekochtes Kaninchen! Wie kurios! Und das Auftreten des Unbewußten in Träumen. Macht Phobien soviel besser verständlich – Leute, die nicht mit der U-Bahn fahren können. Freue mich sehr, daß ich es hören konnte. Ach, da ist ja Aggie. Aggie, Liebling! Eine Offenbarung, nicht wahr? So erfrischend, nach unseren Umtrieben und Geschäftigkeiten wieder zurück zu den Ursprüngen zu finden. Ich muß mich sputen, wollte dies aber nicht verpassen. Den ganzen Nachmittag hat sich schon alles schlimm überschnitten, und der armen Prinzessin Isabel geht es auch nicht besser. Ich schaute auf dem Weg hierher bei ihr vorbei, doch man ließ mich nicht vor. Stephen, wo ist Stephen? Schauen Sie mal nach, ob mein Automobil schon vorgefahren ist. *Au revoir*, liebe Sophy. Wir müssen uns ganz bald wiedersehen. Sind Sie kommende Woche bei Adele? Nein? Wie schade! Wunderbarer Vortrag! Beruhigend!«

Mit diesen rasch hingeworfenen Abschiedsworten stahl Lucia sich aus dem Zimmer, da sie es kaum erwarten konnte, nach Hause zu kommen. Dort traf sie Peppino an, der ganz allein in aller Ruhe Tee trank, und sank erschöpft in einen Sessel.

»Gib mir eine Tasse Tee, starken Tee, Peppino«, sagte sie. »Ich war den ganzen Tag unterwegs und bin fix und fertig. Wie ich die nächsten zwei oder drei Tage überstehen soll, weiß ich wirklich nicht. Und London ist so stickig. Du siehst ebenfalls mitgenommen aus, mein Lieber.«

Peppino bekannte, dies treffe zu. Die letzten Tage hatte er kaum Zeit gehabt, seinen Klub aufzusuchen, und sich über die ungeheure Zähigkeit des schwachen Geschlechts Gedanken gemacht. Doch daß Lucia bekannte, fix und fertig zu sein, war unerhört; er konnte sich nicht erinnern, daß es so etwas schon einmal gegeben hätte.

»Nun, viele solche Tage gibt es nicht mehr«, sagte er. »Noch drei in dieser Woche, und dann Lady Brixtons Party.«

Er nieste mehrmals und vernehmlich.

»Doch keine Erkältung?« fragte Lucia.

»Etwas außerordentlich Ähnliches«, antwortete er.

Unversehens wurde Lucia wieder aufmerksam. Daß Peppino erkältet war, tat ihr leid, gab ihr aber einen vortrefflichen Vorwand für das, wozu sie sich entschlossen hatte.

»Mein Lieber, genug ist genug«, sagte sie. »Ich lasse

dich nicht durch London sausen, wenn eine Erkältung im Anzug ist. Morgen bringe ich dich nach Riseholme.«

»Aber das geht doch nicht, meine Liebe«, entgegnete er. »Dein Terminkalender ist doch schon für die nächsten drei Tage gefüllt.«

»Ach, eine Menge alberner Sachen«, sagte sie. »Außerdem muß ich dir ehrlich gestehen, daß ich ziemlich erledigt bin. Ein oder zwei Tage Ruhe werden uns beiden guttun. Keine Einwände mehr. Wir wollen sehen, was ich tun muß.«

Die Tage waren recht ausgefüllt (allerdings war der Donnerstagabend bedauerlicherweise frei), und Lucia verbrachte eine lebhafte halbe Stunde am Telephon. Denen, die sie erwartete, und denen, die mit ihrem Erscheinen rechneten, nannte sie die gleiche Entschuldigung, nämlich daß ihr (von ihr selbst) empfohlen worden sei, sich zwei oder drei Tage völlige Ruhe zu gönnen.

Sie rief »The Hurst« an und teilte mit, daß sie am folgenden Tag einträfen und das nötige Personal mitbrächten, sie rief Georgie an (*diesen* Fehler würde sie nicht noch einmal machen) und lud ihn in einer Mischung aus Babysprache und Italienisch, was ihm große Verständigungsprobleme bereitete, für den kommenden Abend zum Dinner ein, und schließlich verfaßte sie eine kurze Notiz an die führenden Morgenzeitungen, in der stand, Mrs. Philip Lucas sei empfohlen worden, London für zwei oder drei Tage völliger Ruhe zu verlassen. Was diese Formulierung anbetraf, hatte sie einen Augenblick gezögert, da Peppino weit mehr als sie der Ruhe bedurfte, doch daß Mr. und Mrs. Philip Lucas völliger Ruhe bedurften, hätte lächerlich geklungen ...

Diese Bekanntgaben ließ sie durch Boten überbringen, damit ihre Veröffentlichung am folgenden Morgen nicht durch eine Fehlleitung verhindert würde. Schließlich kam ihr noch die Idee, Daisy Quantock anzurufen und sie samt Robert für den kommenden Tag zum Lunch einzuladen.

Nun ging es ihr schon viel besser. Sie würde auf dem Ball der herzlosen Marcia fehlen, weil sie sich auf dem Lande erholte.

8

Ein paar Minuten bevor Lucia und Peppino am nächsten Morgen vom Brompton Square aufbrachen, bemerkte Marcia Lucias Bekanntmachung in der *Morning Post*. Sie war zwar ein gutmütiger Mensch, war aber gepiesackt worden, und da Lucia sie momentan nicht mehr piesacken konnte, sah sie keinen Grund, sie nicht zum Ball einzuladen. Sie spielte mit dem Gedanken, anzurufen, doch da die Möglichkeit bestand, daß Lucia noch nicht aufgebrochen war, schickte sie statt dessen eine Karte nach Brompton Square Nummer 25, in der stand, sie sei zu Hause, tanzenderweise, und habe die Ehre, eine Reihe hochstehender Persönlichkeiten willkommen zu heißen. Niemand weiß, was passiert wäre, wenn sie telephoniert hätte, ob Daisy an diesem Tag ein Mittagessen oder Georgie abends ein Dinner bekommen hätten, und welche Ausreden Lucia beiden gegenüber vorgebracht hätte... Später diskutierten Adele und Tony Limpsfield, die größten Experten der Luciaphilen, diese Frage leidenschaftlich, fanden jedoch nie eine für sie befriedigende Lösung. Aber Marcia griff ja nicht zum Telephon.

Natürlich wußte, ein paar Minuten nachdem Lucia Georgie angerufen hatte, ganz Riseholme, daß die beiden anreisten. Als das Telephon klingelte, hielt er sich in seinem Arbeitszimmer auf, und zwar in der rehbraunen Oxfordhose, dergestalt umgearbeitet, daß sie ihre Unförmigkeit verloren hatte und hervorragend paßte, auch wenn dabei leider viel Stoff verlorengegangen war. Robert Quantock, der Witzbold, der einen Seemannstanz aufgeführt hatte, als er Georgie in der ursprünglich so wallenden Hose bemerkt hatte, begab sich wieder auf den Witzpfad, als er das gekürzte Beinkleid sah, und sagte ohne besonderen Anlaß: »Endlich daheim ist der Matrose, zurück von der See«, womit er die Grabinschrift für die Oxfordhose lieferte.

Georgie war an besagtem Nachmittag im Hause beschäftigt gewesen, da er sich um seine Haare gekümmert hatte, die noch nicht ganz trocken waren und immer noch nach der kastanienbraunen Packung rochen. Doch der Anruf war ein Ferngespräch und mußte entgegengenommen werden, ob seine Haare trocken waren oder nicht. Seit Lucia nach der Wochenendparty abgereist war, hatte sie ihm ein- oder zweimal geschrieben und erwähnt, sie müßten endlich festlegen, wann er nach London kommen und dort ein paar Tage verbringen würde, hatte sich aber nie dazu herabgelassen, irgendein Datum zu nennen.

Ein Ferngespräch konnte seines Wissens nur von Lucia oder Olga kommen; ersteres wäre interessant und letzteres wunderbar. Es entpuppte sich als die interessante Variante, und wenn es auch wegen der oben erwähnten Mischung aus Babysprache und Italienisch recht schwer verständlich war, machte es die Absichten seiner Urheberin doch im Kern deutlich.

»Bin danz doll müde«, sagte Lucia, »und es wird göttlich sein, mal wieder nach Riseholme zu kommen. Tomm also morgen zu tleinem Plauschi mit mir und Peppino vorbei, Georgino. Wollen hören alles *novelle* . . .«

»Was?« hakte Georgie nach.

»Was es Neues gibt«, sagte Lucia.

Georgie saß im Luftzug – es war ein sehr heißer Tag –, bis die kastanienbraune Packung trocknete. Da ihre Stimmen nicht zu überhören waren, wußte er, daß Daisy Quantock und Robert auf der anderen Seite des Gartenzaunes Uhrengolf spielten, bei dem man von zwölf unterschiedlichen Positionen aus versuchen muß einzulochen. Daisy hatte in letzter Zeit nicht mehr viel gejätet, sondern sich für Golf begeistert, und da sämtliche Experten erklärten, Spiele würden zur Gänze auf dem Grün gewonnen oder verloren, widmete sie sich mit gewohnter Zielstrebigkeit dem entscheidenden Faktor des Spieles. In Kürze würde sie den Abschlag, die Annäherung, den Treibschlag und ähnliches mehr lernen, und dann würde man weitersehen . . . Sie fragte sich, wie gut Miss Wethered wirklich war.

Der inzwischen trockene Georgie trippelte in den Garten hinaus und rief: »Darf ich eintreten?« Das hieß natürlich, ob er über den Gartenzaun sehen und reden dürfe.

Wegen der Unterbrechung setzte Daisy einen sehr kurzen Putt daneben.

»Durchaus«, sagte sie kühl. »Ich nahm an, den würdest du mir ohnehin zugestehen, Robert.«

»Da hast du falsch angenommen«, entgegnete Robert, der nun mit zwei Schlägen führte.

Georgie trat auf ein wunderhübsches Stiefmütterchen.

»Lucia kommt morgen«, sagte er.

Daisy ließ ihren Putter fallen.

»Nein!« rief sie aus.

»Mit Peppino«, fuhr Georgie fort. »Sie sagt, sie sei sehr müde.«

»Die vielen Herzoginnen«, sagte Daisy. Robert Altons Karikatur war in einer Illustrierten abgedruckt worden, doch bis zu diesem Moment hatte Riseholme kein Wort darüber verloren. Man nahm es nicht zur Kenntnis.

»Und sie hat mich für morgen zum Dinner eingeladen«, sagte Georgie.

»Sie bringt also keine Gäste mit?« fragte Daisy.

»Ich weiß nicht«, sagte Robert, »ob du weiter einlochen willst oder das Spiel verloren gibst.«

»Kusch!« sagte Daisy, einfach so. »Aber müde, Georgie? Was bedeutet das?«

»Ich weiß nicht«, sagte Georgie, »aber sie hat es gesagt.«

»Es bedeutet etwas anderes«, sagte Daisy, »ich kann Ihnen nicht sagen, was, aber das bedeutet es nicht. Sie haben doch wohl gesagt, Sie seien schon verabredet.«

»Nein«, sagte Georgie.

De Vere trat aus dem Haus. Bei dieser Trockenheit bohrten ihre Absätze keine Dellen in den Rasen.

»Ferngespräch, Ma'am«, sagte sie zu Daisy.

»Immer diese lästigen Unterbrechungen«, sagte Daisy und eilte schnurstracks ins Haus.

Georgie blieb noch. Er wollte unbedingt erfahren, von wem das Ferngespräch war, und war fest entschlossen, so stehenzubleiben, das Kinn auf den Zaun gestützt, bis Daisy wiederkam. Daher machte er Konversation.

»Ihr Rasen ist besser als meiner«, sagte er freundlich zu Robert.

Robert war böse über die Spielverzögerung.

»Das will nicht viel heißen«, konstatierte er.

»Mehr sage ich dazu nicht«, sagte ein ziemlich verschnupfter Georgie. »Außerdem hat auf Ihrem schon die Lederjackenraupe ihr Werk begonnen. Bald wird wohl auch der letzte Grashalm verschwunden sein.«

Robert wechselte das Thema: Es gab tatsächlich kahle Stellen. »Die Museumsversicherung«, sagte er. »Heute morgen habe ich die Feuerversicherungspolice bekommen. Das Inventar ist Eigentum des Vorstandes, gehört also mir, Ihnen, Daisy und Mrs. Boucher. Das Gebäude gehört Oberst Boucher und ist separat versichert. Wenn Sie auch nur einen Funken Geschäftssinn hätten, würden Sie ein Zündholz nehmen, die Fäustlinge in Brand stecken und auf das Beste hoffen.«

»Sie sind richtig ekelhaft und gemein«, sagte Georgie. »Am liebsten würde ich ein Zündholz nehmen und Sie in Brand stecken.«

Georgie waren solche groben Wortwechsel zuwider, doch wenn Robert in einer derartigen Stimmung war, empfahl es sich, humorvoll zu bleiben. Jedenfalls hatte er vor, sich so lange über den Gartenzaun zu lehnen, bis Daisy von ihrem Ferngespräch zurückkam.

»Abgesehen von den Fäustlingen«, hub Robert an, »und natürlich Ihren drei Zeichnungen, die meines Erachtens Meisterwerke sind . . .«

Daisy kam aus dem Speisezimmer gerauscht und mit solcher Geschwindigkeit die Treppe heruntergerannt, daß sie beinahe in das Rondell gefallen wäre, in dem der Brokkoli gestanden hatte. (Die nun dort wachsenden Reseda waren erbärmlich.)

»Gegen halb zwei oder zwei«, sagte sie, darauf brennend, ihre Neuigkeiten loszuwerden, ohne daß sie ihr Talent für beißenden Sarkasmus unterdrücken konnte. »Morgen Lunch. Nur ein Picknick, müßt ihr wissen, sobald sie ankommt. Wie nett von ihr. Nimmt mehr Notiz von mir als beim letzten Mal.«

»Lucia?« fragte Georgie.

»Ja. Mal sehen, ich war beim Einlochen, stimmt's?«

»Wenn du das Einlochen nennst«, sagte Robert. Er lag nicht oft zwei Schläge vorn und kostete es voll aus.

»Sie haben ihr bestimmt gesagt, Sie seien schon anderweitig verabredet«, sagte Georgie.

Daisy machte sich nicht die Mühe zu antworten. Sie lochte lediglich weiter ein. Das war ihre Methode, mit neugierigen Fragen umzugehen.

Somit hatte sich die Neuigkeit in Windeseile in ganz Riseholme verbreitet, und am nächsten Morgen fand sich in der *Times*, der *Morning Post*, dem *Daily Telegraph* und der *Daily Mail* die ergänzende Mitteilung, Mrs. Philip Lucas verlasse London für zwei oder drei Tage völliger Ruhe. Es klang in Riseholmes Ohren unglaublich, aber natürlich konnte es stimmen, und vielleicht waren ja auch, wie Daisy erklärte, die Herzoginnen zuviel für sie geworden. (Was der Wahrheit näher kam, als die sarkastische Daisy geahnt hatte, schließlich traf es unbedingt und im wahrsten Sinne des Wortes zu, daß ihr eine Herzogin zuviel geworden war ...) Jedenfalls kam Lucia zu ihnen zurück, und obwohl Riseholme sich immer noch ein wenig zierte und zurückhaltend war, konnte die Tatsache, daß Georgie seine Einladung zum Dinner und Daisy ihre Einladung zum Lunch angenommen hatten, als symptomatisch für Riseholmes Einstellung gelten. Lucia hatte sie schnöde im Stich gelassen und sich seit diesem verhängnisvollen Vermögenszuwachs nur einmal blicken lassen, wobei sie sich augenscheinlich vorgenommen hatte, ihre alten Freunde nicht zur Kenntnis zu nehmen, solange diese Gruppe von Galgenvögeln (ein anderes Wort als »Galgenvogel« konnte es für Mrs. Allingsby nicht geben) bei ihr weilte; sie hatte über das Museum gelacht, sie hatte um die vulgäre Publizität der Presse gebuhlt, damit diese ihre Londoner Aktivitäten festhielt, aber Riseholme war willens und bereit, zu vergeben und zu vergessen, falls sie sich fürderhin anständig benahm. Denn – auch wenn niemand es zugab – sie fehlte den Riseholmern immer mehr. Bei all ihrem tyrannisch-monarchischen Gehabe ergriff sie doch immerhin die Initiative, und obzwar der Wirbel um das Museum und die Botschaften Abfous sie eine Zeitlang beschäftigt hatten, waren diese Unternehmungen eigentlich erst in bezug auf Lucia interessant geworden. Mittlerweile hatte Abfou immer mehr hohle Wiederholungen von sich gegeben, und keiner konnte es ewig aufregend finden, wenn er Lucia als Snob anprangerte. Lucia war eine Persönlichkeit, und wenn sie dagewesen wäre und sich für Golf begeistert hätte, hätte Riseholme ihre Geschicklichkeit bewundert und über ihre Mängel frohlockt, während Daisys phantastische Ergebnisse beim Uhrengolf (heute war sie indisponiert) auf keinerlei echtes Interesse stießen. Und so entwürdigend die Berichte über Lucias Unternehmungen in Hermiones Kolumne auch waren, so hatten sie Riseholme doch mitgerissen (und angewidert), da sie von Lucia handelten, und auch wenn sie nun anreiste, weil sie völlige Ruhe brauchte (was immer das bedeuten mochte), so würde doch ihre bloße Anwesenheit den Laden in Schwung bringen. Diesmal hatte sie sich auch anständig benommen (vielleicht hatte sie ja dazugelernt) und ihr Kommen nicht nur angekündigt, sondern auch alte Freunde eingeladen.

Daher beherrschten Versöhnlichkeit und Aufregung die allgemeine Stimmungslage, als auf dem Anger das Morgenparlament tagte. Einzig Mrs. Boucher verlieh ihren Zweifeln Ausdruck.

»Ich glaube nicht, daß sie krank ist«, sagte sie. »Falls sie krank wäre, würde ich das sehr bedauern, aber ich glaube es nicht. Wenn sie es ist, Mr. Georgie, bin ich dafür, ihr Geschenk an das Museum, den Bratspieß, anzunehmen; ihn abzulehnen wäre dann nämlich nicht nett. Sie können ihr schriftlich mitteilen, das Komitee habe seine Entscheidung überdacht und nähme ihn sehr gern an. Aber wir wollen erst sehen, ob sie krank ist. Besser noch, lassen Sie uns abwarten, ob sie überhaupt kommt.«

Piggy kam mit der Neuigkeit angeschwirrt, während Goosie sie in das Hörrohr ihrer Mutter trompetete. Noch ehe Piggy damit herausrücken konnte, war Goosies Ansage überall zu hören.

»Ein Taxi vom Bahnhof ist vor ›The Hurst‹ eingetroffen, Mama«, brüllte sie, »mit dem Koch, dem Hausmädchen und einem Haufen Gepäck.«

»O Mrs. Boucher, haben Sie das Neueste schon gehört?« keuchte Piggy.

»Ja, meine Liebe, ich habe es soeben gehört«, sagte Mrs. Boucher, »und es sieht so aus, als kämen sie. Mehr kann ich dazu nicht sagen. Und wenn der Koch schon um halb zwölf da ist, sehe ich keinen Grund, warum Sie nicht ein ordentliches Mittagessen bekommen sollten, Daisy. Sie können auf eine kräftige Suppe oder ein belegtes Brot verzichten, was ich empfohlen hätte, wenn weitere Neuigkeiten ausgeblieben wären, da Sie ja zu einem Lunch in Form eines Picknicks geladen wurden. Aber wenn der Koch schon da ist . . .«

Daisy war zu aufgeregt, um zu Hause ernsthaft einlochen zu üben, und ging statt dessen ins Museum. Mr. Rushbold, der Pfarrer, hatte ihm soeben seine einzigartige Spazierstocksammlung übereignet, und da das Komitee befürchtete, es wäre unhöflich, dieses Geschenk nicht anzunehmen, ergab sich das Problem, was mit den Stöcken anzufangen sei. Man konnte sie unmöglich alle zusammen in einen riesigen Stockständer stellen, wo sie nicht genügend gewürdigt würden. Es waren zahlreiche eigenartig geschnitzte Griffe darunter, andere in der Form von Köpfen von Ungeheuern, die ihre Zungen herausstreckten und lüstern grinsten, einige sahen aus wie Vögel oder Fische, und einer war ziemlich unanständig, ein junger Mann und ein Mädchen in leidenschaftlicher Umarmung . . . Wenn man sie hingegen in Reihe und Glied an die Wand lehnte, genügte eine leichte Erschütterung, um einen Stock aus dem Gleichgewicht zu bringen, der gegen den nächsten fiel, so daß die ganze Kollektion wie Kegel zu Boden stürzte. Der Knabe am Drehkreuz hatte bereits gesagt, er verbringe seine gesamte Zeit damit, sie wieder aufzusammeln. Daisy trug sich mit dem Gedanken, ein altes Tennisnetz an die Wand zu hängen und die Stöcke geschmackvoll in dessen Maschen zu drapieren.

An diesem Tag verweilte Riseholme noch lange nach ein Uhr, seiner gewohnten Essenszeit, auf dem Dorfanger, bis es um genau fünf Minuten vor halb zwei belohnt wurde. Dem Automobil entstieg der in einen sehr dicken Mantel samt langem Schal gehüllte Peppino. Er nieste zweimal, während er Lucia seinen Arm zum Aussteigen anbot. Sie klammerte sich daran fest und hing schwer an ihm, als sie wackligen Schrittes an Perditas Gärtchen vorbei ins Haus wankte. Also war sie tatsächlich krank.

Zehn Minuten später saßen Daisy und Robert Quantock zum Lunch bei ihnen. Lucia sah ausgesprochen gesund aus und verspeiste ihr Essen mit Appetit, sprach aber mit leicht welker Stimme, wie es sich für eine Person gehörte, die hier war, weil sie völlige Ruhe benötigte. »Aber Riseholme, das gute Riseholme, wird mich bald wieder auf die Beine bringen«, sagte sie. »Welche Freude, hier zu sein! Gibt's was Neues, Daisy?«

Eigentlich recht wenig. Daisy ging in Gedanken die Themen durch, die in den vergangenen Wochen Riseholmes Interesse geweckt hatten, und kam zu dem Schluß, daß nur ein Geschehen die wahre, exaltierte Riseholmesche Aufmerksamkeit erregt hatte, nämlich Lucias Unternehmungen. Davon abgesehen, fielen ihr nur noch ihr eigenes Putten sowie die Spazierstöcke ein, dieses peinliche Geschenk an das Museum . . . Doch dann dachte sie daran, daß das Komitee erlaubt hatte, den elisabethanischen Bratspieß anzunehmen, falls Lucia krank wirke, und Daisy beschloß ziemlich überstürzt, sie sei krank genug.

»Nun, wir waren sehr mit dem Museum beschäftigt«, begann sie.

»Ach, das gute Museum«, sagte Lucia wehmütig.

Damit war es entschieden.

»Wir würden, wenn möglich, gern den elisabethanischen Bratspieß annehmen«, sagte Daisy. »Er würde hevorragend in die Sammlung passen.«

»Selbstverständlich; mit Vergnügen«, sagte Lucia. »Ich werde ihn bringen lassen. Irgendwelche anderen Geschenke?«

Daisy berichtete nun von den Spazierstöcken, unterließ es aber, den unanständigen zu erwähnen, da Männer anwesend waren, und beschrieb statt dessen die Schwierigkeiten, sie zufriedenstellend zu plazieren. Es waren einundachtzig (der unanständige Stock mitgerechnet), und ein Tennisnetz würde sie kaum aufnehmen können. Die Invalidin zeigte lediglich mattes Interesse, und Daisys Einlochen weckte nur unwesentlich intensivere Begeisterung. Doch bald darauf wurde sie viel lebhafter und mehr die alte. Noch vor Ende des Essens war Daisy sogar der Gedanke gekommen, daß eigentlich Peppino der Kranke von beiden war. Jedenfalls litt er an einer mächtigen Erkältung und sprach mit kehligem Keuchen, so daß man ihn kaum verstand. Sie fragte sich, ob sie den Bratspieß nicht ein wenig verfrüht angenommen hatte, da Lucia nun sozusagen einen Fuß in der Museumstür hatte.

Als ihre Gäste gegangen waren, erholte sich Lucia noch besser, und ihre gewohnte Energie brach sich Bahn. Ihr Eintreffen in Riseholme hatte sie als einen eindrucksvoll gebrechlichen Auftritt zelebriert, der die Zeitungsmeldungenen rechtfertigte, und nun mußte sie in aller Stille wieder handeln. Ein Anfang wäre beispielsweise, sich unverzüglich des Spießes zu entledigen.

»Ich werde wohl ein wenig ausfahren, Peppino«,

sagte sie, »aber wenn ich du wäre, würde ich meine Erkältung auskurieren, damit du sie vor Samstag los bist, wenn wir zu Adele fahren. Ich finde, der Gärtner könnte den Bratspieß für mich aus dem Kamin holen und in das Automobil legen, ich fahre ihn dann ins Museum. Ich habe mir schon gedacht, daß sie ihn über kurz oder lang haben wollen . . . Und Daisys Uhrengolf: klingt amüsant; genau das richtige für einen Samstagnachmittag, wenn wir Gäste haben. Sie hat wohl gesagt, man bekäme das Zubehör im Versandhaus. Kleine Wettkämpfe könnten recht spaßig sein.«

Der Bratspieß wurde problemlos entfernt, und nachdem sie im Versandhaus schriftlich eine Ausrüstung Uhrengolf bestellt hatte, ließ sie den Spieß in ihr Automobil laden und verfrachtete ihn ins Museum. Das war also erledigt. Sie winkte, wedelte grüßend mit der Hand in Richtung Piggy und Goosie, die über den Anger hopsten, und machte sich auf den Weg in die Umgebung, zufrieden, daß sie den weisen Entschluß getroffen hatte, London lieber hinter sich zu lassen, als in London links liegengelassen zu werden. Davon abgesehen, war es auch eine politische Entscheidung gewesen, sich wieder einmal in Riseholme zu zeigen, damit man hier in den Genuß ihrer Qualitäten kam, ehe sie im August, wie fest von ihr geplant, ihre alte Herrschaft wieder antrat. Aus den dürftigen Neuigkeiten, die von der guten Daisy, dieser Erztratschtante, zu erfahren waren, zog sie den Schluß, daß es während ihrer Abwesenheit bemerkenswert langweilig zugegangen war, und obwohl sie bei ihrer Wochenendparty einen bedauerlichen Fehler gemacht hatte, war das durch ein wenig Beschwichtigung bald wieder ins Lot gebracht. Außerdem hatte Daisy nichts über Abfou zu sagen gewußt: Offenbar war man seiner ein wenig überdrüssig. Doch Abfou ließe sich unter Umständen wiederbeleben; Uhrengolf und eine Ouija-Renaissance würden im August ganz gepflegt ihren Anfang nehmen. Aix hätte ihr zwar besser gefallen, aber was das betraf, hatte Peppino keinen Zweifel aufkommen lassen . . .

Als Georgie zum Dinner kam, stellte er angenehm überrascht fest, wie sehr Lucia wieder die alte war. Der immer noch stark erkältete Peppino ging sehr früh zu Bett, und Georgie ließ sich mit Lucia im Musikzimmer nieder.

»Zuerst ein kleiner Plausch, Georgie«, sagte sie, »und dann bestehe ich darauf, ein bißchen zu musizieren. In letzter Zeit habe ich rein gar nicht gespielt und bin, wie Sie ja merken werden, schrecklich aus der Übung, aber Sie dürfen mich nicht schelten. Ja, der Spieß ist weg; die gute Daisy sagte, das Museum wolle ihn unbedingt haben, also brachte ich ihn heute nachmittag selbst rüber. Ich muß einmal sehen, was ich noch finden kann, das dieser Institution würdig ist.«

Das alles war ausgesprochen prachtvoll. Lucia hatte eine herrliche Art, die Vergangenheit völlig außer acht zu lassen und nur nach vorn in die Zukunft zu drängen.

»Haben Sie denn in letzter Zeit viel gespielt?« fragte sie.

»Kaum eine Note«, sagte Georgie, »es gibt keinen Mitspieler. Piggy wollte ein paar Duette spielen, aber ich habe dankend abgelehnt.«

»Georgie, Sie waren träge«, sagte sie, »es war niemand da, um Sie auf Trab zu halten. Und Olga? War Olga mal wieder hier?«

»Nicht seit ... nicht seit dem Sonntag, als ihr beide hier wart«, sagte er.

»Ein großer Fehler von ihr, Riseholme im Stich zu lassen. Aber ein ebenso großer Fehler von mir, werden Sie sagen. Doch jetzt müssen wir die Köpfe zusammenstecken und Pläne für den August schmieden. Ich bin den ganzen August über hier, um euch herumzukommandieren. Nur noch ein kurzer Besuch, den Peppino und ich am Samstag der guten Adele Brixton abstatten müssen, dann werdet ihr mich fest hier haben. London? Ja, es hat großen Spaß gemacht, auch wenn wir beide es nie geschafft haben, Ihren Besuch bei uns zu vereinbaren. Dafür wird es dann aber im Herbst Zeit, wenn wir den November über hinfahren. Aber ach, wie müde ich war, als ich mich gestern zum Aufbruch rüstete. Jeder Schwung war dahin. Und dann die vielen Termine, die ich sausen ließ. Doch die Leute müssen lieb zu mir sein und mir vergeben. Manchmal beschleicht mich das Gefühl, meine Zeit ganz furchtbar zu vergeuden. Ich habe pausenlos nichts weiter getan, als Leute und immer wieder Leute zu treffen. Alle möglichen Leute, angefangen bei Alf Watson, dem Faustkämpfer ...«

»Nein!« sagte Georgie, der spürte, wie Lucia wieder zu alter Hochform auflief.

»Ja, er war zum Dinner bei mir, so ein kleines Bürschchen, und hat seine Flöte mitgebracht. Es wurde viel über meine Party für Alf gesprochen, und wie ihn die Frauen umschwirrten!«

»Wer sonst noch?« fragte Georgie begierig.

»Mein Lieber, wer *nicht* sonst noch? Marcelle – Marcelle Periscope – kam an einem anderen Abend, Adele, Sophy Allingsby, Aggie – ich muß die gute Aggie hierher einladen; Tony – Tony Limpsfield; tausend andere. Und natürlich häufig die gute Marcia Whitby. Sie veranstaltet morgen abend einen Ball. Ich wäre gern dabei gewesen, war aber einfach *finito*. Äh, wie Ihre Freundin Prinzessin Isabel. Ganz schwere Grippe. Sie sollten bei ihr anrufen, Georgie, und sich nach ihrem Befinden erkundigen. Ich habe gestern meine Aufwartung gemacht. Traurige Sache! Aber lassen Sie uns von fröhlicheren Dingen reden. Daisys Uhrengolf. Ich muß morgen auf einen Sprung bei ihr vorbeischauen und sie dabei beobachten. Wahrscheinlich spielt sie ausgezeichnet, nehme ich an. Ich habe im Versandhaus eins bestellt, und wir werden uns großartige Duelle liefern.«

»Sie macht seit Wochen nichts anderes«, sagte Georgie. »Ich glaube, sie ist sehr gut, aber niemand interessiert sich dafür. Sie geht einem ziemlich auf die Nerven damit.«

»Georgie, ziehen Sie nicht über die arme Daisy her«, sagte Lucia. »Wir müssen kleine Wettkämpfe ausrichten, mit Preisen. Habt ihr schon Partner? Wir beide werden beim gemischten Putten Partner sein. Und was ist mit Abfou?«

Georgie hatte den Eindruck, daß dies ganz die alte Lucia war, was zweifellos zutraf. Sie hatte vor, jeden Zeitvertreib an sich zu reißen, der zufällig gerade in Mode war, und als ihre eigene Erfindung auszugeben. Es war Diebstahl, intellektueller und physischer Diebstahl, zweifellos, aber Lucia hauchte Leben in dieses Skelett und machte es interessant. Es war eine öde Angelegenheit, Daisy beim Schlagen mit dem Putter zu beobachten und anschließend zu versuchen, ihr Ergebnis zu übertreffen, obwohl es einen nicht die Bohne kümmerte, ob man nun besser war oder nicht. Daisy gab ihre hervorragendsten Leistungen sogar telephonisch durch, dabei kümmerte es keinen, wie hervorragend sie waren. Aber wenn Lucia die Göttin beim Einlochen wäre, sähe es ganz anders aus . . .

»Ich habe seit Menschengedenken nicht geabfoud«, sagte Georgie. »Sie hat es wohl aufgegeben.«

»Nun, wir müssen mit allem neu anfangen«, entschied Lucia energisch, »und Sie werden auch nicht mehr träge sein, Georgie. Lassen Sie uns Duette spielen. Mein gutes Piano! Was wollen wir machen?«

Sie machten Unmengen von Dingen, und dann spielte Lucia den langsamen Satz der Mondscheinsonate, und Georgie seufzte wie gewöhnlich, und schließlich ließ Lucia ihn ziehen und begleitete ihn zur Gartenpforte. Es schienen Unmengen von Sternen, und wie gewöhnlich rezitierte sie: »Sieh, wie die Himmelsflur ist eingelegt mit Scheiben lichten Goldes!« und sagte, sie müsse ihn am Morgen anrufen, nach einer richtigen Nachtruhe.

In Daisys Wohnzimmer brannte Licht, und als er sich auf Zimmerhöhe befand, hörte sie seine Schritte, nach denen sie schon lange gehorcht hatte, und schaute ins Freie.

»Ist da Georgie?« sagte sie, obwohl sie sehr wohl wußte, daß er es sein mußte.

»Ja«, sagte Georgie. »Wie spät Sie noch auf sind.«

»Und wie geht es Lucia?« fragte Daisy.

Im Augenblick vergaß Georgie ganz, daß Lucia völlige Ruhe brauchte.

»In Topform«, sagte er. »Welch ein Gespräch, welche Musik.«

»Da haben wir's also!« sagte Daisy. »Ihr fehlt überhaupt nichts. Sie will sich genausowenig ausruhen ... wie der Mond. Was bedeutet das, Georgie? Glauben Sie mir: Es bedeutet etwas.«

Am folgenden Tag schien Lucia tatsächlich alles andere als völlige Ruhe zu brauchen. Sie kam gleich nach dem Frühstück auf einen Sprung bei Daisy vorbei und wollte sich beibringen lassen, wie man puttet. Daisy gab ihr eine Demonstration, sagte ihr, wie man den Putter hält und die Füße stellt, und betonte, es sei absolut notwendig, felsenfest dazustehen und sich zu konzentrieren. Keiner könne putten, während andere redeten. Irgendwann durfte Lucia einen Probeschlag machen, wobei sie ganz falsch stand und den Putter wie einen Regenschirm hielt, und während sie gerade sprach und mitten im Satz war, lochte sie mit einem unglaublich langen Schlag ein. Dann machten sie ein Spiel, wobei Lucia Daisys Vorschlag ablehnte, ihr pro Runde vier Schläge Vorsprung zu geben, und die vor Aufregung und Überlegenheit ganz zappelige Daisy konnte überhaupt nicht einlochen. Lucia gewann problemlos, während Robert zusah, lobte Daisys Putter und sagte, er sei hervorragend ausbalanciert, ohne daß Daisy sich vorstellen konnte, wo sie das aufgeschnappt hatte.

»Jetzt muß ich mich sputen«, sagte Lucia, »aber wir müssen irgendwann einmal eine Revanche spielen. Wirklich amüsant! Ich habe ein Spiel bestellt, und Sie geben mir Unterricht. Auf Wiedersehen, liebe

Daisy, ich verbringe den Sonntag bei der guten Adele Brixton, aber wie herrlich es sein wird, sich wieder in Riseholme niederzulassen! Sie müssen mir auch Ihr Ouija-Brett zeigen. Ich fühle mich heute morgen richtig erholt. Soll ich Ihnen später bei den Spazierstöcken helfen?«

Verunsichert machte sich Daisy wieder ans Einlochen: Es war zu schlimm, daß Lucia auf ihre amateurhafte Art eine ernsthafte Repräsentantin der Kunst geschlagen hatte, und schon sah sie in finsterer Vorahnung Lucia als Uhrengolf-Impresario vor sich, wie sie es in Riseholme populär machte. Sie selbst würde unverzüglich Abschläge und Annäherungsschläge lernen müssen und dafür sorgen, daß Riseholme richtiges Golf lernte, statt nur einzulochen.

Als nächstes besuchte Lucia das Museum und plazierte den Bratspieß an einer leeren und markanten Stelle zwischen Daisys Fossilien und Oberst Bouchers Keramikscherben aus Samos. Sie nahm am Treffen des Morgenparlaments auf dem Anger teil und begleitete Mrs. Boucher neben deren Rollstuhl. Sie schrie in Mrs. Antrobus' Hörrohr und hopste mit Piggy und Goosie herum, ohne eine Herzogin auch nur zu erwähnen. Ihr ganzes Trachten schien Riseholme zu gelten; nur noch ein fader Besuch lag vor ihr, und dann, o welche Freude, sich wieder hier niederzulassen! Selbst Mrs. Boucher war freundlicher gestimmt; zwar hätte sie es nicht gedacht, aber Lucia bestand wohl doch nicht nur aus reinem Snobismus.

Am selben Nachmittag kam Georgie auf einen Sprung zum Tee vorbei. Es war ein recht kühler Nachmittag, und Lucia hatte im Kamin des Musikzimmers ein Feuer machen lassen, das, nach inzwischen erfolgter Entfernung des Spießes, herrlich brannte. Der von seiner Erkältung benommene Peppino saß daneben, während die anderen beiden Duette spielten. Lucia hatte bereits Sigismunds Porträt entfernt und Georgies Aquarelle erneut neben dem Klavier aufgehängt. Es entspann sich eine reizende Kontroverse über das Mozart-Duett, und Georgie versprach, es zu üben, und Lucia versprach, es zu üben, und sie nannte ihn einen trägen Burschen, und er nannte sie ein faules Mädel, ganz wie früher, während Peppino ein Nickerchen hielt. In diesem Moment kam die Abendpost samt der Abendzeitung, und sie nahm letztere zur Hand, um nachzulesen, was Hermione über ihre Abreise aus London geschrieben hatte. Noch während sie umblätterte, fiel ihr Blick auf zwei oder drei Briefe, die ihr vom Brompton Square nachgesandt worden waren. Ganz obenauf lag ein großer quadratischer Umschlag, ein schöner dicker Umschlag von der Sorte, die eine vielversprechende Einladungskarte enthält, und sie öffnete ihn. Im nächsten Augenblick sprang sie auf.

»Peppino, Lieber«, rief sie. »Marcia! Ihr Ball. Heute abend findet Marcias Ball statt!«

Peppino rappelte sich ein wenig auf.

»Ball? Welcher Ball?« fragte er. »Kein Ball. Riseholme.«

Lucia quetschte sich, scheinbar ohne ihn zu bemerken, an dem auf dem Klavierschemel sitzenden Georgie vorbei.

»Nein, Lieber, natürlich gehst du nicht hin«, sagte sie. »Aber, weißt du, ich glaube, ich werde hinfahren und auf ein Stündchen vorbeischauen. Georgie wird kommen und mit dir zu Abend essen, nicht wahr, Georgie, und du legst dich früh schlafen. Halb sieben! Ja, um zehn kann ich in der Stadt sein. Es bleibt noch haufenweise Zeit. Ich werde mich am Brompton Square umziehen. Nur ein belegtes Brot zum Mitnehmen, das kann ich im Wagen essen.«

Sie drehte sich zu Georgie um, und noch während der Drehbewegung drückte sie auf den Klingelknopf.

»Marcia Whitby«, sagte sie. »Zum Ausklang der Saison. Gar kein Umstand, auf einen Sprung vorbeizuschauen, und die gute Marcia wäre gekränkt, wenn ich nicht käme. Mal sehen, fahre ich morgen zurück, Peppino? Es wäre vielleicht einfacher, wenn ich gleich dabliebe und das Auto zurückschickte. Dann könntest du am Tag darauf bequem anreisen, und wir beide führen gemeinsam zu Adele. Ich habe morgen in London unendlich viel zu erledigen. Die Party bei Aggie. Ich werde Aggie anrufen und sagen, ich könnte doch nicht kommen. Mein Dienstmädchen, der Chauffeur«, sagte sie zu dem Butler, ganz ähnlich, wie Shylock es getan hätte. »Ich will mein Dienstmädchen, meinen Wagen und meinen Chauffeur. Lassen Sie ihn rasch zu Abend essen – nein, er kann am Brompton Square zu Abend essen. Sagen Sie ihm, er soll sofort kommen.«

Georgie saß vollkommen entgeistert da, weil Lucia wie eine Besessene herumwütete. Mozart, Ouija, Putten, der elisabethanische Bratspieß, all die einfachen Freuden Riseholmes verglommen wie feuchte Feuerwerkskörper. Dahin, restlos dahin, war auch ihr Bedürfnis nach völliger Ruhe; noch nie hatte sie so voller roher, unverbrauchter, wilder Vitalität gesteckt.

»Die gute Marcia«, sagte sie. »Ich hatte von Anfang

an das Gefühl, daß es sich um ein Versehen handelte, aber natürlich, Georgie, obwohl sie und ich so gut befreundet sind, wäre mir nicht einmal im Traum eingefallen, sie daran zu erinnern. Welch Segen, daß mein köstlicher Eintagesaufenthalt in Riseholme mich so erquickt hat: Ich habe das Gefühl, ich könnte auf fünfzig Bälle gehen, ohne zu ermüden. So ein wundervolles Haus, Georgie; wenn Sie uns im Herbst besuchen kommen, muß ich Sie dorthin mitnehmen. Peppino, ist es nicht ein Glück, daß ich nur gerade genug für ein paar Nächte mitgebracht habe und alles andere in London ließ, damit wir es auf dem Weg zu Adele einpacken konnten? Was wird das für ein Anblick sein, fast die ganze Königliche Familie, glaube ich, und das gesamte diplomatische Korps; meine Gioconda kommt auch, das weiß ich. Und dabei beileibe kein großer Ball – keine dieser riesigen verworrenen Angelegenheiten, die mir so zuwider sind. Was hat man die gute Marcia um Einladungen belagert! Wie gewöhnlich und aufdringlich die Leute sind! Auf Wiedersehen Georgie, nicht vergessen, Ihren Mozart zu üben. Ach ja, und richten Sie Daisy aus, daß ich morgen nicht an einem dieser entzückenden Einlochwettbewerbe teilnehmen kann. Sind am Dienstag nach dem Wochenende bei Adele wieder da, und dann Wochen über Wochen ununterbrochen im guten Riseholme. Wie lang sie sind! Ich muß los und mein Dienstmädchen antreiben.«

Kaum war sie weg, zog Georgie los, um Daisy zu besuchen, die sich mit vor Abscheu offenem Mund diese erstaunliche Begebenheit anhörte.

»Und die Frage lautet«, sagte er, »was nun aus der ihr verordneten völligen Ruhe wird. Ich glaube nicht, daß ihr überhaupt irgendwelche Ruhe verordnet wurde. Ich glaube . . .«

Daisy stieß einen triumphalen Juchzer aus: Induktive Überlegung hatte sie in genau dem gleichen Moment zu dem gleichen Ergebnis gebracht.

»Aber natürlich!« rief sie. »Ich hatte schon immer das Gefühl, daß hinter dieser völligen Ruhe irgend etwas steckte. Ich sagte Ihnen doch, daß es etwas anderes bedeutete. Man hat sie nicht eingeladen, und deshalb . . .«

»Und deshalb kam sie hierher, um sich auszuruhen«, sagte Georgie mit lauter Stimme. Er hatte fest vor, es als erster auszusprechen. »Weil sie nicht eingeladen war . . .«

»Und in dem Moment, als man sie einlud, zischte sie ab«, sagte Daisy. »Deutlicher geht es nicht. Keine Ruhe mehr, danke sehr.«

»Sie ist phantastisch«, sagte Georgie. »Rasend interessant!«

Auf dieser Fahrt zu ihrer eigenen Begnadigung raste Lucia durch den Sommerabend, zu aufgeregt, um zu essen, und zu glücklich, um sich zu fragen, wie es dazu gekommen war. Und wie klug, daß sie ihre Zunge im Zaum gehalten und kein leidenschaftliches Wehklagen über ihren Ausschluß aus dem Paradies angestimmt hatte, zu dem sie nun eilte. Nicht mit einem Wort hatte sie Marcia gekränkt; keinen hatte sie gebeten, zu antichambrieren: Sie hatte sich an den vielen Gesprächen über den Ball beteiligt, als käme sie ebenfalls, und schließlich ihr Kommen unmöglich gemacht, indem sie verkündete, ihr seien ein paar Tage völliger Ruhe verordnet worden. Sie könnte (und würde) ihr Kommen ausgezeichnet erklären: Sie habe sich viel besser gefühlt – Ärzte seien so schrecklich pingelig – und sich im letzten Augenblick einen winzigen Stups gegeben, und nun sei sie hier.

Ein lauter Knall unterbrach diese angenehmen Überlegungen, und der Wagen hielt am Straßenrand. Ein Reifen war geplatzt, aber sie hatten ein Reserverad dabei, und obwohl die Verzögerung schrecklich lange zu dauern schien, waren sie bald wieder unterwegs. Sie legten weitere zehn Meilen zurück, und nun rötete im Nordosten das fahle Leuchten Londons die stumpfe Färbung der Sommernacht. Hell glänzten die Sterne, und sie stellte sich Peppino an seinem Teleskop vor – nein, Peppino war stark erkältet und würde nicht an seinem Teleskop stehen. Dann erfolgte ein weiterer Knall – waren es vielleicht diese ekligen Sterne auf ihrer Bahn, die ihr feindlich gesonnen waren? –, und wieder hielt der Wagen am Rand der leeren Straße.

»Was ist geschehen?« fragte Lucia mit erstickter Stimme.

»Der nächste Reifen pfutsch, Ma'am«, sagte der Chauffeur. »Hab' ich noch nie erlebt.«

Lucia schaute auf ihre Uhr. Es war bereits zehn Uhr, und sie müßte am Brompton Square sein. Es gab kein weiteres Rad, das man hätte anbringen können, und so mußte der Reifen abgenommen und geflickt werden. Die Minuten vergingen wie Stunden ... Äußerlich ruhig, saß Lucia auf einer Decke am Straßenrand und bemühte sich vergebens, die allmächtige Vorsehung nicht zu verfluchen. Gleich einem Gelatinelutschbonbon ging der Mond auf.

Sie fing an, die Stunden zu zählen, die zwischen der tragischen Gegenwart und, beispielsweise, vier Uhr morgens lagen, und nahm sich fest vor, ganz gleich, welche weiteren Katastrophen sie befallen mochten, nach Whitby House zu fahren, und sei es im Karren eines Müllmannes, solange die Chance bestünde, daß auch nur ein einziger Gast anwesend war. Sie würde es schaffen . . .

Und die ganze Zeit über, hätte sie es nur gewußt, kämpften die Sterne nicht gegen, sondern für sie. Die Reifenpanne wurde behoben, und sie traf um Punkt Viertel nach elf am Brompton Square ein. Schränke wurden aufgerissen, Schubläden durchwühlt, und ihr geschurigeltes Dienstmädchen brach in Tränen aus. Tante Amys Perlen wurden um ihren Hals befestigt, Peppinos Haar in dem Heiligtum aus geflochtenem Gold, das einmal Beethovens Haar gewesen war, wurde angesteckt, und um fünf Minuten nach zwölf hastete sie die Freitreppe von Whitby House empor. Haargenau als sie zur Tür des Ballsaals kam, tauchte der Beginn der Prozession auf, die sich zum Souper nach unten begab. Marcia starrte sie einen Moment lang an wie einen Geist, aber Lucia war so sehr mit Knicksen beschäftigt, daß sie keinen Gedanken daran verschwendete. Siebenmal knickste sie in rascher Folge. Es wurde beinahe zur Gewohnheit, so daß sie fast vor Adele einen Knicks machte, die (typisch Adele) gleich hinterher kam.

»Komme direkt aus Riseholme, liebste Adele«, sagte sie. »Ich fühle mich recht erholt – Wie geht's, Lord Tony? – und habe mich daher aufgerafft. Peppino drängte mich, zu kommen. Wie nett, Sie zu sehen, Exzellenz! Millie! Liebste Olga! So viele Freunde! Wie geht es der armen Prinzessin Isabel? Marcia sah so hübsch aus. Brillant! Welch eine herrliche Fahrt; ich mußte einfach auf einen Sprung vorbeischauen . . .«

9

Statt sich zu bessern, war die Erkältung des armen Peppino am nächsten Tag ein gutes Stück schlimmer geworden. Er hatte Gliederschmerzen, fieberte und ließ den Arzt kommen, der ihm kategorisch Bettruhe verordnete. Es gebe zwar nicht den geringsten Grund zur Sorge, doch es wäre der Gipfel der Torheit, an einer Wochenendparty teilnehmen zu wollen. Bett.

Peppino telegraphierte Lady Brixton mit tiefstem Bedauern über das Unvermeidliche und rief Lucia an. Der Zustand seiner Stimme machte es schwierig, seine Worte zu verstehen, doch sie begriff recht gut, daß kein Grund zur Sorge bestand, und er hoffte, sie würde ohne ihn zu Adele fahren. Ihre Stimme dagegen klang wunderbar deutlich, und er hörte einiges über die Mißgeschicke, die gestern abend zu einem so krönenden Abschluß gekommen waren. Es folgte eine Aufzählung von sieben Vornamen, und Lucia ergänzte, während des Soupers sei eine Blitzlichtphotographie zugelassen worden. Sie glaube, sie sei darauf zu sehen, wenn auch ziemlich im Hintergrund.

Peppino tat Lucia wegen seiner Unpäßlichkeit sehr leid, aber sie machte sich, wie geheißen, keine Sorgen um ihn. Außerdem hatte sie das Gefühl, daß ihm persönlich nicht sehr viel entging, wenn er nicht bei Adeles Party sein konnte, da es eine sehr große Party sein würde, und Peppino – Gesundheit! – machten diese strahlenden Festivitäten gelegentlich ein wenig benommen. Er bekam nicht mit der nötigen Schnelligkeit und Sicherheit mit, wer die Anwesenden waren, und es war vorgekommen, daß er die Hand eines berühmten Schriftstellers ergriff und ihm gestand, wie sehr er sein wunderschönes Bild in der Akademie bewundere. (Lucia passierte so etwas andauernd, aber sie hievte sich mit einem so genialen Manöver selbst aus dem von ihr angelegten Sumpf, daß es nichts ausmachte, wohingegen Peppino seine Mißgeschicke nur noch benommener machten.) Zudem wußte sie, daß Peppinos Anwesenheit irgendwie ihren Stil beeinträchtigte. Ruhte sein geduldiger, stolzer Blick auf ihr, konnte sie nicht mit gleicher Eleganz die brillante Mondäne sein, wie es ihr spielend gelang, wenn er nicht in der Nähe weilte. Ständig wurde sie daran erinnert, daß er sie am besten in ihrer Riseholmer Inkarnation kannte, bei ihren Duetten mit Georgie, ihrer Darbietung des langsamen Satzes der Mondscheinsonate, und wie sie sich all die kleinen Einfälle Daisys zu eigen machte. Sie elektrisierte ihn als großartiger Schmetterling, doch die Elektrisierung war von leichten Schlägen und Überraschungen begleitet. Wenn sie den Vornamen irgendeiner Frau nannte, mit der sie nichts weiter verband als deren Weigerung, am Brompton Square zu dinieren, verstörte das Peppino . . . Im Herbst mußte sie ein wenig seriöser werden, ein paar ruhige Abendgesellschaften für gewöhnliche Leute geben, denn bisher war eigentlich kaum einmal ein »gewöhnlicher« Mensch am Brompton Square gewesen, so viele edle Löwen jeder denkbaren Gattung waren dort in die Falle gegangen. Und Adeles Party würde auch eine höchst löwenhafte Angelegenheit werden; die feine Welt würde anwesend sein, und einige Intellektuelle und einige Politiker, und sie war sich bewußt, daß sie selbst sich die allergrößte Mühe geben und lauter Anspielungen machen mußte, so tun, als wisse sie, was sie nicht wußte, und zum Schein in ausgesprochen vornehmen Gewässern schwimmen. Der gute Peppino hatte mit so etwas nichts im Sinn, er kam damit nicht zu Rande, und sie kam am besten ohne ihn damit zu Rande . . . Es ist möglich, daß Nemesis in dem Moment, da Lucia diese dünkelhaften Überlegungen anstellte, ihren unerbittlichen Blick auf sie richtete.

Ohne von dieser tödlichen Musterung zu wissen, widmete Lucia sich ihren unmittelbar bevorstehenden Plänen. Ihr Terminkalender teilte ihr freundlicherweise mit, daß sie an dem Tag, als sie das Bedürfnis nach völliger Ruhe überkam, vieles zu tun hatte, und nun verbreitete sie telephonisch die freudige Botschaft, daß sie hier zum Lunch und da auf einen Sprung vorbeikommen und mit Aggie zu Abend essen konnte. Bei diesen Wiederverabredungen ging alles gut, so daß der Tag ausgefüllt sein würde und der morgige ebenfalls, bis zur Stunde der Abreise zu Adeles Party. Nachdem sie diese angenehmen Geschäfte erledigt hatte, wollte sie gerade Stephen anrufen, um ihn für das noch verbleibende freie Dreiviertelstündchen vorzumerken, als das Telephon klingelte und Stephens Stimme sie begrüßte.

»*Stephano mio*«, sagte sie. »Wie haben Sie erraten, daß ich wieder hier bin?«

»Weil ich zuerst in Riseholme anrief«, sagte er, »und erfuhr, Sie seien in die Stadt gefahren. Waren Sie gestern abend da?«

Zu fragen, wo »da« war, erübrigte sich. Gestern abend hatte es in London nur ein Ereignis gegeben.

»Ja; entzückendes Tanzvergnügen«, sagte Lucia. »Ich wollte Sie soeben anrufen, um zu fragen, ob Sie um 4.45 auf einen Plausch vorbeikommen könnten. Ich habe bis 5.30 Zeit. Was war das ein Spaß. Eine Blitzlichtphotographie.«

»Nein!« sagte Stephen a là Riseholme. »Ich kann es kaum erwarten, mehr davon zu hören. Und es waren wirklich sieben?«

»Ganz recht«, sagte Lucia großartig.

»Herrlich! Aber mit 4.45 kann ich nichts anfangen. Können Sie mir keinen anderen Termin anbieten?«

»Mein Lieber, ausgeschlossen«, sagte Lucia. »Sie wissen ja, was in London in diesen letzten Tagen los ist. Solch ein Gedränge.«

»Dann sehen wir uns eben morgen«, sagte er.

»Aber morgen fahre ich doch zu Adele«, sagte sie.

»Ja, genau wie ich«, sagte Stephen. »Sie hat mich heute morgen eingeladen. Ich frage mich, ob Sie mich nicht mitnehmen könnten, wenn Sie im Auto fahren. Wäre denn Platz für Sie, Peppino und mich?«

Rasch überdachte Lucia die Situation. Für sie war völlig klar, daß Adele Stephen im letzten Moment eingeladen hatte, um Peppinos Platz einzunehmen. Natürlich hatte sie ihm das nicht verraten, und Lucia nahm sich fest vor, es genausowenig zu tun. Es würde ihm den ganzen Spaß verderben (jedenfalls hätte es ihren verdorben), wenn er wüßte, daß ... Und welch ein wunderbarer – und ziemlich gewagter – Auftritt es für sie sein würde, allein mit ihrem Liebhaber dorthin zu fahren. Sie konnte ihm morgen von Peppinos Unpäßlichkeit erzählen, als hätte sie sich gerade erst ergeben.

»Ja, Stephano, jede Menge Platz«, sagte sie. »Herzlich gern, ich hole Sie ab, nicht wahr, wenn ich mich auf den Weg mache, kurz nach drei.«

»Engelhaft«, sagte er. »Was werden wir uns amüsieren.«

Und wahrscheinlich leckte sich Nemesis in genau diesem Moment die trockenen Lippen. »Amüsieren!« dachte Nemesis.

Marcia Whitby war ebenfalls geladen. Sie fuhr vormittags hin und lunchte allein mit Adele. Ihr Hauptgesprächsthema lag auf der Hand.

»Ich las ihre Bekanntgabe in der *Morning Post*«, sagte die wütende Marcia, »daß sie sich für einige Tage völliger Ruhe aufs Land zurückgezogen habe, und nahm natürlich an, mir könne nichts passieren. Ich wollte unter keinen Umständen, daß sie auf meinen Ball kam, und als ich das sah, dachte ich, sie könne nicht kommen. Daher schickte ich ihr aus reiner Gutherzigkeit eine Karte, damit sie allen erzählen konnte, sie habe eine Einladung erhalten. Nicht einmal im Traum hätte ich mir einfallen lassen, daß sie möglicherweise doch kommen könnte. Statt dessen legt sie den auffälligsten Auftritt hin, den man sich nur vorstellen kann. Ich glaube, sie hat es so eingerichtet: Ich glaube, sie hat auf der Treppe gewartet, bis sie sah, daß wir uns zum Souper nach unten begaben.«

»Das wüßte ich gern!« sagte Adele. »Ein Geniestreich, wenn es stimmt. Außerdem hat sie siebenmal geknickst. Ohne vernehmliches Knacken meiner ältlichen Knie hätte ich das nicht geschafft.«

»Und sie blieb bis zum bitteren Ende«, sagte Marcia.

»Sie ging wirklich als allerletzte. Nie wieder werde ich jemandem einen Gefälligkeit erweisen.«

»Sie haben einfach etwas gegen sie«, sagte Adele. »Aber was hat sie eigentlich verbrochen? Sie haben Lucia eingeladen, und sie ist gekommen. Man wettert nicht gegen seine Gäste, wenn sie kommen, weil sie eingeladen wurden. Wenn keiner von ihnen käme, wäre es Ihnen auch nicht recht.«

»Das ist etwas anderes«, sagte Marcia. »Es würde mich nicht wundern, wenn sie die Sache mit der völligen Ruhe bekanntgegeben hätte, damit ich ihr in die Falle ging.«

Adele seufzte, schüttelte aber den Kopf.

»Ach du liebe Güte, das wäre allerdings phantastisch«, sagte sie, »aber das zu hoffen fällt mir leider schwer. Sie fuhr wohl aufs Land, weil sie von Ihnen keine Einladung bekam, und das war schon ziemlich gut. Aber das andere: nein. Jedenfalls werden wir Tony nach seiner Meinung fragen.«

»Was hat Tony damit zu tun?« wollte Marcia wissen.

»Na, dem geht sie sogar noch weniger aus dem Kopf als mir«, antwortete Adele. »Er denkt an nichts anderes.«

Marcia schwieg einen Moment lang. Dann blitzten ihre wütenden Augen nicht mehr ganz so verbittert.

»Erzählen Sie mir etwas mehr über sie«, sagte sie.

Adele klatschte in die Hände.

»Ach, das ist fein«, rief sie. »Sie hegen schon ein wenig freundlichere Gefühle. Ich kann mir nicht vorstellen, was wir ohne Lucia anfangen würden. Keine Ahnung, worüber wir reden könnten.«

»Sie ist lächerlich«, behauptete Marcia, die einen kleinen Rückfall erlitt.

»Nein, so dürfen Sie das nicht sehen«, widersprach Adele. »Nie dürfen Sie über sie lachen. Sie müssen sie nur aus vollem Herzen genießen.«

»Sie ist ein Snob«, sagte Marcia, als sei das eine umwerfende Entdeckung.

»Genau wie ich; genau wie Sie; genau wie wir alle«, sagte Adele. »Wir alle hetzen hinter Berühmtheiten wie . . . wie Alf und Marcelle her. Der Unterschied zwischen Ihnen und Lucia spricht voll und ganz für sie, da Sie so tun, als seien Sie kein Snob, während Lucia es unumwunden zugibt. Wofür ist außerdem eine Herzogin wie Sie da, wenn nicht zum Vergnügen von Snobs? Das ist Ihre Aufgabe in dieser Welt, meine Liebe; darum wurden Sie hierhergeschickt. Drücken Sie sich nicht davor, sonst leiden Sie im Alter unter Reuequalen. Und Sie sind auch ein Snob. Ihnen gefällt es, wenn an Ihrem Tanz sieben – oder waren es siebzig? – Mitglieder der Königlichen Familie teilnehmen.«

»Nun, erzählen Sie mir etwas mehr über Lucia«, sagte Marcia, von dieser raffinierten Auslegung des Falles einigermaßen überwältigt.

»Das werde ich wohl tun: Ich kann es kaum erwarten, Sie zum Luciaphilismus zu bekehren. Heute werden sich herrliche Dinge ereignen. Sie müssen wissen, daß Lucia einen Liebhaber hat . . .«

»Ganz absolut unmöglich«, sagte Marcia bestimmt.

»Oh, nicht unterbrechen. Natürlich ist er nur ein offizieller Liebhaber, ein öffentlicher Liebhaber, und er heißt Stephen Merriall. Eine perfekte Lady. Nun sollte Peppino, Lucias Gatte, sie heute hierherbegleiten, doch er hat sich sehr stark erkältet und abgesagt. Was mich eigentlich freut: Lucia hat mehr ... mehr Pep wenn er nicht dabei ist. Daher habe ich statt seiner ihren Liebhaber eingeladen ...«

»Nein!« sagte Marcia. »Fahren Sie fort.«

»Meine Liebe, die beiden sind weit besser als jedes Theaterstück, das ich je gesehen habe. Sie machen es herrlich: Sie werfen sich kleine Blicke zu und lächeln sich an, ehe sie rasch wieder mit jemand anderem reden. Natürlich sind beide so keusch wie eine Jungfrau, wenn irgend möglich noch keuscher. Ich glaube, der Fall der armen Babs hat Lucia die Idee eingegeben, daß es einer Frau in dieser bösen Welt eine persönliche Note verleiht, wenn sie der Ruf begleitet, einen Liebhaber zu haben. Und so risikolos: Es gibt nichts zu enthüllen. Wie ein Liebespaar benehmen sie sich ausschließlich in der Öffentlichkeit. Als es begann, hatte ich schreckliche Angst, Mr. Merriall könnte glauben, sie meinte es ernst, und versuchen, sie zu küssen, wenn sie allein waren, was die zarte Blüte im Ansatz erstickt hätte, aber ich bin mir sicher, daß er es begriffen hat.«

»Wie ideal!« befand Marcia.

»Nicht wahr? Fühlen Sie sich nicht schon viel luciaphiler? Ganz gewiß tun Sie das. Sie müssen sie genießen: Sich über sie zu ärgern zeugt von einem solchen Mangel an Humor. Zudem habe ich mir große Mühe gegeben, Leute einzuladen, an denen sie ihre Freude haben wird. Zunächst einmal den Premierminister, Sie, dann den Pianisten Greatorex, den einzigen Menschen, der Strawinsky spielen kann, dann den Psychoanalytiker Professor Bonstetter, den italienischen Botschafter, ihren Liebhaber, Tony ... Ich kann nicht mehr. Ach ja, und ich darf nicht vergessen, ihr zu sagen, daß Archie Singleton Babsens Bruder ist, sonst sagt sie vielleicht noch irgend etwas Gräßliches. Und dann sind da noch jede Menge Leute, die ihre Freude an Lucia haben werden, ganz besonders ich. Ich bin ihr verfallen, wirklich, Marcia. Sie hat Charakter, sie hat einen eisernen Willen, und ich mag starke gesprächige Frauen weit mehr als starke schweigsame Männer.«

»Ja, einen Willen hat sie«, stimmte Marcia zu. »Sie hatte sich fest vorgenommen, auf meinen Ball zu kommen, und sie kam. Ich gebe zu, daß ich ihr die Gelegenheit eröffnete.«

»Begabten Menschen eröffnen sich solche Gelegenheiten«, sagte Adele. »Gewöhnlichen Sterblichen eröffnen sie sich nicht.«

»Angenommen, ich würde heftig mit ihrem Liebhaber flirten?« sagte Marcia.

Adeles Augen glänzten vor angestrengtem Nachdenken.

»Ich kann mir nicht vorstellen, was sie machen würde«, sagte sie. »Bestimmt würde sie etwas Beeindruckendes machen, sonst wäre sie nicht Lucia. Aber das dürfen Sie nicht tun.«

»Nur an einem Abend«, bat Marcia. »Nur für ein paar Stunden. Es ist schließlich keine Wilderei, weil ihr Liebhaber ja nicht ihr Liebhaber ist, sondern nur eine Attrappe.«

Adele wurde wankelmütig.

»Zu wissen, wie sie reagieren würde, wäre wunderbar«, sagte sie. »Und es stimmt, daß er nur eine Attrappe ist. Meinetwegen morgen für ein paar Stunden, dann geben Sie ihn ihr zurück.«

Adele erwartete keinen ihrer Gäste vor dem Tee, und sowohl sie als auch Marcia zogen sich zu einem Mittagsschläfchen zurück. Adele war schon seit vier oder fünf Tagen hier, war zwischendurch zu Marcias Ball hin- und ganz früh am anderen Morgen wieder zurückgefahren und hatte drei Tage Zeit gehabt, um alles für ihre Party vorzubereiten, Zimmer zu verteilen, Fragen höchster Wichtigkeit mit ihrem Koch zu besprechen und dafür zu sorgen, daß sie sich an möglichst vielen Zügen einfand. Da das ganze Haus voll war, ergab es sich, daß Stephen Merriall das neben Lucias Zimmer gelegene, als Schlafzimmer eingerichtete geräumige Ankleidezimmer zugewiesen bekam, das ursprünglich für Peppino vorgesehen war. Adele teilte ihrem Butler mit, Mr. Lucas komme zwar nicht, sein Zimmer werde aber von Mr. Merriall übernommen, dachte dann nicht mehr daran und versäumte, an seiner Tür eine neue Karte anzubringen. Die besagten beiden Zimmer lagen auf halber Strecke an einem langen, von Schlaf- und Badezimmern gesäumten Flur, der sich über die gesamte Länge des Hauses erstreckte, ein ziemlich düsterer, geräumiger, eichenholzgetäfelter Flur, an dessen Ende die breite Treppe lag. Im unteren Stockwerk befand sich die Suite der allgemein zugänglichen Räumlichkeiten mit einer Bibliothek am Ende, einem großen Musikzimmer, einem langen, galerieartigen Salon sowie dem Speisezimmer. Sie alle gingen auf eine die Gartenanlage und die Tennisplätze überblickende gepflasterte Terrasse hinaus, und hier, wo der Schatten des Hauses Kühle spendete, versammelten sich Adeles Gäste. Sie trafen einzeln oder zu zweien ein, einige kamen mit dem Automobil aus London, andere mit der Eisenbahn, und erst als sich einige Dutzend von ihnen versammelt hatten, darunter einige der leidenschaftlichsten Luciaphilen, trat das Objekt ihrer Verehrung auf, in Begleitung ihres Liebhabers und augenscheinlich in Hochform.

»Liebste Adele«, sagte Lucia. »Wie köstlich, sich wieder der linden Landluft auszusetzen. Marcia, Liebe! Was hatte ich für eine abenteuerliche Anfahrt zu Ihrem Ball: zwei geplatzte Reifen; ich dachte, ich würde es nie schaffen. Wie geht es Ihnen, Exzellenz? Ich sah Sie bei der Herzogin, konnte aber kein Wort mit Ihnen wechseln. Aggie, Liebling! Ah, Lord Tony! Ja, ein Täßchen Tee wäre köstlich; ohne Zucker, Stephen, danke.«

Lucia hatte noch nicht alle bemerkt. Einige der Gäste wahrten ein wenig Abstand zum Teetisch, doch sie schienen nicht besonders wichtig zu sein, jedenfalls weilte der Premierminister nicht unter ihnen. Stephen hielt sich liebhabermäßig direkt hinter ihrem Stuhl auf, und sie wandte sich an den italienischen Botschafter.

»Die ganze Fahrt über hatte ich Angst vor einem Automobilunfall«, bekannte sie, »weil mir letzte Nacht träumte, ich hätte einen Spiegel zerbrochen. Träume sind drollig, aber die Psychoanalytiker, die sie auslegen, sind eigentlich noch drolliger. Neulich war ich bei Sophy, der guten Sophy Allingsby – gewiß kennen Exzellenz Sophy Allingsby –, wo ich mir einen Vortrag darüber anhörte. Warten Sie: gekochtes Kaninchen, wenn man von gekochtem Kaninchen träumt . . .«

Unversehens bemerkte Lucia eine gewisse Spannung; nur eine Spannung. Rasch sah sie sich um und erkannte einen der Männer, denen sie keine große Beachtung geschenkt hatte. Sie sprang von ihrem Stuhl auf.

»Professor Bonstetter«, rief sie. »Wie geht es Ihnen? Zweifellos erinnern Sie sich nicht an mich, aber ich hatte die Ehre, Ihnen nach Ihrem fesselnden Vortrag neulich die Hand schütteln zu dürfen. Gesellen Sie sich doch zu uns, und erzählen Sie Exzellenz und mir ein wenig mehr darüber. Mir liegen noch so viele Fragen auf der Zunge.«

Adele hätte am liebsten Beifall geklatscht, mußte sich aber damit begnügen, mit Marcia einen Blick zu wechseln. War Lucia nun großartig oder nicht? Das galt auch für Stephen: Mit welch trefflicher Geste sie ihm ihre leere Tasse reichte, als sie ausgetrunken hatte, ohne ein Wort, und wie perfekt er sie entgegennahm! »Mehr?« fragte er, und Lucia schüttelte den Kopf, ohne Professor Bonstetter ihre Aufmerksamkeit zu entziehen. Dann traf der Premierminister ein, und sie sagte, wie wunderschön sein Landsitz Chequers sein müsse. Sie nahm ihn nicht in Beschlag, sondern blieb lediglich in seiner Nähe und ließ Andeutungen fallen, ohne direkte Vorschläge zu unterbreiten, und ehe man sich versah, innerhalb von fünf Minuten, hatte er sie gefragt, ob sie Chequers kenne. Natürlich tat sie das, wenn auch nur als Touristin – und so kam eins zum anderen. Auf ihrer langen Fahrt nach Riseholme am Dienstag wäre es eine nette Unterbrechung, zum Lunch in Chequers haltzumachen, und kaum siebzig Kilometer Umweg.

Die Leute zerstreuten sich, schlenderten auf die Terrasse hinaus und versammelten sich wieder; einige begaben sich auf ihre Zimmer. Lucia ging eine kleine Runde mit dem Botschafter, wobei sie sich höchst taktvoll über Mussolini äußerte, dann eine mit Lord Tony, und eine ganze Weile durfte Stephen sich nicht zu ihr gesellen. Doch anschließend schlenderten sie hinaus in den Garten, wo man sie ganz dicht beisammenstehen und sich öffentlich über eine Blume streiten sah, und als Lucia merkte, daß sie beobachtet wurden, rief sie Adele zu, ob es sich nicht vielleicht um eine Dropmore Borage handele. Sehr bald kamen sie zurück, und Stephen ging auf sein Zimmer, während Lucia unten blieb. Adele zeigte ihr die Bibliothek und das Musikzimmer und den langen Salon, ehe sie sich zurückzog. Lucia strebte in das Musikzimmer, öffnete das Klavier und begann den langsamen Satz der Mondscheinsonate zu spielen.

Als etwa die Hälfte geschafft war, merkte sie, daß jemand den Raum betreten hatte. Doch ihr Blick war wie üblich verträumt auf die gewisse Stelle am Rand der Zimmerdecke gerichtet, und ihre Finger verteilten die langsamen Triolen fehlerlos. Als sie fertig war, seufzte sie leicht, drückte die Finger auf ihre Augen und erwachte langsam wie aus einer melodiösen Betäubung.

Ein Mann war hereingekommen und hatte nicht weit von dem Piano Platz genommen.

»Allerliebst!« sagte er. »Danke schön.«

Lucia konnte sich nicht erinnern, ihn auf der Terrasse gesehen zu haben; vielleicht war er soeben erst eingetroffen. Sie hatte jedoch die vage Vorstellung, daß sie ihn, ob auf der Terrasse oder anderswo, schon einmal gesehen hatte. Sie schrak auf entzückende Art zusammen. »Ach, ich hatte ja keine Ahnung, daß ich vor Publikum spielte«, sagte sie. »Ich hätte es nicht wagen sollen weiterzuspielen. Ganz scheußlich aus der Übung.«

»Dann üben Sie doch bitte noch ein wenig«, schlug der höfliche Fremde vor.

Sie ließ die Hände schmetterlingsgleich über die Tasten huschen.

»Ein kleines Häppchen Strawinsky?« sagte sie.

In der Mitte dieses Häppchens betrat Adele das Zimmer und wurde Zeuge, wie Lucia Mr. Greatorex Strawinsky vorspielte. Die Situation schien ihr weit, weit entglitten zu sein, und so wartete sie lediglich mit unvermindertem Vertrauen in Lucia ab, was passieren würde, wenn Lucia herausfand, wem sie da vorspielte ... Noch dazu war es ein längeres Häppchen, mehr eine ganze Mahlzeit als ein Häppchen, außerdem glich es erstaunlich einem Durcheinander. Schließlich unternahm Lucia den optimistischen Versuch, eine doppelte chromatische Tonleiter in divergierenden Richtungen zu spielen, was die Sache beendete, und lachte vergnügt.

»Meine armen Finger«, sagte sie. »Entzückendes Klavier, liebe Adele. Ich finde Bechstein hervorragend; das war ein kleines Häppchen Strawinsky. Möglicherweise hektisch, was meinen Sie? Aber doch dem modernen Idiom so verbunden: kleine aufgeregte Exkursionen, kleine Melodiefetzen, und nichts paßt zusammen. Doch ich sage immer, Strawinsky hat etwas, wenn man ihn gründlich studiert. Was habe ich an diesem kleinen Stück gearbeitet, und doch ist es noch lange nicht perfekt.«

Während Lucia mit der rechten Hand noch einen kurzen Lauf spielte, zermarterterte sie sich das Hirn darüber, wo sie diesen Mann schon einmal gesehen hatte, und drehte den Klavierschemel herum. Sie war sich ganz sicher, daß es sich um irgendeinen Künstler handelte, wollte aber Adele nicht bitten, ihn vorzustellen, weil das so ausgesehen hätte, als würde sie nicht jeden kennen. Als nächstes versuchte sie es mit Gemälden.

»Ich denke mir immer, daß die Strawinsky-Schule auf das Gebiet der bildenden Kunst übertragen durch die Postkubisten vertreten wird«, sagte sie. »Sie geben uns Strichmuster, so, wie Strawinsky uns Notenmuster gibt, und der moderne Dichter Wortmuster. Neulich abends hatten wir bei Sophy Allingsby einen wahren Sinnenschmaus an Mustern. Die gute Sophy – welch eine eigenartige geschmackliche Mixtur! Sie interessiert sich nur für das Ultraprimitive in der Musik und das Ultramoderne in der Kunst. Kurz bevor Sie kamen, Adele, versuchte ich mich des ersten Satzes aus Beethovens Mondschein zu entsinnen; obwohl sie so leicht aussehen, müssen diese Triolen schwebend gehalten werden. Und doch hält Sophy Beethoven für geradezu dekadent. Ich hätte sie zu Divas – Diva Dalrymple – kleinem Konzert mitnehmen sollen, denn ich versichere Ihnen, daß Strawinsky sich verglichen mit dem übrigen Programm richtig klassisch anhörte. Es war auch ein sehr ordentlicher Vortrag. Von Mr. – wie hieß er doch gleich? –, Mr. Greatorex.«

Bevor ihr Hirn die Querverbindung herstellte, hatte sie das Wort bereits ausgesprochen. Sie stieß ihr kleines schallendes Gelächter aus.

»Ach, ihr bitterbösen Menschen«, rief sie. »Eine Verschwörung, eindeutig eine Verschwörung. Mr. Greatorex, wie konnten Sie nur? Adele wies Sie an hereinzukommen, als sie hörte, wie ich mich an dem Instrument abplagte, und sagte Ihnen, Sie sollten Platz nehmen und mich ermutigen. Leugnen ist zwecklos, Adele! Ich weiß, daß es so war. Ich werde allen erzählen, wie garstig Sie gewesen sind, falls Mr. Greatorex nicht umgehend Platz nimmt und mit Zauberhand wiederherstellt, was ich soeben dahingemeuchelt habe.«

Adele leugnete nichts. Genaugenommen blieb gar keine Zeit, irgend etwas zu leugnen, da Lucia Mr. Greatorex regelrecht auf den Klavierhocker zwang und sofort ihre verzückte Musikmiene aufsetzte, mit auf die Hand gestütztem Kinn und verträumt nach oben gerichtetem Blick. Da hatte sie nun Nemesis gegen sich, sollte man meinen, die Schläge gegen sie austeilte, aber ihrer erstaunlichen Schnelligkeit hatte Nemesis nichts entgegenzusetzen. Lucia parierte und holte zum Gegenschlag aus, und schon – welch dankbarer Stoff für spätere Erinnerungen – saß Mr. Greatorex und spielte Strawinsky für sie, vor keinem anderen Publikum als sie selbst und Adele, die eigentlich nicht zählte, da ihr keine Melodie außer »Land of Hope and Glory« gefiel . . . Lucia war großartig!

Nicht ohne sie zu warnen, daß es Zeit zum Umziehen wurde, ließ Adele die beiden allein, doch zuerst gab es noch etwas Strawinsky, einzig für Lucias Ohren. Adele hatte ihr mitgeteilt, in welcher Richtung ihr Zimmer lag und daß ihr Name an der Tür stehe, und Lucia fand es gleich. Es war ein wunderschönes Zimmer, mit einem Bad auf der einen Seite und einem prachtvollen Charles-II-Bett, hinter dem ein wollener Wandteppich hing. Für Lucias elisabethanischen Geschmack ein wenig spät, und ihr fiel auf, daß der große Kleiderschrank ein Chippendale war, also aus einer noch späteren Epoche stammte. An den Wänden hingen chinesische Tapeten, und auf dem Fußboden lagen herrliche persische Teppiche, und obwohl sie die Einrichtung hätte kritisieren können, fiel es ihr leicht, sie zu bewundern. Für sie selbst hing da ein sehr elegantes Kleid und als Schmuck Tante Amys Perlen und die Beethoven-Brosche. Sie beschloß jedoch, keinerlei Anlaß für Konkurrenzgefühle zu geben, und legte die Perlen in ihr Schmuckkästlein zurück. Die Beethoven-Brosche, da gab es für sie keinen Zweifel, brauchte keinen Rivalen zu fürchten.

Lucia verbuchte das Dinner, soweit es sie betraf, als Riesenerfolg. Stephen saß ihr direkt gegenüber, und ab und an wechselte sie ein kleines entrücktes Lächeln mit ihm. Neben ihr saß auf der einen Seite Lord Tony, der ihre Erzählung über Strawinsky und Greatorex hinreißend fand. Außerdem berichtete sie ihm, was der italienische Botschafter über Mussolini und der Premierminister über Chequers erzählt hatten: Nach dieser entzückenden Party würde sie auf dem Weg nach Riseholme auf einen Sprung zum Lunch vorbeischauen. Dann nahm das Gespräch eine andere Wendung, und sie wandte sich nach links, um mit dem einzigen Mann zu sprechen, dessen Identität sie noch nicht ergründet hatte. Doch sie schnitt ein gängiges Thema an und erzählte von der armen Babs und wie sehr sie deren Auftreten bei diesem üblen Prozeß bewundere, der so katastrophal geendet hatte. Und wieder entstand eine leichte Spannung.

Es folgten Bridge und Mah-Jongg sowie ergiebige anspielungsreiche Gespräche und das von Lucia so geschätzte Gefühl, sich im Zentrum von allem zu befinden, was vornehm war. Als die Frauen sich nach oben begaben, eilte sie auf ihr Zimmer, kleidete sich flink in etwas Schlichteres und suchte, einer Einladung folgend, zu einem kleinen Plausch das Zimmer Marcias am anderen Ende des Flures auf. Adele war da, und die gute (recht gewöhnliche) Aggie, die Marcia wegen der sechs Reihen Whitby-Perlen ein wenig schmeichelte. Lucia war froh, daß sie ihren Prunk auf die Beethoven-Brosche beschränkt hatte.

»Warum tragen Sie sie denn nicht, Lucia?« fragte Adele. »Ich hätte sie zu gern gesehen.« (Sie hatte zwar von Tante Amys Perlen reden hören, sie aber auf Marcias Ball nicht gesehen.)

»Meine kleinen Staubperlchen!« sagte Lucia. »Nichts als Staubperlen, verglichen mit Marcias Murmeln. Winzige Klunkerchen!«

Aggie hatte sie gesehen und wußte, daß Lucia ihre Winzigkeit nicht übertrieb. Wie eine echte Luciaphile wechselte sie ein Thema, das sich als peinlich erweisen könnte.

»Packen Sie Ihren Tand fort, Marcia«, sagte Aggie. »Die Dinger sind nichts weiter als die Erkrankung einer gemeinen Muschel, die man ißt, wenn sie gesund ist, und trägt, wenn sie einen Tumor hat ... Eine triste Vorstellung, daß wir alle uns nicht wie bisher Tag für Tag treffen werden! Adele fährt nach Amerika, und Marcia fährt nach Schottland – welch eine üble Gegend, Marcia, begleiten Sie mich doch statt dessen nach Marienbad. Und was wirst du unternehmen, Lucia?«

»Ach, meine Liebe, wie gern ich nach Aix oder Marienbad gereist wäre«, sagte diese, »aber mein

Peppino behauptet, es sei unmöglich. Wir werden eine ruhige Zeit in Riseholme verbringen. Schekel, die leidigen Schekel.«

»Da redet sie einfach von Riseholme, als wäre es eine schreckliche Strafe, dorthin zu fahren«, sagte Adele. »Sie finden Riseholme hinreißend, Lucia, und wenn nicht, sollten Sie es wenigstens tun. Olga gerät darüber ins Schwärmen. Sie behauptet, woanders sei sie nie so richtig glücklich. Wann werden Sie mich dorthin einladen?«

»Adele, als wüßten Sie nicht, daß Sie immer willkommen sind«, sagte Lucia.

»Und mich«, sagte Marcia.

»Sie beide sind hiermit fest eingeladen«, sagte Lucia. »Liebe Marcia, wie bezaubernd von Ihnen, daß Sie vorbeikommen möchten! Ich fahre am Dienstag hin und bleibe dort. Und es stimmt, ich finde es hinreißend. Keine Bälle, keine Partys, und solch liebe Arkadier. Man muß sie sehen, um zu glauben, daß es sie gibt. Das Leben in seiner einfachsten Form, ihr Lieben.«

»Einfacher als in Schottland kann es gar nicht sein«, sagte Marcia. »In Schottland bringt man den lieben langen Tag Vögel und Fische um, die man abends ißt. Das ist alles.«

Die ganzen aufreibenden Monate über hatte Lucia sich vielleicht noch nie so reich belohnt gefühlt wie in diesem Augenblick. Den lieben langen Abend hatte sie sich in legerem geistigen Negligé mit den Großen des Landes unterhalten, den Adligen, den Berühmten, den Kultivierten, und nun befand sie sich zu einem Gutenachtplausch im Schlafzimmer einer Herzogin. Damit war sie Nirwana näher gerückt als sogar auf Marcias

Ball. Und die drei anwesenden Frauen schienen sich um sie zu gruppieren: Sie warteten – daran konnte kein Zweifel bestehen –, hingen an ihren Lippen, so, wie Riseholme immer auf ihre Führung gewartet hatte. Sie hatte das Gefühl, wirklich etwas zu erreichen, stützte das Kinn auf ihre Hand und ließ den Blick ein wenig nach oben schweifen.

»Man wird mich mächtig in meine Schranken weisen, wenn ich wieder nach Riseholme zurückgehe«, sagte sie. »Riseholme glaubt ganz gewiß, ich hätte meine Zeit mit unnützen Oberflächlichkeiten verschwendet. Es liest beispielsweise in einer Abendzeitung, ich sei auf Aggies Party, in Adeles Haus oder auf Marcias Ball gewesen, und wird, das versichere ich Ihnen, mir gegenüber höchst mißtrauisch sein. So als wüßte ich nicht, daß all diese zauberhaften Dinge lediglich Symbole sind.«

Adele hatte das kataleptische Aussehen einer Gestalt in einem bunten Glasfenster, so verzückt war sie. Aber sie wollte diese Aussage voll und ganz würdigen.

»Lucia, reden Sie doch nicht so neunmalklug daher«, sagte sie. »Ihre Worte sind mir viel zu hoch: Sie klingen wie das Brummen eines Flugzeuges. Erklären Sie, was Sie mit Symbolen meinen.«

Lucia spielte mit einer Hand mit der Whitby-Perlenkette, die Marcia immer noch trug. Die andere lag auf Adeles Knie. Sie spürte, daß man eine besonders kluge Sentenz von ihr erwartete.

»Wissen Sie, meine Liebe«, sagte sie, »all unsere Aktivitäten, all unsere Vergnügungen sind Symbole der Zuneigung: Wir finden Gefallen daran, uns zu begegnen, weil wir aneinander Anteil nehmen. Interessante

Menschen, vornehme Menschen, unbedeutende Menschen, gewöhnliche Menschen, wir sehnen uns danach, sie alle in unsere Leben einzubringen, um unseren Horizont zu erweitern. Wir erfahren von anderen Interessen neben unseren eigenen oder versuchen, davon zu erfahren. Ich werde Riseholme begreiflich machen müssen, daß der gute kleine Alf, wenn er in meinem Haus Flöte spielt, und ein halbes Dutzend wachtelessende Prinzen in Marcias Herrenhaus das gleiche sind, stimmt's? Wir lernen die Ansichten von Preisboxern und Prinzessinnen kennen. Und ich habe den Eindruck, ich habe den Eindruck ...«

Lucias Blick wurde noch eine Spur entrückter und unnahbarer.

»Ich habe den Eindruck, daß wir sogar unsere Seelen erweitern«, sagte sie, »indem wir sie in unser Leben fließen lassen. Wie schlecht ich das formuliert habe! Aber als mir Eric Greatorex – wie entzückend von ihm – vor dem Dinner diese köstlichen Strawinsky-Stücke vorspielte, hatte ich das Gefühl, daß ich über eine Art Grenze hinweg Strawinsky *betrat*. Eric hat mir den Reisepaß ausgestellt. Eine Multiplizierung von Erfahrungen: Ich glaube, das ist es, was ich meine.«

Keine der Anwesenden hätte mit Bestimmtheit sagen können, was Lucia meinte, doch die Tendenz schien dahin zu gehen, daß eine Stunde mit einem Einbrecher oder Kannibalen für die Erweiterung der Seele von Nutzen war.

»Und auch Exzentriker«, fuhr Lucia fort. »Wie gut, wenn man Kontakt zu etwas ganz Abseitigem bekommt. Marcelle – Marcelle Periscope –, Sie haben ihn in meinem Haus kennengelernt, nicht wahr, Aggie ...«

»Warum wurde ich nicht eingeladen?« wollte Marcia wissen.

Lucia lächelte einmal kurz, als hätte ein braves Kind sie unterbrochen.

»Liebe Marcia, warum haben Sie nicht gefragt? Dazu kennen Sie mich doch bestimmt gut genug. Ja, Marcelle, ein Filmkünstler. Ein frischer Horizont, eine frische Einstellung zum Leben. Wie gut für mich: Es hilft mir, nicht engstirnig zu werden. *Dio mio!* Wie bete ich, daß ich nie engstirnig werde. Und auch schockiert zu sein! Wie schockierend, wenn man schockiert ist. Wenn jede von euch fünfzig Liebhaber hätte, würde ich es lediglich als Ehre ansehen, über alle Bescheid zu wissen.«

Marcia sehnte sich danach, so dringend, wie man sich danach sehnt, zu niesen, eine direkte Anspielung auf Stephen einfließen zu lassen. Sie warf Adele, der Priesterin dieses Kultes, dessen Anhängerin sie, wie sie wußte, rasch wurde, eine halbe Sekunde lang einen Blick zu, doch wenn jemals einem Menschen, der eine Auskunft einholte, ein entschiedenes Nein zugebrüllt wurde, dann in diesem Moment. Falls Lucia sich entschloß, irgend etwas über Stephen zu sagen, wäre es wahrhaftig Manna, aber fragen – niemals! Aggie, die seitlich versetzt zu ihnen saß, hatte diese Telegraphie nicht gesehen, und machte unklugerweise den Mund auf.

»Wenn eine normale, gutaussehende Frau«, hub sie an, »mir erzählt, sie habe keinen Liebhaber oder Mann, der ihr Liebhaber sein möchte, entgegne ich immer: ›Sie lügen!‹ Und es stimmt. Fang an, Lucia, von deinen Liebhabern zu berichten.«

Nichts hätte verhängnisvoller sein können. Adele hätte Aggie sämtliche sechs Reihen der Whitby-Perlen ins Gesicht schleudern mögen. Lucia hatte keinen Liebhaber, sondern nur das Gespenst eines Liebhabers, auf das nie direktes Licht fallen durfte. Ein klein wenig Überlegung hätte Aggie das klarmachen können. Ihre Sorglosigkeit hatte zur Folge, daß Lucia sichtlich verlegen wurde, auf die Uhr schaute und überstürzt aufstand.

»Ach du liebe Güte!« sagte sie. »Wie spät es geworden ist! Wer hätte vermutet, daß unser kleiner Plausch so lange gedauert hat? Ja, liebe Adele, ich kenne mein Zimmer, linker Hand mit meinem Namen an der Tür. Sie brauchen es mir nicht zu zeigen, kommt gar nicht in Frage.«

Lucia verabschiedete sich drückender-, küssender- und schmiegenderweise und huschte, fest in ihren hocheleganten, blaßblauen leichten Morgenmantel gewickelt, auf ihren Pantoffeln geräuschlos in den Flur hinaus. Es war spät, im Haus war es ganz still geworden, denn eine Viertelstunde zuvor hatten sie das Knarren von männlichen Fußschritten auf dem Weg in die Zimmer vernommen. Die zentrale Beleuchtung hatte man gelöscht, nur hie und da brannte entlang des langen stillen Ganges ein Lämpchen. Auf Zehenspitzen huschte Lucia an einem halben Dutzend Türen vorbei, bis sie zu einer kam, an der sie gerade noch den Namen Philip Lucas ausmachen konnte, dem eine mickrige Hieroglyphe vorangestellt war, bei der es sich selbstverständlich um ein »Mrs.« handeln mußte. Sie drückte die Klinke und trat ein.

Zwei Meter vor ihr stand Stephen neben dem Bett, verführerisch in seinem honigfarbenen Pyjama. Eine schauderhafte Sekunde lang – sie war sich nämlich sicher, daß sie sich in ihrem Zimmer befand (*so wie er, daß es seins war*) – starrten sie sich totenstill an.

»Wie können Sie es wagen?« sagte Stephen, so außer sich, daß er die Silben kaum herausbrachte.

»Und wie können Sie es wagen?« zischte Lucia. »Verlassen Sie auf der Stelle mein Zimmer.«

»Verlassen Sie meins!« sagte Stephen.

Lucias empörter Blick verließ sein von Grauen entstelltes Gesicht und musterte das Zimmer. An den Wänden klebte keine chinesische, sondern eine hübsche Morris-Tapete; hier stand kein Charles-II-Bett mit Wandteppich, sondern eine Couch mit Messingbaldachin; es gab keinen Chippendale-Kleiderschrank, sondern irgend etwas Nützliches aus der Tottenham Court Road. Sie stieß ein kleines Qietschen aus, das von der Tonhöhe her zwischen der Musik eines Griffels und der einer Fledermaus angesiedelt war, und schloß seine Tür. Sie schleppte sich zum nächsten Zimmer, wo ebenfalls der Schriftzug »Philip Lucas« zu lesen stand, trat ein und verriegelte die Tür. Sie eilte zu der Verbindungstür zwischen diesem und dem verhängnisvollen Gemach nebenan, und als sie auch diese verriegelte, hörte sie, wie der Riegel auf der anderen Seite heftig vorgeschoben wurde.

Im Zustand schmerzhafter Unruhe setzte sie sich auf ihr Bett. Ihr Ausflug in das verhängnisvolle Gemach war ein schrecklicher, ein entsetzlicher Fehler gewesen. Niemand wußte das besser als sie selbst, aber wie sollte sie es ihrem Liebhaber erklären? Wochenlang hatten sie die Unmoral ihrer untadeligen Beziehung offen zur Schau getragen, und nun kam es ihr unmöglich vor, diese je wieder aufzunehmen. Immer wenn sie Stephen ein kleines Lächeln oder einen kleinen Blick schenkte, was sie mittlerweile so perfekt beherrschte, würde sich dieser Augenblick sprachlosen Entsetzens in ihr Gedächtnis schleichen, ihr Lächeln würde sich zu einer tragischen Grimasse verzerren, ihr Blick sich angeekelt von ihm abwenden. Schlimmer noch, wie sollte sie je wieder zu ihm darüber sprechen oder leidenschaftlich ihre Unschuld beteuern? Er hatte geglaubt, sie wäre, sobald es im Haus ruhig geworden war, in sein Zimmer gekommen (was stimmte), getrieben von einem finsteren Liebesdrang, und obwohl sie seinem Beispiel gefolgt war, als er sie zurückgewiesen hatte, war ihr die schaudernde Entrüstung ihres Liebhabers aufgefallen. Wenn sie in dem Moment nur kühlen Kopf bewahrt, wenn sie nur sogleich gesagt hätte: »Verzeihung, ich habe die Zimmer verwechselt«, hätte alles im Lot bleiben können, aber wie sollte sie sich dazu aufraffen, es im nachhinein zu sagen? Und trotz der ganzen Unbescholtenheit ihrers integren Charakters, der puritanisch und hart an der Grenze zur Prüderie war, hatte ihr (wie jeder anderen Frau auch) sein ungekünsteltes Entsetzen angesichts ihres Eindringens mißfallen.

Nebenan befand sich Stephen kaum in einem besseren Zustand. Er hatte ein schweres Trauma erlitten. Wochenlang hatte Lucia ihn ermutigt, den Liebhaber zu spielen. War etwa (so fragte er sich im stillen) diese angenehme öffentliche Irreführung nun für sie zur Realität geworden, zu einem inneren Bedürfnis? Sie hatte sich, als er sie zu Recht zurückwies, den Anschein gegeben, sie sei irrtümlich in sein Zimmer geraten, aber war das Verstellung gewesen? War sie wirklich mit einem schrecklichen Vorhaben gekommen? Jedenfalls oblag es ihr, eine Erklärung zu liefern und auf ihrer Unschuld zu beharren, wenn sie denn unschuldig war, und er würde ihr nur allzu gern Glauben schenken. Doch zur Zeit und ohne diese Vorbedingung war ihm die Vorstellung schlichtweg unerträglich, das liebespaarähnliche Benehmen in der Öffentlichkeit fortzusetzen. Sonst fühlte sie sich womöglich ermutigt... Auch wenn er nun hinter verschlossenen und verriegelten Türen sicher war, wußte er doch, daß er nicht würde einschlafen können, und nahm eine starke Dosis Aspirin.

Lucia verfuhr weit gründlicher: Sie schob Probleme nie auf die lange Bank, sondern stellte sich ihnen. Noch lange nachdem Stephens Nerven sich gefestigt hatten, saß sie auf ihrer Bettkante und durchdachte alles gründlich, während sie sich beruhigte. Zur Zeit waren liebespaarähnliche Beziehungen in der Öffentlichkeit undenkbar, und sie konnte von Glück reden, daß sie in ein paar Tagen in Riseholme interniert werden würde. Auf einmal kam ihr wie ein Geistesblitz der Gedanke, welche interessante Haltung in der Zwischenzeit einzunehmen war: Sie würde den Eindruck vermitteln, daß es zwischen ihnen beiden zu einem Streit unter Liebenden gekommen sei. Je mehr sie darüber nachdachte, desto mehr sagte ihr die Idee zu. Die Leute würden es bemerken und sich fragen, was da wohl los sei, aber ihre Neugier würde nie befriedigt werden, denn wenn sie an das Entsetzen dachte, das sich in Stephens Miene widergespiegelt hatte, war Lucia sich sicher, daß er genau wie sie über diese mitternächtliche Begegnung schweigen würde wie ein Grab. Sie durfte nicht unglücklich wirken; im Gegenteil, sie mußte lebhafter und aufgeschlossener sein denn je zuvor und Stephen einfach komplett ignorieren. Außerdem würde sie ihn nicht in ihrem Wagen mit zurück nach London nehmen: Er würde die Bahn nehmen müssen.

Das ehemalige Liebespaar kam am nächsten Tag aus Angst, einander allein über den Weg zu laufen, sehr spät nach unten, und so saßen sie den halben Vormittag in ihren benachbarten Zimmern. Stephen hatte etwas Hermione-Arbeit zu erledigen, da diese Party etliche Absätze umfassen würde, doch ganz gleich, wie viele es werden mochten, Hermione war wild entschlossen, Lucia in keinem einzigen zu erwähnen. Allerdings wußte Hermione, daß Mr. Stephen Merriall anwesend war, und erwähnte es auch. Durch einen jener gemeinen Zufälle, die auf diejenigen niederprasseln, die Nemesis zu strafen wünscht, kamen beide in genau dem gleichen Moment aus ihren Zimmern und mußten gemeinsam nach unten gehen, einander kühl zu dem wunderschönen Morgen beglückwünschend. Glücklicherweise waren andere Gäste auf der Terrasse, unter ihnen Marcia. Sie hielt dies für eine hervorragende Gelegenheit, ihren Flirt mit Stephen zu beginnen, den sie umgehend in den Küchengarten entführte, da sie sterben müsse, wenn sie Sonntag morgens keine Stachelbeeren äße. Lucia schien ihre Abwesenheit absolut nicht zu bemerken und schloß sich einem erlesenen Grüppchen um den Premierminister an. Bei einem Gespräch mit ihm über das Wohnungsproblem, einem Bummel mit Lord Tony, der sie anflehte, ihn nicht mehr »Lord« zu nennen, und noch ein wenig Strawinsky mit Greatorex verging der kurze Vormittag recht angenehm. Doch als sie ziemlich spät zum Lunch ging, sah sie, daß Marcia und Stephen noch nicht von der Stachelbeerernte zurück waren. Am Tisch gab es nur noch eine Lücke mit drei Plätzen, so daß Stephen mit Sicherheit neben ihr sitzen würde.

Das Essen war schon halb vorüber, als sie auftauchten, Marcia sich vielmals entschuldigend.

»Abscheulich unhöflich von mir, liebe Adele«, sagte sie, »aber wir hatten ja keine Ahnung, daß es schon so spät war, stimmt's, Mr. Merriall? Wir gingen in die Stachelbeeren, und . . . und dort sind wir wohl hängengeblieben. Ihre Schuld, Mr. Merriall; ihr Männer habt eben kein Zeitgefühl.«

»Wie könnte es anders sein, Herzogin, wenn man in Ihrer Gesellschaft ist?« erwiderte Stephen ausgesucht galant.

»Wie lieb von Ihnen«, sagte sie. »Aber fahren Sie fort. Sie waren gerade dabei, mir etwas sehr Aufregendes zu erzählen. Und bitte, Adele, niemand soll auf uns warten. Wie ich sehe, haben Sie alle Ihren Lunch beinahe beendet, ich dagegen habe noch nicht angefangen, und von Stachelbeeren kriege ich immer einen Riesenappetit. Ja, Mr. Merriall?«

Während Marcia den ganzen Nachmittag hindurch Lucias Liebhaber mit Beschlag belegte, hielt Adele vergeblich nach dem kleinsten Anzeichen von Groll oder Unruhe auf seiten Lucias Ausschau. Aber sie konnte einfach keines entdecken; es war unmöglich, etwas zu finden, was nicht existierte. Lucia schien sich irgendeiner Annektierung, ja auch nur der Existenz Stephens absolut nicht bewußt zu sein. Da saß sie nun mit Tony und ihr selbst zusammen, plauderte von Marcias Ball und dem neuesten gewagten Memoirenband, über den sie eine Rezension in der Sonntagszeitung gelesen hatte, von Sophys schwarzem Zimmer und von Alf: Nie war sie in jeder Hinsicht besser gerüstet gewesen, nie hatte sie deutlicher im Mittelpunkt gestanden. Marcia, dachte Adele, bekam eine derbe Lektion erteilt, wenn sie sich einbildete, irgendwelche Gefühlsregungen bei Lucia hervorzurufen. Die Liebenden verstanden einander zu gut ... Oder, mutmaßte Adele plötzlich, hatten sie sich etwa gestritten? Es sah beinahe so aus. Obwohl sie und Tony ihr luciaphiles Treffen genossen, wünschte sie fast, Lucia würde sie allein lassen, damit sie diese bezaubernde Möglichkeit in einer Besprechung erörtern könnten. Und wie selbstverständlich sie ihn mit Tony anredete: Bestimmt hatte sie mit ihrem Zimmermädchen geübt.

Irgendwo im Haus klingelte ein Telephon, und ein Lakai kam auf die Terrasse heraus.

»Lucia, ich weiß, daß es für Sie ist«, sagte Adele. »Ganz gleich, wo Sie sind, immer werden Sie am Telephon verlangt. Wenn Sie mitten in der Sahara wären, würde aus dem Wüstensand ein Telephon für Sie klingeln. Ja? Für wen ist es?« fragte sie den Lakai.

»Für Mrs. Lucas, my Lady«, sagte der.

Lucia erhob sich zufrieden.

»Immer ziehen Sie mich auf, Adele«, sagte sie. »Welch ein Ärgernis das Telephon ist. Nie gönnt es einem Ruhe. Aber ich bin gleich wieder da.«

Sie trippelte von dannen.

»Tony, es gibt jede Menge Gesprächsstoff«, sagte

Adele rasch. »Was ist zu den beiden Liebenden zu sagen? Blindes Verständnis, oder streiten sie sich? Und wer hat sie angerufen? Was würden Sie wetten, daß es ...«

»Alf ist«, ergänzte Tony.

»Schwer zu sagen. Tony, zu dem Liebespaar. Wenn das nichts ist! Noch nie habe ich eine solch großartige Indifferenz erlebt. Wie werde ich Marcia auslachen! Sie erzielt nicht die geringste Wirkung. Lucia nimmt keinerlei Notiz. Ich wußte, daß sie phantastisch sein würde. Letzte Nacht hatten wir in Marcias Zimmer ein herrliches Gespräch, bis Aggie sich blamierte. Da kommt sie wieder. Gleich werden wir's erfahren.«

Lucia kam rasch auf die Terrasse.

»Liebe Adele«, sagte sie, »wäre es schrecklich von mir, wenn ich heute nachmittag abreiste? Man hat mich aus Riseholme angerufen; Georgie hat mich angerufen. Meinem Peppino geht es gar nicht gut. Nichts wirklich Schlimmes, aber er liegt im Bett, und er ist allein. Ich glaube, ich sollte besser aufbrechen.«

»Ach du liebe Güte«, sagte Adele, »natürlich sollen Sie genau das tun, was Sie für richtig halten. Es tut mir schrecklich leid, wie uns allen, wenn Sie abreisen. Aber wenn es für Sie eine Beruhigung ist ...«

Lucia sah sich um und auf all die erlesenen Grüppchen. Sie verließ die wundervollste Party: Dies war die höchste Stufe, die sie bisher erklommen hatte. Andererseits verließ sie ihren Liebhaber, was eine gewisse Entschädigung war. Doch in Wahrheit dachte sie an all dies nicht.

»Mein armer alter Peppino«, sagte sie. »Ich muß gehen, Adele.«

10

Heute, am letzten Augusttag, hatte Peppino zum erstenmal die Erlaubnis, das Haus zu verlassen, eine halbe Stunde lang durch den Garten zu schlendern und in der Sonne zu sitzen. Seine Krankheit, für Lucia der Anlaß, sich selbst abzuberufen, war ernst gewesen: Er hatte einige Tage lang an schwerer Lungenentzündung gelitten. Seitdem er über den Berg war, machte er zufriedenstellende Fortschritte.

Lucia, die sich in diesen Wochen absolut bewundernswert verhalten hatte, wäre nun mit ihm hinausgegangen, doch nach seiner Visite hatte der Arzt erklärt, er wolle sich mit ihr unterhalten, woraufhin sie im Musikzimmer ein etwa zwanzig Minuten dauerndes Kolloquium abgehalten hatten. Nachdem der Doktor gegangen war, blieb sie noch ein paar Minuten sitzen, um ihre Gedanken zu ordnen, und begab sich zu Peppino ins Freie.

»Solch ein gutes aufmunterndes Gespräch, *caro*«, sagte sie. »Noch nie gab es einen so perfekten Rekonvaleszenten – mein Lieber, was für ein Wort – wie dich. Du bist ein Musterpatient. Du brauchst nichts weiter zu tun, als genauso weiterzumachen wie bisher, dir jeden Tag ein wenig mehr und noch ein wenig mehr zuzutrauen, und in einem Monat bist du wieder so kräftig wie eh und je. Welch großartige Konstitution.«

»Und keine Seereise?« fragte Peppino. Diese schauderhafte Möglichkeit war ihm irgendwann einmal in Aussicht gestellt worden.

»Nur wenn sie glauben, ein oder zwei Monate im Winter an der Riviera könnten ratsam sein. Dann würde die Seereise von Dover nach Calais erforderlich, aber mehr nicht. Ich weiß übrigens, was du jetzt denkst. Du hast mir erklärt, wir könnten in diesem August nicht nach Aix, weil es unsere Mittel übersteige, wie sollen wir also zwei Monate in Cannes finanzieren?«

Lucia machte eine kurze Pause.

»Da fällt mir eine köstliche Geschichte ein«, sagte sie, »die die gute Marcia über ihre Cousinen erzählt hat, die sich einschränken mußten. Als sie alles durchgesprochen hatten, kamen sie zu dem Schluß, daß sie lediglich die Einschränkung machen konnten, den Kaffee nach dem Lunch ausfallen zu lassen. Aber das kriegen wir besser hin . . .«

Lucia machte wieder eine Pause. Peppino hatte sich genug aus eigener Kraft bewegt, und sie nahmen in der sonnigen kleinen Laube neben der Sonnenuhr Platz, in die so viele treffende Sinnsprüche eingeritzt waren.

»Außerdem teilte mir der Doktor mit, es wäre höchst unklug, wenn du den Versuch unternähmst, einen längeren Zeitraum über in London zu leben«, fuhr sie fort. »Nebel, fehlender Sonnenschein, feuchte Dunkelheit: alles schlecht. Und wieder weiß ich, was in deinem lieben Kopf vorgeht. Du denkst, ich schwärme für London und kann im Herbst den einen oder anderen Monat dort verbringen, und im Frühling auch, und die Wochenenden über hierherkommen. Ich habe jedoch nicht im mindesten die Absicht, etwas Derartiges zu tun. Ich werde mich nicht allein dort aufhalten. Außerdem, wo sind die Piepen, wie der entzückende kleine Alf sagte, wo sollen die Piepen für unsere Rivierareise herkommen?«

»Dann vermieten wir das Haus den Winter über?« sagte Peppino.

»Ausgezeichnete Idee, wenn wir sicher sein könnten, daß jemand es mietet. Wir können aber nicht sicher sein, es zu vermieten, und die ganze Zeit lang eine Flut von Abgaben und Steuern und der Hausmeister! Es wäre ekelhaft, sich ständig deswegen Sorgen zu machen und immer die Piepen zu zählen. Ich habe durchgerechnet, was wir in diesem Sommer dort ausgegeben haben, *caro*, und es hat mich erschüttert. Ich plädiere dafür, es zu verkaufen. Ohne dich werde ich es nicht benutzen, und du wirst es überhaupt nicht benutzen. Du weißt ja, wie ich mich um deinetwillen darauf gefreut habe, dort zu sein, dein Klub, der Lesesaal im Britischen Museum, der Königliche Astronom, doch das ist jetzt alles kaputt, wie Tony sagt. Wir werden alles hierherschaffen, woran ganz besondere Erinnerungen an das liebe Tantchen geknüpft sind: ihr Porträt von Sargent natürlich, auch wenn Sargents astronomische Preise erzielen; oder den Schreibtisch aus Nußbaum, oder die Chippendale-Stühle, oder diesen kleinen Wollteppich in ihrem Schlafzimmer; aber ich plädiere dafür, alles andere zu verkaufen, das Grundstück, die Möbel, alles. Als könnte ich nicht ab und an zu Claridge's gehen, wenn ich die eine oder andere Frühstücksparty für all unsere Freunde veranstalten will! Und dann sind wir unserer Sorgen ledig, und wenn man sagt, du müßtest das kalte und feuchte Klima verlassen, wissen wir, daß wir nicht jeden Penny umzudrehen brauchen. Das wäre scheußlich; das dürfen wir keineswegs tun.«

»Aber du wirst dich nie wieder mit Riseholme zufriedengeben können«, wandte Peppino ein. »Nach deinen Bällen und deinen Partys und all dem, womit wirst du dich hier beschäftigen?«

Lucia musterte ihn mit ihrem stechenden Blick.

»Wenn ich nicht irgendein Betätigungsfeld finde, bin ich ein kompletter Dummkopf«, sagte sie. »War ich etwa vor London so müßig und unbeschäftigt? Du lieber Himmel, hier war ich immer total überarbeitet. Zerbrich dir deswegen nicht den Kopf, Peppino, denn wenn du das tust, beweist es nur, daß du mich überhaupt nicht verstehst. Und laß dir sagen, daß dein gutes Riseholme während unserer Abwesenheit sehr lasch und träge geworden ist, was mir starke Schuldgefühle bereitet. Nichts passiert hier: keine Spur mehr von dem alten Schwung und Schmiß und der alten Strebsamkeit. Sie vegetieren vor sich hin, sie leiden an Trockenfäule, und Georgie wird fett. Nie tut sich etwas Neues. Es geschieht nichts weiter, als daß Daisy zur Übung morgens einen Golfball übers Grün schlägt und sich nachmittags auf den Golfplatz begibt, und am nächsten Tag ist die einzige Neuigkeit wahrhaftig die, ob sie für die Runde weniger als tausend Schläge gebraucht hat, was immer das heißt.«

Lucia stieß einen kleinen, nachsichtigen Seufzer aus.

»Gelegentlich hat die gute Daisy ja Ideen«, sagte sie, »was ich gar nicht leugne. Ouija war ihre Idee, das Museum war ihre Idee, auch wenn sie behauptet, sie stamme von Abfou, und Abfou war auch ihre Idee. Golf war ebenfalls ihre Idee. Aber sie führt ihre Ideen nicht mitreißend genug durch, als daß sie Interesse wekken und die Leute bei der Stange halten. Bei der Stange!

Da sollten wir alle sein, tausend Dinge tun, die ungemein wichtig zu sein scheinen, und die ungemein wichtig sind, weil sie es zu sein scheinen. Um Dingen Bedeutung zu verleihen, braucht man ein gewisses Händchen, das Daisy nicht hat. Alles, was die arme Daisy tut, kommt einem trivial vor. Aber sie sollen erleben, daß ich wieder zu Hause bin. Was macht es mir schon aus, ob ich auf Marcias Ball gehe, für Alf die Klavierbegleitung spiele, mit Daisy Golf spiele oder mit dem armen guten Georgie, dessen Finger samt und sonders Daumen geworden sind, Duette spiele, solange ich es aufregend finde? Wenn es mir langweilig wird, *caro*, bin ich, wie Adele einmal sagte, ein dämlicher Narr. Die gute Adele, sie hat immer diese etwas derbe Ader.«

Lucia stieß auf mehr Gegenwehr bei Peppino, als sie erwartet hatte, da er auf ihre triumphalen Sommerauftritte in London mächtig stolz war, und auch wenn er sich gelegentlich in diesem Wirbelsturm gesellschaftlicher Aktivitäten verwirrt und durchgeschüttelt vorgekommen war und, um im Bild zu bleiben, seine tränenden Augen schließen und seinen Hut festhalten mußte, sonnte er sich doch in dem pausenlosen und unermüdlichen Wehen eben dieses Sturmes, der die auserlesensten Früchte von den Bäumen wehte. Seiner Meinung nach könnten sie es sowieso schaffen, das Haus noch ein weiteres Jahr offenzuhalten, ohne ihre finanziellen Reserven über Gebühr zu strapazieren; er gab zu, daß er hinsichtlich der Reise nach Aix zu pessimistisch gewesen sei, er brachte sogar die Erinnerungen an Tante Amy ins Spiel, die sich um Brompton Square Nummer 25 rankten und von denen er sich nur ungern trennen wolle. Doch im Gespräch mit dem Arzt hatte Lucia ihren Entschluß gefaßt: Sie wies sofort die Vorstellung zurück, ihre glorreiche Karriere in London weiter zu verfolgen, wenn sie die ganze Zeit über sparsam und haushälterisch sein und wenn sie – was weit wichtiger war – Peppino in Riseholme zurücklassen müßte. Daran war nicht zu denken; Zuneigung nicht weniger als Anstand machten es unmöglich, und nachdem sie einen Entschluß gefaßt hatte, machte sie sich mit all ihrer gewohnten Energie daran, ihr Ziel zu erreichen. Auch wußte sie, wie effektiv ein stetiger Angriff war: Wenn, beispielsweise, der großartige kleine Alf einen Wirkungstreffer im Gesicht seines Gegeners gelandet hatte, wartete er nicht ab, bis dieser sich erholte, sondern ließ sofort den nächsten und noch einen Schlag folgen, bis sein Opfer zusammenbrach und ausgezählt wurde. Mit Peppino verfuhr Lucia ebenso: Zum Beweis, daß sie über ihre Verhältnisse lebten, deckte sie ihn mit Zahlenkolonnen ein; sie zitierte (oder erfand) irgend etwas, das der Premierminister von einer wahrscheinlichen Erhöhung der Einkommensteuer gesagt hatte; sie nahm an, daß sie mit Sicherheit an die Riviera fahren würden, und zeigte sich über die Preise für Eisenbahnfahrkarten und Hotelzimmer entsetzt.

»Und bei unseren vielen Londoner Freunden, Peppino«, sagte sie in der entscheidenden Runde dieses Wettkampfes, »die es kaum erwarten können, nach Riseholme zu kommen und eine Woche hier zu verbringen, werden unsere Ausgaben hier steigen. Das darfst du nicht vergessen. Im Oktober werden sich unsere Besucher die Klinke in die Hand geben, und das wird andauern, bis wir in den Süden fahren. Dann ist da noch die Wiese am Ende des Gartens: Du hast sie noch nicht gekauft, und ich habe mein ganzes Herz daran gehängt. Ein Frühlingsgarten soll dort entstehen. Narzissen in verschwenderischer Fülle und ein gepflasterter Weg. Das hast du mir versprochen. Ich habe Tony beschrieben, wie es aussehen würde, und er ist maßlos neidisch. Was mich ganz und gar nicht wundert. Und dann dein neues Fernrohr. Ich bestehe auf diesem Fernrohr und weiß absolut nicht, woher das Geld dafür kommen soll. Und dann mein gutes altes Klavier: Es liegt in den letzten Zügen und macht es nicht mehr lange, und ich weiß, daß du nicht möchtest, daß ich ohne ein gutes Klavier im Haus mein Leben friste, im wahrsten Sinne des Wortes dahinvegetiere.«

Peppinos Gegenwehr wurde schwächer. Selbst wenn er völlig gesund und bei Kräften war, war er ihr nicht gewachsen, und dieser Trefferhagel brachte ihn sichtlich zum Wanken.

»Nicht daß ich dich drängen will, *caro*«, fuhr sie fort. »Wie du weißt, dränge ich dich nie, das zu tun, was deinem Gefühl nach nicht das beste für dich ist.«

»Aber du drängst mich doch«, wandte Peppino ein.

»Nur damit du das tust, was deinem Gefühl nach das beste für dich ist. Was das Andenken an Tante Amy am Brompton Square betrifft, so darfst du keinesfalls falscher Sentimentalität das Wort reden. Seit du ein Junge warst, hast du sie dort nicht mehr gesehen, und wenn du ihr Porträt mitbrächtest und die Wolldecke, die sie sich, wie du noch weißt, über die Knie gelegt hat, dann finde ich das – wohlbemerkt ohne dich zu drängen – ausreichend . . . Was für ein lieblicher Morgen! Komm zum anderen Ende des Gartens und stelle dir vor, wie die Wiese mit einem gepflasterten Weg und einem Meer von Narzissen aussehen wird ... Die Chippendale-Stühle sollte ich, glaube ich, verkaufen.«

Eigentlich wollte Lucia auch Tante Amys Porträt nicht, da ihr bewußt war, daß sie ab und an viel von Tante Amys Perlen erzählt hatte, die darauf, als kleines Kollier aus winzigen Staubperlen, getreulich abgebildet waren. Doch andererseits hatte Georgie sie an jenem Abend in der Oper gesehen, und Lucia war der Meinung, daß sie sich in Riseholme sehr täuschen mußte, wenn es mittlerweile nicht ganz genau über die Beschaffenheit und Winzigkeit von Tante Amys Perlen informiert wäre. Die Perlen sollten auch besser verkauft werden, ebenso wie ihr eigenes Porträt von Sigismund, dachte sie, da die Postkubisten sich keinen großen Namen gemacht hatten.

Der Hauptfaktor bei ihren Überlegungen, die zur Aufgabe ihrer Karriere in London führten, wozu sie nach einigen Tagen pausenloser Prügel Peppinos Zustimmung erwirkt hatte, war Peppino selbst. Er konnte nicht bei ihr in London sein, und sie konnte ihn nicht wochenlang (weniger war sinnlos, wenn man in London reelle Fortschritte machen wollte) allein in Riseholme zurücklassen. Doch ein wichtiger Faktor war auch die Entdeckung, wie wenig sie gegenwärtig in Riseholme galt, und dies ließ sich nicht hinnehmen. Riseholme hatte sie entthront, Riseholme beabsichtigte keinesfalls, sich von ihr vom Brompton Square aus führen zu lassen. Der Thron war vakant, da die arme Daisy – und übrigens auch der arme Georgie – nicht zu der Sorte Menschen gehörten, die Throne besteigen konnten. Sie sehnte sich danach, wieder die Königin zu mimen, und obwohl sie wußte, daß eine ungeheure Energieleistung ihrerseits erforderlich sein würde: Wofür war Energie eigentlich da, wenn nicht dazu, einem das zu verschaffen, was man haben wollte?

Im Moment war sie für Riseholme Luft: Sie hatte ihnen leid getan, weil Peppino so krank gewesen war, doch als seine Genesung stetig voranschritt und sie die Leute anzurufen begann, auf einen Sprung bei ihnen vorbeizukommen und Pläne für sie zu schmieden, wurde ihr bewußt, daß sie ihnen genauso wichtig war wie Piggy und Goosie ... Auf dem Anger stand Daisy, wie sie vom Flurfenster aus sehen konnte, schlenkerte wie wild mit den Armen und schlug einen Ball mit einem Stock, an dessen Ende ein stählernes Blatt befestigt war, und Georgie war, wie sie einigermaßen entsetzt feststellte, ebenfalls dort und versuchte, das gleiche zu tun. Erntete Daisy etwa den Lohn ihrer Beharrlichkeit, indem sie jemanden für Golf interessierte? Und, du liebe Güte, auch Piggy und Goosie droschen wie wild um sich. Riseholme hatte sich offensichtlich dem Golf verschrieben.

»Ich werde Golf lernen müssen«, dachte Lucia. »Wie öde! So ein albernes Spiel.«

In diesem Augenblick flog ein kleiner weißer Ball über ihre Eibenhecke und klopfte kurz an die Haustür.

»Über welch ungeheure Entfernung der Ball geschlagen wurde«, dachte sie bei sich. »Ich frage mich, wer von ihnen das war?«

Die Antwort ließ nicht lange auf sich warten, da Daisy hinter ihm drein durch den Garten getrippelt kam, woraufhin die freundlich lächelnde Lucia ihr entgegentrat, um sie zu begrüßen.

»Guten Morgen, liebe Daisy«, sagte sie. »Haben Sie

diesen Ball über diese ungeheure Entfernung geschlagen? Wirklich herrlich! Überhaupt nichts passiert. Was müssen Sie für eine hervorragende Spielerin sein!«

»Tut mir furchtbar leid«, keuchte Daisy, »aber ich dachte, ich müsse einen Driver nehmen. Das war ein schwerer Irrtum; ich hatte ja keine Ahnung, daß er so weit und so unberechenbar fliegen würde.«

»Ein phantastischer Schlag«, sagte Lucia. »Ich weiß noch, wie wunderbar Sie eingelocht haben. Und dies gehört auch zum Golf? Machen Sie es mir bitte noch einmal vor.«

Mit einem vergleichbaren Meisterstück konnte Daisy zwar nicht dienen, aber sie schickte den Ball hoch in die Luft oder ließ ihn über den Boden streifen und erklärte, der eine sei ein Hochschlag, der andere dagegen ein Windmogler.

»Am besten gefällt mir der Windmogler«, bekannte Lucia. »Lassen Sie mich doch mal probieren, ob ich den kann.«

Ein- oder zweimal verfehlte sie den Ball, doch dann gelang ihr ein vortrefflicher Windmogler, den Daisy allerdings einen »Topp« nannte. Daisy besaß drei Schläger, von denen sie zwei ablegte, wenn sie den dritten benutzte, und anschließend vergaß, so daß sie wieder zurückgehen und sie holen mußte ... Und schon tauchte Georgie auf, der ebenfalls Windmogler produzierte.

»Guten Morgen, Lucia«, sagte er. »Wirklich gräßlich, wenn man immer neben den Ball schlägt, aber wenn man ihn trifft, macht es mächtig Spaß. Haben Sie Ihr Uhrengolf schon aufgestellt? Na, war das nicht ein Pfundsschlag?«

Das Uhrengolf hatte Lucia völlig vergessen. Es lag irgendwo in dem sogenannten »Spieleschrank«, der einen Satz Bowls (weil das ein elisabethanisches Spiel war) und einige alte Tennisschläger enthielt sowie ein Kricket, das Peppino während seiner Schulzeit gespielt hatte.

»Heute nachmittag stelle ich es auf«, versprach sie. »Kommen Sie doch nach dem Lunch vorbei, Georgie, dann machen wir ein Spielchen. Sie auch, Daisy.«

»Danke, aber Georgie und ich wollten ein richtiges Spiel auf dem Platz absolvieren«, sagte Daisy ziemlich von oben herab.

»Na, so ein Spaß!« sagte Lucia devot. »Ich werde einen Spaziergang dorthin machen und euch zusehen. Ich glaube, ich muß dieses Spiel lernen. Etwas so Interessantes wie Golf habe ich noch nie gesehen.«

Das war unerfreulich; Daisy war Lucia keineswegs ungern behilflich, doch davon abgesehen wußte sie nicht so recht, ob ihr dieses plötzliche Interesse an Golf gefiel. Nun, da so gut wie ganz Riseholme sich damit beschäftigte und sie selbst mit ihrem Erfahrungsvorsprung alle schlagen konnte, hoffte sie, Lucia würde das Spiel verabscheuen und an diesen herrlichen Nachmittagen völlig auf sich allein gestellt sein. Alle gingen nach dem Mittagessen zu dem kleinen Neun-Loch-Golfplatz, der Pfarrer (Mr. Rushbold) und seine Frau, der Hilfsprediger, Oberst Boucher, Georgie, Mrs. Antrobus (die ihr Hörrohr bei dieser sportlichen Betätigung nicht benutzte und daher nie mitbekam, wenn jemand »Vorsicht!« rief) sowie Piggy und Goosie, und manchmal wurde Mrs. Boucher in ihrem Rollstuhl auf den Platz geschoben, wo sie die auf dem letzten Grün erzielten herrlichen Putts beklatschte. Ja Daisy hielt inzwischen sogar Kurse in ihrem Garten ab, wo Riseholme in Reih und Glied stand und übte, wie man ausholte und den Blick auf einen bestimmten Grashalm richtete; tatsächlich versprach Golf, Riseholme wieder genauso beschäftigt und zufrieden zu machen wie die Museumsgründung. Natürlich, wenn Lucia wirklich etwas (aber auch nicht zuviel) lernen wollte, würde Daisy ihr mit Vergnügen Unterricht geben, doch in Daisys Hinterkopf rumorte eine eigenartige Besorgnis. Sie tröstete sich jedoch mit der Annahme, daß Lucia im Herbst wieder zurück nach London fahren würde und indem sie Georgie eine schlimme Niederlage zufügte.

Lucia begleitete sie nicht weit auf ihrer Runde, sondern kehrte zu dem kleinen Schuppen von einem Klubhaus zurück, wo sie Informationen über den Klub einholte. Er war recht neu, nämlich erst im vergangenen Frühjahr von Geschäftsleuten und Bewohnern aus Riseholme und dem benachbarten Städtchen Blitton gegründet worden. Dann führte sie ein angenehmes Gespräch mit dem Pächter der Gaststätte Ambermere Arms, der gerade eine Runde beendet hatte und sagte, wie froh alle seien, daß die Leute angefangen hatten, Golf zu spielen.

»Nehmen wir Mrs. Quantock, Ma'am«, sagte er. »Sie kommt jeden Nachmittag her und übt jeden Morgen auf dem Anger. Wenn man heutzutage morgens über den Anger geht, setzt man sein Leben mutwillig aufs Spiel. Solchen Enthusiasmus habe ich noch nie erlebt, dabei wird sie den Ball nie treffen.«

»Sie dürfen uns doch nicht entmutigen, Mr. Stratton«, sagte Lucia. »Auch ich werde mich in diesem Herbst dem Golf widmen.«

»Sie kriegen das besser hin, darauf möchte ich wetten«, sagte Mr. Stratton servil. »Wie man hört, puttet Mrs. Quantock ganz hübsch, wenn sie in die Nähe des Lochs kommt, aber sie braucht so viele Schläge, bis sie dorthin gelangt. Sie hat, wenn man so will, das Loch schon verloren, ehe sie auch nur die Gelegenheit hatte, es zu gewinnen.«

Lucia dachte eine Minute lang scharf nach.

»Ich muß umgehend beitreten«, sagte sie. »Wer – wer gehört dem Vorstand an?«

»Nun, den besetzen wir im kommenden Oktober neu«, sagte er, »wo jetzt die Damen und Herren aus Riseholme beitreten. Wir hätten gern eine Ihrer Damen als Präsidentin und einen der Herren im Vorstand.«

Lucia zögerte keinen Moment.

»Ich wäre entzückt«, erklärte sie, »wenn der jetzige Vorstand mir die Ehre erwiese, mich vorzuschlagen. Und wie wäre es mit Mr. Pillson? Wenn Sie möchten, würde ich bei ihm vorfühlen. Wir dürfen aber nichts davon verraten, bevor Ihr Vorstand zusammentritt.«

Damit war diese Sache wunderbar geregelt; Mr. Stratton wußte, wie dankbar der Vorstand sein würde, und lange ehe Georgie und Daisy zurückkamen, hatte Lucia vier Schläger gekauft und nahm gerade bei einem kleinen drahtigen Caddie Unterricht.

Während Daisy auf dem Anger protzte und Georgie, Piggy und Goosie beibrachte, wie man spielte, ging Lucia jeden Morgen heimlich den Hügel hinunter und lernte; nach dem Tee nahm sie dann bescheiden ihren Platz in Daisys Kurs ein und sah zu, wie Daisy alles falsch machte. Sie lochte beim Uhrengolf vor sich hin, sie erwarb ein wunderschönes Buch mit Bildern, die sie genau betrachtete, und die ganze Zeit über verlor sie kein Wort darüber. Im Grunde ihres Herzens war ihr Golf gründlich zuwider, doch im Moment war Golf nun einmal in Mode, und sie mußte Riseholme wieder in den Griff bekommen . . .

Eines Morgens, als sie gerade von ihrem Training nach Hause gekommen war, schaute Georgie auf einen Sprung vorbei und ertappte sie dabei, wie sie von dem abgelegensten Punkt aus einlochte.

»Meine Liebe, was für ein herrlicher Putt«, sagte er. »Ich glaube beinahe, daß Sie immer begeisterter bei der Sache sind.«

»Das kann man wohl sagen«, sagte sie. »Es macht großen Spaß. Manchmal gehe ich auf den Platz und dresche den Ball durch die Gegend. Seien Sie doch so nett und begleiten Sie mich heute nachmittag.«

Das versprach Georgie bereitwillig.

»Aber gern«, sagte er, »und wenn ich kann, gebe ich Ihnen mit Vergnügen den einen oder anderen Hinweis. Gestern habe ich Daisy an zwei Löchern geschlagen.«

»Wie geschickt von Ihnen, Georgie! Gibt's was Neues?«

Georgie gab ein tadelndes Geräusch von sich.

»Hätte ich fast vergessen«, sagte er. »Deswegen bin ich ja vorbeigekommen. Mrs. Boucher und Daisy wissen weder ein noch aus.«

(»Das ist das Museumskomitee«, dachte Lucia.)

»Worum geht es, Georgie?« sagte sie. »Mal sehen, ob die arme Lucia helfen kann.«

»Nun«, sagte Georgie. »Sie kennen doch Pug?«

»Lady Ambermeres räudige kleine Töle?« fragte Lucia.

»Genau. Pug ist gestorben. Ich weiß nicht, woran...«

»An Schlagsahne, würde ich meinen«, sagte Lucia. »Und an Kuchen.«

»Tja, das ist durchaus möglich. Jedenfalls hat Lady Ambermere ihn ausstopfen lassen, und während ich heute morgen außer Haus war, ließ sie ihn als Geschenk an das Museum in einem Glasbehälter in meinem Haus zurück. Nun liegt er da auf einem blauen Kissen, das eine Ohr gespitzt, mit einem großen wäßrigen Auge, und das Ende seiner ekligen Zunge zwischen den Lippen.«

»Nein!« sagte Lucia.

»Ich gebe Ihnen mein Wort. Und wir wissen nicht, was wir tun sollen. Schließlich können wir ihn doch nicht ins Museum stellen, oder? Dabei befürchten wir, daß sie die Fäustlinge entfernt, wenn wir es nicht tun. Aber wie können wir ablehnen? Sie ließ mir ein paar Zeilen über ihren ›heißgeliebten Pug‹ zurück.«

Lucia wußte noch, wie sie einen elisabethanischen Bratspieß abgelehnt, später jedoch angenommen hatten. Doch daran würde sie Georgie nicht erinnern. Sie wollte im Museum eine bessere Position bekommen, als ihr ein elisabethanischer Spieß verschafft hatte.

»Was für eine scheußliche Angelegenheit!« sagte sie. »Und nun sind Sie gekommen, um herauszufinden, ob die arme alte Lucia euch helfen kann.«

»Nun, wir haben uns alle gefragt, ob Ihnen vielleicht etwas einfällt«, bekannte er.

Lucia hatte ihre Freude daran: Das Museum verlangte nach ihr . . . Sie schaute Georgie mit ihrem starren Blick an.

»Vielleicht kann ich euch aus eurer Bredouille befreien«, sagte sie. »Ich könnte mir denken, Georgie, daß ihr von *mir* wollt, daß ich diesen entsetzlichen Pug zurückbringe. Ich weiß, was passiert ist. Sie hat ihn ausstopfen lassen, um anschließend zu entdecken, daß er zu scheußlich war, als daß man ihn behalten könnte, und so verfiel sie auf den Ausweg, sich dem Museum gegenüber großzügig zu zeigen. Wir – eigentlich sollte ich ›ihr‹ sagen, weil ich nichts damit zu schaffen habe –, ihr legt keinen Wert darauf, daß das Museum zu einem Müllabladeplatz für all den Schrott wird, den die Leute nicht in ihren Häusern haben wollen. Oder?«

»Nein, gewiß nicht«, sagte Georgie. (Ob Lucia damit auf etwas Bestimmtes hinauswollte? Es sah ganz danach aus.) Sie wurde energisch und wortreich.

»Wenn Sie allerdings meine Meinung hören möchten«, fuhr Lucia fort, »würde ich sagen, daß schon etwas zuviel abgeladen worden ist. Aber darauf kommt es ja nicht an; außerdem geht es mich auch nichts an. Jedenfalls wollt ihr nicht, daß noch mehr Schrott abgeladen wird. Was die Zurücknahme der Fäustlinge anbetrifft – sind nur geliehen, stimmt's? –, so wird sie es nicht dazu kommen lassen. Sie führt gern Besucher hin und zeigt sie ihnen. Ja, Georgie, ich werde euch helfen: Richten Sie Mrs. Boucher und Daisy aus, daß ich euch helfe. Ich werde heute nachmittag hinfahren – nein, werde ich nicht, weil ich mit Ihnen eine herrliche Runde Golf spiele –, ich fahre morgen hin und bringe Pug zurück, und die Komiteemitglieder lassen ausrichten, zu ihrem Bedauern seien sie keine Präparatoren.

Oder, wenn Ihnen das lieber ist, nehme ich es auf meine eigene Kappe. Wie seltsam, daß man sich vor der armen alten Lady Ambermere fürchtet! Egal: Ich fürchte mich nicht. Wie ihr mich alle dazu abkommandiert, genau das zu tun, was ihr wollt! Ich war schon immer der Sklave Riseholmes. Wickeln Sie Pugs Kasten in ein hübsches Stück braunes Papier, Georgie, weil ich diese schauderhafte kleine Mißgeburt nicht sehen will, und denken Sie nicht mehr daran. Und jetzt lassen Sie uns bis zum Lunch ein nettes kleines Putting-Spiel austragen.«

Georgie kam bei dem netten kleinen Putting-Spiel auf keinen grünen Zweig, und als sie nachmittags ihr Spiel absolvierten, war er noch viel erfolgloser. Lucia gelangen hervorragende Abschläge, von denen der schwächste – wenn sie ihn richtig traf – mehr als hundert Meter zurücklegte, während Daisy einen achtzig Meter weiten Abschlag für einen höchst beachtlichen Schlag hielt und ausgesprochen zufrieden war, wenn sie in einem weiter entfernten Bunker landete; Lucia verkniff es sich nicht zu fordern, dieses Sandhindernis müsse wegen der weit schlagenden Spieler in größerer Entfernung angelegt werden. Und wenn Lucia in die Nähe des Grüns kam, verpaßte sie dem Ball mit ihrem Eisen fünf einen geschickten kleinen Stoß, und wenn dieser bemerkenswerte Schlag gelang, rollte der Ball ausgezeichnet, obwohl sie eindeutig in den Boden geschlagen hatte, während der Ball gar nicht rollte, wenn Daisy in den Boden schlug. Die ganze Zeit war Lucia fröhlich und gesprächig, und sogar wenn sie schlug, sagte sie noch Dinge wie: »Na, tu böses tleines Balla: Lucia wird dir danz slimm Haue geben!« Wohingegen

Daisys Gegner und die Caddies stumm sein und versteinern mußten, während Daisy tief durchatmete und ihren Schläger, eine pendelähnliche Bewegung ausführend, über den Ball schlenkerte.

»Aber Sie spielen ja umwerfend«, stellte Georgie fest, als er, drei Schläge zurückliegend, am vierten Abschlag stand und zusah, wie Lucias Ball über ein Schaf hinwegsegelte, das in der Entfernung recht klein aussah. »Sie haben doch überhaupt erst vor ungefähr drei Wochen angefangen zu spielen. Wie geschickt Sie sind! Ich könnte mir vorstellen, daß Sie Daisy beinahe schlagen.«

»Georgie, ich glaube fast, Sie wollen mir schmeicheln«, sagte Lucia. »Nun verpassen Sie Ihrem Ball einen ordentlichen Bums, und dann möchte ich etwas mit Ihnen besprechen.«

»Mal sehen; langsam ausholen, nicht wahr?« sagte Georgie. »Oder war es schnell ausholen? Daisy sagt manchmal das eine und manchmal das andere.«

Daisy und Piggy, die vor ihnen begonnen hatten, spielten parallel und in entgegengesetzter Richtung. Daisy hatte mit ihrem ersten Schlag gar kein, mit dem zweiten sehr wenig Glück. Lucia konnte ihrem dritten gerade noch ausweichen, und Daisy hastete an ihnen vorbei.

»Welch ein Slice!« sagte sie. »Wie kommen Sie voran, Lucia? Wie viele Schläge bis dort, wo Sie jetzt sind?«

»Bisher einer, meine Liebe«, antwortete Lucia. »Aber ist es nicht schwierig?«

Daisy machte ein langes Gesicht.

»Einer?« wiederholte sie.

Lucia warf ihr einen Handkuß zu.

»Mehr nicht«, sagte sie, »und hat Georgie Ihnen gesagt, daß ich die Sache mit Pug für euch ins Lot bringe?«

Daisy sah sich streng um. Sie hatte angefangen, sich ihrem Ball zu widmen, und niemand durfte mehr reden.

Lucia sah Daisy bei ihrem nächsten mißglückten Schlag zu, ehe sie sich wieder zu Georgie gesellte, der sich an einer »gräßlichen« Stelle befand, wo ganze Grasbüschel durch die Luft flogen.

»Georgie, kürzlich habe ich ein wenig mit Mr. Stratton geplaudert«, sagte sie. »Im Oktober wird ein neuer Vorstand des Golfklubs gewählt, und man hätte Sie zu gern dabei. Seien Sie also lieb und sagen Sie ja.«

Georgie hatte nicht die Absicht, irgend etwas anderes zu sagen.

»Und man will meine arme kleine Wenigkeit zur Präsidentin machen«, fuhr Lucia fort. »Ich lasse also Mr. Stratton eine Zeile des Inhalts zukommen, daß wir mitmachen? Das wäre lieb, Georgie. Übrigens, kommen Sie doch heute abend zum Dinner. Peppino – ihm geht es viel besser, danke –, Peppino trug mir auf, Sie einzuladen. Es wäre ihm ein Vergnügen. Nur wieder einmal einer unserer netten kleinen Abende.«

Lucia brachte nämlich ihre Geschütze wieder in Stellung, und Georgie war das nächste, wenn auch nicht eigentliche Ziel. Er brannte darauf, dem Vorstand des Golfklubs anzugehören, war für die versprochene Entfernung Pugs ungeheuer dankbar und fand es weit amüsanter, mit Lucia Golf zu spielen, als von Daisy herumkommandiert zu werden, die ihm nach jedem Schlag sagte, was er hätte tun müssen, ohne es je selbst zu schaffen. Ein Spiel sollte keine Vorlesung sein.

Lucia fand es an der Zeit, ihn über das Ende von Brompton Square in Kenntnis zu setzen. Georgie würde hingerissen sein, etwas vor allen anderen zu erfahren. Sie wartete, bis er einen kurzen Putt nicht einlochte, und schenkte ihm den nächsten Schlag, was Daisy nie tat.

»Wir werden, hoffe ich, viele unserer kleinen Abende haben, Georgie«, sagte Lucia. »Wir bleiben bis Weihnachten hier. Nein, London ist für uns passé, auch wenn das zur Zeit noch ein Geheimnis ist.«

»Was?« sagte Georgie.

»Warten Sie einen Augenblick«, sagte Lucia und legte den Ball für den Abschlag zum letzten Loch bereit. »Los, tleiner Balla, flieg nach Haus. Hauruck! ...«, und der tleine Balla flog eher im rechten Winkel »nach Haus«, aber ganz furchtbar weit.

Sie ging mit ihm zum nächsten Schlagpunkt, wo auch sein Ball lag.

»Peppino darf nie wieder in London wohnen«, sagte sie. »Alles wird verkauft, Georgie. Das Haus und die Möbel und die Perlen. Ihr müßt euch wieder mit eurer armen alten Lucia in Riseholme abfinden. Außer Ihnen weiß es noch niemand, aber es ist beschlossene Sache. Ob es mir leid tut? Ja, Georgie, natürlich tut es das. So viele liebe Freunde in London. Oh, welch ein herrlicher Bums, Georgie. Fast hätten Sie Daisy getroffen. Hätten Sie nicht besser ›Nachsicht!‹ gerufen oder was man dabei eben ruft?«

Lucia fand, daß sie sich nun in einer viel gefestigteren Position befand. Georgie, mit einem Sitz im Vorstand des Golfklubs und durch ihre Bewunderung für sein Golfspiel und ihre noble Haltung bezüglich Pugs bestochen, trabte mit fliegenden Fahnen zu ihr zurück, und das war immerhin etwas. Am nächsten Morgen führte sie ein hektisches Gespräch mit Lady Ambermere . . .

Man teilte ihr mit, Lady Ambermere sei nicht zu Hause, obwohl Lucia ihr majestätisches Gesicht am Fenster des rosaroten Salons gesehen hatte. Sie fragte also nach Miss Lyall, der gedrückten Begleiterin der Lady, und wartete in der Diele. Ihr Chauffeur hatte das große, in braunes Packpapier gehüllte Paket mit Pug auf dem vielbewunderten steinernen Mosaikfußboden deponiert.

»Ach, Miss Lyall«, flötete Lucia. »Zu schade, daß die gute Lady Ambermere außer Haus ist, da ich den tiefempfundenen Dank des Museumskomitees für ihr wunderschönes Geschenk, den armen Pug, überbringen wollte. Aber das Komitee ist der Meinung, daß sie es nicht . . . Ja, das in dem braun eingewickelten Paket ist Pug. Entzückendes Tier. Aber würden Sie es ihr klarmachen, sobald Lady Ambermere zurückkommt?«

Miss Lyall, die wie eine Maus aussah, überlegte, was ihr in dieser komplizierten Situation zu tun blieb. Sie kam zu dem Schluß, Lady Ambermere sollte von Lucias Anliegen erfahren und persönlich damit fertig werden.

»Ich werde nachsehen, ob Lady Ambermere inzwischen eingetroffen ist, Mrs. Lucas«, sagte sie. »Möglich, daß sie wieder da ist. Sie war nur kurz im Garten, wissen Sie. Interessiert sie vielleicht, was Sie mitgebracht haben. O weh!«

Die arme Miss Lyall trippelte fort, und gleich darauf

wurde die Tür des rosaroten Salons aufgestoßen. Nach einer eindrucksvollen Pause erschien, mit verblüffter Miene, Lady Ambermere. Offensichtlich war ihr der Zweck dieser erstaunlichen Mission hinterbracht worden.

»Mrs. Lucas, wenn ich nicht irre«, sagte sie, als sei sie sich nicht ganz sicher.

Nun wollte sich Lucia nach all ihren Herzoginnen das nicht bieten lassen. Lady Ambermere mochte zwar eine Römernase haben, doch Manieren hatte sie keine.

»Lady Ambermere, nehme ich an«, gab sie zurück. Nun waren sie quitt.

Lady Ambermere starrte sie auf eine Art an, die sie versteinern lassen sollte. Sie machte keinen Eindruck.

»Sie sollen mir, wenn ich nicht irre, von dem Komitee Ihres kleinen Museums in Riseholme etwas ausrichten, was ich möglicherweise mißverstanden habe.«

Lucia wußte, daß sie etwas tat, was auch unter Aufbietung all ihren Mutes weder Mrs. Boucher noch Daisy gewagt hätten. Was Georgie betraf . . .

»Nein, Lady Ambermere«, sagte sie. »Ich glaube nicht, daß Sie es mißverstanden haben. Ein ausgestopfter Hund auf einem Kissen. Das Komitee fand, das Museum sei nicht ganz der geeignete Platz für so etwas. Ich habe Ihnen das Tier mit seinem Dank und seinem Bedauern zurückgebracht. Wirklich sehr aufmerksam von Ihnen – und dem Komitee tut es aufrichtig leid. Hier ist das Päckchen. Das dürfte wohl alles sein.«

Es war noch nicht ganz alles . . .

»Ist Ihnen, Mrs. Lucas, bewußt«, sagte Lady Ambermere, »daß es sich bei den Fäustlingen der verstorbenen Königin Charlotte um meine Leihgabe an Ihr kleines Museum handelt?«

Lucia legte einen Finger an ihre Stirn.

»Fäustlinge?« sagte sie. »Ja, da sind wohl irgendwelche Fausthandschuhe. Ich glaube, ich habe sie gesehen. Das müssen sie wohl sein. Und?«

Das war genial; es bedeutete völlige Indifferenz von seiten des Komitees (dem Lucia, woran sie nicht zweifelte, bald angehören würde) dem gegenüber, was Lady Ambermere hinsichtlich irgendwelcher Fäustlinge zu unternehmen gedachte.

»Das Komitee wird von mir hören«, sagte Lady Ambermere und schritt majestätisch in den rosaroten Salon zurück.

Lucia empfand Mitleid für Miss Lyall; Miss Lyall würde wahrscheinlich keinen sehr angenehmen Tag haben, aber sie war, wie sie dem Komitee erläuterte, das auf dem Anger ängstlich ihrer Rückkehr harrte, nicht sehr besorgt, was die Rücknahme der gestrickten Reliquien anbetraf.

»Bluff, reiner Bluff«, sagte sie. »Und selbst wenn nicht – es ist doch, liebe Daisy, gewiß besser, keine Fäustlinge und keinen Pug zu haben als beide. Pug – ich warf durch ein Loch in dem Packpapier einen Blick auf ihn –, Pug hätte euer Museum zu einem Witzfigurenkabinett gemacht.«

»War sie sehr ekelhaft?« wollte Georgie wissen.

Lucia stieß ein kleines silberhelles Lachen aus.

»Ja, lieber Georgie, sehr ekelhaft. Sie wären kollabiert, wenn sie ›Mr. Pillson, wenn ich nicht irre‹ zu Ihnen gesagt hätte. Nicht wahr, Georgie? Geben Sie sich nicht tapferer, als Sie sind.«

»Nun, ich glaube, wir alle sollten Ihnen sehr zu Dank verpflichtet sein, Mrs. Lucas«, sagte Mrs. Boucher. »Und das sind wir gewiß auch. Ich hätte ihr nie so Paroli geboten! Und wenn sie die Fäustlinge entfernt, hätte ich nicht übel Lust, ein anderes Paar in den Schaukasten zu legen, der schließlich uns gehört und nicht ihr, samt einem Zettel: ›Diese Fäustlinge gehörten nicht Königin Charlotte und sind keine Leihgabe von Lady Ambermere.‹ Damit würden wir es ihr heimzahlen.«

Wieder lachte Lucia vergnügt auf.

»Freut mich sehr, daß ich mich nützlich machen konnte«, sagte sie. »Und nun, liebe Daisy, wenn Sie so freundlich wären wie Georgie gestern und mir heute nachmittag ein Spielchen Golf gewähren würden? Für Sie kein großer Spaß, aber so wertvoll für mich.«

Daisy hatte am Vortag einige der mächtigen Schläge Lucias beobachtet und fürchtete sich vor dieser Einladung, aus Angst, das Spiel würde für sie, wie Lucia gesagt hatte, kein großer Spaß werden. Glücklicherweise hatten sie und Georgie für heute bereits ein Spiel vereinbart, und sie hatte, in Erwartung des befürchteten Ereignisses, für die noch verbliebenen Wochentage Piggy, Goosie, Mrs. Antrobus und Oberst Boucher als Spielpartner verpflichtet. In der Zwischenzeit plante sie, wie wild zu trainieren. Und dann, einem Verderben krächzenden Raben gleich, ließ der niederträchtige Georgie sie im Stich.

»Ich möchte heute nachmittag lieber nicht spielen«, sagte er. »Ich möchte lieber nur mit euch über den Platz schlendern.«

»Ganz bestimmt, Georgie?« sagte Lucia. »Das wird eine feine Sache. Ach, was werde ich nervös sein.«

Daisy unternahm noch einen letzten Versuch, ihren Fall abzuwenden: Als sie sich nachmittags zum Platz begaben, bot sie an, Lucia pro Loch einen Schlag Vorsprung einzuräumen. Lucia entgegnete, das sei gewiß eine Möglichkeit, aber könnten sie nicht, nur zum Spaß, unter gleichen Voraussetzungen spielen? Und während die Runde ihren Verlauf nahm, war Lucias Freundlichkeit beinahe unerträglich. Sie merke sehr wohl, sagte sie, daß Daisy völlig außer Form sei, obwohl Daisy ganz und gar nicht außer Form war; sie sagte: »O was für ein Pech!«, als Daisy kurze Putts verfehlte; sie bat Daisy inständig, ihren Ball aus Hecken zu klauben und keinen Extraschlag zu berechnen . . . Um halb fünf wußte Riseholme, daß Daisy vier Löcher unentschieden gespielt und die anderen fünf verloren hatte. Ihre kurze Regierungszeit als Golfkönigin war zu Ende.

Nach dem Tee tagte das Museumskomitee bei Mrs. Boucher (an diesem Tag ließ Daisy ihren Golfkurs ausfallen), und, wie Georgie fand, gebot es der Takt, Lucia nicht so schnell nach Daisys katastrophaler Niederlage als neues Mitglied des Komitees vorzuschlagen. Die inoffiziell befragte Mrs. Boucher pflichtete bei, wenn auch nicht ohne einige beißende Bemerkungen darüber fallenzulassen, daß Daisy sie alle über ihre golferischen Fähigkeiten getäuscht habe, und die Sitzung drehte sich hauptsächlich um die vorgeschlagene Museumsschließung während des Winters. Die Urlaubssaison war beendet, es kamen keine Ausflugsomnibusse mit Besuchern mehr, und seit drei Tagen hatte keine Menschenseele das Drehkreuz passiert.

»Wozu«, fragte Mrs. Boucher, »bezahlen wir einen Knaben, der die Leute in das Museum lassen soll, wenn niemand eingelassen werden will? So was nenne ich das Geld zum Fenster rausschmeißen. Es wäre viel besser, es bis zum Frühjahr zu schließen und die Ausgaben zu sparen, außer, daß man ihm einen Shilling die Woche zahlt, damit er am Dienstag und Freitag oder Mittwoch und Samstag die Fenster öffnet und lüftet.«

»Ich würde Montag und Donnerstag vorschlagen«, sagte Daisy sehr bestimmt. Wenn es schon auf dem Golfplatz nicht nach ihrer Nase ging, wollte sie sich wenigstens in Komitees durchsetzen.

»Meinetwegen, Montag und Donnerstag«, sagte Mrs. Boucher. »Dann wäre da noch etwas. Es wird da drinnen so feucht, daß man sich bloß ausziehen und in die Scheune zu stellen braucht, um ein kaltes Bad zu nehmen. Das Wasser läuft die Wände herunter. Ich würde ein paar Ölöfen vorschlagen, die außer an Lüftungstagen angezündet werden. Der Knabe soll sich darum kümmern, und wir zahlen ihm statt einem Shilling eine halbe Krone. Ich fahre morgen nach Blitton, und wenn Sie wünschen, bestelle ich die Öfen. Nein: Ich bringe sie mit und lasse sie morgen früh anzünden. Falls Sie im kommenden Frühjahr nicht ausschließlich Schimmel zeigen wollen, sollten wir das nicht auf die lange Bank schieben. Besucher halten einen Haufen Schimmel nicht gerade für eine Attraktion, und etwas anderes gäbe es sonst nicht mehr.«

Georgie pochte auf den Tisch.

»Und ich stimme dafür, daß wir das Manuskript von ›Lucrezia‹ herausnehmen und daß es einer von uns aufbewahrt, bis wir wieder öffnen«, sagte er.

»Ich würde es mit Vergnügen aufbewahren«, sagte Daisy.

Georgie hätte es selbst gern gehabt, doch heute war es besser, Daisy nicht in die Quere zu kommen. Außerdem hatte er es eilig, da er von Lucia gebeten worden war, seine Planchette vorbeizubringen und herauszufinden, ob Abfou nicht ein wenig Aufmerksamkeit vertragen konnte. Seit Wochen hatte sich niemand mehr mit Abfou unterhalten.

»Also gut«, sagte er, »und wenn das alles ist . . .«

»Ich weiß nicht recht, ob ich nicht glücklicher wäre, wenn es in der Bank läge«, meldete sich Mrs. Boucher. »Angenommen, es würde gestohlen.«

Georgie ergriff großmütig Daisys Partei: Er wußte, was Daisy empfand. Mrs. Boucher wurde überstimmt, und er stand auf.

»Wenn das alles ist, mache ich mich auf den Weg«, sagte er.

Daisy hatte das dumpfe Gefühl, daß er irgend etwas mit Lucia unternehmen würde, vielleicht eine Unterrichtsstunde Golf.

»Kommen Sie gleich mal rüber?« fragte sie.

»Das geht leider nicht«, sagte er. »Ich bin bis zum Dinner beschäftigt.«

Als sie nach Hause ging, sah sie ihn natürlich mit seiner Planchette zu »The Hurst« hinübereilen.

11

Als Georgie auftauchte, ließ Lucia nicht die geringste Andeutung über ihren sportlichen Triumph an jenem Nachmittag fallen. Das war nicht ihre Art: Sie triumphierte einfach nur und ließ andere darüber reden. Doch ihre Prinzipien hielten sie nicht davon ab, generell über Golf zu sprechen.

»Wir müssen die Sache professioneller angehen, wenn wir beide dem Vorstand angehören, Georgie«, sagte sie. »Wir brauchen Wettkämpfe und Vorgaben, und ich werde einen kleinen silbernen Pokal, den Präsidentinnenpokal, stiften, um den ein Wettkampf stattfinden wird. Es gibt nämlich gegenwärtig keinerlei Organisation: viel Spaß, aber keine Organisation. Deswegen müssen wir die Köpfe zusammenstecken. Und Viererwettkämpfe: Ich habe über Vierer nachgelesen, wobei die beiden Spieler auf einer Seite abwechselnd den Ball schlagen. Peppino würde bestimmt einen kleinen Pokal für Vierer stiften, den Lucas-Pokal ... Haben Sie die Planchette mitgebracht? Sie müssen mir beibringen, wie man damit umgeht. Welch ein guter Zeitvertreib für Winterabende, Georgie. Wir müssen auch ein paar Bridgeturniere veranstalten. Verregnete Nachmittage, verstehen Sie, danach etwas Tee, und dann noch ein wenig Bridge. Doch darüber reden wir gleich, allerdings muß ich Sie schon vorwarnen, daß ich von Ihnen erwarte, alle möglichen Zerstreuungen für Peppino zu organisieren.«

Lucia seufzte kurz auf.

»Peppino war ganz vernarrt in London«, sagte sie, »und wir müssen ihn aufmuntern, Georgie, und nicht zulassen, daß er sich langweilt. Sie müssen sich jede Menge kleine Zerstreuungen einfallen lassen, kleinen, angenehmen Zeitvertreib für lange Abende: Musik und Bridge und ein wenig Planchette. Außerdem werde ich Shakespeare-Lesungen auf die Beine stellen, Auszüge aus Stücken, mit einer kleinen Rolle für Peppino und auch einer für die arme Daisy. Ich sehe schon, daß ein sehr geschäftiger Herbst auf mich zukommt. Ihr müßt aber alle ganz lieb sein und uns zu unseren kleinen Zerstreuungen hier aufsuchen. Es wäre Wahnsinn, wenn Peppino nach Sonnenuntergang das Haus verließe. Dann wollen wir uns mal unserer Planchette widmen. Ich plappere soviel, Georgie!«

Georgie erklärte, worauf es bei der Planchette ankam, wie wichtig es sei, nicht zu schieben, sich aber andererseits ihren eigenständigen Bewegungen nicht zu widersetzen. Während er sprach, warf Lucia einen Blick auf die Gebrauchsanweisung für das Brett, die er mitgebracht hatte.

»Vielleicht bekommen wir gar kein Resultat«, sagte er. »Manchmal war Abfou ausgesprochen enttäuschend. Wir können ruhig weiterreden; es ist sogar besser, wenn man sich um das, was es tut, gar nicht kümmert.«

»Verstehe«, sagte Lucia, »dann lassen Sie uns eben weiterreden. Wie spät Sie dran sind, Georgie. Ich hatte schon vor einer halben Stunde mit Ihnen gerechnet. Ach ja, Sie sagten, womöglich würden Sie von einer Sitzung des Museumskomitees aufgehalten.«

»Ja, wir haben beschlossen, das Museum den Winter über zu schließen«, sagte er. »Nur den einen oder anderen Ölofen, damit es trocken bleibt. Ich wollte Sie fragen – und, wie ich weiß, Mrs. Boucher ebenfalls –, ob Sie . . .«

Er hielt inne, da die Planchette bereits angefangen hatte, auf gänzlich ungewöhnliche Weise zu rucken.

»Ich glaube, daß irgend etwas passieren wird«, sagte er.

»Nein! Wie interessant!« sagte Lucia. »Was machen wir jetzt?«

»Nichts«, antwortete Georgie. »Es soll machen, was es will. Wir wollen uns konzentrieren, das heißt an absolut gar nichts denken.«

Natürlich hatte Georgie die vornehme Zurückhaltung bemerkt und innerlich beklatscht, die Lucia hinsichtlich Daisys nachmittäglichem Waterloo an den Tag legte. Er hatte aber so seine Befürchtungen, was ihren Wunsch anbetraf, eine Planchette-Sitzung abzuhalten, und rechnete fest damit, daß Abfou seinen Unmut über Daisys Golfspiel äußern würde, falls er »durchkam« und nicht nur Arabisch redete. Es würden beißende Bemerkungen fallen, vergleichbar mit »Snob« und den groben Äußerungen über Lucias Bubikopf, und dann würde er sich des Eindrucks nicht erwehren können, daß Lucia geschoben hatte. Vielleicht würde sie behaupten, sie habe nicht geschoben, genau wie Daisy damals, aber das wäre sehr unglaubwürdig, wenn Abfou über Golf sprach. Er hoffte, dies würde nicht geschehen, denn gerade die Tatsache, daß Abfous Bemerkungen früher so treffend gewesen waren, hatte seltsamerweise seinen Glauben an Abfou erschüttert.

Er war bereit gewesen zu glauben, daß Daisys Unterbewußtsein Abfou angeregt hatte – oder er versuchte zumindest, es zu glauben –, aber zwischen Daisy und dieser heftigen Kritik keinen Zusammenhang herzustellen war unmöglich gewesen.

Die Planchette bewegte sich.

»Wahrscheinlich ist es Arabisch«, sagte Georgie. »Man steckt nie drin. Leeren Sie Ihren Geist von allem, Lucia.«

Als sie keine Antwort gab, sah er sie an. Sie hatte den entrückten Blick, den er mit Darbietungen der Mondscheinsonate verband. Dann schlossen sich ihre Augen.

Die Planchette bewegte sich leise und stetig. Wenn sie an den Seitenrand kam, glitt sie zum Anfang und begann von vorn, dabei war Georgie sich ganz sicher, daß er nicht schob; er wollte lediglich, daß es seine Energie nicht auf dem Tischtuch vergeudete. Einmal war er sich fast sicher, daß das Gerät das Wort »Treibschlag« aufzeichnete, fast, aber nicht hundertprozentig sicher. Und war das etwa »Klubvorstand«? Es wurde ihm schwer ums Herz: Es wäre wirklich traurig, wenn Abfou nur über den Golfklub reden würde, der zweifellos ebenso Lucias Unterbewußtsein wie Bewußtsein beschäftigte ... Plötzlich erschrak er sehr, da Lucias Kopf vornüber sank und ihr Atem eigenartig schnell ging.

»Lucia!« sagte er scharf.

Lucia hob den Kopf, und die Planchette hielt inne.

»Du liebe Güte, ich fühle mich so verträumt«, sagte sie. »Lassen Sie uns weiterreden, Georgie. Lady Ambermere heute morgen: Ich wünschte, Sie hätten sie gesehen.«

»Die Planchette hat geschrieben«, sagte Georgie.

»Nein!« sagte Lucia. »Tatsächlich? Dürfen wir einen Blick darauf werfen?«

Georgie hob das Gerät hoch. Sie sahen weder Arabisch noch Abfous Schrift, die auf kuriose Weise der Daisys ähnelte, wenn sie schnell schrieb.

»Vittoria«, las er vor. »Ich bin Vittoria.«

»Georgie, wie albern«, sagte Lucia, »oder ist die Königin gemeint?«

»Mal sehen, was sie schreibt«, sagte Georgie. »Ich bin Vittoria. Ich komme nach Riseholme. Als Beweis: Es gibt einen Hund und eine *Vecchia* . . .«

»Das ist Italienisch«, erklärte Lucia aufgeregt. »Verstehen Sie, Vittoria ist Italienerin. *Vecchia* bedeutet – mal sehen; ja, natürlich, es bedeutet ›alte Frau‹. ›Einen Hund und eine alte Frau, die wütend ist.‹ O Georgie, das waren Sie! Sie dachten an Pug und Lady Ambermere.«

»Ich schwöre, daß ich es nicht war«, widersprach Georgie. »Es kam mir nie in den Sinn. Mal sehen, was es noch gibt. ›Und Vittoria berichtet euch von Feuer und Wasser, von Feuer und Wasser. Die starken Elemente, die brennen und überfluten. Feuer und Wasser und Mondschein.‹«

»O Georgie, was für ein Quatsch«, sagte Lucia. »Das ist genauso dämlich wie Abfou. Was bedeutet es? Mondschein! Sie glauben bestimmt, ich hätte geschoben und an die Mondscheinsonate gedacht.«

Dieser niederträchtige Gedanke war Georgie zwar gekommen, aber welche Rolle spielten Feuer und Wasser? Plötzlich fiel ihm eine ungeheuerliche Interpretation ein.

»Das ist höchst ungewöhnlich!« rief er. »Gerade eben ist das Museumskomitee zusammengetreten, und Mrs. Boucher sagte, im Museum triefe es vor Nässe. Wir beschlossen, einige Ölöfen zu kaufen, damit es trocken bleibt. Schon hätten wir Feuer und Wasser!«

Das hatte Georgie zwar bereits erwähnt, aber so beiläufig, daß er es schon wieder vergessen hatte. Lucia erinnerte ihn nicht daran.

»Nun, das nenne ich allerdings bemerkenswert!« gab sie zu. »Aber ich halte es eher für einen Zufall.«

»Das glaube ich absolut nicht«, sagte Georgie. »Ich finde es ausgesprochen eigentümlich, da ich kein bißchen daran gedacht habe. Was steht da noch? ›Vittoria wünscht, daß ihr Liebe und Loyalität in euren Herzen lebendig erhaltet. Vittoria hat gelitten und wünscht, daß ihr die Leidenden tröstet.‹«

»Das ist seltsam!« rief Lucia. »Das könnte sich doch auf Peppino beziehen, nicht wahr? . . . O Georgie, natürlich, das ging uns beiden in den Köpfen herum: Wir hatten uns gerade darüber unterhalten. Ich behaupte nicht, daß Sie absichtlich geschoben haben, und Sie dürfen nicht sagen, ich hätte es getan, aber das könnte durchaus von uns stammen.«

»Ich finde es höchst eigenartig«, sagte Georgie. »Was ist eigentlich über Sie gekommen, Lucia? Sie wirkten halb bewußtlos. Es war wohl das, was in der Planchette-Gebrauchsanweisung ›leichte Hypnose‹ genannt wird.«

»Nein!« sagte Lucia. »Leichte Hypnose, das heißt doch soviel wie Halbschlaf, oder? Ich fühlte mich tatsächlich schläfrig.«

»Es handelt sich um einen tranceartigen Zustand«, erklärte Georgie. »Versuchen wir es noch einmal.«

Lucia schien zu zögern.

»Ich glaube, ich will nicht, Georgie«, sagte sie. »Es ist so merkwürdig. Ich weiß nicht genau, ob es mir gefällt.«

»Es kann nicht schaden, wenn man es mit der richtigen Einstellung betreibt«, zitierte Georgie aus der Gebrauchsanweisung.

»Heute abend nicht noch einmal, Georgie«, sagte sie. »Vielleicht morgen. Es ist interessant, es ist seltsam, und irgendwie kann ich mir nicht vorstellen, daß Vittoria gegen uns ist. Sie macht einen netten Eindruck. Ihre Botschaft hat sogar etwas Vornehmes.«

»Viel vornehmer als Abfou«, ergänzte Georgie, »und viel kraftvoller. Na, sie kam sofort durch, ohne vorher seitenweise Kritzeleien abzuliefern! Ich war mir nie so ganz sicher, daß Abfous Kritzeleien Arabisch waren.«

Lucia lächelte kurz und nachsichtig.

»Nach allem, was Sie mir erzählt haben, sind die Belege dafür eher dürftig«, sagte sie. »Man konnte nur sicher sein, daß es kein Englisch war.«

Für den Fall, daß sie sich morgen zu einer Sitzung bereit erklärte, ließ Georgie seine Planchette bei Lucia und eilte, was keiner gesonderten Erwähnung bedarf, nicht in sein eigenes Haus, sondern zu Daisy. Vittoria war soviel wert wie zwei Abfous, dachte er . . . die Mitteilung über Feuer und Wasser, die Sache mit dem Trost für die Leidenden sowie, kaum weniger eindrucksvoll, die Loyalität lebendig erhalten. Letzteres weckte in ihm gewisse Schuldgefühle, da seine Loyalität zu Lucia aufgrund ihres Verhaltens während des Sommers ein wenig ins Wanken geraten war.

Er gab Daisy, die eine überhebliche und verächtliche Haltung einnahm, eine kurze Zusammenfassung dieser bemerkenswerten Vorkommnisse (mit Ausnahme der Loyalität).

»Vittoria, also wirklich!« sagte sie, »und *Vecchia*. Ist das nicht Lucia in Reinkultur, die ihr Klippschüleritalienisch einbringt? Und dann Pug und die wütende alte Frau. Sie stellt sich selbst auf ein Podest, so nenne ich das. Na, das war nicht mal unterbewußt: Ihr Kopf war voll davon!«

»Aber was ist mit Feuer und Wasser?« wollte Georgie wissen. »Das bezieht sich auf die Feuchtigkeit im Museum und die Ölöfen.«

Daisy wußte, daß ihre Position als Priesterin Abfous ins Wanken geriet. Es stimmte, daß sie in letzter Zeit keine Mysterien mehr abgehalten hatte, da sie (und Riseholme) Abfou ziemlich satt bekommen hatten, doch die Vorstellung war bitter, daß Lucia ihre Erfindung stehlen sollte (stehlen war das richtige Wort) und unter der Schirmherrschaft Vittorias als etwas völlig Neues herausbrachte.

»Ein reiner Zufallstreffer«, sagte Daisy. »Wenn sie Mehlschwitze und Musik geschrieben hätte, wäre Ihnen trotzdem eine Interpretation eingefallen. Was für ein an den Haaren herbeigezogener Unsinn!«

Georgie geriet mächtig in Rage. Er konnte sich noch erinnern, wie Abfou »Tod« geschrieben hatte, was sich angeblich auf den Maulbeerbaum bezog, den Daisy ihrer Meinung nach durch amateurhaftes Stutzen der Wurzeln umgebracht hatte; wenn es also um an den

Haaren herbeigezogenen Unsinn ging, fiel ihm auch etwas ein. Zudem war der Maulbeerbaum überhaupt nicht eingegangen, falls Abfou das gemeint haben sollte, befand er sich also im Irrtum. Doch es war sinnlos, mit Daisy zu rechten, und zwar nicht nur um des lieben Friedens willen, sondern weil Georgie sich sehr wohl vorstellen konnte, wie sie sich fühlte.

»Aber sie hat nicht über Mehlschwitze und Musik geschrieben«, stellte er fest, »also brauchen wir nicht darüber zu streiten. Dann war da noch Mondschein. Was das bedeutet, weiß ich nicht.«

»Ich würde es Mondlicht nennen«, sagte Daisy munter.

»Es hat aber nun einmal Mondschein geschrieben«, entgegnete Georgie. »Natürlich könnte Lucia die Mondscheinsonate durch den Kopf gegangen sein, aber es ist alles seltsam. Außerdem war Lucia meiner Auffassung nach in einem Zustand leichter Hypnose ...«

»Leichter Blödsinn!« sagte Daisy ... (Warum hatte sie nicht daran gedacht, beim Abfouen in einen Zustand leichter Hypnose zu verfallen? Viel eindrucksvoller!) »Wir alle können die Augen schließen und den Kopf hängen lassen.«

»Also ich halte es für leichte Hypnose«, stellte Georgie entschieden fest. »Es war ein sehr seltsamer Anblick. Hoffentlich erklärt sie sich zu einer weiteren Sitzung bereit. Sie wollte nicht so recht.«

Daisy hoffte von ganzem Herzen, daß Lucia sich zu keiner weiteren Sitzung bereit erklärte, da sie merkte, wie der Abfouismus ihr aus den Fingern glitt. Jedenfalls würde sie Abfou umgehend wiederbeleben, damit nicht alles nach Vittorias Willen ging. Sie erhob sich.

»Georgie, warum finden wir nicht heraus, ob Abfou etwas dazu zu sagen hat?« fragte sie. »Schließlich hat er uns angewiesen, ein Museum zu gründen, was gar keine schlechte Idee war. Abfou war praktisch veranlagt: Was er vorschlug, hat etwas bewirkt.«

Obwohl der Gedanke durch Georgies Kopf huschte, daß Daisy an das Museum gedacht und geschoben hatte, war an ihrer Bemerkung etwas Wahres dran, denn gewiß hatte Abfou Museum geschrieben (falls es nicht »Maus« gewesen war), und nun hatte sich das Museum als sehr profitabel für das Komitee erwiesen.

»Ein Versuch kann nicht schaden«, sagte er.

Sofort kramte Daisy ihre Planchette hervor, der ein wenig Staubwischen nicht geschadet hätte, und sie bewegte sich, kaum daß die beiden ihre Hände daraufgelegt hatten: Abfou hatte es recht unkünstlerisch eilig. Auch war es nicht besonders klug von Daisy, die Augen zu schließen und zu schnauben; vielmehr war dieses Gebaren ziemlich albern. Es handelte sich um ein plattes, nicht überzeugendes Plagiat Lucias, das sein Mißtrauen gegenüber Daisy und Abfou ungemein verstärkte. Hektisch kritzelte der Bleistift, wobei er gelegentlich das Papier verließ und auf dem Tisch weiterschrieb, bis ihm Georgie das Blatt unterschob; daß Abfou über irgend etwas ausgesprochen ungehalten war, lag auf der Hand, und man mußte nicht lange fragen, was es war. Eine Zeitlang fühlte sich die Schrift für Georgie arabisch an, aber bald wurde der Bleistift langsamer, und Georgie glaubte, daß etwas Englisch durchkam. Schließlich machte Abfou wie gewöhnlich, wenn die Botschaft beendet war, noch einen großen Schnörkel, und Daisy schaute verträumt hoch.

»War etwas?« fragte sie.

»Es hat heftig geschrieben«, sagte Georgie.

Sie betrachteten die Schrift. Diese begann, wie von ihm erwartet, mit jeder Menge Arabisch, um dann (wie von ihm erwartet) in relativ lesbares Englisch zu verfallen.

»Hütet euch vor Scharlatanen«, schrieb Abfou, »hütet euch vor Scharlatanen aus dem Süden. Nicht alle Geister sind klar und wahr wie Abfou, der euer Museum begründete. Falsche Geistesführer leiten euch fehl. Eine Warnung von Abfou.«

»Na, wenn das nicht überzeugend ist, dann weiß ich es nicht«, sagte Daisy.

Georgie hielt es ebenfalls für überzeugend.

Der Schlachtenlärm ließ sich nicht mehr überhören. Da der Oberst und Mrs. Boucher mit Georgie dinierten, wurde noch am selben Abend bekannt, daß er und Lucia (Georgie ließ nämlich nicht Lucia die gesamte Ehre zuteil werden) die bemerkenswerte Botschaft Vittorias über Feuer und Wasser und den Hund und die wütende alte Frau erhalten hatten, und man war sich einig, daß Abfou eine überaus schlechte Figur machte und neidisch war. Warum war Abfou nichts Besseres eingefallen, als lediglich vor Scharlatanen aus dem Süden zu warnen?

»Was das betrifft«, sagte Mrs. Boucher, »liegt Ägypten auch im Süden, und aus Ägypten kommen ebenso viele Scharlatane wie aus Italien. Feuer und Wasser! Höchst bemerkenswert. Jetzt haben wir Wasser da, und zwar nicht zu knapp, und morgen wird das Feuer da sein. Ich muß meine Planchette wieder herausholen, ich habe sie nämlich weggepackt. Ich war es leid, immer nur Arabisch zu schreiben, auch wenn es Arabisch war. Ich nenne das sehr seltsam. Und kein Wort über Golf von der Vittoria. Das halte ich für ungeheuer wichtig. Hätte Lucia geschoben, hätte sie über ihr Golfspiel mit Daisy geschrieben. Abfou und Vittoria! Ich bin gespannt, wer gewinnt.«

Damit war so ziemlich alles gesagt, da man generell der Meinung war, Abfou und Vittoria könnten sich nicht beide aus dem Jenseits um Riseholmes Angelegenheiten kümmern, es sei denn, sie gingen gemeinsam vor; doch Abfous Bemerkungen über Scharlatane aus dem Süden und falsche Geister verhinderten, daß eine Koalition in Frage kam. Die ganze Zeit über war der Eindruck in Riseholmes Bewußtsein fest verankert – ohne allerdings jemals in Worte gefaßt zu werden –, daß Abfou und Vittoria nicht nur für sich standen, sondern Pseudonyme waren: Sie standen auch für Daisy und Lucia. Und um wieviel besser und bedeutender, in jeder Hinsicht begabter war Vittoria-Lucia. Rasch überwand Lucia ihre Abneigung vor einer Brettsitzung, und der erhabene Geist gab Botschaften zum besten, keine sehr eindeutigen, aber solche von hoher moralischer Bedeutung. Nie fiel ein Wort über Golf, und weder fiel ein Wort über Abfou, noch kam es zu Ausbrüchen über minderwertige und nicht vertrauenswürdige Geister. Vittoria stand offensichtlich über solchen Dingen (wahrscheinlich bewegte sie sich in irgendwelchen Sphären meilenweit über Abfou), während Abfous Blätter (Daisy saß Morgen für Morgen über ihrer Planchette und erhielt Seiten voller wortreichstem Englisch) von Anprangerungen niedriger und staubgeborener Intelligenzen übersät waren und jede Menge schreckliche Warnungen an die Adresse derjenigen enthielten, die ihnen vertrauten.

Eigentlich hatte es in Riseholme noch nie so vor hektischer Aktivität gebrodelt; selbst wenn während der Wochen, als Hermione so viel über Mrs. Philip Lucas festgehalten hatte, die *Evening Gazette* eintraf, waren nicht derartige Emotionen frei geworden, wie durch den Empfang einer neuen Botschaft von Abfou oder Vittoria. Und wieder war Lucia die Ursache von alldem: Monatelang hatte sich niemand um Abfous Äußerungen gekümmert, bis Lucia Vittorias Botschaften empfing. Sie hatte der Planchette das Interesse gesichert, das allem gewiß war, was sie tat. Andererseits herrschte der Eindruck vor, daß Abfou (obwohl er sich durch diese rüden Zurechtweisungen eindeutig unter sein Niveau begab) etwas erreicht hatte. Abfou-Daisy hatte das Museum erfunden, Vittoria-Lucia dagegen hatte nichts erfunden, außer noble moralische Äußerungen von sich zu geben (noble moralische Äußerungen galten nicht als Erfindung). Gewiß, da gab es die bemerkenswerte Erkenntnis über Pug und die wütende Lady Ambermere, aber das war Lucia bereits bekannt gewesen, und was die Mitteilung über Feuer, Wasser und Mondschein betraf, so war das, auch wenn im feuchten Museum neue Ölöfen standen, nicht so bemerkenswert wie die Erfindung des Museums, und falls es sich nicht auf die Sonate bezog, bedurfte Mondschein immer noch einer Erklärung. Als Georgie, der auf eine durchschlagende Bestätigung Vittorias aus war, recht furchtsam diesen kleinlichen Einwand vorbrachte, reagierte Lucia phantastisch.

»Tja, Georgie, ich kann Ihnen auch nicht verraten, was das bedeutet«, sagte sie. »Ich bin nur die bescheidene Schreiberin. Für mich ist das Ganze recht mysteriös. Mir persönlich genügt es, Vittorias Medium zu sein. Ich halte das für eine große Ehre. Vielleicht findet es eines Tages eine Erklärung, dann werden wir weitersehen.«

Sie sahen weiter.

In der Zwischenzeit wurden, da niemand allein von Botschaften aus dem Zwischenreich leben kann, andere Interessen keineswegs vernachlässigt. In »The Hurst« fanden Bridgeabende statt, es wurde viel musiziert, es gab eine Hamlet-Lesung, bei der Lucia etliche der Hauptrollen übernahm und Daisy sich weigerte, der Geist zu sein. Der neue Vorstand des Golfklubs konstituierte sich, und bei der ersten Vorstandssitzung gab Lucia die Stiftung ihres Präsidentinnenpokals bekannt und Peppino die des Lucaspokals für Vierer. Ein entsprechender Aushang wurde ordnungsgemäß im Klubhaus aufgehängt, und als Daisy ihn las, tat sie es mit einer derart grimmigen Miene, daß man zuversichtlich mit etwas besonders Ausfallendem von Abfou rechnen konnte. Kurz danach zog sie mit Oberst Boucher, der bei seiner Rückkehr verängstigt und besorgt aussah, zu einer Runde los. Daisy war in einen Bunker geraten und hatte ihren Ball einfach in Stücke gehauen ... Peppinos Rekonvaleszenz machte große Fortschritte; Lucia machte beim Auktionsbridge jede Menge Vorschriften, und die Ölöfen im Museum funktionierten zufriedenstellend. Jedenfalls kamen sie gegen die großen feuchten Stellen an den Wänden an, und Daisy ging eines Abends, als ihr einfiel, daß sie die Öfen noch nie persönlich inspiziert hatte, kurz vor dem Abendessen ins Museum, um sie sich anzusehen. Der dafür verantwortliche Knabe hatte sie ausgemacht, da sie nur tagsüber brannten und ohnehin gute Arbeit leisteten. Daisy merkte, daß sie beim nächsten Treffen des Komitees keine Einwände gegen die Öfen vorbringen konnte, wie sie eigentlich gehofft hatte. Um den Trockenvorgang zu beschleunigen, ließ sie beide vollaufen und zündete sie an, damit sie die ganze Nacht durchbrannten. Sie vergoß ein wenig Öl, doch das würde bald verdampfen. Georgie trippelte gerade nach einem Besuch bei Mrs. Boucher über den Anger, so daß sie sich gemeinsam auf den Heimweg machen konnten.

Georgie hatte an diesem Abend zu Hause gegessen und war, nachdem er an einem Kreuzworträtsel gesessen hatte, erstaunt, wie spät es war. Er hatte lange über einer Karte von Südamerika gegrübelt und versucht, einen Fluß mit sieben Buchstaben und PT in der Mitte zu finden, sich dann aber entschlossen, für diese Nacht Schluß zu machen.

»Das gräßliche Ding«, sagte er, »wenn ich es bloß finden könnte, hätte ich bestimmt auch einunddreißig waagerecht.«

Er schlenderte zum Fenster und schob die Jalousie zur Seite. Es war eine mondhelle Nacht, und der kräftige Wind jagte eine paar Wolken vor sich her. Als er die Jalousie gerade wieder fallen lassen wollte, sah er ein rötliches Licht am Himmel, direkt über seiner hohen Eibenhecke, und fragte sich, was das sein mochte. Seine Neugier, kombiniert mit der Erkenntnis, daß ein wenig frische Luft vor dem Schlafengehen immer angenehm war, führte dazu, daß er die Haustür öffnete und nach draußen sah. Vor Bestürzung und Angst schnappte er nach Luft.

Hell erleuchtete ein roter Lichtschein die Fenster des Museums. Aus einem anscheinend zerbrochenen Fenster drangen Rauchschwaden, und durch den Rauch schossen Feuerzungen. Er raste zu seinem Telephon und rief geistesgegenwärtig die Feuerwehr in Blitton an. »Riseholme«, schrie er. »Haus steht in Flammen: sofort Wagen schicken.« Er lief wieder in den Garten und pochte, da er nebenan im Wohnzimmer noch Licht sah (Daisy bekam gerade ein paar beißende Bemerkungen von Abfou übermittelt), an den Fensterladen. »Das Museum brennt«, rief er und machte sich über die Dorfwiese auf den Weg zum Brandherd.

Mittlerweile hatten es auch andere bemerkt und kamen aus ihren Häusern, ein wenig wie schwarze Ameisen auf einer roten Tischdecke. Offensichtlich hatte das Feuer Fuß gefaßt, und nun fiel ein Stück Dach ein, und die Flammen tosten nach oben. Weder befand sich in dem Gebäude ein Gerät zum Feuerlöschen, noch hätte jemand eines erreichen können, falls es dort gewesen wäre. Aus dem Gasthaus Ambermere Arms holte man einen Schlauch, doch der war nicht lang genug, und so blieb nichts anderes übrig, als auf die Ankunft der Feuerwehr aus Blitton zu warten. Zum Glück stand das Museum in einiger Entfernung von anderen Häusern, wodurch die Gefahr gering zu sein schien, daß sich das Feuer ausbreitete.

Bald hörte man die Glocke des näher kommenden Löschwagens, doch es stand bereits fest, daß nichts zu retten war. Das restliche Dach brach zusammen, eine

Mauer schwankte und fiel. Der längere Schlauch wurde angeschlossen, der Wasserstrahl durch die Fenster gepumpt, einmal hierhin, einmal dorthin, wo das Feuer am verheerendsten war, und Dampfwolken vermischten sich mit dem Qualm. Doch sämtliche Rettungsversuche waren zum Scheitern verurteilt: Das Feuer brannte herunter, und es blieb nichts weiter zu tun, als die schwelende Glut zu löschen. Während er zusah, tauchten plötzlich drei Worte in Georgies Kopf auf. »Feuer, Wasser, Mondschein«, wiederholte er mit andächtiger Stimme ... Siegreiche Vittoria!

Selbstredend trat das Komitee am folgenden Morgen zusammen, auf besonderen Wunsch hatte sich auch der finanzielle Berater Robert eingefunden. Georgie traf noch vor Daisy und Robert zu dem Treffen in Mrs. Bouchers Haus ein, und Mrs. Boucher begrüßte ihn kaum, so aufgeregt war sie.

»Das nenne ich ausgesprochen bemerkenswert«, sagte sie. »Hund und wütende alte Frau hat mich nie überzeugt, aber das ist über jeden Zweifel erhaben. Feuer, Wasser, Mondschein! Das ist prophetisch, prophetisch und nichts sonst. Ich werde in Zukunft alles glauben, was Vittoria sagt. Was Abfou betrifft – nun ja ...«

Da Daisy und Robert eintraten, brach sie taktvollerweise ab.

»Guten Morgen«, sagte sie. »Und guten Morgen, Mr. Robert. Das ist wahrhaftig eine Katastrophe. Sämtliche Skizzen von Mr. Georgie, und die Spazierstöcke, die Fäustlinge und der Bratspieß. Überhaupt nichts übriggeblieben.«

Robert machte einen erstaunlich vergnügten Eindruck. »Ich halte es für keine große Katastrophe«, sagte er. »Glücklicherweise habe ich die Versicherungen abgeschlossen. Von der Gesellschaft bekommen wir zweitausend Pfund, von denen fünfhundert für seinen Schuppen ... ich meine das Museum, an Oberst Boucher gehen.«

»Na, immerhin etwas«, gab Mrs. Boucher zu. »Und der Rest? Versicherungen habe ich noch nie verstanden. Sie waren für mich immer ein Buch mit sieben Siegeln.«

»Tja, der Rest gehört denjenigen, die das Museum finanziert haben«, antwortete Robert. »Natürlich in Relation zu der von ihnen vorgestreckten Summe. Insgesamt kamen vierhundertfünfzig Pfund zusammen, Sie, Daisy und Georgie haben jeweils fünfzig investiert. Den Rest, nun, den habe ich vorgeschossen.«

Rasch und stumm wurden einige Berechnungen angestellt. Es schien ziemlich ungerecht zu sein, daß Robert soviel bekommen sollte. Irgendwie wurden im Geschäftsleben immer die Reichen bevorteilt. Doch Robert schien es kein bißchen peinlich zu sein. Er tat so, als sei es das Selbstverständlichste von der Welt.

»Die ... die Museumsschätze gehörten fast alle dem Komitee«, fuhr er fort. »Sie wurden dem Museum übereignet, welches wiederum Eigentum des Komitees war. Ganz einfach. Wäre es eine geliehene Sammlung gewesen – nun, dann sähe die Sache für uns nicht ganz so rosig aus. Ich wickle die Versicherungsangelegenheiten für euch ab und überreiche euch allen hübsche kleine Schecks. Die Gesellschaft wird allerdings mit Sicherheit ein paar Fragen stellen, was die Brandursache angeht.«

»Eine wirklich mysteriöse Geschichte«, sagte Mrs. Boucher. »Die Ölöfen wurden abends immer ausgemacht, nachdem sie den ganzen Tag über gebrannt hatten, und wie mitten in der Nacht ein Feuer ausbrechen konnte, ist mir unbegreiflich.«

Daisys Mund zuckte. Dann riß sie sich zusammen.

»Mächtig mysteriös«, sagte sie und sah beiläufig aus dem Fenster auf die Stelle, wo immer noch die Überbleibsel des Museums kokelten. Im gleichen Moment fuhr Georgie kurz zusammen, pochte auf den Tisch und wechselte umgehend das Thema.

»Wir haben nur eines vergessen«, sagte er. »Nicht alles war unser Eigentum. Königin Charlottes Fäustlinge waren nur eine Leihgabe.«

Die Mienen der Komiteemitglieder verdüsterten sich ein wenig.

»Ein oder zwei Shillings«, sagte Mrs. Boucher hoffnungsvoll. »Ich bin nur froh, daß wir nicht auch noch Pug hatten. Davor hat uns Lucia bewahrt!«

Sogleich fielen allen Vittorias Worte über den Hund und die wütende alte Frau, über Feuer, Wasser und Mondschein ein. Vor allem fielen sie Daisy ein, und es entstand eine kurze Pause, die peinlich hätte werden können, wenn sie länger gedauert hätte. Sie wurde durch Mrs. Bouchers Zimmermädchen unterbrochen, die mit einem großen rechteckigen Umschlag in der Hand eintrat, der einen breiten Trauerrand und auf der Rückseite eine riesige Krone hatte.

»Ist an das Museumskomitee adressiert, Ma'am«, sagte sie.

Mrs. Boucher öffnete ihn und lief im Gesicht rot an.

»Jedenfalls hat sie keine Zeit verloren«, sagte sie.

»Lady Ambermere. Ich sollte ihn wohl besser vorlesen.«

»Bitte sehr«, sagten alle mit recht gepreßter Stimme.

Mrs. Boucher las:

An die Damen und Herren
des Museumskomitees von Riseholme

Ihr kleines Museum fiel, wie ich hörte, mit seinem gesamten Inhalt einem Brand zum Opfer. Ich muß Sie daher daran erinnern, daß es sich bei den Fäustlingen Ihrer verstorbenen Majestät, Königin Charlotte, um eine Leihgabe meinerseits handelte. Eigentlich kann kein Geldbetrag den Verlust einer so unersetzlichen Reliquie wettmachen, dennoch würde ich mich freuen, so rasch wie möglich zu erfahren, welche Entschädigung Sie mir anzubieten gedenken.

Mir wurde eine Summe von 50 Pfund vorgeschlagen; ein baldiges Eintreffen des Schecks wäre angenehm.

Mit vorzüglicher Hochachtung,
CORNELIA AMBERMERE

Es folgte eine Grabesstille, die von Mrs. Boucher in dem Moment beendet wurde, als ihre Empörung zuließ, daß sie das Wort ergriff.

»Eher«, sagte sie, »würde ich es auf einen Prozeß ankommen lassen, würde Revision einlegen, falls die Entscheidung zu unseren Ungunsten ausfiele, und bis zum Oberhaus gehen, als für diese wertlosen Dinger fünfzig Pfund zu zahlen. Also, der gesamte Inhalt des Museums war nicht mehr wert als . . . lassen wir es gut sein.«

Jeder mußte an die Summe denken, mit der man den Inhalt des Museums versichert hatte, und es war würdevoller, es »gut sein zu lassen«, als seiner Phantasie über das wahrscheinliche Ende von Mrs. Bouchers Satz freien Lauf zu lassen.

Die Anwesenden waren absolut einer Meinung, aber niemand, nicht einmal Robert, wußte, was als nächstes zu tun war.

»Ich schlage vor, ihr zehn Pfund anzubieten«, sagte Georgie schließlich, »und das nenne ich eine hübsche Summe.«

»Fünf«, entgegnete Daisy, wie auf einer umgekehrten Auktion.

Robert kratzte sich den Kopf, wie immer, wenn er verwirrt war.

»Schwer zu sagen, was man tun sollte«, erkärte er. »Mir ist kein Bewertungsmaßstab für die alten Klamotten verblichener Königinnen bekannt.«

»Zwei«, setzte Mrs. Boucher die Auktion fort, »und das ist ein anständiger Preis. Ich frage mich, was Pug gekostet hätte, wenn man uns für zwei alte Fausthandschuhe fünfzig Pfund abknöpfen will. Ein Pfund pro Stück, sage ich, und das ist eine aberwitzige Summe. Und wenn Sie wissen wollen, wer Lady Ambermere vorgeschlagen hat, fünfzig zu verlangen, dann kann ich's Ihnen verraten, das war nämlich Cornelia Ambermere.«

Lady Ambermeres Vorschlag dämpfte die insgeheim begeisterte Stimmung des Komitees beträchtlich, obwohl er ein angenehmes Gefühl der Wut auslöste. Verglichen mit dem, was sie von der Versicherungsgesellschaft bekommen würden, waren fünfzig Pfund ein schäbiger Betrag, doch das Gefühl, hier werde der Versuch unternommen, sie übers Ohr zu hauen, erregte gerechten Groll. Sie trennten sich, um jeder für sich zu überlegen, was zu tun sei, und um in der Asche des Museums herumzustochern, wobei sich alle sehr reich vorkamen. Selbstverständlich war auch das restliche Riseholme anwesend und stocherte ebenfalls herum, Piggy und Goosie hopsten über schwelende Aschehaufen, Mrs. Antrobus, der Pfarrer und der Hilfspfarrer und Mr. Stratton. Nur Lucia fehlte, so daß Georgie auf einen Sprung in »The Hurst« vorbeischaute, nachdem er sich überzeugt hatte, daß von seinen Skizzen nicht das geringste übriggeblieben war.

Lucia saß im Musikzimmer und las die Zeitung. atürlich hatte sie von der völligen Zerstörung des Museums, dieser lachhaften Erfindung Daisys und Abfous, gehört, ließ sich jedoch nicht einmal eine Spur von Frohlocken anmerken.

»Mein Lieber, zu traurig, die Sache mit dem Museum«, sagte sie. »All eure wunderschönen Exponate. Und die arme Daisy, ihre Idee.«

Georgie erläuterte, warum die Sache ein wenig rosiger aussah.

»Aber das Unglaublichste«, sagte er, »ist Vittoria. Feuer, Wasser, Mondschein! Etwas so Ungeheuerliches habe ich noch nie gehört, dabei dachte ich, damit wären nur die Feuchtigkeit an den Wänden und die neuen Ölöfen gemeint. Es war prophetisch, Lucia, und das ist auch Mrs. Bouchers Meinung.«

Lucia zeigte noch immer keinerlei Begeisterung. Eigenartigerweise hatte sie ebenfalls gedacht, damit wären Feuchtigkeit und Ölöfen gemeint, denn sie erinnerte sich an das, was Georgie vergessen hatte, nämlich was er ihr kurz vor Vittorias Auftreten erzählte. Doch nun war es zu dieser phantastischen Erfüllung der Weissagung Vittorias gekommen, die Lucia sich nie hätte träumen lassen. Was Abfou betraf, so war es reine Zeitverschwendung, an den armen, guten, gehässigen Abfou noch einen weiteren Gedanken zu vergeuden. Sie seufzte.

»Ja, Georgie, es war seltsam«, sagte sie. »Das war unsere erste Sitzung, stimmt's? Als ich so schläfrig wurde und mich so komisch fühlte. Wirklich sehr seltsam; überzeugend, möchte ich sagen. Aber ich weiß nicht recht, ob ich an weiteren Sitzungen teilnehmen werde.«

»Doch, Sie müssen«, sagte Georgie. »Nach alldem Unsinn ...«

Lucia hielt einen Finger hoch.

»Georgie, seien Sie bloß nicht herzlos«, sagte sie. »Bleiben wir doch lieber bei ›arme Daisy‹ und belassen es dabei. Mehr nicht. Sonst noch was Neues?«

Georgie teilte ihr Lady Ambermeres absurde Forderungen mit. »Und, wie Robert sagt, man weiß wirklich nicht so recht, was man ihr anbieten soll«, schloß er.

Lucia stieß ihr fröhlichstes Lachen aus.

»Georgie, was würde das arme Riseholme ohne mich anfangen?« sagte sie. »Offensichtlich ist es meine Aufgabe, euch alle aus irgendeinem Schlamassel zu befreien. Der falsch geführte Golfklub, Pug, und nun dies. Tja, soll ich nett sein und euch noch einmal beistehen?«

Sie blätterte in ihrer Zeitung.

»Aha, da steht es«, sagte sie. »Hören Sie, Georgie.

Gestern fand im Auktionshaus Pemberton in Knightsbridge eine Auktion statt. Diverse Gegenstände. Autogramm des Mörders Crippen. Du liebe Güte, was haben die Leute für schauderhafte Ideen! Perlmutterbrosche, die der Frau des Dichters Mr. Robert Montgomery gehörte; zwei Rasiermesser die Carlyle gehörten, jede Menge Plunder, wie Sie sehen . . . Ah ja, da ist es. Ein Paar Reitgamaschen, in gutem Zustand, im Besitz Seiner Majestät, König Georg IV. Das scheint doch eine Art Richtschnur für den Wert von Königin Charlottes Fäustlingen zu sein, nicht wahr. Und was haben die Ihrer Meinung nach erbracht? Eine ungeheure Summe, Georgie; fünfzig Pfund reichen bei weitem nicht aus. Sie erbrachten zehn Shillings und Sixpence.«

»Nein!« rief Georgie. »Und Lady Ambermere wollte fünfzig Pfund haben!«

Lucia lachte erneut.

»Nun, Georgie, ich bin wohl einfach ein gutmütiger Mensch«, sagte sie. »Ich werde für euer Komitee ein Brieflein an Lady Ambermere aufsetzen. Wie ihr mich auf Trab haltet und mit Arbeit überhäuft! Gestern erst sagte ich zu Peppino, daß mir verglichen mit dem, was ich hier tun muß, unsere Monate in London wie ein Urlaub vorkommen. Das gute alte Riseholme! Natürlich helfe ich ihm sehr gern aus seinen kleinen Patschen.«

Georgie stieß einen Laut der Bewunderung aus. Noch vor nicht einmal zwei Monaten hatte ganz Riseholme frohlockt, als Abfou sie einen Snob nannte, und nun wandten sich wieder alle (mit Ausnahme Daisys) an sie, um Hilfe und Beistand bei all den Aktivitäten und Unternehmungen zu erhalten, an denen Riseholme seine Freude hatte: Golfwettkämpfe, Bridgeturniere und Duette, echte Séancen und Äußerungen Lady Ambermeres sowie, in erster Linie, die Begeisterung, die von ihrer Persönlichkeit ausging.

»Sie sind einfach umwerfend«, gestand Georgie. »Ich weiß wirklich nicht, was wir ohne Sie anfangen sollten.«

Lucia stand auf.

»Dann werde ich euch also ein Brieflein kritzeln«, sagte sie, »in dem ich die in gutem Zustand befindlichen Reitgamaschen von König Georg IV. erwähne. Was sollen wir – will sagen: was wollt ihr bieten? Ich finde, ihr solltet großzügig sein, Georgie, und den Wertunterschied zwischen den in gutem Zustand befindlichen Reitgamaschen eines Königs und dem Paar mottenzerfressener Fäustlinge der Gemahlin eines Königs nicht minutiös ausrechnen. Bietet ihr den gleichen Betrag an; ich finde sogar, ihr solltet eine Geldanweisung über zehn Shillings und Sixpence beifügen. Das ist dann mehr als großzügig, das ist generös.«

Lucia nahm an ihrem Schreibtisch Platz, und nach einigen Minuten des Nachdenkens schrieb sie in der akkuraten Handschrift, die keine Ähnlichkeit mit der Vittorias hatte, beide Seiten eines Papierblattes voll. Sie las sie durch und war's zufrieden.

»Damit ist die Sache wohl erledigt«, erklärte sie. »Laßt es mich wissen, wenn es noch einmal Ärger mit der *Vecchia* gibt. Da ist noch etwas, Georgie, und dann musizieren wir ein wenig. Wie ist Ihrer Meinung nach das Feuer ausgebrochen?«

Georgie spürte, daß sie ihn mit ihrem durchdringenden Blick musterte. Sie hatte die Frage nicht beiläufig gestellt. Er versuchte, sie beiläufig zu beantworten.

»Mysteriöse Sache«, sagte er. »Die Ölöfen wurden immer relativ früh am Abend ausgemacht und am nächsten Morgen wieder angezündet. Der Knabe sagte, er habe sie wie gewöhnlich ausgemacht.«

Immer noch ruhte Lucias Blick auf ihm.

»Georgie, wie ist das Feuer Ihrer Meinung nach ausgebrochen?« wiederholte sie.

Dieses Mal war Georgie extrem ungemütlich zumute. Hatte Lucia etwa hellseherische Fähigkeiten? . . .

»Keine Ahnung«, sagte er. »Haben Sie irgendeine Ahnung?«

»Ja«, sagte Lucia. »Genau wie Sie. Wenn Sie wollen, erzähle ich Ihnen meine Ahnung. Ich sah unsere arme irregeleitete Daisy gestern gegen sieben Uhr abends aus dem Museum kommen.«

»Ich auch«, flüsterte Georgie.

»Nun, die Ölöfen müssen schon lange vorher ausgemacht worden sein«, sagte Lucia. »Hab' ich recht?«

»Ja«, sagte Georgie.

»Wie konnte dann ein Licht aus den Museumsfenstern dringen? Kein besonders auffälliges Licht, aber ein kleines Licht, ich sah es. Was schließen Sie daraus?«

»Keine Ahnung«, sagte Georgie.

Lucia hielt einen warnenden Finger in die Höhe.

»Georgie, Sie sind heute morgen offenbar ausgesprochen schwer von Begriff«, sagte sie. »Ich schließe daraus, daß unsere arme Daisy die Ölöfen wieder angezündet und in ihrer tapsigen Art dabei wahrscheinlich etwas Öl verschüttet hat. Jedenfalls irgendwas in der Art. Tatsache ist, daß Daisy leider das Museum abgebrannt hat.«

Es folgte eine unangenehme Pause.

»Was sollen wir tun?« fragte Georgie.

Lucia lachte.

»Tun?« wiederholte sie. »Nichts, außer nichts davon nach außen dringen lassen. Wir wissen sehr wohl, daß die arme Daisy es nicht vorsätzlich getan hat. Sie hat weder den Schneid zur noch die Phantasie einer Brandstifterin. Es lag nur an ihrer verworrenen, schusseligen Art.«

»Aber das Versicherungsgeld?« sagte Georgie.

»Was ist damit? Der Brand war ein Unfall, ob Daisy ihre Urheberschaft zugibt oder nicht. Arme Daisy! Wir müssen nett zu Daisy sein, Georgie. Ihr Golf, ihr Abfou! Was für Enttäuschungen. Ich glaube, ich werde sie bitten, im Vierer um den Lucas-Pokal meine Partnerin zu sein. Und wenn im Vorstand des Golfklubs noch ein Plätzchen frei wäre, könnten wir sie eventuell dafür vorschlagen.«

Lucia seufzte, wehmütig lächelnd.

»Wirklich traurig, daß sie nicht ein wenig gescheiter ist«, sagte sie.

Einen Moment saß Lucia da und sah wehmütig vor sich hin. Dann brach sie zu Georgies ungeheurer Überraschung in schallendes Gelächter aus.

»Meine Liebe, was ist los?« fragte Georgie.

Lucia war ein Weilchen hilflos, doch sie schluckte, erholte sich und wischte sich die Augen.

»Georgie, Sie sind heute morgen *tatsächlich* ausgesprochen schwer von Begriff!« sagte sie. »Verstehen Sie denn nicht? Dank Daisys Herumpfuscherei hat Vittoria ihren Ruf bekommen und Abfou ausgespielt. Feuer, Wasser, Mondschein: Vittorias Prophezeiung. Vittoria verdankt alles der armen Daisy!«

Georgies Gelächter steckte Lucia wieder an, und als Peppino hereinkam, lachten beide im Chor.

»Guten Morgen, Georgie«, sagte er. »Furchtbare Sache mit dem Museum. Schwerer Verlust. Worüber lacht ihr beiden?«

»Über gar nichts, *caro*«, sagte Lucia. »Nur ein kleiner Scherz von Daisy. Lohnt sich nicht, ihn zu wiederholen, aber Georgie und mich hat er amüsiert. Kommen Sie, Georgie, ein halbes Stündchen lang eifrig den himmlischen Mozartino üben. In letzter Zeit sind wir träge gewesen.«